In der Stille

In der Stille

aus dem Amerikanischen
von
Dimitra Fleissner

Andrea Randall

www.andrearandall.com

Cincinnatus Press
South Hadley, Massachusetts
United States of America

ISBN: 978-1-63202-138-0

v07302019

Widmung

Für Charles

Ohne dich als mein Mentor und guten Freund würde dieses Buch immer noch in den dunklen Tiefen meines Gehirns schlummern. Der einzige Grund, warum es existiert, ist, weil du mich die ganze Zeit angespornt und gesagt hast: „Nein, du wirst dieses Buch schreiben."

Danke. Für alles.

Für Maggi

Meine Seelenschwester.
Lange Nächte, frühe Morgen und jede andere Zeit dazwischen – du bist immer für mich da.

Du verstehst mich.

Ich liebe dich.

Danksagung

Dieses Buch war eine unglaublich emotionale Reise. Die folgenden Menschen haben meine Hand gehalten, mich aufgerichtet und ermuntert, weiterzumachen: Charles Sheehan-Miles, Maggi Myers, Michelle Kisner Pace, Erin Roth, Lisa Rutledge, Lindsay Sparks, Maggie Evans und Jay McAtee. Danke, dass ihr so tolle Betaleser und wunderbare Freunde seid.

Lori Sabin – ich weiß, dass dies ein herausforderndes Projekt war, weil wir uns beide so gut kennen. Danke, dass du dir die Zeit genommen hast und dafür gesorgt hast, dass es perfekt aussieht. Dein Glaube an mich ist erstaunlich.

Kim – meine echte Beste-Freundin-College-Zimmerkameradin. Danke, dass du so viele deiner Erfahrungen mit mir geteilt hast, damit ich sie in diesem Buch verwenden konnte. Ich liebe dich.

Die Lucey Familie – eure Offenheit über eure Erfahrungen mit Jeff und euer Engagement, Veteranen auf der ganzen Welt zu helfen ist eine Gnade und hat unzählige Leben gerettet.

Schließlich, danke an all die Mütter, die ich kenne, nah und fern, die im Laufe der Jahre ehrlich mit mir über ihre wahren Gedanken und Gefühle zu den Themen „Mommy" und „Leben" gesprochen haben. Es wird alles gut werden.

Nachwort zur deutschen Ausgabe

Ich habe es sehr genossen, diese sehr emotionale Geschichte zu übersetzen und hoffe, dass sie den deutschen Lesern genauso gut gefällt wie mir.

Ohne meine beiden Lektorinnen gäbe es auch dieses Buch nicht. Regina und Rita, ihr seid einfach die Besten! Tausend Dank für eure Zeit und Mühe.

Andrea, danke, dass du mir diese sehr emotionale Geschichte anvertraut hast. Es war mir eine Ehre und Vergnügen.

Peter, deine Geduld und Unterstützung sind grenzenlos. Da lasse ich dich stundenlang allein, um zu übersetzen und du unterstützt mich immer noch. Danke für deine Liebe!

Kapitel 1

Ich existiere. Oder?

Das Blut, das richtungslos über meinen linken Unterarm läuft, besagt, dass ich das tue. Die Klinge in meiner rechten Hand stimmt dem zu. *Sheryl Crow labert so eine Scheiße.* Der erste Schnitt ist ganz bestimmt *nicht* der tiefste. Wenn man mit dem tiefsten beginnt, wie macht man dann weiter?

Ich hätte niemals gedacht, dass ich nochmal ritzen würde, bis ich mich dabei ertappt habe, darüber nachzudenken. Ich meine, ich habe oft darüber nachgedacht seit dem letzten Mal, als ich es getan habe – als ich gedacht habe, *verdammt, das ist bescheuert.* Ja, ich habe oft darüber nachgedacht, wie verrückt das alles gewesen ist. Bis ich keine Wahl mehr hatte. Bis ich mich dabei ertappt habe, meinen Badezimmerschrank nach einer sauberen, scharfen Klinge zu durchsuchen.

Eric ist in letzter Zeit so oft im Labor und ich fühle mich gefangen in einer Hölle, die mit Spielkameraden und dem Programm des Kinderkanals dekoriert ist. Die Erleichterung macht mich euphorisch. Genau wie beim ersten Mal, nur ein bisschen beängstigender, weil ich weiß wohin das führen kann. Ich denke nicht zu weit voraus, während ich absichtlich drei Linien in meine weiche, glänzende Haut ritze. Zuerst tut es weh. Sehr sogar. Aber eine Sekunde später ist es vorbei – einfach vorbei – und für den Rest des Tages erinnert es mich daran, dass ich die Kontrolle habe über meinen Schmerz, meine Ängste und Sorgen.

Existiere ich überhaupt, verdammt noch mal?

Ryker existiert nicht mehr. Ich meine, er kam nicht in einem Leichensack nach Hause wie Lucas, aber es hätte keinen Unterschied gemacht. Sie haben ihm dort seine Seele gestohlen, Arschlöcher, und mir blieb nur eine atmende Leiche.

Dann habe ich ihn verlassen. Er ist jetzt verheiratet, vermutlich glücklich.

Das bin ich auch. Verheiratet.

Ich denke nicht mehr oft an ihn – darum geht es hier auch gar nicht. Er war nur der erste Mensch, den ich kannte, der nicht mehr existierte, obwohl er noch auf der Erde weilte.

Poch! Poch! Poch! Die Badezimmertür scheppert durch die Kraft der Faust eines Vierjährigen.

„Mommy! Ollie hat an meinen Haaren gezogen!"

Sie. Sind. Immer. In. Der. Nähe.

Ich seufze, mache den Wasserhahn an, und kümmere mich um die Situation auf der anderen Seite der Tür. „Max, du sollst nicht petzen. Oliver, lass deinen Bruder in *Frieden!"*

Gott, ist es zu viel verlangt, sich zu wünschen, dass sie endlich alt genug für die Vorschule sind?

Mein Blut bildet das Muster einer Zuckerstange auf porzellanweißer Haut. Ich starre die Katze an, während ich meinen Arm abwasche.

Ich wollte niemals Mutter werden. Mein altes Ich, die einundzwanzigjährige Studentin im Masterstudiengang, erinnert mich jedes Mal daran, wenn ich den Jungen mal wieder Jogurt vom Rücken abputzen muss. Sie hatte genug von dem Ganzen und ist gegangen. Hat einfach ihre Sachen gepackt und den Teil meiner Seele verlassen, der etwas bedeutete – der mich zu dem gemacht hat… was ich bin. Und dann hat mein einundzwanzigjähriges altes Ich mir im Walmart zugeflüstert, dass ich für nur drei Dollar zehn Rasierklingen kaufen könnte. Sie ist eine verrückte Hexe, aber sie hat recht. Man kauft sie, nimmt sie mit nach Hause und bricht die Plastikklippe ab, die verhindert, dass man sich beim Rasieren die Beine total zerschneidet. Es war wirklich nicht anders als beim letzten Mal, als ich Rasierklingen gekauft habe – außer, dass ich dieses Mal vierjährige Zwillinge im Einkaufswagen sitzen hatte.

Ich kann mich immer noch nicht entscheiden, ob ihre Gesichter zu sehen den Einkauf leichter oder schwerer gemacht hat, aber auf jeden Fall bin ich hier, und lasse mein Blut den Abfluss herunter laufen.

Ein paar Stunden später wasche ich gerade das Geschirr unseres Abendessens ab, wir haben eine Küche ohne Geschirrspülmaschine, als Eric nach Hause kommt.

„Hey Baby, wo sind die Jungs?" Seine Augen durchsuchen unsere Wohnung, die in der Amity Street liegt, während er seine Tasche einfach auf die Couch fallen lässt.

Ich seufze. „Sie schlafen, Eric. Es ist nach sieben. Wie war dein Tag?"

„Er war toll, genau genommen…" Eric beginnt, von einer Reihe Dinge zu erzählen, die mich eigentlich interessieren sollten.

Das tun sie aber nicht.

Er ist Doktorand im Fach Chemieingenieurwesen an der UMass Amherst. Er forscht im Bereich Biokraftstoffe und erneuerbare Energien. Ich weiß, dass das alles „hip" und „verantwortungsbewusst" klingt, aber es bedeutet auch, dass er stark auf die Dreißig zugeht, aber noch keinen Job hat und Stunden über Stunden im Labor verbringt. Ja, er bekommt ein angemessenes Stipendium, um unseren Lebensunterhalt zu bestreiten und finanzielle Unterstützung, aber ich habe trotzdem einen neunundzwanzigjährigen Ehemann, der keinen Job hat. Ich könnte mein altes Ich, die einundzwanzigjährige Studentin im Masterstudiengang gedanklich dafür schlagen, dass sie vor ihren Eltern mit seinem Hauptfach angegeben hat. Sie haben es geliebt. Ich auch. Dann hat sich alles geändert.

„Nat, geht's dir gut? Natalie?" Eric kommt zu mir rüber
und macht den Wasserhahn zu. Ich habe ihn offengelassen,
während ich aus dem Fenster starre. Ich hasse es, wenn er
mich Nat nennt; wenn er es sagt, führt irgendetwas am Klang
seiner Zunge dazu, dass ich mich wie ein kleiner Käfer fühle.

„Häh? Scheiße, sorry, ich habe geträumt."

Ich greife nach einem Geschirrhandtuch und trockne mir
die Hände ab, als sich Erics gebräunte Hand um meinen viel
blasseren Arm legt.

„Was mit deinem Arm passiert? Das ist ein ziemlicher
Kratzer." Diese honigbraunen Augen, der einzige Teil von
ihm, der übrig ist, dem ich nicht widerstehen kann, sie sagen
mir, dass sie die Wahrheit nicht vertragen können. Er würde
es niemals verstehen.

„Blöde Katze." Ich zucke mit den Schultern und ziehe
meinen Arm aus seinem Griff.

„Vielleicht sollten wir sie weggeben, das ist jetzt schon das
zweite Mal in diesem Monat, dass sie deinen Arm zerkratzt
hat." Er küsst mich auf die Wange, direkt neben mein Ohr.
Eine Sekunde lang erinnere ich mich daran, wie es sich angefühlt hat, als er das das erste Mal getan hat. Dann erinnere
ich mich daran, was nach dem Kuss geschehen ist.

„Es ist schon okay." Ich schüttele meinen Kopf und trete
zur Seite. „Ich habe versucht, sie zu baden, das geschieht mir
ganz recht."

Eric lacht einfach nur in sich hinein. „Willst du Wein?"

„Sogar sehr gerne."

Na, das war einfach.

Eric schenkt mir ein Glas Weißwein ein. Ich hasse Weißwein. „Was haben die Jungs heute so gemacht?"

Es hindert mich nicht daran, ihn trotzdem zu trinken.
„Wie geht es weiter, wenn du deinen Doktortitel hast?", ignoriere ich seine Bitte nach Informationen über unsere Kinder.

„Wie meinst du das?" Er lehnt sich auf der Couch zurück.

„Ich meine einen *Job*, Eric. Es geht jetzt schon sehr lange – "

„Oh Gott, Nat, nicht schon wieder das." Er verdreht seine Augen und geht zurück in die Küche. „Wie oft müssen wir das noch *durchkauen*? Ich wäre schon vor zwei Jahren fertig gewesen – "

„Ja, *ich weiß*. Glaub mir, ich weiß. Du wärst schon vor zwei Jahren fertig gewesen, wenn wir nicht mittendrin Zwillinge bekommen hätten. Du bist gnädigerweise Teilzeitstudent geworden, während ich *Vollzeitmutter* wurde." Ich trinke den Rest des Weins und gehe in die Küche, um mir ein weiteres Glas einzuschenken. „Möchtest du meine Liste darüber, wie die letzten zwei Jahre hätten sein sollen? Vergiss das, willst du wissen, wie die letzten *vier* Jahre hätten sein sollen?"

„*Bitte*, klär mich auf." Eric hebt seine Hände, so als ob er mir die Bühne überlassen würde. Wir schreien uns flüsternd an, um zu verhindern, dass die zwei identischen Monster am Ende des Flurs aufwachen.

„Du bist derjenige, der sie wollte, Eric. Ich stand schon auf dem Parkplatz der Klinik und *du* bist derjenige, der mich angefleht hat, wieder auszuparken, mit nach Hause zu kommen und sie zu behalten." Er zuckt unter meinem Tonfall zusammen, aber ich fahre fort. „Trotzdem war irgendwie ich diejenige, die ihr Studium abgebrochen hat, um sie aufzuziehen, während du den verrückten Wissenschaftler im Goessmann-Labor spielst." Ich deute zum Fenster in Richtung des Campus'.

Eric neigt seinen Kopf, legt seine Hände an seine Hüfte, dabei holt er vorsichtig Luft. Als er aufschaut, zeigt sein Gesicht ein Durcheinander der Erschöpfung. Wir haben diesen

Streit während der letzten zwei Jahre fast jeden Tag gehabt. Für jede einzelne Minute der letzten zwei Jahre, seit er wieder in Vollzeit studierte, habe ich ihn gehasst. Ich habe es auch gesagt – *ich hasse dich*. Aber er denkt einfach, ich wäre verrückt oder gestresst, wenn ich das sage. Aber es liegt an ihm.

Es liegt an ihm und seiner Beteuerung, „das Richtige zu tun", die dazu führt, dass ich mich dabei ertappe, an seinem tief schwarzen Haar, das geschnitten werden muss, vorbeizuschauen. Vorbei an seiner athletischen Statur, die ihn von seinen Kollegen abhebt, so als wäre er nur dort, um die Abteilung zu verschönern, und stattdessen über diese kleinen Klingen fantasiere, die acht Meter entfernt im Badezimmer liegen. Versteckt in einer leeren Tamponschachtel.

Ich habe ihn nicht immer gehasst. In Wirklichkeit war es, als wir uns das erste Mal gesehen haben, völlig anders. Im April 2005 bereitete ich mich gerade darauf vor, meinen Abschluss am Mount Holyoke College zu machen. South Hadley, Massachusetts, hatte mir während der letzten vier Jahre ein malerisches Leben geboten. Ich hatte mich für das weiterführende Studium nur an der UMass Amherst beworben; Ich war mehr als qualifiziert dafür und ihr Anthropologie-Studiengang ist sehr gut, aber im Grunde wollte ich diesen Ort noch eine Weile länger „Zuhause" nennen können.

„Hey, Natalie, hier." Tosha winkte mir vom Eingang der Odyssey-Buchhandlung zu, wo sie gerade Geld entgegennahm. Ich war froh, dass die UMass nur eine kurze Autofahrt entfernt liegt, denn ich liebte diese Buchhandlung.

Ich ging auf Tosha zu, sie ist von kleiner Statur, während sie dabei war, einige ihrer Fachbücher zu verkaufen. „Haben sie etwas zurückgenommen?"

„Nur die Romane." Sie zuckte mit den Schultern. „Es ist besser als nichts." Tosha band ihr blondes, lockiges Haar zu einem Pferdeschwanz zusammen, während sie wartete, bis der Kassierer fertig war.

„Willst du zum Mittagessen zu Antonio's gehen?"

Tosha zuckte mit den Achseln. „Den ganzen Weg bis Amherst fahren?"

„Den ganzen Weg?", lachte ich. „Es sind nur ein paar Kilometer. Du tust so, als ob die 116 eine Festung wäre." Ich witzelte über die Straße, die unseren Campus vom Amherst College, UMass und dem Hampshire College trennt.

„Das sollte sie." Sie verdrehte ihre Augen. Tosha war ein Snob, aber ich liebte sie trotzdem. Sie war verärgert, dass das Mount Holyoke College kein reines Frauencollege mehr war, so wie in der Vergangenheit, und wünschte sich, es würde ganz allein auf einer Insel liegen. „Lass uns gehen, die Pizza dort ist zu gut, um sie abzulehnen – auch wenn ich mich dazu auf eine Ebene mit dem ZooMass begeben muss."

Ich lachte und stieß sie an, während wir die Buchhandlung verließen.

Zwanzig Minuten später saßen wir an der Bar im Fenster von Antonio's. Es war ein sehr kleines Restaurant und eigentlich nur mit Stehtischen ausgestattet, aber sie machten eine verdammt gute Pizza.

„Strömungslehre?", spottete Tosha, während sie ihr Mineralwasser trank.

Ich drehte mich um. „Was zur Hölle?"

„Das hübsche Gesicht da drüben mit dem UMass T-Shirt." Sie nickte in Richtung der Bänke, die ein Stück weiter auf der anderen Seite des Bürgersteigs standen. „Er liest ein Buch über Strömungslehre... draußen in der Sonne sitzend..."

Ich schaute hoch und da war er. Er war gut aussehend. Fast schon zu gut aussehend. Seine Haut war gebräunt, sah aber natürlich aus, so als würde sie auch im Winter so braun sein. Seine schwarzen Haare waren länger, als mir lieb war, aber sie waren hinter seine Ohren geschoben und unter einer Redskins-Kappe versteckt.

„Was willst du mir sagen, Tosha?", kicherte ich und versuchte ihn nicht anzustarren, als er mit konzentriertem Gesicht durch das Buch blätterte.

„Er hat ein Auge auf dich geworfen, Nat." Tosha rutschte von ihrem Hocker und warf ihren Pappteller weg. Ich tat es ihr nach.

Während wir aus dem Restaurant traten, flüsterte ich ihr zu. „Er hat *kein* Auge auf mich geworfen. Und jetzt halt den Mund, damit er uns nicht hört."

„Wie auch immer, ich hol mir einen Kaffee, willst du auch einen?"

„Nein, du Koffeinsüchtige, ich sehe zu, dass ich ein bisschen Vitamin D bilde, während du Starbucks unterstützt." Ich lachte und setzte mich auf die Bank neben der, auf der der Mann saß, den sie angestarrt hatte. Bei Starbucks war eine lange Schlange und ich wusste, Tosha würde warten, egal wie lange es dauerte. Ich musste es mir bequem machen.

Die Leute kamen an mir vorbei, als wären sie auf einem Förderband, während ich mir die Umgebung anschaute, die ab Herbst auch meine sein würde. Die North Pleasant Street in Amherst war mir nicht unbekannt; hier waren einige der besten Bars und Restaurants in der Gegend. Ich atmete den Geruch von frisch Gebackenem aus Judies Restaurant ein, das direkt gegenüber von mir lag, dann drehte ich meinen Kopf nach rechts – wo ich den „Strömungslehre-Typen" dabei ertappte, wie er mich beobachtete.

Kennen Sie diesen Bruchteil einer Sekunde? Wenn man entscheidet, ob man einfach nur lächelt und sich dann weiter umschaut oder die Chance nutzt, einen Fremden kennenzulernen? Es ist ein gefährlicher Moment. Er ändert einfach alles.

„Komm schon, Natalie. Lass uns das nicht schon wieder machen." Eric holt mich zurück in die Gegenwart.

Ich verdrehe meine Augen und gehe ins Bad. Er versucht nicht, mir zu folgen; er hat gelernt, dass ich Türen hinter mir abschließe. Und außerdem schlafen die Jungs und er will sie nicht aufwecken… wo er doch der „Vater des Jahres" und das alles ist.

Ich greife in den Schrank unter dem Waschbecken, wo ich das Bleichmittel und den Alkohol finde, und reinige damit die Klinge, die ich vorhin benutzt habe. Man muss ja keine Infektion riskieren. Das hatte ich schon und es ist vor allem ein Weg ganz sicher erwischt zu werden. Ich kann dieses Mal an keiner anderen Stelle ritzen, denn die „Katzenkratzer" sind bereits auf Eric Schirm. Ich starre die Wunden von vorhin an und entscheide, dass sie wieder zu öffnen die einfachste Methode ist. Der einfachste Weg, um wütend auf ihn zu sein, ohne herumzuschreien und einen Riesenstreit zu beginnen. Ich habe es satt zu schreien. Satt zu streiten. Satt zu weinen.

Nur ein bisschen. Nur noch ein Mal.

Kapitel 2

Erics Wecker klingelt viel zu früh, sogar für einen Arbeitstag. Die Jungs schlafen noch – *so* früh ist es.

„Willst du mich verarschen? Was machst du da?", grunze ich und stoße leicht gegen seine Schulter.

Er setzt sich auf, dabei zeigt sein Rücken zu mir. „Ich muss ein paar Dinge im Labor überprüfen und deshalb früh dort sein." Seine Schultern hören auf, sich zu bewegen, so als ob sie sich für meinen verbalen Angriff bereitmachen.

Ich lasse mich nicht darauf ein. Na ja, zumindest nicht vollständig.

„Egal. Geh einfach, bevor die Jungs aufwachen und denken, dass sie heute fünf Sekunden mit dir verbringen können." Ich rolle mich zur anderen Seite und ziehe mir die Decke über den Kopf.

Ich höre, wie er schluckt und tief Luft holt, bevor er vom Bett aufsteht und sich anzieht. Bevor er das Schlafzimmer verlässt, tappt er auf meine Seite. Ich tue so, als wäre ich wieder eingeschlafen. Er lehnt sich vor und ich kann sein Old Spice Duschgel riechen, das er letzte Nacht verwendet hat, bevor er ins Bett gegangen ist.

Er zieht die Decken ein paar Zentimeter nach unten, und nachdem er seine immer weichen Lippen gegen meine Schläfe gedrückt hat, flüstert er: „Ich liebe dich, Nat. Ich wünsche dir einen schönen Tag." Dann ist er weg. Mal wieder.

Als die Jungs aufwachen, bin ich begeistert. Es ist Mittwoch – Kindergartentag. Max und Oliver gehen an drei Tagen die Woche in den Kindergarten. Drei glorreiche Tage, an denen ich für ein paar Stunden so tun kann, als wäre ich jemand anderes. Warum besuche ich nicht einen oder zwei Kurse des Doktorandenprogramms in Anthropologie, das ich angefangen hatte, bevor all *dies* begann. Weil ich zwar in der Lage wäre, den Kurs zu besuchen, während sie in der Schule sind, hätte dann aber überhaupt keine Zeit für irgendwelche Arbeiten oder Forschungen oder sonst irgendetwas.

„Mommy. Mommy!" Ein flachsblonder Junge hüpft mir ins Gesicht, während ich seine Schuhe zubinde.

„Ja, Ollie, mein Lieber, was ist?" Er deutet auf die rote Linie auf meinem Arm. „Woher hast du das Aua?"

„Die dumme Katze", lüge ich ohne mit der Wimper zu zucken und mit einem Lächeln im Gesicht.

„Böse Katze!", schreit Ollie der Katze ins Gesicht.

„Böse Katze!" Max fällt mit ein und benutzt die leere Rolle von Küchentüchern als Schwert, um die Katze zu verjagen.

„Okay, Jungs, ab ins Auto. Es ist Zeit für die Schule!"

Ich schwöre, ich klinge begeisterter als sie. Denn das bin ich auch. Ich schiebe sie durch die Tür, bevor sie meinem Sündenbock noch mehr antun können. *Arme Mietze.* Ich lächle ein bisschen, als die Sonne auf das goldene Haar meiner Kinder fällt. Jedes Mal, wenn ich ihr Haar anstarre, fange ich an zu kichern. Es ist so blond und Eric und ich haben beide dunkle, schwarze Haare. Sie sehen aus, als wären sie adoptiert.

Kann man adoptierte Kinder zurückgeben?

„Strömungslehre, ja?" So habe ich damals die Unterhaltung begonnen.

„Ja." Er grinste, als er das Buch hochhielt, damit ich das Cover besser sehen konnte.

„Was zur Hölle ist Strömungslehre?", fragte ich über den Fahrradständer hinweg, der unsere Bänke voneinander trennte.

Er lachte. Und ich war Feuer und Flamme. Genau in diesem Moment, auf einer Bank gegenüber von Judie's Restaurant, war ich Feuer und Flamme.

„Es ist nichts Besonderes, nur ein Pflichtkurs."

„Das ist ganz schön schwieriges Zeug für einen so schönen Tag. Kannst du dich bei all dem überhaupt konzentrieren?" Ich breitete meine Hände aus, um auf die ganzen Leute, um uns herum, zu zeigen.

Dann stand er auf. Er kam zu mir rüber, zeigte auf den freien Platz neben mir und sagte: „Darf ich mich hinsetzen? Ich bin mir sicher, diese ganzen Leute wollen nichts über Strömungslehre hören."

„Du darfst dich setzen, aber ich will auch nichts über Strömungslehre hören. Es klingt absolut grässlich."

„Ich mache meinen Master in Chemieingenieurwesen. An diesem Kurs komme ich nicht vorbei. Aber hin und wieder gehe ich gerne nach draußen", lachte er. „Ich könnte dieses Buch auch stundenlang in der Bibliothek anstarren, aber das wäre vermutlich nicht gesund."

Ich drehte mich zu ihm und schaute ihn mir genau an. Er war ein Widerspruch in sich. Ich hatte aufgrund seines UMass-T-Shirts angenommen, dass er nur ein Idiot war. Um ehrlich zu sein, ist das nicht fair – UMass ist eine tolle Uni. Und ich hatte mich für mein Masterstudium dort eingeschrieben. Aber wenn man das ganze Jahr im Mount Holyoke-Land ist, denkt man einfach, dass alle anderen Idioten sind. Auf jeden Fall sah er nicht aus wie die wissenschaftlichen Doktoranden, die ich sonst kannte. Er war ziemlich groß; seine Schultern waren im Sitzen noch ein paar Zentimeter größer als meine bei meinen 1,75m. Sein Haar war so schwarz wie meines, aber seine Augen hatten eine perfekte honigbraune Farbe, mit ein paar dunkleren Flecken um seine Iris. Sie passten zu seiner gut gebräunten Haut, was auch immer sie waren.

„Gehst du in Amherst auf die Uni?" fragte er.

„Was, warum sollte ich nicht an der UMass sein?", stichelte ich, während ich spielerisch an seinem T-Shirt zog.

„Mit diesen Klamotten?" Er grinste zu meinem knielangen Rock und dem Poloshirt. Tja, ich trug anscheinend keinen Minirock und Uggs. „Du bist jemand für Amherst… oder…" Er schaute mich mit einem vorsichtigen Grinsen an.

„Jep. Mount Holyoke. Ich heiße übrigens Natalie", kicherte ich und streckte meine Hand aus. Wir hatten anscheinend beide unsere Vorurteile über die Studenten in der Fünf-College-Gegend.

„Eric Johnson." Er schenkte mir ein breites Lächeln, während er mir kräftig die Hand schüttelte. „Also Mount Holyoke. Wann machst du deinen Abschluss?"

„Nächsten Monat."

Sein Lächeln schien für eine Sekunde zu verblassen, bevor es mit der nächsten Frage wieder breiter wurde. „Und deine Pläne für danach?"

Mich überkam ein dummes Grinsen. Ich war plötzlich noch viel begeisterter, im Herbst an die UMAss zu gehen.

„Ja", ich grinste breiter. „Ich werde im Herbst mit meinem Masterstudium in Anthropologie beginnen." Ich zeigte in Richtung des großen Campus hinter seiner Schulter.

Sein Adamsapfel hüpfte, als er schluckte, dabei lächelte er immer noch. Wir flirteten. Eric war der erste Mann, mit dem ich flirtete, seit ich mit Ryker Schluss gemacht hatte.

Nein. Ruiniere das nicht. Denke nicht an Ryker. Niemals.

„Hör mir zu, Natalie ohne Nachname, ich muss los. Es hat mich sehr gefreut, dich kennenzulernen. Wir sehen uns bestimmt wieder." Er streckte seine Hand aus und wir schüttelten uns erneut die Hände, bevor er sich umdrehte und den Gehweg entlang stolzierte. Es sah nicht aus, als hätte er das geplant, aber es war nett.

„Collins!", rief ich ohne nachzudenken und stand auf.

Eric hielt auf der Stelle an und drehte sich auf dem Absatz um. „Was?" Er kicherte, als er zurück zur Bank kam.

Ich grinste und sah aus den Augenwinkeln, wie Tosha aus dem Starbucks kam. „Mein Nachname ist Collins."

„Tja, Natalie Collins, es hat mich gefreut, dich kennenzulernen." Und dann verschwand er einfach so in der Menschenmenge auf dem Bürgersteig.

„Wer war das?", fragte Tosha und drückte mir ihren Kaffee in die Hand, damit sie sich eine Zigarette anzünden konnte.

„Eric Johnson." Ich biss mir innen auf die Wange, um mein dummes Grinsen zu unterdrücken.

„Der Strömungslehre-Junge ist ein Hingucker, nicht wahr? Ich hab dir doch gesagt, dass er dich angestarrt hat." Sie nahm ihren Kaffee und wir gingen in die entgegengesetzte Richtung, als die, in die Eric verschwunden war.

Normalerweise gehe ich in einen Biosupermarkt wie Whole Foods oder Trader Joe's, während die Jungs in der Vorschule sind. Ich schlendere die Gänge entlang und erinnere mich an die Zeit, als ich meine gesamten Einkäufe hier erledigt habe. Ich kaufe jetzt auch immer etwas – ein süßes Stückchen oder etwas zu trinken – einfach, damit es sich so anfühlt, als gehörte ich noch dazu.

Aber heute erwische ich mich dabei, wie ich wieder zurück in unsere Wohnung gehe. Sie liegt in der Straße der Jones Bibliothek, nur ein paar Meter entfernt von dem Ort, an dem Eric und ich uns kennengelernt haben. Wenn ich von unserem Badezimmerfenster aus nach rechts schaue, kann ich den Bürgersteig sehen, wo wir uns unterhalten haben und dann in unterschiedliche Richtungen gegangen sind, nachdem wir uns verabschiedet hatten. Manchmal kämpfe ich gegen den Drang an, dem Mädchen – das ich einmal war – zuzurufen, dass sie nicht über ihre Schulter schauen soll. Aber sie tut es jedes Mal wieder. Und dann kommt Eric auch jedes Mal wieder mit seiner Telefonnummer in der Hand auf sie zu gerannt.

Heute ignoriere ich das Fenster, während ich im Bad bin. Ich starre die Tamponschachtel an, die voller Rasierklingen ist. Ich muss den Mülleimer leeren. Ein frustriertes Grollen entkommt meiner Kehle, als ich die Tamponschachtel in den Eimer werfe. *Du bist besser als das.* Ich verknote die Tüte und bringe sie raus zum Müllcontainer; das Hallen des Deckels gegen das Metall klingt verräterisch. Ich bin plötzlich froh, dass morgen der Müll abgeholt wird und ich muss es nur noch schaffen, die Nacht zu überstehen, ohne an die kleinen Metallklingen zu denken, die auf dem Boden des Containers liegen.

Ich beeile mich, zurück in unsere Wohnung zu gehen, und rufe Eric an. Egal was ich heute für Eric fühle, seine Stimme wird mich daran erinnern, dass wir nicht das Jahr 2002 schreiben und ich nicht dabei bin, einen der größten Fehler meines Lebens zu begehen.

„Hallo? Ist alles okay?"

Ich rufe Eric heutzutage niemals auf der Arbeit an, es ist meine Schuld, dass er denkt, irgendetwas stimmt nicht.

„Ich", räuspere ich mich, „wollte nur fragen, wann du heute Abend nach Hause kommst... wo du heute Morgen doch so früh gegangen bist."

Stille.

„Eric", dränge ich.

„Ich werde versuchen, zum Abendessen zu Hause zu sein, Natalie."

„Gott, Eric, du hast die Jungs seit dem gestrigen Frühstück nicht gesehen. Wann haben sie mal was von dir?"

Wann kann ich mal eine Pause haben?

Er seufzt. „Es tut mir leid. Du hast recht, ich werde heute Abend rechtzeitig zum Abendessen zu Hause sein."

„Danke."

„Heute Vormittag sind sie im Kindergarten, richtig?" Er sagt es, als wolle er sagen *warum bist du so gestresst? Du hast vier Stunden für dich, Lady.*

„Ja, das sind sie. Ich gehe jetzt einkaufen und mache die Wohnung sauber." Ich hoffe, er kann hören, wie ich meine Augen verdrehe. „Was möchtest du heute Abend essen?"

„Überrasch mich. Du bist eine tolle Mutter, weißt du?" Er sagt solche Dinge, wenn er sich schlecht fühlt, weil meine gesamte Identität zu etwas geworden ist, was ich niemals sein wollte. Er versichert mir, dass ich es gut mache – das, was ich hasse.

Mutter – das schlimmste Schimpfwort mit sechs Buchstaben, das ich kenne.

Kapitel 3

Eric war gestern natürlich nicht rechtzeitig zum Abendessen zu Hause. Unser Streit stellte alle anderen in den Schatten und ich habe ihn auf der Couch schlafen lassen. Ich war sehr erschrocken darüber, wie sehr ich an die Klingen im Müllcontainer gedacht habe. Nur zwei Mal und es ist das erste, woran ich denke, wenn die dunklen Seiten meines Lebens die Überhand haben. Ich habe die ganze Nacht in mein Kissen geweint, während Eric im Wohnzimmer geschnarcht hat.

„Baby, wach auf." Eric küsst mich auf die Stirn. Ich grummele. „Hör zu, es tut mir wirklich leid wegen gestern Abend. Ich habe mir heute frei genommen. Ich möchte, dass du heute mal raus kommst und etwas für dich tust."

Im Stillen nehme ich ihm übel, dass er mir „erlaubt", heute mal einen Tag allein nur für mich zu verbringen. Ich setze mich auf, lächle und küsse ihn auf die Lippen. Er legt seine Hand in meinen Nacken und versucht, den Kuss zu intensivieren. Ich lasse es zu. Es ist schon sehr lange her, dass ich einen Tag für mich hatte – einen ganzen Tag.

Nachdem ich geduscht habe, finde ich ihn und die Jungs in der Küche vor, wie sie Streusel auf Pfannkuchen streuen.

„Mommy, schau mal! Daddy lässt uns Streusel auf unsere Pfannkuchen machen!" Max zeigt begeistert auf das Blech.

„Mmm." Ich küsse seine kleine Wange. „Die sehen lecker aus. Ich wünsche euch heute viel Spaß, Jungs." Bevor ich zur Tür gehe, küsse ich alle auf den Kopf, auch Eric.

„Was hast du heute vor?" Eric stellt Teller auf den Tisch, setzt die Jungs hin und kommt dann zu mir an die Tür.

Ich zucke mit den Achseln. „Ich werde erstmal nur ein bisschen rumfahren. Und dann vielleicht irgendwo was zu Mittag essen."

Er schiebt eine Strähne meines Haares hinter mein Ohr. „Wirst du Tosha anrufen?"

„Sie ist immer noch auf dieser Konferenz in L. A., denke ich. Ich weiß mich schon zu beschäftigen, keine Sorge."

Zehn Minuten später knie ich vor Lucas Fishers Grab, das am Rand des großen katholischen Friedhofs gelegen ist und Tränen laufen mir übers Gesicht.

Ich sollte nicht hier sein. Ganz und gar nicht. Als ich das letzte Mal hier war, haben meine Eltern mich etwa drei Tage später für ein Jahr von der Uni genommen. Ich hatte ihn angeschrien – hatte das Grab angeschrien. Heute schreie ich nicht. Ich… erinnere mich nur. Erinnere mich daran, wie das alles begonnen hat.

Ryker und ich waren im September 2001 seit ungefähr vier Monaten zusammen. Er ging ans Amherst College und wir haben uns bei einem Konzert im Bürgerhaus von Amherst gegen Ende unseres ersten Unijahres kennengelernt. Sein straffer Oberkörper war mit einem grauen T-Shirt bekleidet auf dem in schwarzen Großbuchstaben „National Guard" stand. Ich schätzte seine Größe auf etwa 1,95 m und er beeindruckte mich so sehr, dass ich mich, angesäuselt wie ich war, an ihn heranmachte und „Hi" gesagt habe. Er hatte einen blonden Kurzhaarschnitt, durch den ich seine Nackenmuskeln erkennen konnte, wenn er seinen Kopf zur Seite legte.

„Ich bin Natalie", kicherte ich, „du bist süß."

Ich konnte zusehen, wie ihm die Röte vom Hals in die Wangen stieg. „Danke. Ich bin Ryker Manning. Du bist heiß."

„Nationalgarde, hm?" Ich drückte meine Handflächen gegen seine Brust. Damals war ich noch wesentlich direkter.

„Nationalgarde." Er grinste, griff nach meinen Handgelenken und zog mich in einen Kuss. Einfach so. Vier Sekunden, nachdem ich Ryker Manning kennengelernt hatte, stand ich im Bürgerhaus und küsste ihn.

„Wer ist deine Freundin, Kumpel?" Ein nur unbedeutend kleinerer Mann kam an Rykers Seite.

„Das ist meine neue Freundin, Natalie." Ryker lachte. „Natalie, das ist mein bester Freund, Lucas."

Lucas war schon seitdem sie Kinder gewesen waren mit Ryker befreundet, und er ging auf die Westflied State Uni. Er war auch in der Nationalgarde, als sie im Juni 2000 die High

School abgeschlossen hatten, schien es für sie eine gute Idee zu sein, ihr beizutreten.

Um ganz ehrlich zu sein bedeutete „Nationalgarde" für mich was Ryker anging, nur, dass wir ein Wochenende pro Monat keinen Sex hatten. In diesem Sommer bin ich in South Hadley geblieben, anstatt nach Hause nach Pennsylvania zu fahren, denn ich hatte eine Praktikantenstelle erhalten. Das war zumindest das, was ich meinen Eltern erzählte. In Wirklichkeit habe ich genügend Kurse belegt, um den Anspruch auf mein Wohnheimzimmer den Sommer über zu halten und mir als Kellnerin in Rafter's Sports Bar den Arsch aufgerissen. Alles für Ryker Manning.

Auch er hatte Kurse belegt. Er studierte Politikwissenschaften in Amherst und wollte in die Politik gehen. In diesem Sommer absolvierte er ein Praktikum bei der Stadtverwaltung. Ich war in der Lage, ihn Anfang August für ein Konzert der Dave Matthews Band nach Hartford in Connecticut zu locken. Tosha und Lucas lehnten rundweg ab mitzukommen – sie hassten DMB. Ryker war auch nicht unbedingt verrückt nach ihnen. Aber er war verrückt genug nach mir, um mitzukommen.

Während der meisten Songs stand er einfach nur da, Hände in den Hosentaschen und nickte im Takt. Aber als sie „The Space Between" spielten – damals ein neuer Song – und ich dabei durchdrehte, lachte er.

„Schhh!", schimpfte ich ihn neckisch. „Hör einfach zu."

Am Ende des Liedes stand er hinter mir, hatte seine Arme um meine Schultern gelegt und ich ging in seinen breiten Armen fast unter. Wir wiegten uns zur Musik, dabei lagen seine Lippen auf meinem Kopf. Das ist meine Lieblingserinnerung an Ryker Manning, 3. August 2001.

In den zwei Wochen, die bis zum 11. September folgten, sahen Ryker und ich uns nicht, wegen der Kurse, und weil wir beide Workaholics waren. Es war ein schöner Dienstagmorgen. Ich war einige Zeit in der Bibliothek des Campus, um zu lernen, als jemand sagte: „Ein Flugzeug ist zwischen den Zwillingstürmen abgestürzt". Wir schauten uns alle mit einem „Wow, das ist ja schrecklich"-Gesichtsausdruck an.

Die nächsten dreißig Minuten sind in kleinen Stücken in mein Hirn gebrannt, während Leute in die Bibliothek rannten und andere hinaus.

„War es ein Passagierflugzeug?"

„Oh, es war ein Flugzeug, das in einen der Türme geflogen ist. Scheiße, ein zweites Flugzeug hat gerade den zweiten Turm getroffen."

„Das ist kein Unfall."

„Leute, ein Flugzeug ist gerade ins Pentagon gestürzt und anscheinend ist ein weiteres woanders runtergekommen."

„Das ist ein Angriff."

„Das wird Krieg geben."

„Heilige Scheiße! Einer der Türme ist eingestürzt."

Ohne um Erlaubnis zu fragen, griff ich nach meiner Tasche und rannte aus der Bibliothek, stieg in mein Auto und raste die Kurven der 116 entlang, direkt zu Rykers Wohnheim. Ich hatte damals noch nicht mal ein Handy. Ich habe weder meine Eltern angerufen, noch meine Freunde; ich bin direkt zu Ryker gefahren.

In Amherst herrschte totales Chaos, wie immer, wenn irgendetwas auch nur ansatzweise Politisches geschah. Auf dem Bürgersteig weinten Menschen, stellten Fragen und klammerten sich an ihre Handys. Ich bin die Stufen zu Rykers Wohnheim hinaufgerannt. Dann den Gang entlang gerast und bevor ich beginnen wollte, die Treppe hinaufzurennen, sah ich ihn; er saß mit seinen Freunden und Wohnheimkameraden im Gemeinschaftsraum und schaute Nachrichten.

„Ryker", sagte ich, meine Stimme war kaum mehr als ein Flüstern.

Er saß da, hatte seine Ellbogen auf seinen Knien abgestützt und starrte angespannt in den Fernseher. Als er meine Stimme hörte, drehte er schnell seinen Kopf, sprang auf und eilte zu mir. Sobald sich unsere Körper berührten, begann ich zu weinen. Ich hatte während der Fahrt hierher Nachrichten gehört. Es gab immer noch viel mehr Fragen als Antworten, aber alle Antworten waren schlimm. Wirklich schlimm. Ich sah Lucas aus den Augenwinkeln, was mich überraschte, denn seine Uni lag eine halbe Stunde entfernt.

„Es wird alles gut werden, Nat", flüsterte er in mein Ohr.

Bis zu diesem Moment hatten wir vor allem tollen Sex gehabt, über Lucas dürftige Versuche, sich an Frauen ranzumachen, gelacht und einfach eine wirklich schöne Zeit verbracht. Dieser Moment schweißte uns auf eine Art zusammen, die ich immer noch nicht beschreiben kann. Damals dachte ich, er sagt mir, dass mit mir alles okay sein würde. Dass wir alle okay sein würden. Erst als er dort war, wurde mir klar, dass er mich auf das vorbereitet hatte, was kommen würde.

Mein Handy klingelt, und das Universum hat mich damit vor dem Rest dieser Erinnerung beschützt. Zumindest für den Augenblick.

„Hallo?", schniefe ich und wische mir mit dem Finger unter meinen Augen entlang.

„Nat? Geht's dir gut? Du klingst, als würdest du weinen."

„Eric, *bitte* nenn mich nicht *Nat*."

Vor allem nicht heute.

„Tut mir leid. Ich wollte nur sehen, wie es dir geht."

Wirklich? Ich habe einen ganzen Tag für mich und er muss mich anrufen? Die Kampfschreie der vierjährigen Jungen im Hintergrund sind der wirkliche Grund für seinen Anruf.

„Es ist schön draußen, Eric, warum gehst du nicht mit den Jungs auf den Spielplatz. Lass sie sich austoben. Von mir aus geh mit ihnen aufs Fußballfeld. Ich muss Schluss machen." Genervt lege ich auf und starre den glänzenden Grabstein an.

Lucas J. Fisher

„Weißt du, ich wünschte, du wärst nicht gestorben." Ich sitze im Schneidersitz über seiner Leiche. „Ich bin sehr lange nicht hier gewesen und das tut mir leid. Ich bin einfach... du weißt schon... na ja, du weißt es *nicht*, weil du nicht hier warst." Meiner Kehle entweicht eine Art Krächzen und mir laufen Tränen übers Gesicht. „Ryker ist durchgedreht, als du gestorben bist, Lucas. Jemand anderes, es hätte *jeder* andere sein können und *nichts* von alldem wäre geschehen! Warum hat er das alles mitansehen müssen?" Ich schlage mit meinen Handflächen gegen das warme Gras und kralle mich mit den Fingernägeln in den Dreck.

Ryker hat zugesehen, wie Lucas' Humvee in Afghanistan unter Beschuss direkt vor seinen Augen explodiert ist. Bis Ryker bei ihm war, war es zu spät; der Junge, den ich liebte, hielt den verkohlten Körper seines besten Freundes im Arm – und dann wurde er im Rücken getroffen. Das war sein Ticket nach Hause. Sein Körper ist nach Hause gekommen, aber seine Seele wurde während der Schießerei in einer gottverdammten Wüste verschlungen.

Ich seufze und fahre mit meiner Hand über die Gravur in Lucas' Grabstein. Sein Name, sein Dienstrang und die Daten, zwischen denen er gelacht und gelebt hatte, alles war da.

Geliebter Sohn.

Bester Freund.

Meine Augen konzentrieren sich auf sein Todesdatum, und bringen mich dazu, auf mein Handy zu schauen.

„Du verarschst mich", schreie ich halb dem Gras entgegen. „Zehn Jahre? Gestern? Du bist *gestern* vor zehn Jahren gestorben?"

Als der Wind zunimmt, steigt mir die Kälte den Rücken hinauf, vielleicht ist das auch eine Antwort von Lucas. Ich kann nicht glauben, dass es zehn Jahre her ist, dass mich Rykers Mutter zum ersten Mal anrief.

Ich muss hier weg.

Ich komme ganz bewusst erst zu einer Zeit nach Hause, von der ich *weiß*, dass die Jungen dann schon im Bett sein werden. Die Wohnung ist ein Saustall, wie zu erwarten war, wenn Eric das Sagen hat. Meine Augen begutachten das Chaos und ich entschließe mich, Spielzeug vom Boden unseres Wohnzimmers aufzuheben, während Eric mit dem Rücken zur Küchentheke steht.

„Mach dir keine Sorgen darüber, Liebes. Geh einfach etwas lesen oder nimm ein Bad oder sowas; Ich werde aufräumen."

„Okay." Ich seufze.

Während ich an Eric vorbei gehe, breitet er seine Arme aus, um mich zu umarmen. Das macht er oft, breitet die Arme aus und erwartet von mir, dass ich mich in sie fallen lasse. Als ich ihn anschaue, schon dabei bin, ihm eine Abfuhr zu erteilen, sehe ich den Dreiundzwanzigjährigen, der eine Redskins Mütze aufhat und den Bürgersteig entlangläuft. Ich trete in seine Umarmung und er scheint vor Erleichterung aufzuatmen.

Er legt sein Kinn auf meinen Kopf. „Du siehst aus, als hättest du geweint."

Ich kann den Jungen auf dem Bürgersteig nicht anlügen. „Ich war heute an Lucas' Grab."

Erics Muskeln verspannen sich, während er sich zurücklehnt und mich auf Armeslänge festhält. Ich schwöre, dass ich sehe, wie seine Augen für eine Millisekunde zu meinem linken Arm schießen, aber ich lehne mich nicht abwehrend zurück, nur für den Fall. Er hat die Verbindung *ganz sicher* nicht hergestellt.

„Warum?" Bei der Frage sinken seine Augenbrauen wieder nach unten.

Ich räuspere mich. „Das letzte Mal war ich dort, bevor ich dich kennengelernt habe. Es ist zu lange her... er ist gestern vor zehn Jahren gestorben."

Frische Tränen verschleiern meinen Blick.

„Es tut mir Leid." Er zieht mich erneut in eine Umarmung, ich weine nochmal etwas.

Im Moment weine ich nicht um Lucas – so schlimm das sein mag. Es ist für jede verdammte Sache, die danach geschehen ist. Eric weiß das. Und deshalb hält er mich so fest; er möchte nicht, dass ich mich wieder dorthin begebe. Dorthin, wo ich allein die Kontrolle darüber habe, wie ich mich fühle. Immer.

Als wir ins Bett kriechen und Eric seinen Arm um meine Taille legt, wird mir klar, dass ich einen riesigen Fehler gemacht habe. Ich weine nicht – nicht mehr – aber ich habe es gerade vor Eric getan. Er weiß, dass die Tränen dem Mädchen gelten, das ich am 10. September 2001 gewesen bin. Das Mädchen, das nicht wusste, was eine Panikattacke ist oder wie sich wahre Furcht anfühlt.

Ich muss jetzt vorsichtiger sein. Ich könnte aus der Haut fahren und wünsche mir, ich könnte nur einen kleinen Schnitt machen, um etwas von der Anspannung loszulassen, etwas von dem Schmerz. Mein Herz rast, als ich realisiere, dass ich

Pandoras Büchse geöffnet habe. Jetzt muss ich ritzen, jetzt sofort. Mehr gibt es nicht zu sagen. Ich werde mich morgen besser fühlen, wenn ich es tue, denn das Adrenalin betäubt meinen Schmerz. Es wird mich davon abhalten, dumme Fehler zu machen, wie zum Beispiel Lucas Grab zu besuchen oder vor Eric zu weinen. Bald schlafe ich ein, dabei denke ich an Erics Gesichtsausdruck, als ich ihm das erste Mal erzählt habe, was die Narben bedeuten.

Kapitel 4

„Morgen", flüstert Eric, während er meine Stirn küsst. Er stellt eine Tasse Kaffee auf meinen Nachttisch.

„Hey." Ich setze mich auf und bekomme sofort Panik, weil es draußen schon hell ist. „Scheiße! Ich habe verschlafen! Es tut mir leid. Wo sind die Jungs?"

Eric lacht und setzt sich ans Fußende des Bettes. „Ich habe sie zum Kindergarten gebracht. Meine Mom wird sie abholen und sie werden bei ihr übernachten."

Moment mal, was?

„Moment mal, was? Sie haben bisher höchstens zwei Mal bei ihr übernachtet, Eric, warum jetzt?"

Was hast du ihr erzählt?

„Ich habe ihr gesagt, dass wir dringend mal ausgehen müssten, um zu feiern, dass ich meine Doktorarbeit fast fertig habe und sie hat gerne zugestimmt."

„Natürlich. Für dich tut sie alles." Ich verdrehe meine Augen und setze mich auf.

„Gott, Natalie, sei nicht so glücklich darüber, dass ich dir einen weiteren Tag – ", er hört auf zu sprechen und zuckt zusammen, als mir die Kinnlade runterfällt. „*Gott*, das ist so frustrierend!" Er steht auf und fährt mit seinen Händen durch seine Haare, als er fertig ist, schiebt er sie sich hinter die Ohren. „Was ist los, Nathalie? Was ist los? Wir haben seit drei Wochen keinen Sex mehr gehabt, du bist schrecklich launisch und gestern warst du am Grab von jemandem, den du vor zehn Jahren kaum gekannt hast? Was ist hier los?" Er schließt seine Augen und holt vorsichtig Luft. So ist Eric, er versucht immer, die Kontrolle zu bewahren.

„*Kaum gekannt habe?* Lass mich verdammt nochmal in Frieden, Eric! Gottverdammt! Du bist an sieben Tagen die Woche vierundzwanzig Stunden im Labor und ich bin an sieben Tagen die Woche vierundzwanzig Stunden mit *ihnen* zusammen. Ich liebe die Jungs, Eric, das weißt du, aber manchmal… Scheiße!" Ich hüpfe aus dem Bett und gehe ins Bad, um zu duschen, dabei schließe ich die Tür hinter mir ab.

Während der Dampf mein kleines Refugium benebelt, starre ich die letzte Rasierklinge in meinem Bad an – die, die ich zum Rasieren meiner Beine verwende. Bevor ich merke, was ich tue, breche ich sie auseinander und fahre mit ihr über meinen Hüftknochen. Zunächst zucke ich ein bisschen zusammen, dann kommt das Adrenalin und bringt mir das versprochene Hochgefühl. Ich habe einen ganzen Tag und eine ganze Nacht allein mit Eric – ich beschwere mich regelmäßig darüber, dass wir das nicht oft genug haben – und jetzt ertappe ich mich dabei, wie ich nach einem Ausweg daraus suche.

Ich sollte Dr. Greene anrufen, das sollte ich wirklich tun – falls sie immer noch eine Praxis in der Gegend hat. Zu ihr haben meine Eltern mich geschickt, als sie mir *erlaubt* hatten, für mein vorletztes bzw. letztes Jahr ans Mount Holyoke College zurückzukehren. Es hätte mein letztes Jahr sein sollen, aber das Semester, das ich mit intensiver Therapie in Pennsylvania verbracht habe, war in ihren Augen notwendig gewesen.

Als Eric auf der Bildfläche erschien, waren meine Eltern mehr als nur wohlwollend. Er war der erste Freund, den ich seit Ryker gehabt hatte, und es war genug Zeit seit „dem Vorfall" vergangen, dass *sie* es für angemessen hielten. Wenn man bedenkt, dass Eric auf dem Weg zu seinem Doktortitel war und *nicht* beim Militär, überrascht es mich, dass sie nicht gleich beim ersten Treffen mit ihm eine Hochzeit geplant haben. Allerdings haben mich dann zwei rosafarbene Linien kurz darauf dazu gebracht vor den Altar zu treten.

Meine Gedanken wandern zurück zu meinem gestrigen Besuch auf dem Friedhof und ich lasse mich an der Wand der Dusche nach unten sinken und kauere mich auf den Boden.

„Wir müssen uns zum Dienst melden." Nur einen Monat nachdem Terroristen die Sicherheit zerstört hatten, die ich für selbstverständlich gehalten hatte, sagte mir Ryker, dass er gehen musste.

Die vorhergehenden drei Wochen waren angespannt gewesen; er hatte oft die Zähne zusammengebissen und schien immer auf Habachtstellung zu sein. Wir hatten in der Zeit auch nur ein paar Mal miteinander geschlafen. Obwohl wir in meinem Wohnheimzimmer waren, war Lucas bei ihm – er hatte die Arme vor sich verschränkt, stand auf der Türschwelle und sah aus, als ob er sich lieber in ein tiefes Loch verkrochen hätte, als uns bei dieser Unterhaltung zuzuschauen. Lucas hatte damals keine Freundin und wir drei verbrachten eine Menge Zeit miteinander. Er und ich hatten eine Art geschwisterliche Beziehung zu einander aufgebaut, die uns beiden gut tat; mein jüngerer Bruder war acht Jahre jünger als ich und Lucas war Einzelkind.

„Ihr beide?" Mein Puls wurde schneller, als meine Augen zwischen ihnen hin und her schossen.

Lucas verlagerte unbehaglich sein Gewicht, bevor er schluckte. „Wir sind in der gleichen Einheit, Nat." Er zuckte mit den Schultern und fuhr mit seiner Hand über seine kurzen Haare.

Ich stand auf und stellte mich zwischen die beiden, aber Ryker ließ seine Hand auf meinem Arm liegen.

„Aber ihr müsst nicht nach Übersee, richtig? Ihr seid in der *Nationalgarde*. Solltet ihr nicht hier bleiben und die Grenzen verteidigen oder sowas?" Ich verfluchte mich innerlich dafür, dass ich nicht mehr über die Teilgebiete des Militärs und ihre Aufgaben wusste.

Ryker stand auf und griff nach meinen Schultern. Er sah für eine Sekunde rüber zu Lucas, bevor er tief Luft holte und dann wieder zu mir blickte. „Das hier ist anders, Natalie." *Scheiße, er hat meinen vollständigen Namen verwendet.* „Wir werden ein paar Wochen lang nicht wissen, wo sie uns hinschicken, aber..."

„Aber was, Ry?" Meine zittrige Stimme strafte die Stärke Lügen, die ich zu zeigen versuchte.

Bush wird sie nach Afghanistan schicken.

Sein Kiefer bebte wie eine große Trommel. „Uns wird nichts passieren, wir sind gut ausgebildet." Er lächelte und schenkte mir ein kleines Lachen. „Das ist unser Job."

Ich glaubte ihm. Er war standhaft, zuversichtlich, sich seiner Sache sicher. Eigentlich sah Lucas, während ich über meine Schulter blickte, aus, als sei er von unserer Unterhaltung ziemlich gelangweilt. Dieser Junge war Soldat, durch und durch. Es war, als hätte er sich immer auf diesen Moment vorbereitet, während wir andern glücklich durch unser Leben trotteten, fühlte er sich erst jetzt richtig lebendig. Es ist nicht so, dass Ryker *nicht auch* wie Lucas wie ein Soldat aussah; es ist nur so, dass ich es nicht sehen wollte.

„Ihr werdet also… was", ich schluckte meine Tränen herunter, „nächste Woche abreisen und… das war's dann? Ich werde dich nicht wiedersehen, bis du von wo auch immer sie euch hinschicken nach Hause kommst?"

Ryker wischte mit seinem Daumen über meine Wange und nickte einfach.

„Und die nächste Woche?", ich lehnte mich gegen seine Hand.

Er küsste meine Stirn. „Nächste Woche werden wir jeden Tag und jede Nacht zusammen verbringen."

Eric klopft an die Badezimmertür.

„Ja?" Ich stehe fröstelnd in der Dusche und bemerke jetzt erst, dass das Wasser kalt geworden ist.

„Ich wollte nur sichergehen, dass alles okay ist. Du bist schon eine ganze Weile da drin." Ich weiß, dass er seine Stirn gegen die Badezimmertür lehnt; das tut er, wenn er emotional erschöpft ist – er stützt seinen Kopf ab.

Ich muss mich zusammenreißen oder Eric wird meine Eltern anrufen. Heute werde ich nett sein und ihm Aufmerksamkeit schenken, damit er mich dann ein paar Tage in Ruhe lässt.

„Mir geht's gut, Babe, bin gleich fertig."

Ich drehe das Wasser ab, lasse Desinfektionsmittel über meine Hüfte und die Rasierklinge laufen und stelle mich emotional auf vierundzwanzig Stunden allein mit meinem Ehemann ein.

„Tosha hat auf deinem Handy angerufen. Ich bin rangegangen und sie hat gesagt, dass sie von ihrer Reise zurück ist – sie möchte, dass du sie zurückrufst, damit ihr euch zum Mittagessen verabreden könnt."

Ich danke Gott für Tosha.

Ich öffne die Badezimmertür und lächle Eric an. „Hast du was dagegen, wenn ich mit ihr Mittag esse und du und ich dann den Nachmittag und Abend zusammen verbringen?"

Er kauft mir mein Lächeln ab und lächelt zurück. „Natürlich nicht. Ich werde hier klar Schiff machen und wenn du nach Hause kommst, wird uns schon was einfallen, was wir tun können." Er wackelt spielerisch mit seinen Augenbrauen und ich weiß, was er meint. Zu blöd, dass wir erst heute Nacht Sex haben können, wenn die Lichter ausgeschaltet sind, damit er nicht sehen kann, was ich gerade mit meiner Hüfte gemacht habe.

Scheiße.

Ich stelle mich auf die Zehenspitzen und küsse sein kratziges Kinn. „Du musst dich rasieren." Ich zwinge mich, zu kichern, bevor ich mich umdrehe und zurück ins Bad gehe, um mich anzuziehen.

„Viel Spaß mit Tosha, ich hol mir einen Kaffee."

Ich werfe mir ein langärmliges Shirt über, obwohl es draußen über 20°C warm ist, und bereite mich auf das Mittagessen mit meiner besten Freundin vor – der einzigen Person, die mich besser kennt als mein Ehemann. Auch wenn er das nicht wahrhaben will.

Eine Stunde später sitze ich auf der Terrasse des The Pub, während Tosha verbotenerweise eine Zigarette zu ihrem Margarita raucht.

„Tosh leg den Scheiß zur Seite, sie werden uns noch rausschmeißen!", lache ich und nippe an meinem Alkohol. Tosha und ich bestellen immer etwas Alkoholisches zum Mittagessen; das ist unser kleiner Akt der Rebellion, seit wir einundzwanzig geworden sind.

„Oh, scheiß auf sie." Sie verdreht ihre Augen und drückt ihre Zigarette am Tisch aus. „Egal, was ist los mit dir? Du siehst total... emomäßig aus." Obwohl sie Professorin ist, fehlen ihr oft die richtigen Worte.

Du musst es ihr sagen. Mach es jetzt gleich, dann hast du es hinter dir.

Ich hole tief Luft. „Ich war gestern an Lucas' Grab."

Tosha verschluckt sich an ihrem Margarita. „Was zum Teuf – *was?* Was zur Hölle ist in dich gefahren, dass du das getan hast?" Sie greift unverfroren nach einer weiteren Zigarette.

Ich sehe dich. Hör auf, meinen linken Arm anzustarren.

„Ich weiß es nicht." Ich bin ehrlich. „Ich hatte gestern etwas Zeit für mich und bin einfach durch die Gegend gefahren. Bevor ich es selbst bemerkt habe, habe ich ihn angeschrien, weil er gestorben ist. Das ist zehn Jahre her, Tosha, *zehn verdammte Jahre*."

Sie hat seit sie die Zigarette angezündet hat, keinen einzigen Zug genommen; sie starrt mich mit offenem Mund an.

„Du hast sein Grab angeschrien? Weiß Eric, dass du dort warst?" Schließlich zieht sie an ihrer Zigarette. Ein langer Zug.

„Ja. Er versteht es aber nicht. Ich habe heute Morgen die Geduld verloren und ihn angeschrien."

„Ich verstehe es auch nicht wirklich, Nat." Aus ihren Augen blickt Besorgnis.

„Ich bin in letzter Zeit einfach ziemlich gestresst, denke ich – "

„Das ist nicht Lucas' Schuld. Oder Rykers. Und nicht mal wirklich deine, weißt du." Sie spielt mit einer Hand mit ihrem Haar und hält mit der anderen ihre Marlboro und den Margarita. „Du bist krank geworden..."

„Ja", schnaube ich sarkastisch.

„Dann – ging es dir wieder besser. Und du hast Eric getroffen." Gott segne sie – sie versucht, ihren eigenen Worten zu glauben.

Die Wahrheit ist, ich habe es durchgestanden und danach Eric getroffen.

„Es hat sich aber gut angefühlt, ein bisschen an seinem Grab zu weinen." Ich zucke mit den Schultern und schlucke etwas Tequila.

„Du hast nicht etwa – "

Ich schüttele meinen Kopf und unterbreche sie. „Nein, ich habe Ryker nicht gesehen."

„Wow, sein Name ist dir ziemlich leicht über die Lippen gekommen." Tosha war damals dabei, als ich nicht mal seinen Namen hören konnte, ohne zusammenzubrechen. „Vielleicht weiß dein Gehirn, dass es zehn Jahre her ist."

„Vielleicht", seufze ich.

„Wirst du erneut auf den Friedhof gehen? Ich würde mitkommen."

„Ich bezweifle es", lüge ich.

Sie nickt. „Okay, na ja, falls du es doch tust – "

„Das werde ich nicht. Glaub mir. Gestern war mehr als genug."

Wir sitzen da, ohne etwas zu sagen, bis unser Essen kommt. Plötzlich habe ich meinen Appetit verloren, aber ich stochere trotzdem in meinem Salat herum.

„Findest du, dass es Zeit wird, dass das Schuljahr endet?", frage ich Tosha und unterbreche damit unser Schweigen.

„Und wie, du hast ja *keine* Ahnung. Ich kann es nicht abwarten, bis ich die hohen Jahrgänge unterrichten darf – die Frischlinge sind so schrecklich selbstgefällig."

„Ich bin mir sicher, dass wir *nicht* so waren." Ich zwinkere und sie lacht. Jetzt sind wir wieder auf sicherem Boden.

Tosha unterrichtet Biologie am Mount Holyoke College. Sie liebt es, das zu hassen. Genau deshalb liebe ich sie. Sie raucht, um schwierig zu sein.

„Ganz sicher nicht", sagt sie in einem gespielt hochnäsigen Ton.

Für einen kurzen Augenblick sind wir wieder Studentinnen im Abschlussjahr, die darüber kichern, wie ich Eric kennengelernt habe – ein heißer Typ, den ich zufällig auf einer Bank auf dem Bürgersteig getroffen und danach eine Woche damit verbracht habe, ihn auf Myspace zu stalken. Schließlich fasste ich den Mut, ihn anzurufen.

Jetzt sitze ich hier, am verlängerten Ende dieses Anrufs.

Kapitel 5

„Von welchem Geld sollen wir das bezahlen, Eric?" Ich streiche mein Kleid glatt und trage etwas Lipgloss auf.

Eric konnte es nicht abwarten, mich mit einem Abendessen im The Lord Jeffery Inn zu überraschen. Es liegt am Marktplatz in Amherst und ist eines der besten Restaurants der Gegend. Ich war mit meinen Eltern ein paar Mal hier, während ich auf dem College war, und einmal mit Erics Eltern, aber es kein Ort, an dem wir jemals selbst bezahlt haben.

„Ich habe dir doch erzählt, dass einer der Professoren bei seinem Besuch gesehen hat, wie hart ich arbeite. Er hat mich gefragt, was ich privat so mache, und als ich ihm erzählt habe, dass ich eine Frau und Zwillinge habe, hat er uns diesen Abend geschenkt." Er greift nach meiner Hand, während wir die Steintreppe nach oben gehen. „Er hat auch Kinder und weiß, wie schwer es ist, unseren Job zu machen und dabei eine Familie zu Hause zu haben."

„Das hat er ganz richtig bemerkt. Wow, sie haben das Restaurant wirklich toll renoviert." Ich drücke Erics Hand, während die Hostess uns zu unserem Tisch führt.

Das Abendessen ist perfekt. Nachdem ich gestern so geweint habe und dem Mittagessen mit Tosha heute, fühle ich mich zum ersten Mal seit langer Zeit wieder völlig präsent und kann mich voll auf Eric konzentrieren.

„Wie ist dein Essen?", fragt Eric, während er an seinem Scotch nippt.

Ich grinse. „Es ist exzellent. Wie ist der Scotch? Es ist lange her, seit du irgendetwas Gutes trinken konntest."

„Er ist sehr gut." Er lächelt und streckt seine Hand über den Tisch. Ich greife danach und reibe mit meinem Daumen über seinen Handrücken.

„Es tut mir Leid wegen der letzten Tage, Babe", ich hole tief Luft, „die Jungs waren in letzter Zeit einfach extra anstrengend und um ehrlich zu sein? Ich kann es nicht erwarten, bis sie endlich in die Vorschule gehen können." Ich halte die Luft an und warte auf seine Reaktion, weil der „Vorschul-Teil" unbeabsichtigt aus mir raus kam. Er lächelt.

„Natalie, *mir* tut es leid. Nach dem Tag, den ich gestern mit ihnen verbracht habe, kann ich kaum glauben, dass du noch nicht verrückt geworden bist."

Ha.

„Ich weiß es zu schätzen, dass du dich entschuldigst. Ich brauche einfach öfter deine Unterstützung, das ist das Hauptproblem, Eric. Ich habe nicht das Zeug zur Vollzeitmutter – das hatte ich nie. Gott, das klingt schrecklich." Ich lehne mich zurück und leere mein zweites Glas Wein.

„Es ist nicht schrecklich, Nat", er hält inne, als er mich *Nat* nennt und ich zucke mit den Schultern und bedeute ihm weiterzureden, „es ist ehrlich. Du warst immer ehrlich und darum habe ich mich in dich verliebt."

Er hat recht, darum hat er sich in mich verliebt. Meine Ehrlichkeit...

„Das dritte Date mit Mister Strömungslehre, hm?" Tosha kräuselte ihre Lippen und küsst meine Wange.

„Er hat einen Namen, Tosha", lachte ich.

„Tut mir Leid. Drittes Date mit dem Heißen-McEric?"

„Ja."

Eric und ich waren in den zwei Wochen seit er mir hinterhergejagt war und mir seine Nummer gegeben hatte, zweimal miteinander ausgegangen. Nachdem ich ihn sieben Tage lang ausgiebig auf MySpace gestalkt hatte, hatte ich beschlossen, ihn anzurufen. Bei unserem ersten Date sind wir zu Judie's gegangen und saßen an einem Tisch, von dem aus wir die Bank sehen konnten, auf der wir uns kennengelernt hatten. Es sollte lustig sein, aber jetzt wird mir klar, dass wir uns beide, noch bevor wir unsere erste Unterhaltung auf dieser Bank beendet hatten, schon verbindlich festgelegt hatten. Beim zweiten Date haben wir uns ein Baseballspiel an der UMass im Scheinwerferlicht angeschaut.

„Was macht ihr zwei heute Abend?"

„In Amherst zeigen sie Casablanca im Kino. Keiner von uns hat den Film schon mal gesehen, also werden wir ihn uns anschauen."

„Hat er dich schon geküsst?" Tosha hat eine Weile gebraucht, um ihre Lieblingsfrage zu stellen.

„Noch nicht", schüttelte ich meinen Kopf, „er ist ein richtiger Gentleman."

Mir entging der bittersüße Ausdruck nicht, der über ihr Gesicht huschte. Sie wusste es besser, als Eric mit Ryker zu vergleichen; das hat sie niemals versucht, sie wusste, dass es niemals jemand vergleichbaren geben konnte.

Ich traf Eric bei seiner Wohnung und wir liefen händchenhaltend zum Amherst-Kino.

„Ich habe nachgedacht", Erics Griff wurde ein bisschen fester, als wir miteinander sprachen, „du bist ein Jahr älter als ich."

„Ja, und?"

Er biss sich schüchtern auf die Lippe. „Ich bin im Studium ein Jahr weiter als du."

„Du hast dein erstes Jahr vorzeitig beendet, du Genie", neckte ich ihn.

„Ja, aber dann müssten wir im selben Jahr sein. Oder?"

Scheiße.

„Na ja", seufzte ich ungezwungen, „du hast mich erwischt. Ich habe ein Semester ausgesetzt und war davor schon nicht mehr im Zeitplan. Ich hätte meinen Abschluss letztes Jahr machen sollen, aber hier bin ich nun." Ich zuckte mit den Achseln und lächelte.

„Hast du ein Praktikum oder sowas gemacht?"

Ja, in der Psychiatrie in der Nähe meines Elternhauses.

„Oder sowas." Ich schenkte ihm ein verschämtes Lächeln und drückte seine Hand, dabei hoffte ich, dass er das Thema fallen ließ.

Das tat er.

Ein paar Wochen später hatte ich allerdings nicht so viel Glück. Ich habe Eric bei meiner Abschlussfeier meinen Eltern vorgestellt. Er war süß; ich habe ihn beobachtet, wie unruhig seine Hände während der ganzen Feier waren, als er neben meinem Vater in seinem Tweed Mantel saß. Ja, Tweed im Mai. Das Stichwort, die Augen zu verdrehen.

Wie auch immer, während sich die Menge nach der Feier langsam auflöste, gefror meine Welt. Während ich bei Eric, meinen Eltern und Tosha stand, sah ich Ryker aus den Augenwinkeln. Wir hatten einander seit fast zwei Jahren nicht mehr gesehen. Er stand am anderen Ende der Wiese und hatte zotteliges, blondes Haar, so hatte ich es noch niemals gesehen. Er war allein.

„Natalie, Liebes, geht's dir gut? Du siehst blass aus." Meine Mom berührte mein Handgelenk und alle Augen fielen auf mich, als ich instinktiv zurückwich und mir einen Weg durch die Menge bahnte.

Als ich auf der anderen Seite der Gratulanten ankam, war Ryker nicht mehr da.

„Ryker?", rief ich ins Leere. „Ry?"

Tosha war hinter mir hergerannt und griff nach meinem Arm. „Gott, Nat, was *machst* du?"

„Ryker hat gerade noch *hier* gestanden." Ich streckte meine Arme aus.

„Nein, hat er nicht." Sie schluckte, versuchte, sich selbst zu glauben. „Im Übrigen, was wolltest du tun, zu ihm rennen und ihn vor deinen Eltern und Eric umarmen? Hättest du überhaupt mit ihm geredet? Es ist zu lange her, Natalie, lass das alles *los*, verdammt nochmal. Das ist unser Tag, nicht seiner."

Mein Puls raste und auf meiner Stirn bildete sich kalter Schweiß.

Durch die Nase einatmen, durch den Mund aus. Nicht durchdrehen. Nicht hier. Nicht jetzt.

Ich wiederholte das Atemmantra immer wieder, mir kam es vor, als wären es einige Minuten gewesen, aber es waren nur Sekunden. Einen befreienden Atemzug später hängte ich meinen Arm in ihren ein und dann drehten wir uns zu meinen Eltern um.

Eric stand direkt vor uns.

„Wer ist Ryker?", fragte er, dabei schaute er auf den Rasen.

„Was?" Ich versuchte, locker zu klingen, so als hätte er nichts von meiner Unterhaltung mit Tosha gehört.

„Wer ist Ryker?" Er drehte seinen Kopf in Richtung meiner Eltern. „Dein Dad hat gesagt, er dachte, er hätte dich seinen Namen sagen hören und deine Mutter schien fast ohnmächtig zu werden. Wer ist Ryker, Natalie?"

Ich sah Tosha an, die mit den Schultern zuckte und mit ihren Augen zu sagen schien, *was möchtest du, dass ich sage?* Ich griff nach Erics Hand und sah ihm in die Augen.

„Deine Hände zittern wie verrückt." Er drückte meine Hand, um es zu stoppen.

„Ich werde dir von Ryker erzählen. Heute Abend. Nur *bitte*, erwähne ihn nicht vor meinen Eltern, okay? Nachher wird alles einen Sinn ergeben, nur… bitte."

Er lächelte und küsste meine Hand. „Okay, ich verspreche es."

Es wird niemals einen Sinn ergeben.

„Ich wünsche Ihnen noch einen schönen Abend." Die Hostess winkt uns zu, während wir in die milde Aprilnacht treten.

Eric und ich schlendern leicht angetrunken über den Bürgersteig zu unserer Wohnung. Dank des Weins und der ganzen Heulerei fühle ich mich einigermaßen entspannt.

„Hey." Ich stoppe ihn unter einem großen Baum am Rande des Marktplatzes.

„Was?"

„Erinnerst du dich, als wir uns zum ersten Mal hier geküsst haben?" Ich ziehe ihn zu mir und schlinge meine Arme
um seine Hüfte, dann schaue ich zu ihm hoch.

Er beißt sich auf die Lippe. „Das tue ich. Gott, ich war
so nervös."

„Mach es wieder."

„Was?" Seine rechte Augenbraue krümmt sich nach innen.

Der teure Shiraz diktiert meine Worte. „Küss mich,
Eric. Wie beim ersten Mal."

„Es ist mir eine Ehre", flüstert er und schiebt eine Strähne meines Haars hinter mein Ohr.

Eric beugt sich runter und drückt seine Lippen auf meine. Ich lasse seine Hüfte los und lege meine Hände auf seine stabilen Schultern. Ich weiß nicht, wann er Zeit findet,
zu trainieren, aber das ignoriere ich im Moment einfach. Er
fühlt sich gut an, geküsst zu werden – gewollt zu sein.

„Lass uns nach Hause gehen", flüstere ich gegen seine
Lippen.

Er schenkt mir ein verspieltes Lächeln und zieht mich
die letzten fünf Minuten des Weges fast.

Wir stürmen in unsere Wohnung und lassen unsere
Schuhe an der Tür fallen. Ich ziehe an Erics Kragen und
stupse ihn auf die Couch, dann setze ich mich rittlings auf
ihn, dabei ist meine Zunge schon in seinem Mund. Er greift
nach meinen Lippen und drückt mich fest auf seinen Schoß.
Ich stöhne in seinen Mund, bin von seiner Dringlichkeit begeistert. Natürlich ist es dringend für ihn – es ist drei Wochen her. Eric greift nach dem Saum meines Rocks, aber
meine Hand schlägt automatisch gegen sein Handgelenk.

„Was?", fragt er verblüfft.

„Ich will dich im Schlafzimmer", sage ich während ich
von seinem Schoß rutsche.

Ohne Licht.
Wo du nicht sehen kannst, was ich mit mir gemacht habe.

Kapitel 6

Bis Montagmorgen ist das Leben wieder zum Scheißnor-
malzustand zurückgekehrt. Eric und ich haben in der Nacht
von Freitag auf Samstag zweimal miteinander geschlafen, bevor wir die Zwillinge abgeholt haben. Diese *hatten eine tolle
Zeit und sind solche Engel*, wenn man Erics Mutter Glauben
schenkte. Der Rest des Wochenendes war auch super; die
Jungs waren glücklich, mit Mommy *und* Daddy zu Hause zu
sein und Mommy und Daddy waren auch glücklich.

Sonntagabend habe ich Eric allerdings nach seinem Abschluss gefragt, wann er seine Doktorarbeit verteidigen musste und solche Dinge. Damit war die Kacke am Dampfen.

*„Denkst du, man wird dir eine feste Stelle an der UMass an-
bieten?"*

Diese Frage war anscheinend unangebracht.

„Gott, Nat, du kannst es nicht lassen, oder?"

*„Was, dass ich wissen will, woran wir sind, wenn du in ein
paar Wochen hoffentlich deinen Abschluss hast."*

„Hoffentlich?", brüllte er. Er brüllt mich niemals wirklich an,
also war das schon ein bisschen dramatisch.

*Ich seufzte, sprach aber ruhig weiter. „Du weißt, was ich mei-
ne, Eric. Die Jungs kommen im Herbst in die Vorschule und ich
möchte wissen, ob wir sie hier einschulen oder woanders."*

Ich verstehe seinen Ärger über meine Frage nach seinen
Jobaussichten nicht. Er ist immer so besonnen. Vielleicht
steigt der Druck, seine Doktorarbeit verteidigen zu müssen.
Egal was es ist, ich fahre heute zu seinem Labor – ein Ort,

den ich niemals aufsuche – jetzt wo die Jungs für ein paar Stunden im Kindergarten sind.

Ich halte vor dem Labor und sehe die üblichen Autos, auch das von Eric. Ich habe einen Bagel und seinen Lieblingskaffee gekauft, eine Art Friedensangebot, weil ich ihn verärgert habe. Normalerweise ist es mir egal, ob er sauer auf mich ist – ich habe zu viel um die Ohren, um ihn auch noch zu besänftigen – aber ich kann nicht zulassen, dass seine Haltung mich runterzieht. Und das wird sie. Und zwar ziemlich schnell.

Eric sollte im Moment in seinem Büro sein, er hat gerade Studentensprechstunde. Er arbeitet als Assistent eines Professors und unterrichtet ein paar untere Semester, und genau dort treffe ich ihn an, an seinem Schreibtisch Arbeiten korrigierend.

Ich klopfe mit einem Knöchel leicht gegen die Tür.

„Hey, was machst du denn hier?" Dann widmet er sich wieder den Arbeiten.

Das bedeutet, dass er sehr sauer ist – wenn er mich nicht sofort anlächelt.

„Ich habe dir einen Kaffee und einen Bagel gekauft. Du bist heute Morgen ohne Frühstück aus dem Haus gegangen." Ich lege beides auf seinem Tisch ab.

Er schaut beides an, redet aber nicht mit mir. „Es überrascht mich, dass dir das aufgefallen ist."

„Komm schon, Eric, das ist nicht fair. Wir hatten ein tolles Wochenende – "

„Ja", schnaubt er, „das erste seit einer langen Zeit und dann ruinierst du es mi – "

Ein schwaches Klopfen an der Tür unterbricht unseren aufkommenden Streit.

„Mr. Johnson?" Eine blonde und ziemlich blasse Paarundzwanzigjährige steht zitternd in der Tür.

„Miss Kimball, wir haben sie heute Morgen in der Vorlesung vermisst. Was kann ich für Sie tun?"

Sieht er nicht, dass sie geweint hat?

„Es tut mir leid, Mr. Johnson. Hier ist meine Hausarbeit, ich hoffe, es ist noch nicht zu spät, sie abzugeben."

Ich weiß nicht, ob er versucht, vor mir taff zu erscheinen, oder sowas, aber Eric benimmt sich wie ein Arschloch, und ich werde nicht zulassen, dass er das Mädchen einfach so gehen lässt.

„Ich bin Erics Frau, freut mich Sie kennenzulernen..."

„Danielle." Ganz kurz blitzt ein Lächeln auf ihrem Gesicht auf, dann ist es schon wieder verschwunden.

Ich lege meinen Kopf zur Seite. „Danielle. Geht es Ihnen gut?"

„Natalie – ", unterbricht Eric uns. Ich hebe meine Hand und ziehe meine Augenbrauen nach oben, dabei schaue ich in seine Richtung. Plötzlich scheint er zu kapieren. „Ist alles okay, Danielle?", sagt er nun zu ihr.

„Ähm...", beginnt sie, aber ihr zitterndes Kinn hält sie auf.

„Es ist okay, Liebes." Mein Puls rast als ich langsam den unverkennbaren, ganz spezifischen, Gesichtsausdruck sehe.

Nein.

„Mein Freund..."

Scheiße.

„Er, ähm... heute verlässt er..."

Dass kann nicht sein...

„Man hat ihn zum Dienst in Afghanistan eingeteilt."

„Gott." Ich umarme die winzige Fremde. In meinen Armen lässt ihre Stärke nach und sie weint gegen meine Schulter. „Wann muss er gehen?", flüstere ich in ihre Haare.

„In zwei Stunden." Sie zieht sich zurück und reibt sich die Augen.

„Zu welcher Sparte gehört er?"

„Marines." Als sie es sagt, leuchtet Stolz in ihrem Gesicht. Ich lächle zurück. „Es tut mir leid, dass ich heute Morgen nicht in der Vorlesung war, Mr. Johnson, wir haben einfach – " Sie wird rot und schaut zu Boden.

Ja, wir haben einfach...

„Ich bin stolz auf Ihren Freund, Miss Kimball, aber Sie müssen verstehen, dass Sie gewisse Verpflichtungen ..."

Mir stehen die Haare zu Berge, während ich dabei zusehe, wie Danielles Gesicht bei den Worten meines Mannes trüb wird. Er hat seinen verdammten Verstand verloren.

„Eric!", rufe ich mit solcher Kraft, dass wir beide zusammenzucken.

Eric knirscht mit den Zähnen. „Natalie, das ist mein Büro – "

„Und du benimmst dich wie ein Arsch. Kommen Sie Danielle, ich bringe Sie zu Ihrem Auto."

Ich greife nach Danielles Hand, werfe Eric einen bösen Blick zu und schmeiße dann seine Bürotür hinter mir zu.

Das war wirklich total unprofessionell von mir. Aber er war richtig gemein. Also habe ich gewonnen.

„Ich wollte wirklich keinen Ärger verursachen", sagt Danielle, als wir ihr Auto erreichen, das planlos auf über zwei Parkplätzen geparkt ist.

„Machen Sie sich darüber keine Gedanken. Er ist in letzter Zeit ziemlich gestresst wegen seiner Doktorarbeit – wissen Sie was, es ist nicht wichtig. Bitte erzählen Sie Ihren Studienkollegen nichts von diesem Vorfall, ja? Verabschieden Sie sich einfach von Ihrem Freund. Küssen Sie ihn, bis sich die anderen Räuspern und Sie sicher sind, dass es Ihnen peinlich sein müsste, weil Sie die Letzten sind, die noch dastehen. Aber es muss Ihnen nicht peinlich sein. Schämen Sie sich nicht. Küssen Sie ihn mit Ihrer ganzen Kraft.

„Danke, Natalie." Nach einer kurzen Umarmung fährt Danielle schnell aus der Parklücke.

Ich beneide sie nicht. Kein Stück.

Dann setze ich mich in mein Auto und drücke meinen Kopf gegen das Lenkrad.

Kein Stück.

„Wie geht es weiter? Was passiert jetzt?", habe ich ihn zwischen zwei Küssen auf meinem Wohnheimbett gefragt.

Die letzte Woche hatte aus gemeinsamen Essen, Küssen und Sex bestanden, und zwar ohne Pause. Unser Studium füllte die wenigen freien Zeiten dazwischen aus. Es war, als würden wir so viel wie möglich voneinander aufsaugen, bevor die große Dürre kam.

„Morgen verabschieden wir uns, dann gehe ich für ein paar Wochen Training nach Texas, und dann geht es los." Ryker fuhr mit seiner Nase an meinem Ohr entlang und flüsterte, so als würde er mir ein Märchen erzählen; eine Gutenachtgeschichte, von der ich wieder aufwachen konnte.

„Ich will nicht auf Wiedersehen sagen." Ich blinzelte ein paar Tränen fort. Als sie auf seine Brust fielen, lehnte er seinen Kopf zurück.

„Heute Nacht keine Tränen, ja? Ich will dein Lächeln sehen. Du hast ein sehr hübsches Lächeln, Nat."

Natürlich brachte *das* mich zum Lächeln.

Ich lächelte weiter und wischte die nächsten Tränen fort. „Wirst du mich anrufen können?"

„Ich denke schon." Ryker fuhr mit seinen Händen an meinem Shirt nach oben und seine Lippen folgten.

Hör auf, darüber zu reden, Nat. Genieße das hier.

In dieser Nacht brauchte er *mich*, die Natalie vom 10. September, nicht die Freundin-eines-Armeeangehörigen-Natalie. Ich gab sie ihm gerne, aber plötzlich war ich nervös – so als wäre es unser erstes Mal. Ich schob diese Gedanken schnell fort und mir wurde klar, dass ich jede nur erdenkliche sensorische Erinnerung an ihn bewahren musste, bevor er in den Krieg zog.

Verdammter Krieg.

„Musst du heute Abend zurück in dein Wohnheim?", fragte ich, dabei setzte ich mich auf und stützte mich mit meinen Ellbogen ab.

Er lachte und zog sein Shirt aus. „Nein, Nat, ich muss für die nächsten zwölf Stunden *nirgendwo sein.*"

„Doch, das musst du." Ich zog mein Shirt ebenfalls aus und zog ihn auf mich. „Du musst genau hier sein." Ich griff mit meiner Hand zwischen uns und öffnete den Reißverschluss meiner Hose; er hob sich auf seine Knie und tat das Gleiche.

Als er sich zwischen meinen Beinen in Position brachte, schüttelte er seinen Kopf, bevor er mich küsste. „Verdammt, du bist einfach wunderbar. Wie konnte ich nur so ein Glück haben?"

„Du hast mich schon in der Sekunde, in der wir uns kennengelernt haben, geküsst." Ich stieß ein langes Seufzen aus, als er in mich glitt.

Ryker bewegte sich langsam vor und zurück, aber zu Anfang redete er weiter.

„Das war ziemlich draufgängerisch, nicht wahr? Mann", keuchte er, „du fühlst dich *so* gut an, Natalie."

Ich behielt meine Augen offen und sah zu, wie er seine Augen fest schloss, während er sich auf die Lippe biss. Ich liebte ihn. Das wurde mir in diesem Moment klar. Ich kann nicht wissen, ob ich genau in diesem Moment das Gleiche gefühlt hätte, wenn er nicht in den Krieg ziehen müsste; aber jetzt spürte ich es. Der Moment war gekommen, jetzt oder nie.

Ich griff nach seinem Gesicht und schob es hoch, von meinem Hals weg. „Ich liebe dich, Ryker."

Zuerst lächelten seine Augen, dann wanderte das Lächeln auch zu seinem Mund. „Ich liebe dich auch, Natalie."

„Liebe mich die ganze Nacht. Hör nicht auf, okay?"

Seine Arme, die auf meinen Schultern lagen, spannten sich an, während er schneller wurde. „Es würde mir nicht im Traum einfallen aufzuhören. Nicht jetzt."

Und genau das taten wir dann auch.

Der Rest ist nur eine schmerzliche, verschwommene Erinnerung. Am frühen Morgen küsste mich Ryker, bevor er ging, und sagte mir, wir würden uns später sehen. Tosha überprüfte mein Make-up, als ich mich darauf vorbereitete zu ihm zu fahren, um mich zu verabschieden. Rykers Vater, den ich schon ein paar Mal getroffen hatte, weil er hier in der Gegend wohnte, hatte angeboten, mich zu fahren, aber ich hatte höflich abgelehnt. Ich würde mich zusammenreißen, um mich von Ryker zu verabschieden, aber ich brauchte einen sicheren Ort, um mir die Augen auszuheulen, wenn es Zeit war zu gehen.

„Denk dran", sagte Tosha und legte eine Hand auf meine Schulter, „breche nicht zusammen, okay?"

„Tosh…" Ich verdrehte meine Augen, das hatten wir alles schon einmal besprochen.

„Ihr werdet euch beide vor Angst in die Hose machen, aber keiner darf es den anderen wissen lassen. Er wird für dich stark sein, und du für ihn, und genau so soll es sein. Vertrau mir einfach, okay? Mein Onkel hat gesagt, so war es, als er sich von meiner Tante verabschiedet hat, als er nach Vietnam ging. Ihr müsst füreinander stark sein. So muss es sein." Das waren die ernstesten Sätze, die jemals aus Tosha Danburys Mund kamen.

„Du siehst besser zu, dass du Wein und Cupcakes besorgt hast, bis ich zurück bin." Ich versuchte zu scherzen, aber wir starrten einander nur an.

„Natürlich. Ich liebe dich, Nat. Du schaffst das."

Ich weiß nicht, wie ich an diesem Tag dorthin gekommen bin. Ich weiß, dass ich ein rotes Kleid getragen habe. Und dass ich es danach niemals wieder an hatte. Ich hielt mich mit aller Kraft am Lenkrad fest und fuhr bis zu dem Ort, an dem wir uns verabschieden sollten. Es gab kein Orchester, keine Parade und ich fühlte mich weit weniger glamourös als die Frauen im Zweiten Weltkrieg, die ich auf Fotos gesehen hatte.

Zuerst sah ich Rykers Dad; er schien in der Nähe des Eingangs auf mich zu warten.

„Bist du soweit, Kind?", fragte er und legte seinen Arm um meine Schulter.

Wir *waren* wirklich nur Kinder.

Als ich die große Halle betrat, zwang mich der Anblick fast in die Knie. *Familien.* Überall waren Familien. Einige lachten, aber die meisten weinten und umarmten sich; anscheinend war das ein überwältigender Anblick, denn ich stoppte auf der Türschwelle.

„Komm, Liebes, ich sehe sie da vorne."

Sie, das waren Lucas, seine Eltern und ein Paar, von dem ich annahm, dass es seine Großeltern waren. Dann eine Frau, die ich von Bildern kannte, Rykers Mom – sie lebte in Wyoming – und dann Ryker. Es war das erste Mal, dass ich ihn in Kampfuniform sah, außer auf Bildern, und sobald unsere Augen sich trafen, erschien ein Lächeln auf seinem Gesicht. Ich brach zusammen. Ich habe mich nicht auf dem

Boden zusammengerollt und geheult, aber ich konnte die Tränen nicht aufhalten, die mir übers Gesicht liefen.

Ryker eilte zu mir und hob mich in eine Umarmung.

„Keine Tränen", flüsterte er, „mir wird nichts passieren – alles wird gut werden." Ja, er beruhigte *mich*, während er dabei war, das beängstigendste zu tun, das ich mir vorstellen konnte.

Ich nickte, als er mich absetzte und versuchte, Worte aus meiner zitternden Kehle zu zwingen.

„Julia." Rykers Dad, Bill, ging um mich herum und umarmte Rykers Mutter. Sie wischte sich schnell über die Augen, bevor sie sich zu mir umdrehte.

„Du musst Natalie sein, es freut mich, dich kennenzulernen." Ich streckte meine Hand aus, aber sie umarmte mich stattdessen.

Rykers Schwester, Crystal, konnte nicht kommen, denn sie war mit dem Friedenskorps in Afrika. Ich lernte auch Lucas' Eltern kennen und einige Minuten lang standen die Familien da und schauten Ryker und Lucas an, die so nebeneinanderstehend bemerkenswert entspannt aussahen. Lucas schien sogar fast zu leuchten. Es war ein Fehler, mich im Raum umzuschauen, als man uns sagte, dass wir nur noch ein paar Minuten hatten.

Ehefrauen krallten sich an ihre Ehemänner, während Kleinkinder auf dem Boden zwischen ihnen spielten, eine Soldatin sang ihrer Tochter ein Lied vor, während sie Klips in ihr Haar machte und ein weiterer Soldat kniete sich vor seine Frau und küsste ihren schwangeren Bauch. Jeder dieser Soldaten hatte ein ganzes Leben, dass sie so mir nichts, dir nichts zurückließen – um in den Krieg zu ziehen.

Ich wollte ihm sagen, dass er nicht gehen sollte, mich hinknien und wie ein Kind bei einem Trotzanfall an seine Beine zu klammern; aber Toshas Stimme erinnerte mich daran, mich zusammenzureißen. Ich ging zuerst zu Lucas und umarmte ihn.

„Seid vorsichtig", war alles, was ich sagen konnte.

Ernsthaft?

„Das werden wir sein, Nat." Sein Lächeln hätte mich überzeugen können, wenn um uns herum nicht alle geweint hätten.

Alle Eltern und Großeltern umarmten die Jungen. Ich wusste zu diesem Zeitpunkt nichts über Rykers Beziehung zu seiner Mutter, außer, dass sie angespannt war, aber er rieb ihr über den Rücken und wischte ihre Tränen fort, als sie von ihm zurücktrat.

Und dann war ich dran.

Was vor ein paar Monaten als gewöhnliche Beziehung begonnen hatte, war in diesem Moment etwas ganz anderes. Mein Herz tat mir weh beim Gedanken, dieses Gebäude in ein paar Minuten verlassen zu müssen. Ich wollte nicht gehen. Ich wollte nicht, dass *er* ging.

„Tschüss." Ich verbarg mein Gesicht an seiner Schulter und mein ganzer Körper zitterte.

Soviel zum Thema sich zusammenreißen, Nat.

„Ich liebe dich, Nat." Es war kein Flüstern; jeder konnte es hören.

„Ich liebe dich auch", brachte ich fertig, zu sagen, bevor ich ihn lange und fest auf den Mund küsste.

Er drückte mich verzweifelt an sich, bevor er sich zurückzog und mir ein Nicken und ein Lächeln schenkte.

„Ich rufe dich an, sobald ich kann, okay?"

Ich nickte. „Komm einfach nur nach Hause."

Er griff nach meinen Schultern und beugte sich runter, so dass wir auf Augenhöhe waren. „Das werde ich."

Im Rückblick betrachtet hätte ich etwas sagen sollen, wie *komm mit Lucas nach Hause, komm als ganze Person nach Hause.* Aber das tat ich nicht.

Rykers Dad umarmte Lucas; Lucas Eltern taten das Gleiche bei Ryker.

„Ihr Jungs gebt aufeinander acht, hört ihr mich?", sagte Bill ernst.

„Ja, Sir", sagten sie gleichzeitig und kicherten halb.

Und das war es dann. Ich erinnere mich an nichts weiter von diesen letzten Sekunden. Alles, was ich weiß, ist, dass ich es bis ins Auto schaffte und genau die halbe Strecke bis zum Wohnheim gefahren bin, bis ich anhalten musste, um mich schreiend und weinend gegen das Lenkrad zu lehnen.

Ich hebe meinen Kopf von einem anderen Lenkrad, als ich Erics Stimme höre.

„Natalie", sagt er durch das halb geschlossene Fenster.

Ein kurzer Blick auf die Uhr zeigt mir, dass ich zu spät sein werde.

Er lehnt sich nach unten. „Es tut mir leid, was mit Dan – "

„Verschwinde, Eric. Ich muss die Jungs abholen."

Kapitel 7

Ich schaffte es, fünf Minuten vor der Abholzeit an der Schule zu sein, also hatte ich noch Zeit meinen Atem zu beruhigen und die roten Flecken auf meinem Gesicht verblassen zu lassen, bevor ich das Gebäude betrat. Eric hat mir bestimmt zehn Textnachrichten geschickt, darin drückte er sein

Bedauern darüber aus, wie er Danielle behandelt hat, aber auch seine Wut darüber, dass ich vor einer Studentin keinen Respekt für ihn gezeigt habe.

Das Mädchen war nicht einfach eine Studentin. *Verdammt.* An sie zu denken, führt dazu, dass ich mir schon wieder die Augen reiben muss, während die Jungs über den Spielplatz rennen. Ihr Stolz darüber, dass ihr Freund Marine war, gleichzeitig die auffällige Angst, als sie es sagte, es war herzzerreißend. Ich wusste *genau*, wie sie sich in dieser Sekunde fühlte und es gibt einfach nichts, das ich – oder sonst jemand – für sie tun kann.

Hör auf darüber nachzudenken, Nat...

Eric hörte schließlich zur Abendessenszeit auf, mir Nachrichten zu schicken. Ich habe keine einzige beantwortet und mich damit beschäftigt, mit den Jungs Höhlen zu bauen und mit ihnen zu lachen. Nach dem Abendessen und dem Duschen ist es Zeit fürs Bett. Max, der nach Erics Opa benannt ist, wählt ein Batman-Buch aus.

Oliver der – richtig geraten – nach meinem Opa benannt ist, fällt mit ein. „Mommy, wenn ich groß bin, werde ich Superheld."

„Auf jeden Fall", sage ich und schließe das Buch. „Du kannst Polizist werden oder Feuerwehrmann – "

„Oder ein Army-Mann!", jubelt Max.

„Ja, ein Army-Mann!", stimmt Ollie zu und gähnt.

„Mhmm", lenke ich vom Thema ab, „oder Arzt, das sind auch Superhelden, wisst ihr."

„Ich will ein Army-Mann werden." Max gähnt und Ollie schläft schon.

„Sie heißen Soldaten. Guten Nacht, Baby." Ich decke sie zu und küsse sie auf die Wange.

„Ich liebe Superhelden", sagt Max während er einschläft.

„Ich auch", flüstere ich, und küsse ihn erneut auf die Wange.

Ich schließe die Tür fest hinter mir und hole tief Luft, meine Hand liegt noch auf der Klinke, und versuche, den Worten der sorglosen Vierjährigen keine zu große Bedeutung beizumessen.

Sobald ich die Küche betrete, kommt Eric durch die Tür. *Bekomme ich heute denn gar keine Pause?*

Ich schaue ihn nur aus den Augenwinkeln an, bevor ich ihm den Rücken zudrehe, nach einem Weinglas greife und mir ein zu volles Glas einschenke.

„Bitte sei ruhig, sie sind gerade eingeschlafen."

„Natalie, ich verstehe, dass du sauer bist – "

„Das tust du sicherlich nicht, oder du würdest mich zur Hölle nochmal in Ruhe lassen." Ich trinke drei Mal schnell hintereinander, was dazu führt, dass meine Augen feucht werden. „Du warst heute ein totales Arschloch dem armen Mädchen gegenüber, Eric und es war völlig unangebracht." Ich werfe das Weinglas in die Spüle. Es zerbricht und es ist mir egal, dann drehe ich mich in Richtung Flur um.

„Hey!" Er stürzt sich auf mich und greift nach meinem Arm, dreht mich um. „Du hast dich mir gegenüber in meinem Büro vor einer meiner Studentinnen respektlos verhalten und bist wütend auf *mich?*" Wenn er wütend ist, so richtig wütend, sieht man eine Ader in der Mitte seiner Stirn pulsieren.

„Das Mädchen war völlig fertig und du warst ein aufgeblasenes Arschloch."

„Die Studenten kommen ständig mit so Zeug zu uns, Natalie. Irgendwann sind genug Großeltern und Tanten gestorben, dass man zynisch wird."

Ich versuche meinen Arm loszureißen, aber er verstärkt seinen Griff. „Hast du den Horror in ihrem Gesicht nicht gesehen? Was zur Hölle ist nur los mit dir? Sie hatte so viel Angst wie noch nie zuvor in ihrem Leben und du hast sie nicht mal angeschaut; du hast dir nicht mal die Mühe gemacht, sie direkt anzusprechen." Als die Tränen zu laufen beginnen, schlage ich nach ihm.

„Sie ist nicht du, Nat." Sein Tonfall liegt irgendwo zwischen herablassend und reuevoll.

„Das ist das, was du nicht verstehst. Ich *bin* sie – ich bin sie *alle* – und sie auf ihre Verpflichtungen anzusprechen – "

„Liegt das alles nur daran, weil du neulich am Grab dieses Jungen warst? Bist du deshalb so empfindlich?"

„Du kannst mich mal, Eric", knurre ich.

„Tja, das ist schon das zweite Mal heute, dass ich dich mal kann, sonst noch was?" Ich zucke zusammen, als er schreit.

„Ja, du kannst mich mal dafür, dass du vergessen hast, dass *dieser Junge* einen Namen hat – er heißt Lucas, Lucas Fisher. Und du kannst mich mal dafür, dass du so getan hast, als wüsste ich nicht *genau*, wie sich Danielle gefühlt hat, als sie in deinem Büro stand. Und... einfach... du kannst mich mal."

Ich drehe mich erneut um, um zu gehen und er zieht mich wieder zurück.

„Lass mich los", stoße ich mit leiser, kalkulierender Stimme aus.

Er schüttelt seinen Kopf, hoffnungslose Panik steht in seinen Augen geschrieben. „Ich lasse dich nicht los. Niemals. Wir müssen das klären, Natalie. Ich weiß, dass die letzten paar Jahre schwer für dich waren, Liebes, das weiß ich wirklich, aber in ein paar Wochen habe ich meinen Abschluss. Im Herbst gehen die Jungs dann in die Vorschule und du kannst zurück an die Uni."

„Falls sie mich überhaupt zulassen, Eric. Ich habe meinen Master gemacht, dann ein paar Kurse am Community College gegeben und dann die Jungen bekommen. Und ich bin auch auf dem Arbeitsmarkt nicht gut vermittelbar; ich habe so lange nicht mehr gearbeitet. Und selbst wenn ich nochmal zu diesem Programm zugelassen werde, dann *müssen* wir zwei weitere Semester *auf dem Campus* wohnen. Um zu forschen muss ich reisen, forschen und mich frei bewegen können. Sehr viel sogar. Das war das, was mich an dem Programm so gereizt hat, durch die ganz Welt zu reisen, um zu forschen." Ich reiße meine Hand los. „Niemanden interessiert die Anthropologie der Amity Street. Ich nehme ein Bad."

„Es tut mir leid", er sagt es so leise, dass ich nicht weiß, ob er mit sich selbst oder mit mir spricht.

Ja, mir auch.

„Gott, Nat, du bist ja total fertig. Komm her." Tosha führte mich zum Bett, nachdem ich von meiner Verabschiedung von Ryker zurückgekommen war.

„Oh mein Gott, Tosh, es war schrecklich, einfach…" Ich fing an, heftig zu schluchzen und drückte mein Gesicht in mein Kissen, sie streichelte mir über den Rücken. „Kleine Kinder haben ihren Vätern auf Wiedersehen gesagt *und Müttern* und die Frau eines Soldaten war schwanger.

„Ja, es ist schlimm. Nicht alle Soldaten sind ledige Achtzehnjährige", seufzte sie, während sie mit meinen Haaren spielte.

„Ich sollte duschen gehen oder sowas", ich stotterte unkontrollierbar gegen meine Tränen an. Schreien hätte nicht geholfen, weinen hatte nicht geholfen, aber irgendetwas musste ich tun.

Ich rannte ins Bad und fiel vor der Toilette auf die Knie. Unter Schmerzen kam mir minutenlang mein Frühstück wieder hoch, danach lehnte ich mich zurück und warf meinen Kopf gegen die gefliese Wand. Ich boxte mit meiner Faust fester hinter mich als geplant. Aber es fühlte sich gut an, die Frustration, die Wut und Angst aus meinem Körper zu lassen und gegen die kalten Fliesen zu boxen. Der Schmerz, den ich dadurch verursachte, war die körperliche Spiegelung meiner emotionalen Hölle. Ich boxte erneut. Und erneut. Und erneut.

Ryker ist weg.

Meinen Eltern ist es egal.

Sie denken, es ist toll, dass die Ablenkung für eine Weile von der Bildfläche verschwindet.

Irgendwann beginne ich zwischen meinen Schlägen zu schreien und zu kreischen und das führt dazu, dass Tosha ins Badezimmer kommt.

„Natalie! Natalie, hör auf, du blutest!" Sie griff nach meinen Handgelenken.

Ja. Ich blutete. Die Haut meiner Hände war durch die rauen Fugen aufgerissen worden. Ich war atemlos vor Adrenalin, als ich Tosha in die Augen schaute.

„Tut mir Leid", keuchte ich und stand auf, um ans Waschbecken zu gehen.

„Füüüühlst du dich besser?" Sie zog ihre Frage übertrieben in die Länge.

Ich hielt mich am Waschbecken fest und starrte mich im Spiegel an, als die Erleichterung mich überkam.

„Ja, das tue ich wirklich." Meine Hände zitterten, aber ich fühlte mich toll. Es fühlte sich an, als ob ich meine Angst im wahrsten Sinne des Wortes wegblutete.

„Okay", sagte sie vorsichtig, „sieh mal, deine Mom hat vorhin angerufen. Sie hat gesagt, sie hätte es ein paar Mal auf deinem Handy versucht..."

Meine Mom und ich hatten gestern einen großen Streit gehabt, als ich versucht habe, unser Telefonat schnell zu beenden, um mehr Zeit mit Ryker verbringen zu können.

„Pass auf, dass du dich nicht zu sehr von deinem Studium ablenken lässt", war ihre größte Sorge.

Mein Dad war verständnisvoller; er hatte mir gesagt, ich solle Ryker sagen, dass er stolz auf ihn war. Ich bin mir sicher, dass meine Mutter nicht in Hörreichweite war, als er das gesagt hat. Sie dachte, Soldaten wären dumm oder arm; sie konnte es verdammt nochmal nicht fassen, als ich ihr gesagt habe, dass Ryker Student am Amherst College war.

Ich habe meine Mutter nicht zurückgerufen. Stattdessen habe ich geduscht und dabei das ganze Blut und den Schmerz des Morgens den Abfluss heruntergespült. Der Schmerz in meinen Händen fühlte sich merkwürdigerweise gut an. Ich konnte ihn kontrollieren. Es kam mir vor, als wäre er das Einzige, was ich im Moment in meinem Leben kontrollieren konnte.

Jetzt sitze ich in der Badewanne, und fühle mich auch wieder besser. Ich lasse die Rasierklinge über meinen Hüftknochen gleiten, ganz langsam, als wäre es der Bogen eines Cellos, und entlang ihres Weges öffnet sich jede Hautzelle. Einmal wird ausreichen. Nur einmal. Mir stehen die Haare zu Berge; mein Körper geht sofort in den Kampf-oder-Flucht-Modus, und mein Herz pocht wie verrückt in meiner Brust. Mein Körper weiß, dass ein normaler Mensch vor diesem Schmerz davonrennen würde, aber mein Gehirn ist nicht normal.

Das arme verfluchte Mädchen.

Nur Sekunden, nachdem Danielle weg war, erlebte ich Rykers Einsatz erneut und ich wollte ritzen. Das Verlangen bahnte sich in meinem Gehirn den Weg auf den vordersten Platz, nach einem Schmerz, den ich kontrollieren konnte.

Durch meine Nase ein- und den Mund ausatmend genieße ich diese ersten Sekunden, wenn der Schmerz nachlässt. Es fühlt sich so gut an, wenn er nachlässt, einfach so nachlässt. Dann ritze ich erneut. *Nur noch einmal, dieses Mal verspreche ich es mir.*

Als ich die Badewanne leerlaufen lasse, greife ich nach der fast leeren Flasche Desinfektionsmittel und lasse etwas davon über die Klinge laufen; als etwas davon an meine Hüfte spritzt, zucke ich ein wenig zusammen. Ich sitze in der leeren Badewanne bis ich höre, dass Eric ins Bett geht.

Ich muss ihn verlassen.

Wir lieben einander nicht. Ich liebe ihn nicht und nachdem, was ich ihn während der letzten vier Jahre alles habe durchmachen lassen, ist es ausgeschlossen, dass er mich wirklich noch lieben kann. Er ist nicht ganz unschuldig an der Sache, auch er hatte die Wahl. Wir alle haben die Wahl. Es ist sinnlos, uns zu fragen, wie unsere Beziehung wäre, wenn wir die Jungs nicht bekommen hätten. Ich weiß, wie es gewesen wäre; wir hätten uns entweder getrennt oder eine ziemliche merkwürdige Fernbeziehung gehabt. Ich hätte eigentlich die Welt bereisen und für meine Doktorarbeit andere Kulturen erforschen sollen. Er wäre immer noch in diesem Labor. Es hätte nicht funktioniert.

Aber meine Güte, wäre es toll gewesen.

Ich fürchte mich davor, jetzt ins Bett zu gehen, mich neben den Mann zu legen, mit dem ich einmal vorsichtig eine

Zukunft in meinem Kopf geplant hatte, bevor sie sich selbst plante. Ich erinnere mich plötzlich daran, dass im Wohnzimmer frisch zusammengelegte Wäsche auf der Couch liegt. Nach meinem Handy greifend schleiche ich hinüber zu meinem Lieblingskleid. Draußen ist es gerade warm genug, das Paisley-Kleid anzuziehen, in dem ich mich zehn Jahre jünger fühle. Ich rufe Tosha an.

„Nat?" Sie ist eindeutig in einer Bar.

„Wo bist du? Ich komme auf einen Drink vorbei."

„Wow! Gelobet sei *Gott*, Natalie Collins bricht aus! Ich bin in der The Monkey Bar, du schmollendes Etwas, sieh zu, dass du deinen Arsch her bewegst."

Gott sei Dank kann ich dorthin laufen, ich muss eine Menge trinken.

Einen halben Block und eine ganze Welt entfernt, treffe ich Tosh rauchend draußen an. Sie hat ihre konservative professionelle Kleidung gegen ein fast zu kurzes ärmelloses schwarzes Kleid und lächerlich hohe rote Pumps getauscht. Ich liebe sie.

„Und wie oft kommen du und deine sexy Freundin her zum Trinken, knapp fünfhundert Meter von meiner Wohnung entfernt?" Ich umarme Liz – Toshas Partnerin – zuerst. Sie trägt rote enganliegende Jeans und ein schwarzes Tanktop. Sie passen super zusammen, aber das erwähne ich nicht. Sie würden mich umbringen.

„Ein paar Mal pro Woche. Das weißt du." Tosha schlägt mir leicht auf den Po, während wir reingehen in den herrlichen Lärm, der aus allem möglichen nur nicht aus Kleinkindergeschrei und Ehestreitereien besteht.

Kapitel 8

„Also, was bringt dich an diesem schönen Abend zu uns?" Liz gibt mir für den Anfang einen Margarita.

Sie ist ein komischer Gegensatz zu Tosha; Tosha ist eine verrückte Mischung, sie hat aschblondes Haar und schalkhafte, grüne Augen. Liz dagegen ist edel, perfektes, glattes, braunes Haar und mandelförmige Augen. Sie haben sich in dem Jahr kennengelernt, das unser letztes an der Uni wurde. Tosha ist ein Jahr jünger als ich, war aber in meinem zweiten Jahr meine Zimmerkameradin. Sie hat mich nur ein paar Monate, bevor Ryker gegangen ist, kennengelernt und sie ist die ganze Zeit an meiner Seite geblieben. Sie ist mehr, als man sich je als beste Freundin wünschen kann.

„Würg", murre ich, „das Ende des Semesters. Eric ist im Moment manisch-depressiv. *Gott bewahre*, dass ich ihn nach seinen Jobaussichten frage." Ich knalle mein leeres Glas auf den Tresen und bedeute dem jungen Barkeeper, mir einen weiteren Drink zu machen.

„Was hat er gesagt, als du ihm gesagt hast, dass du herkommst?" Tosha hebt hinter ihrem Bier ihre Augenbraue.

„Er schläft, er hat keine Ahnung, dass ich weg bin", zucke ich mit den Schultern.

Tosh und Liz erstarren und starren mich mit großen Augen an, bevor Tosha wieder etwas sagt.

„Sie ist zurück!", ruft Tosha aus. „Meine *Du-kannst-mich-mal*-Zimmerkameradin ist zurück!" Wir nennen uns gegenseitig „Zimmerkameradinnen" seit wir es waren.

„Mehr oder weniger. Er war heute so ein Arschloch einer seiner Studentinnen gegenüber. Ich wollte ihm am liebsten in die Fresse schlagen. Ich habe noch niemals erlebt, dass er sich so aufgeführt hat. Er wird ganz sicher einlenken." Ich lecke das Salz von meinem Glas.

Liz legt ihre Hand auf meinen Barhocker. „Was hat er gemacht?"

Ich seufze. „Ich war seit *Ewigkeiten* mal wieder in seinem Büro, eigentlich um mich zu entschuldigen – stellt euch das Mal vor – weil ich ihn heute Morgen verärgert hatte. Dieses Mädchen kommt rein, blass und weinend und er bemerkt sie kaum." Während ich die Geschichte erzähle, gesellt sich eine weitere von Toshas Freundinnen zu unserer Gruppe. „Also, das Mädchen sagt, ihr Freund ist ein Marine, der heute abreist – "

„Du willst mich verarschen, oder?" Tosha stellt ihr Bier ab.

Ich schüttele meinen Kopf. „Und Eric sagte, er wäre zwar stolz auf ihren Freund, aber sie dürfe deshalb *ihre Verpflichtungen nicht vernachlässigen*." Tosha verdreht ihre Augen, während Liz ihr Gesicht verzieht. „Egal, ich habe ihm gesagt, dass er ein Arschloch ist, sie dann zu ihrem Auto gebracht und ihr gesagt, sie soll ihn küssen, bis es nicht mehr geht. Dann", ich trinke meinen zweiten Margarita ein bisschen zu schnell aus, „habe ich ein Weinglas zerbrochen, ein Bad genommen und bin hergekommen."

Tosha blickt nicht von mir fort, hebt aber die Hand über ihren Kopf und deutet auf mich. Ein paar Sekunden später habe ich einen weiteren Margarita in der Hand.

„Jo, du erinnerst dich doch an Natalie, oder?" Tosha schaut über ihre Schulter zu ihrer Kollegin, die in der Mitte der Geschichte zu uns gestoßen ist. Sie unterrichtet Soziologie am Smith und Mount Holyoke College. Ihr Kurzhaarschnitt ist blondiert und stachelig. Dunkelblaue Augen machen ihre Züge etwas sanfter.

„Natürlich, kilometerlanges, teuflisch schwarzes Haar und noch dunklere Augen? Wer würde so ein Gesicht vergessen?" Jo zwinkert und küsst mich auf die Wange.

„Teuflisch? Das gefällt mir."

Tosha platzt dazwischen: „Gott, Nat, nach diesen letzten paar Tagen fehlt eigentlich nur noch, dass Ryker hier reinmarschiert, dann ist diese Woche komplett."

Meine Zähne sind betäubt. Meine Augen glasig. Dies ist das Land, in dem es okay ist, über Ryker zu sprechen.

„Ryker?", fragt Jo. „Wer ist Ryker?"

Nach einem schicken Essen im Lord Jeffery, um unseren Abschluss zu feiern, das mit peinlicher, von Ryker verursachter, Stille erfüllt war, verabschiedete ich mich von meinen Eltern. Eric und ich wanderten danach in meine neue Wohnung in der Kellogg Avenue. Er hatte mir die ganze Woche über beim Umziehen geholfen.

„Deine Eltern scheinen nett zu sein", sagte Eric, während er auf meiner Couch sitzend, seinen Arm um mich legte.

„Ja, sie scheinen nett zu sein." Ich legte meinen Kopf an seine Schulter und holte tief Luft.

Er lachte. „Was, sind sie das nicht?"

„Doch, das sind sie. Mein Dad vor allem. Trotz des Tweeds." Das brachte Eric erneut zum Lachen. „Meine Mom ist allerdings… schwieriger. Ich meine, mein jüngerer Bruder ist vierzehn, aber sie haben ihm nicht erlaubt, mit zu meiner Abschlussfeier zu kommen, weil er dadurch einen Tag in der Schule verpassen würde. *Wirklich.*" Liam war noch nicht in der High School und sie übten jetzt schon Druck auf ihn aus.

Eric wusste anscheinend nicht, was er sagen sollte, also sagte er nichts. Wir saßen ein paar Minuten da, ohne etwas zu sagen, hörten der Brise zu, die durch das Fenster hineinwehte. Es war einer der wenigen ruhigen Momente in Amherst, der Abend nach den Abschlussfeiern und die meisten der Sommergäste waren noch nicht in das Gebäude eingezogen. Wir waren erst seit ein paar Wochen zusammen, aber alles fühlte sich so richtig und bequem mit ihm an. Er war selbstsicher, konzentriert und stabil. Er wusste, was er wollte und ich respektierte das.

„Also", Eric hielt einen Moment inne, „wer ist dieser Ryker, der deine Eltern in helle „weiß-anglosächsich-protestantische"-Aufregung versetzt hat?"

Ich lachte laut auf bei seiner genialen Beschreibung der Reaktion meiner Eltern auf meine Fast-„Episode" nach der Zeremonie. Dann fiel es mir wie Schuppen von den Augen. Ich musste Eric *irgendetwas* über Ryker erzählen. Weil wir erst seit Kurzem zusammen waren, konnte ich ihm das Wesentliche allerdings nicht erzählen. Noch nicht.

„Ich vermute mal, er ist vielleicht ein Ex-Freund, den sie nicht mochten?", beginnt Eric.

„Meine Mom mochte ihn auf jeden Fall nicht. Mein Dad… mein Dad hat uns im Geheimen unterstützt. Also, Ryker war Student am Amherst College und in der Nationalgarde." Ich lehnte mich vor, Eric tat es mir nach.

Tief einatmen. Es ist vorbei. Es ist alles okay. Du kannst darüber reden, ohne es erneut zu erleben.

„Also", fuhr ich fort, „wir sind irgendwann im Mai 2001 zusammengekommen. Dann… passierte der 11. September." Eric warf mir einen Seitenblick zu. „Ungefähr zu Weihnachten wurde er nach Afghanistan in den Einsatz geschickt."

„Wie lange war er weg?"

Ich tue so, als müsste ich darüber eine Minute nachdenken. „Fünf Monate."

… und drei Tage, neun Stunden und einige kostbare Minuten.

„Das ist nicht sehr lange, oder?"

Ich holte tief Luft und schüttelte meinen Kopf. „Ich denke nicht. Sie sollten ein ganzes Jahr fort sein. Er wurde von einer Kugel getroffen."

Eric lehnte sich zurück und fuhr mit einer Hand durch seine Haare. „Gott. Ist er – wurde er…"

„Wenn man die Umstände betrachtet, hatte er Glück. Er wurde an einer Stelle getroffen, die für einen Schuss in den Rücken okay war." Ich stieß ein nervöses Kichern aus und entschied mich, Lucas nicht zu erwähnen. Das würde ich ihm später erzählen.

Eric begann etwas zu sagen, aber ich hielt meine Hand hoch, um ihn zu stoppen. Stattdessen rieb er dann mein Knie.

„Wie auch immer, er war im Sommer vor unserem vorletzten Jahr an der Uni wieder zu Hause, hat aber sein Studium nicht sofort wieder aufgenommen. Uns beiden fiel die Anpassung schwer…"

PTBS, die Kacke war am Dampfen, Ende.

„Wann habt ihr euch getrennt?", fragte Eric ruhig.

„Ich weiß es nicht mehr genau. Ich weiß, dass das komisch klingt, aber es war ein totales Desaster, also gibt es kein genaues Datum."

Außer dem 12. November 2002.

„Hast du ihn seitdem nochmal gesehen?"

„Nein. Und auch kein einziges Wort von ihm gehört." Ich lehnte mich schließlich auf der Couch zurück, war erschöpft von dieser Geschichte und den ganzen Dingen, die ich weggelassen hatte.

Eric streckte seine Hand aus und griff nach meiner Hand, sein Daumen strich über meine Knöchel. „Hat das etwas damit zu tun, dass du deinen Abschluss erst ein Jahr später gemacht hast?"

Bingo!

„So ungefähr", ich zuckte mit den Schultern, „aber das ist eine andere Geschichte." Ich legte meinen Kopf auf seine Schulter. Er musste nicht wissen, dass meine Eltern diejenigen gewesen waren, die dem Ganzen ein Ende gesetzt hatten – oder warum.

„Okay", flüsterte er, dabei küsste er mich auf die Stirn, „erzähl es mir, wenn du soweit bist."

„Ryker", lächle ich durch betäubte Zähne und schaue Tosha, Liz und Jo an, „ist ein Exfreund aus dem College. Er war heiß. Erinnerst du dich, Tosh? Erinnerst du dich, wie herzzerreißend *heiß* er war?"

„Und damit, Leute", Tosha schlägt mit ihrer Hand auf die Bar und zwingt sich zu einem Lächeln, „endet Natalies Dreiviertelstunde des Mädchen-Abends. Komm schon, meine Gute. Ich werde dich nach Hause bringen. Liz und Jo, ich treffe euch dann im Pub."

„Im Pub? Ich will auch in den Pub, es ist sooooooo lange her, seit ich im Pub war", jammere ich.

„Wir waren gerade erst zum Mittagessen dort, Nat. Du bist betrunken genug." Tosha legt ihren Arm um meine Hüfte und führt mich die schmalen Stufen der The Monkey Bar hinunter.

Als wir die Straße überqueren, zieht sie mich den Weg entlang, der zur Jones Library führt, und setzt mich auf den kalten Steinstufen ab.

Tosha zündet sich eine Zigarette an. „Wirst du mir erzählen, was verdammt nochmal los ist?"

Ich greife nach ihrer Zigarettenschachtel und nehme mir
eine. Sie gibt mir das Feuerzeug ohne weiteren Kommentar.
Sie ist geduldig, während ich langsam zwei Mal ziehe und
dabei meinen Kopf anflehe, etwas klarer zu werden.

Es ist Tosha. Lüg sie nicht an.

Wortlos starre ich nach vorne auf den Parkplatz des
Amherst Cinema und strecke meinen linken Arm– mit der
unteren Seite nach oben – über ihre Knie aus. Sie greift grob
nach meinem Arm und drückt fest zu. Sie beginnt etwas zu
sagen, hört dann aber auf; stattdessen summt sie und fährt
mit ihrem Daumen über meine Haut. Die Schnitte von letzter Woche sind verkrustet und schon fast verschwunden;
aber es ist eindeutig, dass sie neu sind – nicht die Narben
von vor zehn Jahren.

„Was ist passiert?" Tosha fährt sich mit der Hand durch
ihre Haare und zieht erneut an ihrer Zigarette. „Du sagst, du
hättest Ryker nicht gesehen…"

„Mein Gott, Tosh, hier geht es *nicht* um Ryker." Ich atme
den Rauch dramatisch durch meine Nase aus.

„Klar, aber du bist letzte Woche an Lucas' Grab gewesen – "

„Ja… aber… nicht wegen Ryker", beeile ich mich, zu sagen.

„Weiß Eric davon?"

„Natürlich weiß Eric nicht davon, Tosh. Er weiß fast
nichts über das letzte Mal, das weißt du. Ich hatte mit dem
Ritzen aufgehört, bevor ich ihn kennengelernt habe."

„Bis jetzt." Sie hebt ihr Kinn in Richtung meines Arms.

„Ich war so sauer, Tosh." Tränen beginnen, mir übers
Gesicht zu laufen. „Eric bekommt seinen *verdammten* Doktortitel nächsten Monat. Ich hätte meinen schon haben kön-

nen. Das ist alles, an das ich denken kann – nicht, dass mein Ehemann seinen Traum erfüllt – sondern dass ich meinen nicht erfülle."

„Okaaaay", erwidert sie, „das erklärt nicht, warum ich drei Sekunden davon entfernt bin, mit Eric zu reden... oder deiner Mom – "

„Fang diese Scheiße nicht an, Tosh, ich bin kein Kind."

„Ich war *dabei*, Nat. Es war schlimm und deine Jungs müssen nicht – "

„Die Jungs? Was ist mit ihnen? Nur, weil ich niemals Mutter werden wollte, heißt das nicht, dass ich keine verdammt gute Mutter bin." Ich drücke meine Zigarette an den Stufen aus und springe auf, um nach Hause zu gehen.

Tosha greift nach meiner Hand, während sie aufsteht. „Das habe ich nicht gemeint, Nat, das weißt du. Ich meine einfach... einfach, dass du die letzten sechs Monate immer trauriger und trauriger geworden bist. Ich will dich nicht erneut verlieren. Ich habe Eric nichts gesagt, oder sonst jemandem, aber ... Natalie, ich will, dass du gesund bist. War das das einzige Mal?" Sie zeigt mit ihrer Zigarette auf meinem Arm.

„Ja", lüge ich „ich fühle mich jetzt, wo ich es dir gesagt habe, besser." Wir gehen in Richtung unseres Wohnhauses.

Das war einfach.

„Gut, dass ich nicht zugelassen habe, dass du mit in den Pub kommst, Schwester, dein Ehemann ist wach." Tosh nickt in Richtung unseres Wohnzimmerfensters, in dem ein Licht brennt, dass ich ausgeschaltet hatte, als ich gegangen bin.

Scheiße.

Mein Kopf schwimmt in einem Pool aus Tequila. „Er ist ein guter Mann." Ich zeige zum Fenster.

Sie nickt. „Yep."

Ich habe keine Ahnung, ob sie das wirklich denkt. Klar, er *ist* ein guter Mensch, aber Tosh war niemals sehr begeistert von ihm. Sie ist auch fast ausgerastet, als ich ihr erzählt habe, dass wir heiraten. Meine Erklärung, dass ich schwanger war, und dass unsere Familien es zu schätzen wissen würden, waren genau ihre Argumente dagegen.

Ich umarme sie zum Abschied und gehe vorsichtig die Stufen hoch, ich rieche ein bisschen wie Tijuana.

Obwohl ich weiß, dass Eric auf mich wartet, öffne ich die Tür so leise, als ob ich mich reinschleichen will.

„Hey", versuche ich beiläufig zu sagen.

„Wo warst du? Hast du mir gesagt, dass du was vorhattest?" Er ist hellwach. Ich war nur eine Stunde weg.

„Ich war drüben in der The Monkey Bar. Habe mich mit Tosha und Liz getroffen." Ich versuche, ins Bad zu gehen, bin aber so benebelt, dass ich auf der Couch lande. Direkt neben Eric.

„Warum warst du aus? Es ist Montag."

Du bist wirklich ein aufgeblasenes Arschloch.

„Es ist Examenszeit. Sie sind Professoren. Und *ich* arbeite nicht. Also hatten wir Zeit."

Es ist schon lange her, seit wir zusammen zu Hause waren und einfach auf der Couch gesessen haben. Wenn ich meine Augen schließe, sehe ich kein Spielzeug mehr, kann die schlafenden Jungs nicht hören und alles, was ich riechen kann, ist das Abercrombie Parfüm, das Eric immer noch verwendet. Nach ein paar Minuten fühle ich, wie Eric mich in seine Arme nimmt und mich zu unserem Bett trägt. Ich helfe ihm halbherzig dabei, mir das Kleid auszuziehen, dann kuschele ich mich ins Bett, außer meiner Unterhose habe ich nichts an.

Eric küsst mich direkt hinters Ohr, während er neben mir ins Bett schlüpft. „Ich liebe dich, Natalie. Wir kriegen das hin, okay?"

Ich nicke und drifte in den Schlaf, träume von der Zeit, als ein Mädchen mich auf einer Party an der UMass herausgefordert hat, weil ich eine gelbe Schleife an meiner Jacke getragen habe. Die Nadel dieser Schleife habe ich verwendet, als ich das erste Mal geritzt habe.

Kapitel 9

Ich bin gerade mit den Zwillingen im Park, als Tosha anruft.

„Hallo?"

„Na, wie fühlst du dich heute Morgen, du nicht trinkfestes Etwas?", sagt sie mit ein bisschen zu viel Fröhlichkeit in der Stimme.

„Gut", ich räuspere mich, mein Hals ist von der Zigarette gestern Nacht etwas rau, „ich verstecke mich hinter einer riesigen Sonnenbrille auf dem Spielplatz wie eine Schlampe, trinke einen großen Kaffee und bete, dass die Jungs mich nicht in ihr Superheldenspiel mithineinziehen."

„Du bist schrecklich", sagt sie lachend.

„Na ja, ich bin seit Monaten nicht mehr ausgegangen und dann trinke ich gleich beim ersten Mal drei Margaritas in, wie lange war es? Einer Stunde?"

Tosha flüstert, so als ob andere zuhören können: „War er sauer?"

„Ich weiß es nicht genau. Zuerst schien er es zu sein, dann hat er mich ins Bett getragen und mir gesagt, dass er mich liebt."

„Ist er ein verdammter Heiliger?" Ihre Verärgerung ist zum Schießen.

„Ja, wusstest du das nicht?" spotte ich. „Und heute Morgen stand Kaffee für mich bereit. Ich muss aufhören, die Jungs wollen gerade vom Feuerhydranten springen."

„Okay, aber ruf mich nachher an."

Ich lege auf, schnappe mir die Jungs und entschließe mich, bevor es Zeit für ihren Mittagsschlaf ist, noch ein bisschen durch die Gegend zu fahren.

Während ich die South East Street entlangfahre, ertappe ich mich dabei, nach einem bestimmten Haus zu schauen. Ich fahre ständig diese Straße lang, schaue aber nur selten hin. Rykers Dad war so nett zu mir, als Ryker und ich zusammen waren, und auch noch, als wir es nicht mehr waren. Es nicht so, dass er aufgehört hat, nett zu sein, ich habe es nur nicht mehr zugelassen. Seit ich mit den Jungs schwanger war, habe ich nicht mehr mit ihm gesprochen. Wir hatten uns zufällig im Supermarkt getroffen. Er hat mich beglückwünscht, aber in seinen Augen war ein Ausdruck, den ich niemals vergessen werde. Er war bittersüß. Ich habe den Rest des Tages nur noch geweint.

Als ich um die Ecke biege, sehe ich Bill, der gerade seinen Rasen mäht. Mein Puls rast, während ich vorbei fahre, aber ich bremse nicht ab. Ich erinnere mich, wie ich nervös durch den Vorgarten gegangen bin, als Ryker gerade nach Hause gekommen war. Ich hatte rennen wollen, aber ich war gerade so in der Lage gewesen, aufrecht zu stehen, zu mehr war ich nicht fähig.

Ein kurzer Blick in den Rückspiegel und ich sehe, dass die Jungs eingeschlafen sind. *Super.* Es ist unmöglich, sie vom Auto in ihr Bett zu bringen, ohne dass sie aufwachen, also sieht es so aus, als würde ich eine Weile durch die Gegend fahren. Ich biege am Ende der Straße rechts ab und fahre in Richtung der 116. Ich mag es, so oft wie möglich am beeindruckenden Campus des Mount Holyoke College vorbeizufahren. Ich rufe Tosha an, um zu sehen, ob sie Zeit hat, kurz ihr Büro zu verlassen und mir Hallo zu sagen.

„Natürlich", sagt sie, „schreib mir, wenn du vor dem Gebäude bist."

Sobald ich auflege, klingelt es erneut. Es ist Eric.

„Hey, was gibt's?", frage ich, während ich an der Atkins Markthalle vorbei fahre, die 116 entlang.

Er klingt energiegeladen. „Hi, Babe, ich wollte nur wissen, ob du heute mit den Jungs zum Mittagessen vorbei kommen willst? Wir könnten unten am Teich etwas essen oder sowas?"

„Du hast gute Laune."

„Na ja, ich habe heute viel erreicht. Ich fühle mich, als ob ich endlich Licht am Ende des Tunnels sehe."

Das muss toll sein.

„Ich bin eigentlich gerade auf dem Weg zu Tosha, um sie in ihrem Büro zu besuchen. Die Jungs schlafen tief und fest auf der Rückbank, also kann ich so schnell nicht anhalten." Ich versuche, nicht zu sarkastisch zu klingen, aber so sehen meine Nachmittage aus. Es gefällt mir nicht.

„Okay", schnaubt er, „tja, ich werde heute Abend früh zu Hause sein. Wir werden Grillen, und wenn die Jungs im Bett sind, können wir zwei mal wieder etwas Zeit miteinander verbringen. Die letzten Monate waren für uns beide schwer."

Mmmhmm.

„Klingt gut. Bis später. Hab dich lieb." Ich erinnere mich im letzten Moment, daran *hab dich lieb* zu sagen. Er verliert immer die Fassung, wenn wir auflegen, ohne es zu sagen.

„Ich liebe dich."

Manchmal wünschte ich, ich könnte mein Handy aus dem Fenster werfen, damit Eric meine Gedanken nicht einfach, wenn es ihm passt, unterbrechen kann. Es liegt nicht daran, dass er mich oft anruft – eigentlich ruft er recht selten an – aber, wenn er es tut, nervt es mich. Er sieht mich oft genug, warum kann er mich nicht einfach in Ruhe lassen, wenn wir nicht zusammen sind?

An Weihnachten 2001 musste ich meine Eltern nicht anbetteln, damit sie mir ein Handy kauften; plötzlich hielten sie es für notwendig. Anscheinend wollten sie es sofort wissen, wenn ich mitten in einem terroristischen Anschlag war. Das Handy war die Antwort auf alle ihre Probleme.

Direkt nach Weihnachten gab ich Rykers Dad, Bill, meine neue Handynummer, damit er sie Ryker bei seinem nächsten Anruf weitergeben konnte. Seine Einheit war kurz vor Weihnachten einberufen worden und die Weihnachtsferien kamen mir wie die Hölle vor, ich wartete auf seinen Anruf und hatte *nichts* zu tun, dass mich ablenken konnte.

Schließlich, es war in der ersten Januarwoche, das Telefon klingelte und zeigte „nicht verfügbare Nummer" an. Ich versuchte, nicht zu sehr zu hoffen, dass er es sein würde.

Meine Stimme zitterte mehr als mir lieb war. „Hallo?"

„Es tut verdammt gut, deine Stimme zu hören", schnurrte Ryker ins Telefon. Ich konnte sein Lächeln hören.

Ich hielt mir schnell die Hand vor den Mund, damit er nicht hörte, dass ich weinte. „Hey du", quietschte ich.

Seine Stimme zu hören machte es real. Alles auf einmal. Ryker Manning – mein Freund, Politikwissenschaftsstudent am Amherst College und Bill und Julias Sohn – war im Krieg.

„Heeey", sagte er langgezogen, so wie man sein Kind besänftigt, „nicht weinen."

„Es tut mir leid", ich riss mich schnell zusammen, „wie…
ist alles so?" Ich fühlte mich wie eine Idiotin. Wie ist alles so?

„Es ist merkwürdig, irgendwie schwer zu beschreiben.
Angespannt, langweilig, du weißt schon."

„Ja", kicherte ich, „ich weiß. Es ist langweilig und angespannt, wenn du in der Nähe bist."

„Wie war der Rest des Semesters?" Er klang nervös.

„Willst du wirklich über die Uni reden, Ryker?"

Er lachte. „Nicht wirklich. Ich rede lieber darüber, wie
sehr ich dich liebe."

Plötzlich schwebte ich. Wir hatten uns, bevor er gehen
musste, ein paar Mal *ich liebe dich* gesagt. Gerade hatte er
bestätigt, dass er so fühlte. Ich begann erneut zu weinen, be-
mühte mich aber sehr, es nicht mit meiner Stimme zu verraten.

„Ich liebe dich auch." Ich drehte mich um, als meine Mom
in die Küche kam. Sie schenkte sich ein Glas Orangensaft ein
und tat so, als ob sie einen Schluck trank. Sie hasst Orangensaft, sie wollte nur lauschen.

„Ich habe deinen Brief bekommen und trage ihn immer
bei mir."

Als ich an dem Tag, als ich mich von ihm verabschiedet
hatte, nach Hause gekommen war, hatte ich ihm einen Brief
geschrieben, in dem ich ihm alle guten Dinge mitteilte, die
ich in diesem Moment über ihn fühlte, und ich versprach,
dass sich das niemals ändern würde. Ich sagte, dass die Gefühle vermutlich nur stärker werden würden, während er weg
war, aber auch, dass ich ihn, sobald wie möglich zurückha-
ben wollte. Mein heutiges Ich würde meinem damaligen Ich
sagen, dass es einfach den Stift niederlegen sollte oder ein
einfaches „Ich liebe dich" schreiben. Ich diesem Brief waren
viele Versprechen…

„Schreibst du mir wieder?", fragte er. „Ich kann nicht wirklich erklären, wie es sich anfühlt, einen Brief zu bekommen. Es ist wie ein Stück von dir hier bei mir."

„Ich werde dir jeden Tag schreiben, wenn du das möchtest." Meine Mom verschluckte sich ein bisschen an ihrem Saft. Ich wollte wirklich, dass sie verschwindet. Also ging ich ins Wohnzimmer. „Ich vermisse dich." Ich hatte mir versprochen, es nicht zu sagen, aber es kam trotzdem einfach so aus meinem Mund.

„Gott, Nat, ich vermisse dich auch. Es ist gerade mal etwas mehr als ein Monat, aber – "

„Aber du bist so weit weg." Ich wischte mir die Augen, als meine Mom mir ins Wohnzimmer folgte, das war ja klar.

„Ja, so weit weg. Ich liebe dich, Baby. Ich werde dir auch schreiben. Okay? Ich möchte auf jede mir nur mögliche Art bei dir sein. Horch, ich muss los", er räusperte sich, „aber ich werde dich sobald wie möglich wieder anrufen."

„Okay. Ich liebe dich."

„Ich liebe dich auch."

Klick.

Ich saß da, ohne etwas zu sagen, starrte das Telefon an, das mich gerade mit meinem Soldaten verbunden hatte, der tausende Kilometer entfernt war, und jetzt einfach dalag. Es war mir egal, ob meine Mom mich beobachtete, ich ließ zu, dass die Tränen mir übers Gesicht liefen. Ich hätte nicht gedacht, dass einfach nur seine Stimme zu hören, so wehtun würde.

„Liebes, denkst du nicht, dass du die Sache mit diesem Jungen ein bisschen zu ernst nimmst?", sagte meine Mom unnachgiebig.

Ich drehte langsam meinen Kopf und sah, dass mein Dad vorsichtig den Raum betrat. Er hatte gehört, was sie gesagt hatte.

„Wie bitte?", fragte ich.

„Du bist total durcheinander, Liebes. Ihr seid erst seit ein paar Monaten zusammen…"

„Er ist nicht einfach nur in Amherst geblieben, während ich zu Weihnachten nach Hause nach Pennsylvania gekommen bin, *Mutter*, er ist im *verdammten* Afghanistan!" Ich stand auf, als ich das schrie.

„Natalie…" Mein Dad hob seine Hand, um mich zu beruhigen.

Sie zupfte einen imaginären Fussel von ihrem Shirt. „Ich denke nicht, dass es zu diesem Zeitpunkt deines Studiums gut für dich ist, mit einer Person aus dem Militär eine Beziehung zu haben."

„Soldat. Das Wort, nach dem du suchst, ist Soldat. Und, Dad", drehte ich mich zu meinem Vater, „wie fändest du es, wenn du herausfinden würdest, dass Omas Mutter ihr gesagt hat, sie soll die Sache mit Opa nicht „so ernst nehmen", während er in Korea war?" Mein Opa hatte als Marine in Korea gekämpft. Er war die engste Verbindung, die ich zum Militär gehabt hatte, bis ich Ryker kennenlernte.

„Hier geht es nicht um deinen Opa, Natalie. Hier geht es um dich und was das Beste für deine Zukunft ist." Meine Mutter war total ungerührt, als sie auf mich zukamen.

Ich schaute sie beide an, als ich sagte: „Genau darum geht es. Nach der High School hat Dad zum Militär gehen wollen und du hast geweint und ihn angefleht, es nicht zu tun. Du hast gewonnen." Ich stürmte die Treppe nach oben, warf meine Tür zu und hörte mir „I Miss You" von Incubus an, bis ich, mein Handy fest an mich gepresst, einschlief.

Es gab nur eine Nummer, die in diesen Tagen wichtig war und sie war „nicht verfügbar".

Die Ironie hörte nie auf.

Während Eric draußen auf der Terrasse grillt, ruft meine Mutter an.

„Hey, Mom, wie geht's?"

„Hallo, Liebes, ich wollte nur mal horen, wie es mit Erics Abschluss aussieht."

„Gut", murmele ich, „er hält diese Woche seine Präsentation, denke ich, und wenn die Zeit für die Abschlüsse gekommen ist, wird er Doktor sein." Die Terrassentür ist offen und Eric kann mich hören, also zwinge ich mich zu einem Lächeln, als ich das letzte Wort sage.

„Wie schön. Wie geht es den Jungs? Bald ist ihr fünfter Geburtstag!" Ihre Stimme steigt dramatisch, als sie über ihre Enkelkinder redet.

Sie liebt sie mehr, als ich sie jemals jemand habe lieben sehen. Ich werde ihren enttäuschten Gesichtsausdruck, als ich ihr erzählt habe, dass ich schwanger bin, allerdings niemals vergessen. Es war, als würde sie zusammenrechnen, wie viel Geld sie und mein Vater in meine Ausbildung gesteckt hatten.

„Es geht ihnen gut. Sie lieben den Kindergarten und freuen sich auf die Vorschule." *Und ich mich auch.* Ich laufe in der Küche herum, um mich zu beschäftigen, während ich mit ihr rede. Es ist zu gefährlich, gefühlsmäßig ganz anwesend zu sein.

„Das ist eigentlich der Grund meines Anrufs. Wir kommen natürlich zu Erics Abschlussfeier und ich habe mich gefragt, ob dein Vater und ich die Jungs für eine Woche oder so mit zu uns nehmen sollen? Sobald sie mit der Vorsch – "

„Ja!", unterbreche ich sie begeistert. „Das wäre toll! Jungs, wollt ihr bald Oma und Opa besuchen?"

„Jaaaa!" rufen sie begeistert, dann widmen sie ihre Aufmerksamkeit wieder Coco, dem neugieren Affen.

Eric kommt mit einer Platte voller dampfender Hähnchenteile rein und stellt sie auf der Arbeitsplatte ab. Er schlendert zu mir, schiebt meine Haare von meiner Schulter und küsst meinen Hals, ich trete zur Seite, so als ob das, was er macht, mich davon abhält, meiner Mutter zuzuhören.

„Dann ist das geklärt. Nach der Abschlussfeier nehmen wir die Jungs für eine Woche mit zu uns. Ich bin sicher, dass Eric nach dem langen Jahr, dass er hatte, Zeit braucht, um runterzukommen."

„Mmhmm", ehrlich gesagt, beiße ich mir auf die Zunge, „klar braucht er das. Wir wissen das wirklich zu schätzen, Mom. Sag Dad Hallo von mir, und dass wir ihn lieben. Tschüss."

Trotz der ständigen hinterlistigen Kommentare und Motive meiner Mutter, fühle ich, dass mir eine große Last von den Schultern genommen wird, weil sie die Jungs für eine ganze Woche mitnehmen werden. Die Erleichterung, die ich plötzlich spüre, macht den Schweiß auf Erics Rücken sexy. Ich trete hinter ihn, lege meine Arme um seine Hüfte und küsse die Schweißperle weg.

„Meine Mom wird die Jungs für eine Woche nehmen", flüstere ich in sein Ohr, während ich es küsse.

Ich höre, wie er schwer schluckt. „Ich habe es gehört." Er dreht sich um und gibt mir einen dicken Kuss auf die Lippen. „Das wird schön."

„Lass uns essen und die Jungs ins Bett bringen, okay?" schnurre ich verführerisch.

Er lächelt sein Junge-auf-dem-Bürgersteig-Lächeln. „Du hast es erfasst."

Den Rest des Abends fühle ich mich normal. Vor-Zwillinge, Vor-Studium abbrechend, Vor-Allem normal. Ich denke überhaupt nicht ans Ritzen. Ich konzentriere mich auf meinen Ehemann – der heiße Doktorand, den ich mein eigen nenne. Der Mann, der zu mir stand, nachdem er alles wusste.

Alles.

Kapitel 10

Der Rest der Woche verlief gut. Ich fühle mich neu belebt und fokussiert. Und das alles wegen eines Telefongesprächs – ausgerechnet mit meiner Mutter – das mir eine kleine Pause von meinem Leben in Aussicht stellt. Als ich nach Hause komme, nachdem ich die Jungs in den Kindergarten gebracht habe, sehe ich, dass Erics Auto in der Einfahrt steht.

„Was ist los?", frage ich, als ich die Wohnung betrete.

Er hebt mich hoch und jubelt in mein Ohr. „Sie haben mir eine Stelle angeboten! UMass hat mir eine unbefristete Stelle in der Forschung und Lehre angeboten!" Er strahlt vor Begeisterung, alles, was er sich je erträumt hat, ist gerade in Erfüllung gegangen.

„Oh mein Gott, wirklich? Wirklich! Was hast du gesagt?" Ich drücke meine Arme um seinen Hals und küsse ihn.

Er setzt mich sanft ab. „Ich habe ihnen gesagt, dass ich das mit meiner Frau besprechen muss."

Genau das ist Eric. Ich wäre auf- und abgesprungen und hätte quer über den Campus *Ja* gerufen. *Er* muss das mit seiner Frau besprechen.

„Was gibt es da zu besprechen? Es ist ein ausgesprochen sicherer Job, ein lächerliches Gehalt…"

„Und viele Stunden im Labor", beendet er meinen Satz. „Ein Posten in der Forschung ist wundervoll, Nat, aber es ist vor allem Laborarbeit, immerzu, und zwischendurch Vorlesungen halten."

Ich lehne mich ein bisschen zurück. „Wie viel Stunden mehr als jetzt könntest du noch im Labor verbringen?"

„Es wird ungefähr so sein, wie es jetzt ist." Eric tritt einen Schritt zurück und fährt sich mit der Hand durchs Haar.

Ich reibe meine Lippen gegeneinander und nicke. „Okay." Ich hole tief Luft. „Sollst du gleich nach deinem Abschluss anfangen?" Instinktiv balle ich meine linke Hand zur Faust und kralle meine Fingernägel in meine Handfläche.

„Den Sommer über gibt es nur ein Projekt, bei dem ich helfen soll, ansonsten werde ich im August anfangen." Er setzt sich auf die Couch und ich setze mich neben ihn.

„Na ja, die Jungs werden im Herbst mit der Vorschule beginnen, also könnte ich tagsüber Kurse belegen, richtig?"

Ja super, Natalie, drehe die Sache gleich so, dass es um dich geht.

Eric legt seinen Arm um meine Schultern und zieht mich zu ihm, dann küsst er meine Schläfe. Irgendwie fühlt es sich so an, als ob er mich für etwas besänftigen will, das er mir noch nicht erzählt hat.

„Natürlich. Und da ich dort in Vollzeit beschäftigt bin, bin ich sicher, dass sie dich von der Residenzpflicht befreien werden. Hey", er schubst mich an, damit ich ihn anschaue, „wir können uns endlich das Haus in der Dana Street leisten, das wir immer wollten. Und", ein zärtliches Lächeln umspielt seinen Mund „wir können endlich realistisch über weitere Kinder nachdenken."

Ich nicke und lächle, als Tränen sich ihren Weg an die Oberfläche erkämpfen.

„Ich muss zurück zum Campus, um ihnen meine Antwort mitzuteilen. Sie haben mir ein paar Tage Bedenkzeit
gegeben, aber ich denke, wir brauchen keine Tage, oder?"

Ich schüttele meinen Kopf. „Ich bin stolz auf dich. Sag
ihnen *ja*, verdammt noch mal."

Die Tür fällt ins Schloss, sein Auto fährt fort und ich
breche weinend auf dem Badezimmerboden zusammen – dabei greife ich durch meine Tränen kaum etwas sehend nach
den Rasierklingen. Dies ist alles, was wir uns immer für ihn
gewünscht haben, seit wir uns kennengelernt haben und
doch kommt es mir wie eine Gefängnisstrafe vor. Ich achte
nicht mal genau darauf, als ich die Rasierklinge durch die
Haut meines Oberschenkels gleiten lasse. Ich will einfach
nur, dass es mehr weh tut als innerlich.

Ich fühle mich wie ein gefangenes Tier, das wütend nach
der Freiheit strebt, die man mir gestohlen hat, bei einer sorglosen Nacht während des Aufbaustudiums. Aber jetzt ist alles wirklich. Eric hat einen Job an der Universität, meine
Jungs kommen im Herbst hier in die Vorschule und Eric will
weitere Kinder.

Nein.

Im März 2002 war das Sommersemester in vollem Gange, der Schnee schmolz und Ryker war immer noch in Afghanistan. Wir schrieben uns regelmäßig und telefonierten,
so oft es ging. In der Zwischenzeit lief es an der Uni gut.
Ich war immer eine gute Studentin gewesen, selbst wenn ich
mehr Zeit damit verbrachte, Ryker zu schreiben als zu lernen, hatte ich keine Probleme mich über Wasser zu halten.

Mein Gesellschaftsleben war allerdings eine Katastrophe. Es ärgerte mich maßlos, auszugehen und Freundinnen

dabei zuzuhören, wie sie darüber jammerten, was für „Arschlöcher" ihre Freunde wären. Nachdem ich einem der Mädchen abfällig gesagt hatte „Zumindest ist dein Freund in der
Nähe, um sauer auf ihn zu sein und kämpft nicht mit einem
Gewehr gegen Fremde", hatte Tosha mir einige Wochen lang
Party-Bewährung gegeben. Sie sagte, ich wäre eine Stim-
mungsmörderin. Das war ich.

Als Tosha allerdings die Begleitung einer Freundin wollte, um mit ihr zu einer Party an der UMass zu gehen, um eine
heiße Frau gründlich zu begutachten, die sie vor ein paar Wochen in der Amherst Brewing Company kennengelernt hatte,
konnte ich meinen Arsch darauf verwetten, wie sie mich an-
gebettelt hatte, mitzukommen.

„Bitte? Komm schon, es ist in ihrem Verbindungshaus,
also werden sowieso vorwiegend Lesben dort sein." So komisch das erscheinen mag, es war wirklich ein Pluspunkt.

Es war mir unglaublich unangenehm, von anderen Männern angemacht zu werden, während Ryker so weit weg war.
Obwohl ich nichts Falsches tat, fühlte es sich trotzdem falsch
an. Ich hatte schon seit ein paar Wochen nichts mehr von
ihm gehört und begann, langsam einen Lagerkoller zu bekommen. Ich vermisste ihn. Ich musste rauskommen.

„Gott, egal. Ich behalte mir vor, deinen Arsch sofort nach
Hause zu befördern, solltest du dich total daneben benehmen."

„Juhu!" Sie umarmte mich und küsste mich auf die Wange. „Jetzt zieh dir was Heißes an."

Ich schenkte ihr einen ungläubigen Blick. „Ich werde mir
niemanden aussuchen, Tosh."

„Ja und ich auch nicht, wenn ich mit jemandem dort auf-
tauche, der so aussieht wie du gerade. Los. Zieh dich um."

Etwas später befand ich mich mitten in einer Lesbenfantasie für die ein männlicher Student töten würde, um daran teilzunehmen.

„Natalie, das ist Liz. Ich habe sie vor ein paar Wochen im ABC kennengelernt. Liz, das ist meine Geile-Zimmerkameradin-fürs-Leben, Natalie." Ich schuttelte dem hübschen Mädchen die Hand.

„Freut mich, dich kennenzulernen, Liz. Kann mir jetzt jemand zeigen, wo es Bier gibt?"

Ich ließ meine Jeansjacke an, während ich auf der Suche nach der Küche durch das Haus wanderte. Ich kannte einige der Mädchen von unserem Campus und lächelte dem Mädchen aus meinem Soziologiekurs freundlich zu. Als ich mich am Fass zu schaffen machte, trat jemand dicht hinter mich.

„Gelbe Schleife, häh?" Ein schlaksiges Mädchen mit zerzaustem, blondem Haar zeigte auf den Kragen meiner Jacke.

„Jepp." Ich lächelte und füllte mein Glas bis zum Rand.

„Willst du damit ein Statement abgeben oder sowas?"

„Wie bitte?", fragte ich und runzelte die Stirn.

„Die meisten Mädchen hier sind Kriegsgegnerinnen. Willst du etwa *ironisch* sein?" Als sie *ironisch* sagte, machte sie mit ihren Händen Anführungsstriche in die Luft. Das tat sie wirklich.

Oh, du Zicke.

„Wie kann es ironisch sein, unsere Truppen zu unterstützen und sich zu wünschen, dass sie nach Hause kommen?" Ich machte ihre Luft-Anführungsstriche nach.

In diesem Moment waren Tosha und Liz gerade auf dem Weg zum Bierfass. Meine Wangen begannen vor Angst warm zu werden.

„Ich will nur sagen, denkst du nicht, dass das ein Scheiß-
krieg ist?" Sie zuckte verächtlich mit den Schultern, so als ob
sie alles wüsste. Ich fühlte Toshas Hand in meinem Kreuz.

Ich sagte mit ruhiger Stimme. „Ich weiß nicht. Und
für eine lange Zeit wird das niemand wissen. Aber was ich
weiß, ist, dass Soldaten sich bereiterklären Befehlen zu folgen, wenn der Präsident meint, dass ihre Dienste notwendig
sind. Sie hinterfragen das nicht. Sie beschützen uns, denn sie
haben den Mut, es zu tun. Auch wenn du die Mission nicht
unterstützt, musst du die Soldaten unterstützen."

Ein paar Leute hörten auf zu reden, um unsere Unterhaltung zu hören, es war uns beiden egal.

Für jemand der ein „Hampshire College"-Shirt anhatte, wusste sie nicht, wann sie ihren Mund halten sollte. „Typisch. Im letzten Moment auf den Zug aufspringen. In der
Zwischenzeit machen diese tapferen Soldaten, von denen du
sprichst, große Kasse durch unsere Steuergelder, während sie
irgendwo in der Wüste trinken und die dortigen Frauen oder
die in ihrer Einheit ficken."

Blitzartig spritzte das Bier aus meinem Glas in ihr Gesicht. Ein paar Leute applaudierten, andere keuchten auf.
Meine Augen waren vor Wut und Tränen benebelt.

„Du bist eine verdammte Zicke. Trotzdem würde mein
Freund dich immer noch beschützen, da du ja zu *feige* bist,
um es selbst zu tun.

„Okay." Liz trat zwischen uns, als das Mädchen ein wenig
schmeichelhaftes Schimpfwort murmelte. „Du", Liz drehte
sich zu ihr um, „verschwinde. Ich weiß nicht mal, warum du
überhaupt hier bist."

„Wo ist die Toilette?", fragte ich und versuchte zu verhindern, dass ich in einem Raum voller Fremder in Tränen
ausbrach.

Liz deutete mir den Weg und ich zwängte mich durch die Menge und schloss mich in dem kleinen Klo ein. Ich schloss den Deckel, setzte mich darauf und verbarg mein Gesicht in meinen Händen, dann stieß ich die ganzen aus der Tiefe kommenden Schluchzer aus, die ich das ganze Semester lang unterdrückt hatte. Niemand hatte mich je nach meiner Meinung zu dem Krieg oder meiner Verbindung dazu gefragt. Mein erster Schlagabtausch war nicht so gut verlaufen. Meine Freunde auf dem Campus wussten von Ryker und fragten mich hin und wieder nach ihm, aber ansonsten hatte man mich damit in Ruhe gelassen.

Eine einzige Konfrontation mit einer verhärteten Zicke führte dazu, dass ich vor Wut und noch mehr vor Angst zitterte. Ich nahm die Schleife mit zitternden Händen von meinem Kragen und starrte sie an, während ich sie in meinen Händen hielt.

„Bitte, komm zurück, Ryker. *Bitte*", flüsterte ich der Schleife zu, so als hätte sie eine direkte Leitung zu Rykers Ohren.

Meine Augen fielen auf die Spitze der Nadel und sofort fiel mir wieder ein, wie gut es sich angefühlt hatte, als ich am Tag als Ryker abgereist war, wie eine Wilde auf die Fliesen eingeschlagen hatte. Gleich darauf wanderten meine Gedanken zu dem Soziologiekurs, in dem wir erst kürzlich über die selbstzerstörerischen Verhaltensweisen der Frauen in den Vereinigten Staaten gesprochen hatten. Während der Stunde, in der es um Selbstverletzung ging, hatte ich immer wieder genickt, ich verstand ein bisschen, warum sich körperlichen Schmerz zuzufügen gut half, um zu versuchen seelischen Schmerz zu lindern.

Immer noch auf die Nadelspitze starrend hob ich sie an mein Handgelenk.

Ich werde es einfach einmal versuchen. Nur, um zu sehen, ob es sich gut anfühlt.

Ich schob den Ärmel meiner Jacke hoch.

„Nat? Nat, geht's dir gut da drinnen?" Tosha überraschte mich mit einem Klopfen an der Tür.

„Ja, ich brauche nur noch eine Minute, okay?"

„Okay." Sie murmelte jemandem zu, dass ich gleich rauskommen würde und dann hörte ich am Klacken ihrer Absätze, dass sie sich entfernte. Gleichzeitig schob ich meinen Ärmel weiter nach oben.

Ich setzte die Nadelspitze oben an meinem Unterarm an, bei meinem Ellbogen und drückte die Nadel kaum in meine Haut. Ich zog sie nur leicht ein paar Zentimeter an meinem Arm entlang. Eine Gänsehaut überzog mich von Kopf bis Fuß und ich beobachtete die rote Linie, die den Verlauf der Nadel anzeigte. Sofort schoss das Adrenalin ein und mich überkam ein Gefühl des Rausches. Tief Luft holend schaute ich hoch zur Decke und begann erneut. Dieses Mal drückte ich fester zu, schloss meine Augen und atmete durch die Nase ein und durch den Mund aus, bis ich mein Handgelenk erreicht hatte.

Ich weinte noch ein wenig, aber nicht, weil ich Schmerzen hatte, es lag an dem euphorischen Rausch der Erleichterung. Ich wollte dieser Zicke, die schlussgefolgert hatte, dass mein Freund und seine Freunde Vergewaltiger waren, ins Gesicht schlagen. Ich wollte mit Ryker reden können, wann immer ich wollte und ich wollte ihn küssen, bis meine Lippen abfielen. Ich wollte seinen Körper auf meinem spüren, während wir in meinem Wohnheimzimmer miteinander schliefen. Aber ich konnte nichts davon tun. Alles was ich kontrollieren konnte, war die Nadel, die meinen Unterarm hoch und runter fuhr, bis er blutete und ich high war.

Ich wusch mir schnell den Arm und trocknete ihn ab, bevor ich den Jeansärmel wieder nach unten zog. Ich küsste die gelbe Schleife einmal kurz, bevor ich sie wieder an meinen Kragen steckte.

Bitte komm nach Hause.

Bevor ich Zeit habe nachzudenken, muss ich mich auch schon zusammenreißen und Max und Ollie vom Kindergarten abholen. Ich schaue hinunter zu meinen Beinen und zucke zusammen, sie sehen aus, als wäre ich durch ein stacheliges Gebüsch gerannt.

Scheiße. Was habe ich da gerade getan?

Ich schütte mir den Rest des Desinfektionsmittels über meine Beine und werfe meine Shorts in den Wäschekorb. Dann ziehe ich mir einen langen, weiten Rock an, setze mein bestes Mama-Lächeln auf und fahre die Jungs abholen.

„Hi Natalie, die Jungs hatten heute einen schönen Tag." Miss Jennifer, die Erzieherin, lächelt immer. Immer. Wie jemand sich dafür entscheiden kann, jeden Tag mit Vierjährigen zu arbeiten ist mir ein Rätsel. Aber man kann mir *glauben*, dass ich dankbar bin, dass es jemand tut.

„Super! Hi Jungs, hattet ihr heute Spaß?" Als ich mich runterbeuge, um mir eine doppelte Umarmung abzuholen, spüre ich, wie die Haut an den Blutkrusten zieht, die sich an meinen Beinen bilden.

„Und, haben Sie schon etwas von der Universität gehört?" Viele Kinder von Studenten in den höheren Semestern gehen hier in den Kindergarten, diese Frage ist nicht ungewöhnlich.

„Ja, das haben wir", ich zwinge mich zu einem stolzen Lächeln, „aber ich muss warten, bis es offiziell ist."

„Tja dann", sie lehnt sich vor und flüstert, „schon mal im Voraus herzlichen Glückwunsch."

Ein paar Minuten später, während ich die Jungs in ihren Kindersitzen anschnalle, bringt eine Vision von weiteren Kindersitzen mein Herz zum Rasen. Eric und ich haben niemals darüber gesprochen, mehr Kinder zu bekommen. Meine Güte, wir haben nicht mal darüber gesprochen die Kinder zu bekommen, die wir jetzt haben und jetzt, nur drei Sekunden, nachdem er mir gesagt hat, dass es okay ist, mit meiner Doktorarbeit zu beginnen, teilt er mir mit, dass er mich wieder schwängern will?

Du willst mich wohl verarschen.

Ich greife nach meinem Handy und rufe Erics Mutter an.

„Hey, Grace, hier ist Natalie", sage ich, als sie rangeht. „Hör mal zu, ich habe gerade die Jungs vom Kindergarten abgeholt, aber eine Freundin braucht mich. Kann ich sie für zwei Stunden oder so zu dir bringen?"

Die immer aufgedrehte Grace zögert nicht mit ihrer Antwort. „Oh, natürlich, Liebes. Überhaupt, warum lässt du sie nicht mit uns Abendessen und holst sie erst danach ab? Eric hat mir die guten Nachrichten mitgeteilt!"

„Ist das nicht toll? Danke, Grace. Ich bin in ein paar Minuten da."

Nachdem ich sie bei ihrer Oma abgesetzt habe, halte ich an der Tankstelle, um ein Päckchen Zigaretten zu kaufen, bevor ich Tosha anrufe und sie bitte, sich mit mir in ihrer Wohnung zu treffen.

Kapitel 11

„Scheiße, ich habe vergessen, ein Feuerzeug zu kaufen – kann ich mir deins ausleihen?" Ich greife nach Toshas Feuerzeug, wir befinden uns auf den Stufen zu ihrem Wohnhaus.

„Rauchst du jetzt?" Sie kichert halb, als sie ihr Feuerzeug zurücknimmt und ihre eigene Zigarette anzündet.

Ich runzle die Stirn, während ich lange an der Zigarette ziehe. „Anscheinend nur an den Tagen, an denen mein Ehemann mir sagt, dass er eine feste Stelle an der UMass bekommt und mehr Kinder möchte." Ich schaue Tosha an, deren Zigarette nur ein paar Millimeter vor ihren Lippen hängt.

„Können wir... ähm... der Reihe nach vorgehen?", fragt sie, als sie sich schließlich gefasst hat.

Ich wiederhole die „guten Neuigkeiten" für Tosha, die ein bemerkenswertes Pokerface bewahrt.

„Also", beginnt sie, als ich mal wieder weine, „ist es jetzt gut oder schlecht, dass er den Job hat?"

„Gut", seufze ich. „Es ist super. Was nicht super ist, ist, dass er über weitere Kinder reden will. Nicht, *hey Nat, danke, dass du dein ganzes Leben angehalten hast, um unsere Jungs großzuziehen, während ich meinen Traum verwirklicht habe, lass uns jetzt an deinem arbeiten.* Nein, er hat gesagt, ich könnte immer noch Kurse belegen, aber wir wissen beide verdammt genau, dass es keine *Möglichkeit* gibt, dass ich die Welt bereise, so wie ich es vor sechs Jahren gekonnt hätte."

„Denkst du, dass er wirklich sofort mehr Kinder bekommen will? Vielleicht ist seine Begeisterung über das Ende seines Studiums nur mit ihm durchgegangen..." Tosha zögert, den Satz zu beenden, und beobachtet mein Gesicht.

„Du hast vermutlich recht. Wir haben *niemals* darüber gesprochen, weitere Kinder zu bekommen. Wir haben sogar, als wir zusammengekommen sind, niemals über Kinder gesprochen. Gott, wir haben überhaupt nicht über die Zukunft gesprochen."

„Ich erinnere mich", nickt sie, „ihr wart so auf das Studium fokussiert, dass es erstaunlich ist, dass ihr überhaupt ein Paar geworden seid."

Eine unangenehme Stille überschattet die Geräuschkulisse der Schritte auf dem Bürgersteig, auf dem viele Menschen unterwegs sind.

„Ich werde wirklich einsam sein, Tosh, wenn er weiterhin so viele Stunden im Labor verbringt. Während der Hälfte der Zeit ist es, als wäre ich alleinerziehend." Ich wische mir die Wangen unter den Augen trocken.

„Nat, du scheinst schon eine Weile einsam zu sein – auch wenn er da ist…"

Ich drücke meine Zigarette aus und schaue sie an, während ich ausatme. „Was soll ich jetzt tun?"

Wie eine wahre beste Freundin zuckt sie mit den Schultern und zieht mich in eine Umarmung.

Ich hatte seit der Nacht von Liz' Party nicht mehr geritzt. Es stellte sich heraus, dass es ziemlich schwierig war, die Narben zu verbergen – schwieriger als ich gedacht hatte. Ich hatte wirklich nicht nachgedacht. Ich konnte nicht einmal nachts ein T-Shirt tragen, weil ich Angst hatte, dass Tosha sie sah und Fragen stellen würde. Aber ich bin in dem Semester auf keine weiteren Partys gegangen. Wenn eine launige Zicke mich so auf die Palme bringen konnte, war es besser, ich blieb zu Hause, auch wenn Tosha darauf bestand, dass ich „sie nicht gewinnen lassen sollte" – wie auch immer sie das meinte.

Glücklicherweise verstanden Liz und Tosha sich prima und verbrachten viel Zeit bei Liz. Ich hatte plötzlich viel mehr Zeit für mich allein. Ich nutzte sie, um Ryker Briefe zu schreiben und auf seine Anrufe zu warten. Die Abstände zwischen ihnen wurde größer und meine Angst auch.

Obwohl es totaler Irrsinn war, fühlte ich mich unsicher. *Was, wenn er mich absichtlich nicht anrief?* Oder schlimmer noch, *was, wenn er jemand anderen anrief?* Ich versuchte, diese inneren Stimmen dadurch zum Schweigen zu bringen, in dem ich mir immer wieder Staind oder Incubus anhörte, aber das erwies sich als schlechte Idee.

Es dauerte nicht lange, bis ich mein Studium vernachlässigte. Erst erfüllte ich mal einen Leseauftrag nicht, dann schrieb ich mal keine Zusammenfassung. Und bald fiel ich bei einer Hausarbeit durch, weil ich den Aufsatz einfach nicht abgegeben hatte. Das brachte mich ziemlich schnell ins Büro meiner Tutorin.

„Natalie, ist alles okay?" Angela Davis war meine Tutorin. Sie war berüchtigt für ihre Strenge, hatte sich mir gegenüber aber immer freundlich verhalten.

Ich rutschte auf meinem Stuhl herum, was für mich untypisch war. „Ich bin einfach sehr beschäftigt – "

„Sie sind Studentin, Ms. Collins, Ihre erste Aufgabe ist es, Ihre Vorlesungen zu besuchen und Ihre Hausaufgaben abzugeben."

Ich nickte und schluckte schwer. „Es tut mir leid, Mrs. Davis, ich werde den Aufsatz schreiben und mich mehr bemühen." Ich stand auf, um zu gehen, war froh, dass ich es wohl einigermaßen gut über die Bühne gebracht hatte – als sie fortfuhr.

„Ihre Mutter hat mir eine E-Mail geschrieben, Natalie…"

Sie hat was gemacht?

„Entschuldigung, sie hat was gemacht?", fragte ich, als ich mich wieder auf den Stuhl setzte.

„Ich darf ihr natürlich Ihre Noten nicht mitteilen, aber sie hat mir gesagt, dass Ihr Freund in Afghanistan ist." In ihren Augen leuchtete kurz etwas auf, dass Mitgefühl hätte sein können, aber es hielt nicht lange vor.

Ich hatte keinem meiner Professoren von Ryker erzählt. Ich wollte kein Mitleid oder irgendeine Form der Anfeindung und ich war ganz sicher nicht in der Lage, festzustellen, wer mir was entgegenbringen würde. Meine Mutter hatte hinter meinem Rücken gehandelt, um mich zu überwachen. Darüber würden wir reden müssen.

„Das ist er." Meine Stimme war fast nur ein Flüstern, während ich versuchte, stark zu erscheinen – wie die Ehefrauen und Mütter, die ich in den Nachrichten gesehen hatte.

„Ich weiß das Opfer, das er erbringt, zu schätzen, Natalie, aber es tut Ihnen überhaupt nicht gut, Ihre Bildung zu opfern, während sie darauf warten, dass er nach Hause kommt."

Ich nickte, meine Stimme war unter den aufkommenden Tränen verstummt. Im Rückblick hätte ich – hätte ich wirklich – diese Gelegenheit dafür nutzen sollen, nach Unterstützung beim Umgang mit meinem Stress zu fragen. Ich hätte die Frau, die dafür da war, mir bei meiner akademischen Ausbildung zu helfen, nach einer Telefonnummer, einem Namen oder irgendetwas, das mir helfen konnte, fragen sollen.

Aber, wer hätte das sein sollen? Was hätte ich sagen sollen? *Hi, mein Freund ist in Afghanistan, wie tausende andere Menschen, aber ich scheine damit sehr schwer klarzukommen. Können Sie mir bitte helfen?* Ja, das ist genau das, was ich hätte sagen sollen. Ich tat es aber nicht. Stattdessen murmelte ich Angela Davis ein höfliches „danke" zu und floh in mein Wohnhcimzimmer.

Sobald ich drinnen war, brach ich in Tränen aus und ging direkt ins Bad.

Scheiß drauf, zu versuchen, es zu verbergen.

Ich wollte die Nadel nicht erneut benutzen. Das schien irgendwie falsch zu sein, also griff ich nach den billigen Rasierklingen, die Tosha und ich benutzten, eben weil sie billig waren. Ich fühlte mich schwach. Schwach, weil mein Freund sich freiwillig in größere Gefahr begeben hatte, als ich vermutlich jemals sein würde und ich zerbrach daran. Ich musste mich dafür bestrafen, so mitleiderregend zu sein, und ich musste mich besser fühlen.

Ich hielt meinen linken Unterarm hoch, wo ich die Erinnerung an meinen letzten Schnitt kaum noch erkennen konnte. Ich fuhr mit der Klinge über meinen Arm, aber nichts passierte. Ich veränderte die Position der Klinge und meines Arms und versuchte es erneut. Eine kleine Schramme, aber nichts Zufriedenstellendes. *Verdammte Sicherheitsvorkehrung...*

Atemlos vor Wut und Erwartung, arbeitete ich daran, das Plastik unterhalb der Klinge zu verbiegen, bis ich ein Schnappen hörte. Nachdem ich das Teil in den Müll geworfen hatte, hatte ich eine freiliegende Klinge und nichts konnte mich mehr stoppen. Ich begann sie willkürlich über die Innenseite meines Unterarms zu bewegen.

Gott, es tat schrecklich weh. Es war ein schockierender Schmerz, die Art, die schreit: *wach auf, rückratloses, kleines Mädchen, es könnte schlimmer sein!* Er raubte mir den Atem und flutete mich mit Erleichterung, als es vorbei war; Erleichterung, die ich sonst nirgendwo in meinem Leben spürte. Erleichterung, die ich nur spüren würde, wenn Ryker endgültig zurückkam. Ich wollte das sofort fühlen. Also tat ich es, indem ich mit der Klinge meinen Arm bearbeitete.

Gerade als ich beschloss, fürs erste fertig zu sein, klingelte mein Telefon.

Nicht verfügbare Nummer.

„Ryker!", riskierte ich zu sagen. Ich hatte Recht.

„Natalie, geht es dir gut? Du klingst ganz zittrig." Er klang stark. Sicher. Ryker.

Ich ließ die Klinge auf den Boden fallen und starrte die Angst und Unsicherheit an, die in meinen Arm geritzt war. Ich brach erneut in Tränen aus. „Ich vermisse dich, Ry. So sehr. Ich weiß, es sind erst vier Monate, aber – "

„Hey, hey, ist schon okay, Nat. Ich vermisse dich auch wie verrückt. Bevor du dich versiehst, bin ich wieder zu Hause."

Wir wussten nicht, dass er Recht behalten würde. Ich weiß, dass er dieses Versprechen zurücknehmen würde, wenn er es könnte.

„Es tut mir leid", schniefte ich, „wie geht es dir?"

„Mir geht's gut. Erzähl mir was Schönes." Ich konnte das Lächeln in seiner Stimme hören und es brach mir erneut das Herz.

„Ähm, na ja, ich habe vor ein paar Wochen einem Mädchen Bier ins Gesicht geschüttet." Ich lachte, dachte nicht darüber nach, dass ich ihm die Geschichte nun erzählen musste.

Ryker lachte aus vollem Hals. „Was?"

„Ja, sie hat sich abwertend über die gelbe Schleife geäußert, die ich an meiner Jacke habe, also habe ich sie nassgespritzt."

„Das ist mein Mädchen. Schlag aber keinen zusammen ja? Es wäre schrecklich, wenn ich dich im Gefängnis besuchen müsste." Er klang, als wäre er stolz auf mich. Das gefiel mir.

„Das werde ich nicht. Versprochen." Die nächsten paar Minuten verbrachten wir an einem Ort, an dem keiner von uns einsam war. Mir kam es vor, dass ich mit Ryker niemals einsam sein würde. Egal was geschehen würde.

Nachdem wir aufgelegt hatten, starrte ich meinen Arm an – ich schämte mich sofort. Das Schlimme daran war, es führte nicht dazu, dass ich die Klinge wegwarf – es führte dazu, dass ich ein paar weitere Schnitte machte, bis ich hörte, wie Tosha reinkam. Ich hüpfte in die Dusche, als Vorwand dafür, mir ein Handtuch um meinen Körper zu schlingen, über das ich dann meine Arme verschränken konnte, als ich das Zimmer betrat. Ich wusste nicht, wie lange ich in der Lage sein würde, es vor ihr zu verbergen.

Während wir in Toshs und Liz' Wohnung sind, ruft Eric an.

„Hallo?"

„Hey Babe. Ich habe gerade mit meiner Mutter gesprochen. Ich hole die Jungs ab, wenn ich hier fertig bin. Sie hat gesagt, es ist etwas passiert?"

„Ja, ich bin bei Tosha. Jetzt ist alles okay – nur ein kleiner Streit zwischen ihr und Liz." Tosha verzieht ihre Lippen, während ich ihr einen Vogel zeige.

„Lass dir Zeit. Ich liebe dich, bis nachher."

Ich versuche, mein Seufzen zu unterdrücken. „Ich liebe dich auch. Bis dann."

„Tja, *das* klang ja überzeugend", spottet Tosha.

„Scheiße, denkst du, dass er etwas gemerkt hat?"

„So wie ich Eric kenne wahrscheinlich nicht. Was wirst du jetzt tun, Nat? Ich habe dich schon sehr lange nicht mehr so unglücklich erlebt."

Fast wie auf Befehl beginnen die Schnitte an meinen Beinen zu jucken.

„Ich weiß es nicht. Ich kann ihn jetzt nicht verlassen. Er ist ein guter Vater und er könnte es niemals ohne sehr viel Hilfe von seiner Mutter schaffen. Ich will keine richtige Alleinerziehende sein. Ich würde verrückt werden." Ich lehne mich zurück und fahre mit meinen Fingern durch mein langes, schwarzes Haar.

„Es klingt, als würdest du jetzt schon verrückt werden, Nat. Pass gut auf dich auf, ja?"

„Das werde ich." Ich nicke.

Ich kann es allerdings in ihren Augen sehen. Sie glaubt mir nicht. Sie weiß schon zu viel. Sie weiß alles.

Kapitel 12

Ich laufe noch ein bisschen durch Northampton, nachdem ich Toshas Wohnung verlassen habe, und versuche meine Gedanken zu ordnen, bevor ich nach Hause gehe.

Ich will nicht nach Hause gehen.

Bei der italienischen Bäckerei kaufe ich einen Kaffee und schlendere planlos durch Thorne's Marketplace, zwinge mich, mich daran zu erinnern, was ich früher für Klamotten trug, an den Weihrauch, den ich gekauft habe, und was für ein Mensch ich war.

Ich hätte nicht herkommen sollen, nicht in dieser Gemütsverfassung. Die kleinen Buchten auf den Etagen und der Geruch von fair gehandeltem Bio-Kaffee erinnern mich an etwas, an das ich schon seit Jahren nicht mehr gedacht habe. Den schlimmsten Tag meines Lebens. Auf den staubigen Holzstufen sitzend, bohre ich meine Ellbogen in meine Knie, und versuche die aufkommende Panikattacke weg zu atmen.

Nicht hier. Nicht nochmal.

Damals wanderte ich durch den gleichen Markt. Allein und entspannte mich, nachdem ich meinen Hintern hochbekommen und meine Noten wieder in Höhe der Bestenliste gebracht hatte. Ich weidete mich an dem Leben, das Northampton zu bieten hatte. Tosha redete darüber, nach dem Abschluss herzuziehen, und ich hoffte, dass sie es tun würde.

In meinem Kopfhörer dröhnte Fiona Apple, ich war froh, dass ich mein Handy auf lautlos gestellt hatte, als ich der Bedienung für meinen Kaffee dankte. Ich ging zu den Stufen und holte mein Telefon raus. Es war keine „nicht verfügbare" Nummer, also bedeutete es, dass es nicht Ryker war, aber es war eine Nummer, die ich nicht kannte.

„Hallo?" Ich ließ einen Kopfhörer im Ohr, Fiona sang immer noch in mein Ohr.

„Hallo, Natalie?" Am anderen Ende sprach die Stimme einer Frau, die ich nicht erkannte.

Ich schaltete meinen iPod der ersten Generation aus – er hatte meine Eltern ein Vermögen gekostet – und zog den zweiten Kopfhörer aus meinem Ohr. „Am Apparat."

Ihre Stimme war unsicher. „Natalie, hier ist Julia… Rykers Mom."

Ich war froh, dass ich zu den Stufen gegangen war, denn ich musste mich sofort setzen. Glücklicherweise fingen sie mich auf. Mein Puls schickte in rasantem Tempo mehr Gedanken durch meinen Kopf, als ich es jemals zuvor erlebt hatte. Nachrichten liefen durch meine Gedanken. Ich dachte das Schlimmste; ich dachte das Beste. Ich dachte, *warum ruft mich nicht sein Dad an?* Das bedeutet nichts Gutes. Rykers Dad war der Notfallkontakt, da er bei ihm in Amherst wohnte. Julia lebte woanders… Colorado? Wyoming? Irgendwo…

„Hi, Julia…" Ich versuchte, ungezwungen zu klingen.

Darauf folgte die längste Stille, die je existierte.

„Julia? Hallo?"

Sie schniefte und mir rutschte das Herz in die Hose. Mir war schwindelig und ich fühlte mich, als ob meine Nerven vor Energie summten.

„Juli, was ist passiert? Du machst mir Angst." Menschen wurden etwas langsamer, während sie an mir vorbei gingen, starrten mich eine Sekunde lang an, bevor sie ihr Leben weiterlebten, während meins Sekunden davon entfernt war auseinanderzubrechen.

„Es ist Lucas – " Ein Schluchzen unterbrach ihre Stimme. Man kann Erleichterung und Horror zur gleichen Zeit spüren. Es ist schrecklich. Ein Loch ohne Boden.

„Oh mein Gott… nein." Ich legte meinen Kopf auf meine Knie und begann in aller Öffentlichkeit zu weinen.

Ihre Stimme bahnte sich durch meine Tränen. „Ich kenne die genauen Details nicht, aber es gab eine Schießerei. Ryker hat ihn rausgezogen – es war zu spät – Ryker wurde auch getroffen, Natalie."

„*Was?*" Ich war laut. Eine Frau kniete sich neben mich, legte ihre Hand auf meinen Rücken und fragte, ob es mir gut ging. Sie blieb neben mir, während ich Julia zuhörte.

„Er ist auf dem Weg nach Deutschland, denke ich. Sein Vater war den ganzen Tag am Telefon, um Informationen zu bekommen. Er hat mich gebeten, dich anzurufen. Soweit ich weiß, geht es ihm gut, Natalie. Er wird gesund werden."

„Okay. Was kann ich…" Worte waren sinnlos. Nichts kam dem nahe, was ich wissen wollte, was ich fühlte.

Hat sie gesagt, dass Lucas tot ist?

„Ich werde Bill sagen, dass ich dich angerufen habe. Er wird dich anrufen, wenn er mehr weiß."

„Es tut mir so leid, Julia." Ich bekam mich soweit in den Griff, dass mir klar wurde, dass ich mit der Mutter eines Jungen sprach, der angeschossen worden war.

Ich drückte auf „auflegen" und ließ das Telefon aus meinen Händen fallen. Als es die Stufen hinabpurzelte heulte ich laut. Ich frage mich, wie viel Menschen mich an diesem Tag gesehen und was sie gedacht haben.

Ich weiß immer noch nicht, wie Tosha zu mir gekommen ist. Vielleicht habe ich dieser Frau ihren Namen gesagt oder sie ist mein Telefon durchgegangen und hat die letzte Nummer gewählt, die ich angerufen hatte. Auf jeden Fall hob mich Tosha eine Stunde später von diesen Stufen und fuhr mich zurück in unser Wohnheim.

Als ich unser Zimmer betreten hatte, holte sie meinen Pyjama raus.

„Darin hast du es bequemer", sagte sie, als sie zu meinem Bett ging. Ich erinnere mich nicht daran, ihr von Ryker und Lucas erzählt zu haben, aber ich musste es getan haben.

Ich starrte einfach in die Luft, als sie mir half, mein Shirt auszuziehen. Ich glaube nicht, dass ich die letzte Stunde auch nur geblinzelt hatte. Plötzlich lag Toshas Hand um meinen linken Arm. Ich hob meine Augen langsam zu ihren – sie sah entsetzt aus, als sie die verblassenden roten Schnitte sah. Einige davon würden Narben bilden. Ich hatte nach dem letzten Telefongespräch mit Ryker nicht aufhören können. Ich hatte es versucht. Es aber nicht gekonnt. Jetzt konnte ich es nicht verbergen.

„Gott, Natalie, was zur Hölle ist passiert?"

Ich weinte mir die Augen aus, als ich Tosha die innere Hölle meiner letzten Monate ausschüttete. Sie ließ mich an ihrer Schulter weinen; ich erzählte ihr die ganze Geschichte vom ersten Ritzen bis zum Letzten.

„Soll ich jemanden anrufen?", fragte sie. „Brauchst du Hilfe?"

Ich stand auf und schüttelte meinen Kopf. „Nein. Ryker ist auf dem Weg nach Hause. Jetzt wird alles gut werden.

Bitte sag es niemandem, vor allem ihm nicht. Alles wird gut, jetzt…"

Dummes Mädchen.

Ich renne durch das Parkhaus, das zum Thorne's gehört, finde mein Auto und rase nach Hause. Es ist nach sieben. *Scheiße.* Ich hatte nicht vorgehabt, so lange wegzubleiben, hoffentlich ist Eric nicht sauer.

„Hey", flüstere ich, als ich die Wohnung betrete. Glücklicherweise hat er die Jungs rechtzeitig ins Bett gebracht.

„Hey, du." Er lächelt und kommt zu mir rüber, legt seine Hand an mein Gesicht und überrascht mich mit einem leidenschaftlichen Kuss.

„Mmm", stöhne ich gegen seine Lippen. Abgesehen von allem anderen ist dieser Mann ein *Mordsküsser.*

Ich schiebe ihn rückwärts auf die Couch, wo ich mich rittlings auf ihn setze. Dabei achte ich darauf, unsere Lippen nicht zu trennen, es hält die Vergangenheit fern.

„Oh Natalie…" flüstert er, während ich mich an ihm reibe, eine Sekunde später kämpft sich meine Zunge in seinen Mund.

Seine Hände greifen nach dem Bund meines Rocks, aber ich schiebe sie weg. Stattdessen ziehe ich meine Unterhose aus und öffne den Reißverschluss seiner Jeans, lasse aber meinen Rock an. Bedecke meine Beine.

Er findet das heiß. Ich finde es notwendig.

Ich küsse sein Ohr und flüstere: „Ich liebe dich, Eric. Ich bin so stolz auf dich." Ich halte ihn fest, stabilisiere seine Bewegungen, während ich auf ihn gleite.

„Gott, Nat, du fühlst dich herrlich an."

Nenn mich nicht Nat.

Es fühlt sich gut an, ihn in mir zu haben. Fünf verdammte Minuten des Tages nicht nachdenken zu müssen. Ich kann aber nicht so tun als ob. Ich kann diese plötzlich erscheinenden, immer präsenten Bilder von Ryker und der Zukunft, die ich niemals gehabt habe, nicht aus meinem Kopf bekommen. Ich kneife meine Augen zu und flehe Ryker an, mein Hirn zu verlassen. Als ich sie wieder öffne, sehe ich, dass Eric mich mit Angst in den Augen anstarrt. Als ich nicht aufgepasst habe, ist er mit seinen Händen an meinen Beinen entlang gefahren und hat meinen Rock über meine Hüfte geschoben. Damit hat er alles entlarvt.

Ich ziehe meinen Rock nach unten, rutsche von ihm runter und versuche ins Bad zu rennen. Er greift nach meinem Handgelenk und zieht mich zurück auf die Couch.

„Was ist das, *verdammt nochmal?*" Er versucht, meinen Rock erneut anzuheben, aber ich schlage nach seiner Hand.

„Nichts, Eric. Lass mich in Ruhe." Er hat mich ertappt. Ich weiß nicht, was ich tun werde, aber er hat mich erwischt.

Eric lehnt sich vor und drückt sich die Handballen gegen die Augen. „Wie konnte ich so dumm sein", flüstert er zu sich selbst.

„Was meinst du?"

„Ich meine, du warst an Lucas' Grab, mit Tosha etwas trinken, ohne mir etwas zu sagen... triffst du dich hinter meinem Rücken mit diesem Ryker-Typ? Ist er der Grund, warum du das tust?"

Ich hole soweit aus, wie ich nur kann, und schlage Eric mit der ganzen Kraft meiner Schulter ins Gesicht. „Du bist ein verdammter Bastard. Hier geht es nicht um Lucas oder Ryker oder Tosha. Es geht um *dich*. Um *uns*. Zwischen uns ist alles kaputt, Eric, und ich fühle mich gefangen. Du bist der Grund, warum ich *das tue*." Während ich die Halblüge ausspreche, stehe ich auf und gehe in Richtung Flur. Dieses Mal hält er mich nicht auf.

„Muss ich deine Mom oder jemand anderen anrufen?" Er ist ehrlich besorgt. Er *würde* meine Mutter anrufen. Das erschreckt mich zu Tode.

Langsam drehe ich mich um, halte meine Angst im Zaum. „Wenn du meine Mutter anrufst und ihr hiervon erzählst, Eric, wirst du deine Jungs niemals wieder sehen. Dafür werde ich verdammt nochmal sorgen."

Ich warte nicht darauf zu sehen, wie auf seinem Gesicht Schmerz erscheint, sondern gehe ins Bad und werfe die Tür hinter mir zu.

Und nun? Was zur Hölle?

Kapitel 13

Ich habe die ganze Nacht nicht geschlafen. Ich saß im Schneidersitz auf meinem Bett und wartete darauf, dass Eric reinkam und mich auf die Probe stellte. Dass er einen Streit beginnt. Irgendetwas.

Scheiße.

Nachdem ich leise am Zimmer der Jungs vorbeigeschlichen bin, finde ich Eric schlafend auf der Couch vor und beginne Kaffee zu kochen.

„Wir müssen über gestern Abend reden." Als ich seine Stimme höre, erschrecke ich mich. Er hat ganz sicher nicht geschlafen.

„Ich weiß wirklich nicht, was es da zu bereden gibt."

„Willst du mich verarschen, Natalie?", flüstert Eric, während er auf mich zukommt. Er verwendet niemals Schimpfworte.

„Du bist ein Arschloch. Ich lebe seit sechs Monaten in meiner persönlichen Hölle und als du zum ersten Mal merkst, dass etwas nicht stimmt, wirfst du es meinem Exfreund vor? Du unterstellst mir nicht nur, dass ich dich betrüge, du verstehst auch so wenig, dass du irgendwie denkst, er wäre der Grund, warum ich mich selbst verletze?"

Erics Augen füllen sich mit Tränen. „Ich liebe dich, Natalie. Ich will nicht, dass du dich selbst verletzt – "

„Und ich will mich nicht so fühlen, wie ich mich jetzt fühle. Ich will dieses Leben, dass wir leben, nicht leben. Es kann nur einer von uns gewinnen, Eric." Ich drücke den Startknopf der Kaffeemaschine. Eric legt seine Arme um meine Hüfte; ich winde mich heraus.

„Was?", fragt er.

„Ich will nicht, dass du mich anfasst. Eine Umarmung wird das nicht bereinigen. Ich weiß nicht einmal, ob ich es bereinigen will."

„Was meinst du damit, dass du nicht weißt, ob du es bereinigen willst? Du willst ritzen?"

Ich kann nicht glauben, dass wir diese Unterhaltung führen. Ich kann nicht glauben, dass ich so leichtsinnig war zuzulassen, dass mein Ehemann herausfindet, dass ich geritzt habe. Sollte ich mich nicht mehr für das Ritzen schämen als darüber, dass er es herausgefunden hat?

Ich seufze. „Nein, Eric, ich will nicht weiterritzen." Ich zwinge mich dazu, das zu sagen, auch wenn ich es nicht ganz glaube. „Worüber ich mir nicht sicher bin", fahre ich fort, „sind wir."

Genau in dem Moment öffnen die Jungs ihre Zimmertür, rennen durch den Flur und rufen „Daddy!", denn er ist dieser Tage niemals zu Hause, wenn sie aufwachen.

„Hey Jungs!" Eric setzt seinen Daddy-Charme auf und geht in die Hocke, als die Jungs auf ihn prallen. Ich wäre auch so fröhlich, wenn ich sie nur ein paar Tage die Woche sehen würde. „Okay ihr Monster, warum setzt ihr euch nicht auf den Sessel und Daddy macht den Fernseher an. Ich muss kurz mit Mommy reden, okay?"

Ich bin schon im Schlafzimmer, als Eric den Flur entlang läuft.

Meine Arme vor mir verschränkend, frage ich: „Was?"

„Willst du mich verlassen, Natalie?", flüstert er, während er die Tür hinter sich schließt.

„Ich weiß es nicht." Ich zucke mit den Schultern und schaue nach unten auf seine nackten Füße. „Was du gesagt hast, war scheußlich. Über Ryker – "

Seine Stimme wird sofort boshaft, als er mich unterbricht. „Denkst du, du kannst meine Kinder als Drohung gegen mich verwenden?"

„Es ist keine Drohung, Eric." Ich schaue in seine Augen und weigere mich wegzuschauen. Er schüchtert mich nicht ein, aber mir gefällt die Ernsthaftigkeit seiner Augen nicht.

„Tja", spricht er weiter, „ich möchte, dass du mir sagst, welches Gericht das Sorgerecht wohl einer arbeitslosen Mutter, die sich selbst verletzt, übertragen würde."

Ich weiß, dass er es in dem Moment bereut, in dem er es gesagt hat; seine Augen verraten ihn jedes Mal. Dass er aber überhaupt geschafft hat, es zu sagen, erfüllt mich mit blinder Wut. Wut und Angst, wie ich sie schon lange nicht mehr gefühlt habe.

Lucas Beerdigung war das Schlimmste, dem ich je beiwohnen musste. Ryker war immer noch im Krankenhaus – sollte aber bald entlassen werden – also hat Tosha mich begleitet und wir standen bei Rykers Dad.

Gott, es war schrecklich.

Menschen in meinem Alter standen weinend in kleinen Gruppen zusammen und ich schaffte es gerade so, mich nicht übergeben zu müssen. Als die Soldaten Lucas' Eltern die Flagge, die über seinem Sarg lag, übergaben, dachte ich, ich würde ohnmächtig werden, das könnte ich schwören. Meine Knie gaben ein wenig nach, bis ich den Arm von Rykers Dad um meine Taille spürte. Er hielt mich fest und küsste mich auf den Kopf. Mir war schlecht und ich war gleichzeitig auch erleichtert. Ryker würde nach Hause kommen. Es war nicht seine Beerdigung. Aber es war die seines besten Freundes und er verpasste sie. Er hatte zugesehen, wie er gestorben ist.

Es war ein Kampf gewesen, meine Eltern überhaupt dazu zu bringen, mich zu Lucas' Beerdigung gehen zu lassen. Das Semester war vorbei und ich schrieb meine Abschlussklausuren. Meine Mom dachte, dass eine Beerdigung zu besuchen, mein Semester ruinieren würde. Tja, es war sowieso schon ruiniert, da jemand, den ich meinen Freund nannte, aus dem Krieg in Stücken nach Hause geschickt worden war. Und, scheiß auf sie. Der größere Streit kam dann aber eine Woche nach der Beerdigung, als sie anriefen, um darüber zu reden, an welchem Tag sie mir helfen sollten, nach Hause umzuziehen.

„Ich bleibe den Sommer über hier", sperrte ich mich gereizt dagegen.

„Das denke ich nicht, junge Dame", antwortete mein Dad. Ich wusste, dass das Telefon auf Lautsprecher gestellt war, denn ich hörte meine Mom im Hintergrund reden.

„Ich bin letzten Sommer auch hiergeblieben, Dad. Ich habe Kurse besucht und ein Praktikum gemacht, um mein Portfolio aufzubauen. Das werde ich diesen Sommer auch tun." Panik begann in mir aufzusteigen.

„Natalie, dieses Jahr war ziemlich emotional für dich. Du musst diesen Sommer nach Hause kommen, um dich zu sammeln."

„Ryker wird bald hier sein!", schrie ich. „Ich werde nicht gehen, bis ich ihn gesehen habe, Dad. Er ist angeschossen worden, sein bester Freund ist gestorben und ich werde nicht zulassen, dass er nach Hause kommt und ich bin nicht da!" Meine Stimme wurde zu einem spitzen Schreien, das ich nicht länger versuchte zu unterdrücken.

Tosha kam ins Zimmer und formte mit den Lippen „Ryker?", als sie mich weinen sah. Ich schüttelte meinen Kopf und sagte lautlos zurück „Eltern".

„Hier ist der Deal, Natalie", mischte sich meine Mutter in das Gespräch, „entweder du kommst nach Hause oder dein Vater und ich hören auf, für dein Studium zu zahlen. Wir werden dir unser Geld nicht dafür schicken, dass du es für eine Beziehung mit diesem Ryker-Jungen ausgibst." Die Eiswürfel in ihrer Stimme ließen meine Tränen gefrieren und liefen mir kalt den Rücken herunter.

„Das ist okay. Hört auf, für das Studium zu bezahlen. Aber vergesst nicht, ich bin zwanzig Jahre alt und es gibt keine gesetzliche Verpflichtung unter *welchen Umständen auch immer* nach Hause zu kommen." Tosha warf ihre Fäuste in die Luft und ich denke, sie sagte „Halleluja".

Meine Eltern waren am anderen Ende sprachlos, das denke ich zumindest. Ich hatte es darauf ankommen lassen. Sie hatten keine Handhabe mehr.

„Hallo?", fragte ich nach.

Mein Dad räusperte sich. „Ich rufe dich nachher nochmal an, Natalie." Dann legte er auf.

Ich hatte diese Runde gewonnen. Jetzt musste nur Ryker noch nach Hause kommen. Schnell.

Kleine Fäuste hämmerten gegen die Tür und unterbrachen mein Um-die-Wette-Starren mit Eric.

„Der einzige Grund", schnurre ich giftig, „warum ich *arbeitslos* bin, ist, weil du mich angefleht hast, keine Abtreibung machen zu lassen. Dann hast du vergnügt an deinem Weg zum Doktortitel gearbeitet, während ich Hausfrau und Mutter wurde, weil wir es uns nicht leisten konnten, dass ich weiterstudierte und wir nicht wollten, dass unsere Kinder während der Zeit, in der ich in dem Job, den ich *bereits* hatte, nicht in eine Kinderkrippe geben wollten."

Er schluckt schwer, als ich langsam auf ihn zugehe.

„Und was das Ritzen angeht? Wenn du denkst, es hätte *nichts* mit dir zu tun, dann bist du so krank wie ich." Ich schiebe mich an ihm vorbei, öffne die Schlafzimmertür und sage zu den Jungs: „Setzt euch bitte wieder, Mommy kommt gleich, um Frühstück zu machen."

Sie drehen sich um und drängeln sich wieder vor den Fernseher, als Eric mich stoppt. „Was meinst du damit, es hat mit mir zu tun?"

„Es liegt an *uns*, Eric. Ich bin seit Monaten schrecklich unglücklich, versuche, damit klarzukommen, dass ich praktisch alleinerziehend bin, während du im Labor – "

„An meinem *Doktortitel* arbeite, Natalie. Es ist nicht so, dass ich mich irgendwo rumgetrieben hätte."

„Ich weiß!", schnaube ich. „Aber drei Sekunden nachdem du einen Job bekommen hast, redest du davon, ein Haus zu kaufen und mich wieder zu schwängern. Was ist mit *meinen* Plänen?" Mein angespanntes Flüstern beginnt zu einem Schreien zu werden.

Erics Augen brennen sich durch mich hindurch. „Es geht nicht mehr nur um dich, wann wirst du das akzeptieren?"

„Niemals, denn als das passiert ist, ging es auch nicht um mich. Ich wollte nichts hiervon und ich weigere mich deshalb lebenslänglich zu bekommen."

Eric schüttelt vor Frust schnell seinen Kopf. „Schau", flüstert er, „so hat es nicht begonnen." Er greift nach meinem Arm, zeigt auf die fast nicht mehr erkennbaren Narben. „*Damit* hat es begonnen. Es endet jetzt. *Heute*." Er quetscht meinen Arm ein bisschen, bevor er ihn schwungvoll loslässt.

Wir starren einander in einem stillen Patt an. Ich habe ihm gedroht, ihm seine Kinder wegzunehmen, und er hat mir gedroht, meiner Mutter von meinem Ritzen zu erzählen – was alles nur noch mehr ruinieren würde.

Scheiße.

Ich setze ein Lächeln auf und gehe in die Küche, um meinen Kindern Frühstück zu machen. Eric küsst die Jungs, bevor er zur Arbeit geht auf den Kopf, sagt aber nichts zu mir. Ich muss mich solange zusammenreißen, bis ich einen Plan habe, also beschließe ich im Stillen, bis nach seiner Abschlussfeier nicht zu ritzen. Ich werde sowieso ein schickes Sommerkleid tragen müssen.

Kapitel 14

Anscheinend rauche ich jetzt. Zum Glück haben sich die Jungs, da sie heute Morgen früh aufgestanden sind, kurz nach dem Mittagessen schlafen gelegt. Um ehrlich zu sein, mein erster Gedanke war, ins Bad zu gehen und zu ritzen. Der Streit heute Morgen mit Eric war der Schlimmste, den wir je hatten. Ich darf aber nicht ritzen und das macht mich verrückt. Ich will es nur ein bisschen. Nur ein bisschen. Ich muss aus dem Druckkessel, in dem Eric und ich leben, Druck ablassen – ich muss über irgendetwas die Kontrolle haben.

Also erinnere ich mich, als die Jungs eingeschlafen sind, an die Zigaretten, die ich vor meinem Besuch bei Tosha gekauft habe.

Ich bin bei der zweiten Zigarette, als Tosha die Stufen zu unserer Wohnung hochkommt.

„Gott, du siehst schrecklich aus." Sie setzt sich neben mich und streckt zwei Finger aus. Ich gebe ihr eine Zigarette und das Feuerzeug. Nachdem sie einen ersten, langen Zug genommen hat, schaut sie mich an. „Eric hat mich heute angerufen."

„Wie schockierend." Darauf hatte ich gewartet. „Was hat er gesagt?"

Sie lehnt sich vor, stützt ihre Arme auf ihre Knie. „Er hat gesagt, er wüsste, dass du ritzt... wollte wissen, ob ich irgendetwas darüber wüsste. Ich habe gelogen."

„Danke."

„Er hat gesagt, du hättest ihm damit gedroht, ihm seine Kinder wegzunehmen?"

Ich atme langsam aus. „Es ist meine Trumpfkarte, Tosh. Es war alles, was ich hatte, als er meine Oberschenkel gesehen hat..."

„Deine Oberschenkel? Ich dachte, die Schnitte an deinem Arm wären das letzte Mal gewesen, dass du... egal. Schau, du beginnst mir Angst zu machen." Sie streckt ihren Arm aus und greift nach meiner Hand. Ich verschränke meine Hand mit ihrer, als die Tränen sich ihren Weg über meine Wangen bahnen.

„Ich muss ihn verlassen, Tosh."

„Dann *geh*. Aber mach dich dabei nicht kaputt, Nat. Das wird er nur bei Sorgerechtsfragen gegen dich verwenden." Sie drückt meine Hand. „Du musst *dich* unter Kontrolle haben."

❧

Endlich kam der Anruf. Ryker kam nach Hause. Nach einer Operation in Deutschland, um seine rechte Schulter so gut es ging zu rekonstruieren, kam er ins Walter Reed Militärkrankenhaus. Dort war er nur ein paar Wochen, aber in dieser Zeit haben wir nicht miteinander gesprochen. Ich schrieb Abschlussprüfungen und verpasste seine beiden Anrufe und dann hatte ich Probleme ihn zu erreichen. Es war eine Art Albtraum.

„Hi Natalie, Liebes…", so begann Rykers Dad, Bill, das Telefonat. Seine Stimme war fröhlich und ich weinte. Er sagte mir, Ryker würde am nächsten Tag nach Hause kommen.

Ich wischte die Tränen der Freude und Erleichterung fort. „Also was mache ich jetzt? Wie …?"

„Ich werde ihn abholen. Du kannst mitkommen, wenn du möchtest." Er lächelte, das konnte ich hören.

„Nein, nein. Du holst ihn ab, ich will euch nicht stören – "

„Du würdest nicht stören."

„Nein, wirklich, Bill…"

Die Wahrheit ist, ich hatte Angst zu sehen, wie er aus dem Flugzeug steigt. Ich weiß nicht warum, aber es war, als wäre der Moment zu bedeutsam, als dass ich damit umgehen könnte. Ich wollte auf ihn zu rennen und mich in seine Arme werfen, aber er war in den Rücken geschossen worden und ich hatte keine Ahnung, wie weit er in seinem Genesungsprozess war.

„Okay, wirst du dann zumindest zu meinem Haus kommen und darauf warten, dass wir nach Hause kommen?" Seine Stimme war erwartungsvoll.

„Das werde ich. Bis morgen."

Ich hatte seit der Nacht nach Lucas' Beerdigung nicht mehr geritzt, denn damals fühlte ich mich ein bisschen zu

sehr außer Kontrolle – hatte fast Angst, dass ich nicht in der
Lage sein würde aufzuhören. Aber am Abend bevor Ryker
nach Hause kam, wollte ich es – ich habe die ganze Nacht
nicht geschlafen. Ich kann es nicht erklären. Ich war freu-
dig erregt, Ryker wieder in meinen Armen zu halten, seine
Lippen auf meinen zu spüren, aber ich hatte fast noch mehr
Angst als in der Nacht, bevor er fortging. Ich meine, er war
im *Krieg* gewesen, sein bester Freund war gestorben... Ich
wusste nicht, was das mit einem Mensch machte, aber ich
wusste, dass ich es herausfinden würde.

Bill hatte mir den Schlüssel für sein Haus dagelassen,
also saß ich nervös im Wohnzimmer und sprang jedes Mal
auf, wenn ich ein Auto hörte. Anscheinend war Rykers Mom
nach Washington D.C. geflogen, um ihn im Walter Reed zu
besuchen, jetzt war sie aber zurück in Wyoming.

Nach dem, was Bill mir erzählt hatte, würde Ryker, sobald er mit allen Behandlungen fertig war, aus der Nationalgarde entlassen werden. Ob er sich erneut verpflichtete lag
an ihm und daran, wie seine Verletzung heilen würde, hatte
Bill gesagt. Ich wollte daran nicht denken. Ich wollte einfach
nur Ryker haben.

Bewahre die Fassung, dachte ich, als Bills Auto schließlich
vorfuhr. *Lass ihn aussteigen und ins Haus kommen.* Ich erinnere mich nicht, wann ich angefangen habe zu weinen, aber die
Tränen liefen mir, ohne dass ich es verhindern konnte, über
das Gesicht, als ich zusah, wie Ryker und sein Sexy-Lächeln
aus dem Auto stiegen. Ich bemerkte, dass er seinen rechten
Arm in einem komischen Winkel hielt, wusste aber, dass das
an den Nervenschädigungen lag, die durch die Kugel verursacht worden waren.

Scheiß auf die Fassung.

Ich riss die Haustüre auf und flog die drei Stufen hinab,
die mich von dem Mann trennten, den ich liebte. Anstatt

seinen Namen zu sagen, wie ich es vorgehabt hatte, entwich mir ein hörbares Schluchzen.

„Natalie!" Sein Lächeln war breiter, als ich erwartet hatte, und ich war erleichtert.

Als ich meine Arme um seinen Hals schlang, fühlte ich, wie er mich nur mit dem Arm, den er um meine Taille gelegt hatte, in die Luft hob.

„Ich liebe dich", sagte ich immer wieder, während ich ihn auf den Mund küsste. Mein Körper zitterte vor Weinen und Nervosität. Als er mich dann absetzte, bemerkte ich, dass Bill nicht mehr da war. Er war leise ins Haus gegangen.

Ryker fuhr mit seiner Hand über meinen Kopf und an den Haaren hinunter, wo er mit den Enden spielte. „Ich habe dich schrecklich vermisst, Nat. Komm her." Er zog mich erneut in eine Umarmung.

Meine Hände lagen noch an seinem Gesicht, als ich zurücktrat und mir alles an ihm ansah. Sein blonder Haarschopf war wie immer kurz. Ich rieb mit meiner Hand über seinen Kopf, das brachte ihn zum Lächeln. Er war viel brauner, dadurch wirkten seine leuchtenden blauen Augen noch mehr. Für einen kurzen Augenblick wollte ich in diese Augen kriechen und sehen, was er gesehen hatte. Verstehen mit was er sich auseinandersetzen musste. Im Moment dachte ich aber, es wäre besser, dass alles ruhen zu lassen. Er war zu Hause, er lächelte und das war gut genug.

„Wie geht es deiner Schulter?" Ich fühlte mich wie eine Idiotin, als ich das fragte. *Ähm, angeschossen. So geht es ihr.*

Ryker zuckte mit den Schultern. „Gut. Die Kugel ging durch und hat einige Nerven ruiniert. Mit der Physiotherapie wird das wieder werden. Lass uns reingehen."

Erwähne ich Lucas? Wo ist mein verdammtes Handbuch?

Wir gingen zur Couch und setzten uns; Ryker ließ meine Hand während der ganzen Zeit nicht los. Bill kam herein.

„Ich gehe für ein paar Minuten in die Stadt, um euch etwas Zeit allein zu geben." Er drehte sich zu Ryker. „Du hast hier ein ganz tolles Mädchen. Es ist gut, dich zu Hause zu haben, Sohn." Bill schlug mit seiner Hand fest auf Rykers Knie und ging zur Tür hinaus.

Plötzlich war mir warm, so als ob ich rot werden würde. Ich schluckte schwer und drehte mich zu Ryker. „Ich habe dich vermisst, Ry." Ich presste meine Stirn an seine Uniform und begann zu weinen.

„Ich bin hier, Babe, es ist okay. Mir geht es gut. Es ist gut." Er rieb meinen Rücken und küsste meinen Kopf. Er tröstete *mich*, obwohl er derjenige war, der gerade aus dem Krieg zurückgekommen war. Er hob mich auf seinen Schoß und drückte gegen meine Lippen, als er mich ohne Zurückhaltung küsste. „Ich will dich mit nach oben nehmen", stöhnte er in mein Ohr.

Gott, ich wollte es auch. „Bist du sicher? Was ist mit deinem Dad?", flüsterte ich atemlos.

Ryker kicherte. „Warum glaubst du, ist er gegangen? Er ist ein Mann, kein Heiliger."

Und damit ließ ich zu, dass mein Soldat mich zu seinem Zimmer aus Kindertagen führte, in dem ich bisher nur einmal gewesen war. Ich legte mich auf sein Bett, aber ich bemerkte, dass er immer noch seinen linken Arm stark bevorzugte.

„Hier, leg dich", sagte ich und bewegte mich unter ihm.

„Nein... es ist okay." Er runzelte vor offensichtlicher Frustration die Stirn.

„Lass zu, dass ich mich um dich kümmere." Ich grinste, als er nachgab.

Ich fuhr mit meinem Finger über seinen Namen, der auf seine Uniform gestickt war, bevor ich sie langsam aufknöpfte und ihm aus seinen Klamotten half. Er bewegte sich ängstlich unter mir, als ich ihn von seinem Hals bis zu seinen Lippen küsste.

„Du bringst mich um", kicherte er und biss sich auf seine Lippe.

Lächelnd zog ich mich auch schnell aus und er stützte sich auf seinen Ellbogen ab, bewunderte mich mit seinen Augen.

„Du bist so verdammt heiß, Natalie. Komm her." Er griff spielerisch nach meinen Beinen.

Ich hieß meinen Soldaten prompt willkommen. Mein Haar fiel wie eine Gardine zwischen uns und den Rest der Welt, als ich mich vorlehnte und ihn mit allem, was in mir war, küsste.

Ich wünschte, ich hätte diese Gardine dort lassen können, denn als ich sie zur Seite schob und wir uns in seinem Bett zusammenrollten, bat mich Ryker, mit ihm zu Lucas Grab zu gehen.

Als die Jungs von ihrem Mittagsschlaf erwachen, hat Tante Tosha ein bisschen Zeit mit ihnen zu spielen, bevor sie geht. Da sie sie immer nur ein paar Mal pro Monat sieht, hat sie viel Energie und Kreativität für sie. Ihr Nasenring bringt sie zum Lachen und sie kitzelt sie, bis sie total durchdrehen. Sie hat Spaß und es erinnert mich daran, dass ich auch Spaß mit ihnen haben kann.

„Ernsthaft, Natalie, schreib dich für den Herbst einfach für ein paar Kurse ein. Eric sagt, dass du das kannst, also tu es einfach." Zwischen ihren Worten bläst sie Himbeeren über Max' nackten Bauch.

Ich versuche zu antworten und gleichzeitig Oliver davon abzuhalten, über die Couch zu klettern. „Ollie… Ollie…

Ollie! Wirklich", drehe ich mich zu Tosha, „den einzigen Kurs, den ich derzeit belege, ist, selektives Zuhören für Anfänger von diesem Jungen." Ich kichere und kitzele Ollie. „Ich dachte, eineiige Zwillinge wären in ihrem Benehmen ähnlicher. Oliver wurde mir gesandt, um meine Geduld zu testen, ich weiß es."

Tosha seufzt. „In Ordnung, Töpfchen-Trainer-„

„Du bist ein Arschloch." Es ist mir egal, dass ich es vor den jungen Ohren sage, als ich gegen ihren Arm schlage.

Sie lacht und tätschelt meine Schulter. „Ich muss los."

Auf ihrem Weg nach draußen flüstert sie mir zu: „Du weißt, dass du immer bei mir und Liz wohnen kannst."

Ich umarme sie. „Danke."

Auf ihrem Weg nach unten, läuft sie Eric in die Arme. Sie grüßt ihn freundlich und gratuliert ihm zu seinem Job.

Eric stürmt mit einem Lächeln im Gesicht die Stufen hoch, das für eine Millisekunde verschwindet, als er mir in die Augen schaut, dann aber wieder voll aufleuchtet, als die Jungs ihn an der Tür begrüßen. Ich drehe mich um, um in die Küche zu gehen, und beginne für den Nachmittagssnack Erdbeeren zu putzen. Eric steht neben mir und gibt mir zwei Schüsseln für die Erdbeeren. Er tut solche Dinge; wir haben einen Riesenstreit und nur ein paar Stunden später tut er so, als wäre nichts passiert.

Dieses Mal nicht.

„Tosh hat mir gesagt, dass du sie angerufen hast." Ich widme mich weiter den Erdbeeren, bemerke aber aus den Augenwinkeln, wie sein Kinn zuckt.

„Verdammt", flüstert er.

„Tja, was zur Hölle, Eric? Denkst du, ihre Loyalität gilt dir? *Warum* hast du sie angerufen?" Ich gehe zum Tisch und rufe die Jungs. „Max, Ollie, kommt her für euren Snack." Max kommt hüpfend zum Tisch, während Ollie weiter den

Fernseher anstarrt. „*Oliver, sofort.*" Ich spreche so streng wie möglich. Er zuckt zusammen, ist verblüfft und rennt mit einem breiten Lächeln zum Tisch.

„Ich bin total erschrocken, Natalie, das ist alles." Eric greift nach meiner Hand und küsst meine Knöchel „Ich liebe dich und habe Angst wegen dem, was du dir antust."

Hat er heute im Labor zu viele Gase eingeatmet? Heute Morgen hat er mir gedroht und heute Nachmittag ist er besorgt? Ich starre ihn an, versuche, in seinen Augen seine Motive zu erkennen.

Ich sehe gar nichts.

Kapitel 15

„Mommy, sing das Winnie-Puuh-Lied nochmal", bittet Ollie, als er sich ins Bett kuschelt.

„Nicht nochmal, Jungs", seufze ich, „es war ein anstrengender Tag und ihr müsst schlafen. Morgen werden wir euch in der Vorschule anmelden."

Gott. Sei. Dank.

„Wir dürfen in die Vorschule, wenn wir fünf werden!", jubelt Max.

„Na ja, kurz nachdem ihr fünf geworden seid. Aber ja, meine großen Jungs werden *sehr* bald in die Vorschule gehen."

Mal ehrlich, wer ist hier mehr begeistert?

„Hab dich lieb, Mommy." Es gefällt mir wirklich, wenn sie das wie aus einem Mund sagen. Es ist süß.

„Nacht, ihr zwei. Ich werde Daddy reinschicken." Ich verlasse ihr Zimmer und treffe auf Eric, der den Flur entlang läuft. „Sie wollen dir gute Nacht sagen." Ich bewege meinen Kopf in Richtung ihrer Zimmertür und gehe in unser Schlafzimmer.

Das Abendessen war ziemlich still heute. Ich habe versucht, Blickkontakt mit Eric zu vermeiden – es war noch lebhaft in meinem Kopf, dass er Tosha wegen meines Ritzens angerufen hatte – aber jedes Mal, wenn ich ihn anschaute, starrte nichts als Freundlichkeit in seinen Augen zurück. Vielleicht bin ich verrückter, als ich dachte, oder vielleicht kommt es ihm so vor, als wäre ihm eine Last von den Schultern genommen worden, seit er mich an meine beste Freundin verpetzt hat, aber dieser Mann könnte nichtmal dann Groll bewahren, wenn sein Leben davon abhängen würde.

Ich bin gerade dabei ins Bett zu steigen, als Eric, nachdem er Max und Ollie gute Nacht gesagt hat, hereinkommt. Wie immer, wenn er Zeit mit ihnen verbracht hat, hat er ein stolzes Lächeln im Gesicht. Ich frage mich, was die Menschen in meinem Gesicht sehen, wenn ich mit unseren Kindern unterwegs bin. Es ist sicherlich nicht das unbekümmerte Lächeln, das Eric zeigt. Er zieht sich aus und ich schaue einfach schweigend zu. Ich kann nicht anders, als seine griechische Haut zu lieben, die das ganze Jahr über leicht gebräunt ist und auf seinem festen Bauch perfekte Schatten wirft. Reue überkommt mich, als er neben mich ins Bett schlüpft. Vielleicht *war* er wirklich besorgt, als er Tosha angerufen hat und hat nicht einfach versucht mich zu verraten. So oder so, die peinliche Stille ist erdrückend.

Ich hätte nicht mit Ryker zu Lucas' Grab gehen sollen. Das Ende wäre das gleiche gewesen, aber ich wünschte, ich hätte den Anfang nicht gesehen. Er fuhr, was eine weitere schlechte Idee war. Ich dachte mir, dass ich mir das für die Zukunft merken sollte, war aber entschlossen, dass ich zukünftig einfach nicht mitgehen würde, wenn mich jemand darum bat.

Ich bot ihm an, im Auto zu warten, aber er bestand darauf, dass ich mitkam, da ich ja wusste, wo das Grab war.

„Wie war es?", fragte er.

„Wie war was?"„ Die Beerdigung."

Ich zuckte mit den Schultern und schüttelte meinen Kopf als Antwort, wohl wissend, dass keine Antwort die richtige sein würde.

Bevor ich versuchen konnte, etwas zu antworten, fiel Ryker ein: „Ich meine... schon gut, ich weiß nicht, um was ich dich da bitte."

„Nein", ermutigte ich ihn, nachdem ich darüber nachgedacht hatte, „es war schön. Angemessen. Traurig. Ich stand bei deinem Dad und Tosha. Ich bin gewissermaßen zusammengebrochen", sagte ich, als ich spürte, wie ich einen Kloß im Hals bekam.

Lucas Grab war das neuste hier und am leichtesten zu erkennen, mit der kleinen amerikanischen Flagge und den Blumen. Ryker drückte meine Hand kurz, bevor er sie losließ und zum Grabstein schaute. Für den Bruchteil einer Sekunde trafen sich unsere Augen, dann kniete er nieder und legte seine rechte Hand oben auf den Stein.

Ryker sprach sanft zu Lucas – ich versuchte nicht, die Worte zu verstehen. Ich schaute zu anderen Grabsteinen in der Nähe und fragte mich, woher sie kamen – was für eine Geschichte sie hatten – bis ich von Ryker kommend, ein wütendes klingendes Geräusch hörte. Bis ich mich wieder zu ihm umdrehen konnte, stand er schon und lief zurück zum Auto, so als wäre ich nicht einmal hier. Ich folgte ihm schweigend, aber schnell.

Er fuhr los, sobald ich im Auto war, ließ mir fast keine Zeit, mich anzuschnallen. An der ersten Ampel drehte ich mich zu ihm, um ihn anzuschauen. Seine Knöchel waren ganz weiß, während seine Hände das Lenkrad festhielten und als er mich anschaute… nichts. Seine Augen sahen aus wie einsame Eisberge in der Arktis, die ohne Richtung dahindrifteten.

„Tut mir leid", murmelte er, während er zurück auf die Straße schaute.

Ich antwortete nicht, denn ich wusste nicht, was ihm „leid" tat. Das, was auf dem Friedhof geschehen war? Ich wusste nicht, ob er es selbst wusste, aber „tut mir leid", war der einfachste Weg, diese peinliche Stille zu füllen, denke ich.

Wir schwiegen den Rest des Weges zu meinem Wohnheim.

„Ich werde dich heute Abend abholen, okay? Auf diese Weise kannst du dein Auto hier lassen und musst dir keine Gedanken darüber machen", war alles, was er sagte, als ich ausstieg. Wir würden an dem Abend auf eine Party an der UMass gehen.

Noch etwas, dem ich nicht hätte zustimmen sollen.

Es waren nur ein paar Stunden, bis ich ihn wiedersah, aber es kam mir wie eine Ewigkeit vor. Ich ging unruhig hin und her und dachte darüber nach, Tosha anzurufen – die diesen Sommer mit Liz in Amherst wohnte – entschied mich dann aber zu schlafen. Vielleicht würde ich danach nicht mehr so verdutzt über das sein, was auf dem Friedhof geschehen war.

Fehlanzeige.

Als wir den Partyraum betraten, spürte ich eine körperliche Veränderung an Ryker. Er war steif, ängstlich und seine Augen schauten sich schnell überall um. Ich versuchte, mich „übernormal" zu verhalten – was auch immer das ist – denn ich hätte schwören können, dass es nur meine Verrücktheit war, die Ryker so aufregte. Heute Morgen war es ihm gut gegangen.

„Geht es dir gut?", fragte ich schließlich, nachdem er mir ein Bier gab.

Ryker lehnte sich runter und küsste meine Wange. „Mir geht's gut, Babe. Kommt Tosha auch?" Er kratzte sich mit seiner Hand ein paar Mal am Kopf, bevor er sie in seine Hosentasche steckte.

„Sie wird kommen. Sie wohnt praktisch auf der anderen Straßenseite." Nur eine gnädige Minute später, sah ich sie durch die Menge kommen mit dunklen Strähnen in ihrem blonden Haar. „Da ist sie." Ich nahm Rykers Hand und führte ihn durch die verschwitzten Körper zu Tosha.

„Hey, Nat. Ryker, *Gott* sei Dank bist du zu Hause!" Tosha hatte Ryker während der Woche, seit er nach Hause gekommen war, nicht gesehen. Sie umarmte ihn fest, und als er die Geste erwiderte, erschien sein normales Lächeln auf seinem Gesicht.

„Es ist gut, zu Hause zu sein, Tosha." Er küsste sie auf die Wange und stellte sich hinter mich, dabei legte er seinen Arm um meine Taille.

„Was zum Teufel, hast du mit deinen Haaren gemacht?" Ich lachte und zog an einer der dunklen Strähnen.

Sie hatte keine Zeit zu antworten, bevor jemand gegen Ryker stieß, er wurde gegen mich gedrückt und sein Bier lief mir über den Rücken, der nur mit einem Kleid mit Spagettiträgern bedeckt war.

„Was zur Hölle, Arschloch?" Das Gift in Rykers Stimme brachte mich dazu, mich schnell umzudrehen, wo ich sah, wie er den stolpernden Übeltäter am Kragen festhielt. Sein Hals war rot, seine Venen traten hervor, während er durch seine Nase einatmete.

„Ryker, es ist schon gut", flüsterte ich, es war sinnlos, gegen den Bass, der aus den Lautsprechern dröhnte, ankommen zu wollen. „Ry!", schrie ich, als sich um ihn ein Kreis bildete.

Als ich seinen Namen das zweite Mal sagte, drehte er seinen Kopf ruckartig zu mir, dann schluckte er schwer und ließ den Kragen des Fremden los. Wortlos griff er nach meiner Hand, seine Augen blickten stechend durch meine hindurch. Als wir uns an Tosha vorbeischoben, deren Augen genauso weit offen waren, wie ihr Mund, zuckte ich mit den Schultern und formte lautlos mit meinem Mund: „Ich rufe dich an."

Rykers Griff an meiner Hand wurde fester, als wir – ich – fast rannte, um auf dem Weg zu seinem Auto mit ihm mithalten zu können.

„Ryker... Ryker..." Er reagierte nicht auf mich, aber ich sah, wie sich seine Schultern bei jedem seiner tiefen Atemzüge hoben und senkten. Meine Hand begann mir weh zu tun. „Ryker, du tust mir weh!", kreischte ich, als ich dachte, der Knöchel meines kleinen Fingers würde bald brechen.

„Gott, Natalie, es tut mir leid." Er ließ meine Hand schwungvoll los und fuhr sich mit beiden Händen durchs Haar, während er vor seinem Auto auf und ab ging. „Der Typ war so ein Arschloch und hat dein Kleid ruiniert. Habe ich dir wehgetan? Schei-"

„Nein, mir tut es leid", unterbrach ich ihn und machte vorsichtig einen Schritt in seine Richtung. Ich nahm seine Hände in meine, zwang ihn dazu, stehenzubleiben. „Der heutige Tag war wirklich anstrengend – wir hätten nicht herkommen – "

Ryker schlug mit seiner Faust auf das Autodach und unterbrach mich. „Was zur Hölle!", grollte er und drückte seinen Kopf gegen den Türrahmen.

„Lass uns einfach zurück zu meinem Wohnheim fahren, okay? Ich habe das Zimmer diesen Sommer für mich allein, erinnerst du dich?" Ich versuchte, ein kokettes Lächeln aufzusetzen, aber ich bin mir sicher, es sah vor allem nervös aus.

Er nickte. „Ja, lass uns hier verschwinden."

Törichterweise atmete ich erleichtert aus und stieg ins Auto. Dann fuhren wir zu meinem Wohnheim. Die Albträume begannen in dieser Nacht – für uns beide.

„Es tut mir leid", flüstert Eric, als er die Tränen von meinen Wangen küsst.

Ich lehne meinen Kopf zurück. „Was?"

„Dass wir in letzter Zeit so oft streiten, Natalie. Ich weiß, dass die Dinge in letzter Zeit recht angespannt waren. Es tut mir leid. Ich wollte dich nicht zum Weinen bringen."

„Das hast du nicht." Ich schniefe und wische meine Tränen fort, während ich Eric den Rücken zudrehe.

„Aber, du weinst…"

„Ich weiß. Du warst es nicht… hey, ich habe vergessen, dich daran zu erinnern, morgen ist der Vorschultest der Jungs – "

„Wirklich, Natalie?", unterbricht er mich.

„Wirklich", sage ich, ohne mich zu ihm umzudrehen.

„Das ist zwei Tage vor meiner Präsentation – "

„Mach dir keine Sorgen, wenn du es nicht schaffst. Ich kümmere mich um den Kram." Ich weiß, dass es zwei Tage vor seiner Präsentation ist und ich *brauche* ihn für die Anmeldung nicht. Aber ich weigere mich, ihm nicht über unser Leben zu berichten, nur um zu verhindern, dass er sich schuldig oder nicht schuldig fühlt.

Eric stößt ein langes Seufzen aus und wir sind beide eine lange Zeit still. Wir wollen beide, dass der andere denkt, er würde schlafen.

Kapitel 16

„Ich frage mich, ob ich versuchen sollte Ryker zu erreichen", sage ich am Telefon zu Tosha, während ich die Jungs für den Vorschultest fertig mache.

„Versucht du eigentlich, mich von der Straße abkommen zu lassen?"

„Nein... ich meine... nach, wie lange? Neun Jahren nachdem ich mich von ihm getrennt habe und in denen sich viel verändert hat, ist er jetzt wieder ständig in meinen Gedanken? Es ist, als würde das Universum versuchen, mir etwas zu sagen... oder sowas." Ich tätschele die Jungs auf den Kopf und beende das Gespräch in unserem Schlafzimmer.

Tosha stößt ein langes Stöhnen aus. „Ich weiß nicht, Natalie. Vielleicht ist es einfach das, was dich neulich dazu veranlasst hat, Lucas' Grab zu besuchen. Es ist zehn Jahre her, seit er gestorben ist... es ist ein Meilenstein. Ich denke, das hat die ganze hässliche Scheiße in deinem Gehirn aufgewirbelt."

„Es war nicht alles hässlich, Tosh..."

„Nein, das war es nicht. Aber als es das war, war es *wirklich* schlimm. Ich habe dich für etwa acht Monate verloren, Natalie – wenn man es genau nimmt sogar noch länger. Es muss nur einmal wehtun, Natalie. Lass nicht zu, dass es erneut wehtut. Lass es einfach los."

✿

Ryker hat in der Nacht, nachdem wir von der Party nach Hause gekommen waren, nicht geschlafen. Das weiß ich, weil ich auch nicht geschlafen habe. Die Angst über die Veränderungen in Rykers Persönlichkeit während der letzten vierundzwanzig Stunden, machte mich benommen vor Angst. Ich war nicht so dumm gewesen, anzunehmen, dass er keine Probleme haben würde, wenn er nach Hause kam; ich wusste nur nicht, was ich tun sollte.

Als die Dämmerung am Horizont erschien, hörte ich, wie Rykers Atem gleichmäßiger wurde. Er hatte seinen Arm ausgestreckt und meine Hand festgehalten, bevor ich eingeschlafen war. Ich ließ unsere Finger ineinander verschränkt, während ich seinem friedlichen Atmen lauschte.

„Nein…" Rykers Stimme klang weit entfernt, wurde aber lauter, als Schweiß auf seiner Stirn erschien. Er begann erneut meine Hand zu drücken und es tat mehr weh als die Nacht davor, als er wach gewesen war. Sein Griff wurde nur fester, als ich versuchte, meine Hand wegzuziehen. Er schrie lauter, ich hatte nicht gedacht, dass jemand im Schlaf so laut schreien kann: „Scheiße, Luke! Nein!"

Er träumte von Lukas. Ich musste ihn da raus holen, dachte ich.

„Ryker. Ryker! Wach auf!" Blitzartig stand er auf und ich wurde in eine sitzende Position gezogen, denn er hielt immer noch meine Hand fest.

Sein stockender Atem erfüllte mein kleines Wohnheimzimmer, während ich dabei zusah, wie sein T-Shirt vor Schweiß ganz nass und dunkel wurde. Obwohl er mich anschaute, dauerte es eine Sekunde, bis die Trance gebrochen war und seine Augen sich schnell umsahen. Er ließ meine Hand ein paar weitere Sekunden lang nicht los und ich bat ihn auch nicht darum. Es war, als wäre ich aus Versehen im Wald auf ein Tier getreten – nur nicht bewegen.

„Ry...", flüsterte ich und schaute auf unsere Hände, die in der Luft hingen.

Er stieß ein frustriertes Stöhnen aus und setzte sich, immer noch meine Hand haltend, neben mich aufs Bett. Ich versuchte immer noch nicht, sie fortzuziehen. „Heilige Scheiße", murmelte er.

Schließlich zog ich meine Hand weg und er rieb sich mit seiner ein paar Mal übers Gesicht, bevor er sich in meinem Zimmer umsah.

„Es ist okay", flüsterte ich.

Er schaute einfach geradeaus, seine Hände waren zusammengefaltet, seine Ellbogen lagen auf seinen Knien. „Habe ich etwas gesagt... als ich geschlafen habe?"

Ich hätte vermutlich lügen können, tat es aber nicht. „Du hast nur ein paar Mal Lucas' Namen gesagt ... na ja, Luke..."

„Wie geht es deiner Hand?" Er schaute mich immer noch nicht an und seine Stimme war tonlos.

„Ihr geht's gut, Ry."

„Ich muss gehen", sagte er und stand abrupt auf.

Ich stand auf und folgte ihm. „Es ist halb Sechs morgens, warum bleibst du nicht, und schläfst ein wenig."

„Das kann ich nicht. Ich... Ich rufe dich nachher an." Er küsste mich fest, ließ mich dann verwirrt und verängstigt in der Mitte meines Zimmers einfach stehen und ging ohne ein weiteres Wort zu sagen.

Am Ende weinte ich. Der gestrige Abend war furchterregend gewesen, als er auf der Party auf den jungen Mann losgegangen war und dann der Albtraum. Dies entwickelte sich zu einem lebendigen Albtraum und ich spürte tief in mir, dass das erst der Anfang war. Ich fühlte mich wieder schwach. Es würde ein langer Weg mit Ryker werden und ich brach schon während der ersten paar Tage zusammen.

Mit Gedanken, die mich schon seit Lucas Beerdigung umtrieben, ging ich ins Bad und begann zu ritzen. Im Rückblick vermute ich, dass ich den gleichen tranceartigen Gesichtsausdruck hatte, wie Ryker, als er aus seinem Albtraum aufwachte. Nur ich begab mich absichtlich in meinen. Ich starrte meinen Arm an, während ich wie beiläufig die abgebrochene Klinge gegen meine Haut drückte und langsam von meinem Handgelenk bis zu meinem Ellbogen schnitt. Die einzige Reaktion darauf, dass das Blut sofort aus meiner Haut trat, war blinzeln. Normalerweise dauerte es mindestens eine Sekunde, bis Blut erschien.

Dieses Mal nicht. Es tat sogar nicht mal mehr weh. Ich denke, es hat nur einmal wehtun müssen, damit ich wusste, wie gut ich mich danach fühlen würde – wenn alles vorbei war.

Als ich fertig war, es desinfiziert und verbunden hatte, rief ich Rykers Handy an. Er hatte es wieder freischalten lassen, nachdem er nach Hause gekommen war, aber er ging nicht ran. Ich war sicher, dass ich bereit war, mit dem konfrontiert zu werden, was ihn plagte, deshalb machte ich mir nicht die Mühe das Festnetztelefon im Haus seines Vaters anzurufen, bevor ich mich in mein Auto setzte und dorthin fuhr. Natürlich erst, nachdem ich ein für die Jahreszeit unpassendes langes Shirt angezogen hatte.

Bills Auto stand nicht in der Einfahrt, das machte mich nur leicht nervös. Ich dachte, wenn sein Vater da gewesen wäre, hätte ich zumindest eine Art Sicherheitsnetz gehabt. Stattdessen würden Ryker und ich allein sein. Ich klopfte ein paar Mal an die Tür, aber niemand rührte sich. Sie war abgeschlossen. Ich kaute eine Minute lang auf meiner Lippe herum, versuchte meine Möglichkeiten abzuwägen, am Ende war die einzige Option, mich auf die Stufen zu setzen und zu warten. Ich setzte mich, lehnte meinen Kopf gegen das Geländer und schlief prompt ein, weil ich die letzte Nacht nicht geschlafen hatte.

Keiner weiß, wie lange ich geschlafen habe, bis Bill sanft meine Schulter schüttelte. Ich musste meine Augen mit meiner Hand vor der grellen Sonne schützen.

„Natalie", flüsterte er lachend, „du weißt, wo der Schlüssel ist. Was machst du hier draußen?"

Während er mir aufhalf, rieb ich mir den Schlaf aus den Augen. „Tut mir leid, Ryker ist heute Morgen sehr eilig verschwunden…" Ich hörte auf, als mir klar wurde, dass ich laut sprach. „Wo ist er?"

Bill zuckte mit den Schultern, „Wahrscheinlich ist er eine Runde laufen gegangen. Seine Sneakers sind nicht da und ich hatte das Auto. Komm rein." Er hielt mir die Tür auf und wir gingen in die Küche. Ich setzte mich unbehaglich auf einen der Barhocker und schaute über meine Schulter zur Eingangstür, wartete auf Ryker – mir kam es vor, als sollte ich nicht ohne Rykers Wissen in diesem Haus sein.

„Ich bin überrascht, dass er laufen gegangen ist", begann ich nervös, „er hat letzte Nacht nicht wirklich geschlafen… Albträume…" Ich wusste nicht, ob ich das Bill gegenüber erwähnen sollte, aber ich hatte niemand anderen, mit dem ich reden konnte. Ryker wollte nichtmal darüber sprechen.

Bill schob mir eine Tasse Kaffee zu, um die ich nicht gebeten hatte, die ich aber dankbar annahm. „Das habe ich mir gedacht". Er zuckte mit den Achseln und schenkte sich selbst einen Kaffee ein.

„Er wollte nicht darüber reden. Er wachte auf, fragte mich, ob es mir gut geht und ging." Meine Augen füllten sich mit Tränen.

Bill stützte sich mir gegenüber auf seine Ellbogen auf den Tresen und seine Augen – sie hatten den gleichen blauen Farbton wie Rykers – sahen mich direkt an. „*Geht* es dir gut?"

„Ja. Ich war ein bisschen aufgewühlt, weil er aus dem Bett gesprungen ist, *während* er noch schlief. Er hielt meine Hand so fest, dass er mich ein bisschen hochgezogen hat, aber körperlich geht es mir gut. Ich denke, seinem Gesichtsausdruck zu Folge hatte er mehr Angst als ich…" Ich schloss kurz meine Augen und fragte mich, woher Bill wusste, dass ich meinen Kaffee schwarz trank.

Er nickte und trank einen großen Schluck, bevor er seufzte. Das war seine einzige Antwort. Ich weiß nicht, ob er einfach nicht wusste, was er sagen sollte, oder ob er wusste, dass das was er sagen würde, mir nicht gefallen würde, aber wir saßen eine Weile einfach da und ergaben uns dem Koffein. Einige Minuten später schossen Bills Augen zur Eingangstür, als sie aufging und einen verschwitzten Ryker mit nacktem Oberkörper freigab, der von seinem Dauerlauf zurück war. Mir war mulmig, als er auf mich zukam und ich fragte mich, ob es eine gute Idee gewesen war herzukommen.

„Hey." Ryker atmete immer noch schwer, während er sich zu mir lehnte und mir einen verschwitzten Kuss gab, bevor er sich ein Glas Wasser holte.

„Hey." Ich grinste hinter meiner Kaffeetasse. Bill ertappte mich dabei und grinste zurück. Allerdings verschwand mein Lächeln, als sich Ryker umdrehte: Er hatte immer noch diesen toten Blick in seinen Augen.

Er ging einfach an mir vorbei, hielt dann aber, als er die Tür erreichte, abrupt an, drehte sich zu mir um und sagte: „Ich werde in ein paar Minuten wieder unten sein, gehe nur kurz duschen."

Ich nickte und lächelte, als er die Treppe hinauf rannte. Während ich meine Aufmerksamkeit wieder meinem Kaffee

widmete, fuhr ich mit dem Daumen am Rand der Tasse entlang.

Bill kam um die Bar herum. „Halte durch, Kind. Bleib
bei ihm."

„Das werde ich."

„Okay, Mrs. …" Die Lehrerin schaut zwischen meinem
Nachnamen und dem der Jungs hin und her.

„Collins", erlöse ich sie. „Ihr Vater und ich sind verheiratet und leben zusammen. Ich habe nur meinen Mädchennamen behalten." Ich weiß nicht, was sie mehr schockiert,
dass ich meinen Mädchennamen behalten habe oder dass wir
tatsächlich verheiratet sind und unsere Kinder gemeinsam
aufziehen. „Aber", fahre ich fort, „Natalie reicht völlig."

Sie lächelt ein perfektes Stuhlkreis-Lächeln. „Die Jungs
haben es super gemacht, sie sind genau auf dem Stand, auf
dem wir Kinder haben möchten, um das Schuljahr zu beginnen. Max ist sogar ein bisschen weiter beim Erkennen von
Buchstaben und Wörtern."

„Und Oliver?" Ich lächle über den natürlichen Intellekt
meiner Jungs.

Etwas, das Eric und ich gut hinbekommen haben.

„Oliver war auch gut. Ich bin allerdings neugierig, hat
man jemals sein Gehör getestet?"

Eine Sekunde lang überkommt mich Schwindel, so wie
es ist, wenn man weiß, dass als nächstes unweigerlich etwas
Negatives kommt. „Nein, warum?" Ich räuspere mich.

„Na ja, als es im Raum unruhig war, hat er ein paar Mal
erst verzögert oder gar nicht auf meine Stimme reagiert. Als
er mit dem Rücken zu mir saß, musste ich einmal um ihn he-

rumgehen, um seine Aufmerksamkeit zu erlangen. Ich schien ihn damit überrascht zu haben."

Meine Augenbrauen ziehen sich zusammen, während in meinem Kopf ähnliche Szenarios ablaufen, die ich mit Ollie während der letzten paar Wochen erlebt habe. „Das habe ich tatsächlich auch schon bemerkt. Ehrlich gesagt dachte ich, es hätte etwas mit seiner Aufmerksamkeit zu tun…"

„Das könnte sein oder ein Hörproblem. Manchmal, wenn es zu viel Hintergrundgeräusche gibt, fällt es Kindern schwer, zu entziffern, worauf sie achten sollen. Wenn sie ihn zu einem Hörspezialisten bringen, wird man einige diagnostische Tests durchführen mit verschiedenen Frequenzen, Lautstärken…" Die Lehrerin erzählt in einem Ton, der beruhigend wirkt, auf, welche Möglichkeiten es gibt, aber ich gehe gedanklich jeden potenziellen Risikofaktor in ihren kurzen Leben durch. Ich habe sie die vollen neun Monate ausgetragen, sie mussten niemals beatmet werden und hatten niemals höheres, gesundheitsschädliches Fieber gehabt, aber ich schlucke schwer, während ich den Ausdruck ihrer Augen studiere.

Irgendetwas ist mit einem meiner Söhne nicht in Ordnung. Und ich habe schreckliche Angst.

Kapitel 17

Wie alle Eltern der Generation Internet, verbringe ich die Zeit, in der die Zwillinge ihren Mittagsschlaf halten, damit, die Ursachen von Hörverlust bei Kindern zu googlen. Die häufigste – und rationalste – Erklärung ist ein Paukenerguss. Die unwahrscheinlichste ist, wie könnte es anders sein, ein seltener Hirntumor. Alles dazwischen verursacht mir Schwindelgefühle. Die Lehrerin hat Hörwahrnehmungsstörungen erwähnt, was zu Olivers Benehmen in letzter Zeit passt. Wenn um ihn herum viel passiert, kann er sich anscheinend nicht auf die Stimme konzentrieren, auf die es ankommt.

Ich bin so in Netdoktor vertieft, dass mir erst als Erics Nummer auf meinem Handy erscheint, bewusst wird, dass er nicht zum Test gekommen ist.

„Ja?", frage ich in einem gelangweilten Ton.

„Wie war der Test, Babe?" Für jemand, der sich nicht die Mühe gemacht hat, zu kommen, klingt er ziemlich fröhlich.

„Es lief alles gut. Sie haben aber vorgeschlagen, dass Oliver einen Hörtest machen soll."

„Wirklich, warum?"

„Weil, wenn er mit dem Rücken zu einem steht, nicht so reagiert, wie er sollte. Manchmal sogar gar nicht. *Ist dir das noch nicht aufgefallen?*"

Eric ist lange Zeit still. „Ich denke schon, aber... verhält er sich nicht einfach, wie ein Kind?"

„Ich weiß es nicht, Eric. *Gott.* Ich bin kein Hörspezialist. Wann kommst du nach Hause?" Ich bin der Unterhaltung überdrüssig.

Er zögert. „Spät."

„Perfekt", platze ich heraus, „bis dann."

Ich lege auf und rufe sofort bei der Hörspezialistin an, die die Schule mir empfohlen hat. Wir haben Glück und bekommen einen Termin in zwei Wochen – ein paar Tage vor Erics Abschlussfeier. Ich denke bis dahin werden wir wohl einfach abwarten und ich werde versuchen, Ollie nicht anzustarren, als wäre er eine Bombe, die jeden Moment hochgehen kann.

„Wie geht es ihm?", fragte Tosha ein paar Wochen, nachdem ich ihr von Rykers erstem Albtraum erzählt hatte.

Wir liefen durch die Straßen von Amherst und brachten uns gegenseitig auf den neusten Stand, nachdem sie von ihrem Urlaub mit Liz in Maine zurück war. Die beiden waren nun fest zusammen und so glücklich.

„Ich denke, die Dinge beruhigen sich, endlich. Wir verbringen immer noch keine Nacht gemeinsam, aber ich denke, das hat vor allem damit zu tun, dass er keinen weiteren Albtraum haben will, während ich neben ihm im Bett liege. Er hat das nicht gesagt, aber... was könnte er sonst für einen Grund haben, nicht bei mir übernachten zu wollen?"

Mir waren kleine Dinge aufgefallen, zum Beispiel griff er immer an seine Schulter, wenn wir eine Treppe hinunter gingen. Zunächst dachte ich, es läge an seiner Verletzung, aber er hatte mir erzählt, dass es eine Gewohnheit war, er wollte nicht, dass sein Gewehr auf dem Weg nach unten gegen die Wand stieß, auch wenn er gar kein Gewehr trug. Das war im Laufe der letzten Woche weniger geworden, aber seine Augen blickten immer wild in alle Richtungen, egal wo wir gerade waren.

„Wie geht es dir...mit allem?" Tosha wusste, dass ich manchmal ritzte, aber nachdem sie mich dabei erwischt hatte, hatten wir nicht oft davon gesprochen. Sie bat mich nur, nicht dumm zu sein, und sagte mir, falls es außer Kontrolle geraten sollte, würde sie meine Eltern anrufen.

Ich würde ihr das niemals sagen, aber ihre Drohung führte dazu, dass ich wirklich gut darin wurde, es zu verbergen.

„Ähm, mir geht's gut." Ich zuckte mit den Schultern.

„Wenn Ryker es herausfindet, Nat..."

Sie hatte berechtigte Bedenken über Rykers potentielle Reaktion auf mein Ritzen. Er war ziemlich bissig gewesen, als er gedacht hatte, ich wäre zu still, oder dass ich um ihn herum schlich. Meine Angst vor seiner Reaktion war es, die mich für eine Weile davon abhielt, es zu tun.

„Das wird er nicht, es ist alles gut. Wir gehen heute zum Abendessen aus. Es ist unser erstes richtiges Date seit der Party an der UMass – "

„Wo er ausgerastet ist?"

„Ja, diese Party. Wir gehen dieses Mal nur zu Judie's. Keine Menschenmenge, wie bei Partys von Studentenverbindungen", kicherte ich. „Ich ruf dich an, wenn ich wieder zu Hause bin."

Tosha umarmte mich. „Du machst das großartig. Stell einfach nur sicher, dass du nicht durchdrehst, okay? Er braucht dich, aber du brauchst dich auch."

Ein paar Stunden später parkte ich in Rykers Einfahrt und ging zu seinem Zimmer.

„Klopf, klopf", sagte ich süß, als ich Rykers Tür erreichte.

„Ja?"

Ich lächelte und trat ein, dann schloss ich die Tür hinter mir. „Ich bin's nur."

Ryker lief in seinem Zimmer hin und her, trug Dinge von seinem Schreibtisch zu seinem Kleiderschrank und dann anscheinend wieder zurück. Er schaute mich aus den Augenwinkeln an. „Oh, bist du immer noch hier?"

„Nein, ich bin gerade erst gekommen", flüsterte ich, während sich in meinem Magen ein Kloß bildete.

Ich stand unbehaglich da und schwieg, während er seine Aufgabe beendete. Er hatte nichts an außer einem Handtuch, das um seine Taille gewickelt war. Er legte seine Hände an seine Hüfte, starrte seinen Schreibtisch an, bevor er sich zu seinem Schrank umdrehte, um seine Klamotten rauszuholen. Anscheinend war er zufrieden mit dem, was er gerade getan hatte. Was zur Hölle das auch gewesen war. Wortlos zog er sich an, eine Hose und ein schwarzes T-Shirt, dann schnürte er seine Sneakers zu.

„Wo ist dein Dad heute Abend?" Mein Puls wurde schneller, als mir klar wurde, dass ich mich besser fühlte, wenn Bill da war.

„Ausgegangen, denke ich." Er zuckte mit den Schultern und der Kloß in meinem Magen wurde größer.

Etwas stimmte nicht und ich hatte ein schlechtes Gefühl, aber als er sich zu mir umdrehte, sah ich in seine Augen und sah ein Aufblitzen des Rykers, den ich kannte. Trotzdem lehnte ich mich unwillkürlich zurück, als er versuchte, mich zu küssen.

Ryker richtete sich auf. „Was zur Hölle, Nat, was ist los? Du benimmst dich komisch. Ich habe nur meine Sachen zusammengestellt, bevor ich mich erneut verpflichte."

Mir kamen die Augen aus dem Kopf und mir blieb der Mund offen stehen. Ich wusste, dass ich mir nichts hätte anmerken lassen sollen, aber in meinem Kopf klangen sämtliche Alarmglocken und ich wusste, ich musste hier raus. Er hatte zuvor noch niemals erwähnt, dass er sich erneut verpflichten wollte und er ging ganz sicher in nächster Zeit nirgendwo hin. Ich zwang mich dazu, meinen Kopf zu schütteln und beiläufig mit den Schultern zu zucken, ich wollte nur ihn und mich aus dem Haus bekommen.

„Nichts, lass uns essen gehen." Ich lächelte und ging zur Treppe.

Als ich am Treppenabsatz ankam, griff Ryker nach meinem Handgelenk und drehte mich um. Aus seinen Augen war innerhalb des Bruchteils einer Sekunde jegliche Spur von ihm verschwunden. „Nein, was ist los?" Er brüllte, als wäre er in einem Trainingslager oder sowas und mir stockte der Atem.

„Nicht, Ry, was machst du – "

„Wer ist er? Häh? Wer ist der Typ, mit dem du hinter meinem Rücken schläfst?" Während sich seine Augen in mich bohrten, blickte ich immer wieder verstohlen auf die

Treppe, an deren oberen Ende wir gefährlich nah standen. Nicht gerade der beste Ort für einen Streit.

Ich nehme an, es war Gottes Gnade, dass ich dort an der Treppe ruhig blieb. „Ryker, ich treffe mich mit niemand anderen, nur mit dir." Ich schluckte schwer und versuchte, mein Handgelenk aus seinem Griff zu ziehen.

„Warum schlafen wir dann nicht miteinander, Natalie? Was ist es? Bin ich dir zu kaputt? Liegt es daran, dass ich mich wieder verpflichten werde, dass du dir jemand anderen suchst, der meinen Platz einnehmen kann?"

Was?

Das wollte ich wirklich laut sagen, aber ich wusste, dass es ihn nur weiter verärgern würde.

„Ryker, wir haben gestern miteinander geschlafen..." Ich dachte, wenn ich immer wieder seinen Namen sagte, würde er sich vielleicht erinnern, wer er war – wer er wirklich war.

„Nein, das haben wir nicht, du warst gestern nicht mal hier. Ich war... ich war..." Plötzlich ließ er meine Hand los und rammte sich seine Handballen in die Augen, anscheinend um klar im Kopf zu werden.

Ich nutzte die Gelegenheit, um die Treppe runter zu rennen. Selbstschutz stand an diesem Abend ganz oben auf meiner Liste. Als er seine Hände von seinen Augen nahm, dauerte es eine Sekunde, bis er bemerkte, dass ich am unteren Ende der Treppe war und meine Hand schon auf der Klinke der Haustür lag. Ich hatte vor, so schnell wie möglich zu verschwinden, aber er holte mich an der Tur ein.

„Natalie, *scheiße*, es tut mir so leid." Blitzartig war er wieder da. Er hielt meine Schultern fest und küsste immer wieder mein Gesicht, dann griff er nach meinem Handgelenk. „Habe ich dir wehgetan? *Verdammt.*"

„Nein", ich atmete vorsichtig aus, „das hast du nicht. Aber, ähm", mein Kinn zitterte, als ich dabei war, zum ersten Mal vor ihm zusammenzubrechen. „Ich habe schreckliche Angst, Ryker." Mehr sagte ich nicht, bevor ich mein Gesicht an seiner Brust verbarg und laut in sein Shirt schluchzte.

Wir sanken mit unseren Rücken gegen die Eingangstür zu Boden und er hielt mich fest.

„Ich auch", flüsterte er. „Ich auch."

Wir sind niemals essen gegangen. Ich denke, wir wussten beide, dass er an diesem Abend verschwunden war, aber wir saßen trotzdem einfach nur zusammengekauert auf dem Boden und weinten. Wenn ich zurückgehen könnte, und die Dinge zwischen uns ändern könnte, würde es in dieser Nacht beginnen und jede weitere Nacht weitergehen, bis zu der Nacht, in der ich im Krankenhaus landete.

Ich muss zu Erics Abschlussfeier kein kurzes Kleid tragen.

Das sage ich mir, während ich ins Bad eile, nachdem die Jungs fest eingeschlafen sind und ich, ganz offensichtlich, allein in der Wohnung bin. Eric ist in einem Moment distanziert und sagt mir dann im nächsten, dass er mich liebt. Irgendwas stimmt nicht mit Oliver und egal, wie groß oder klein das Problem ist, ich weiß, dass ich allein damit fertig werden muss. Und aus irgendeinem Grund bin ich nicht nur nicht in der Lage, Ryker aus meinem Kopf zu bekommen, nein, diese Gedanken scheinen auch mit jedem Tag mehr Platz einzunehmen.

Ich suche mir eine Stelle zwischen meiner Hüfte und meinem Bein aus, die noch ganz unangetastet ist und bereite mich auf den Schmerz vor, den eine solch empfindliche Stelle mit sich bringen wird. Drei Sekunden feiere ich die Erleichterung, trickse mein Gehirn aus, damit es so reagiert, als schütze es mich vor einer gefährlichen Situation. Ich atme erleichtert aus, so wie jemand, der gerade zum ersten Mal einen Schluck von einem Jahrhunderte alten Whiskey probiert hat.

In der Stille dieses Moments kann ich Rykers süße Stimme hören: *„Tu das nicht, Nat."* Nur, dass er das niemals zu mir gesagt hat – so weit sind wir nicht gekommen.

„Natalie?", ruft Eric, als er die Wohnung betritt.

Scheiße.

Ich springe auf, werfe die Rasierklinge in den Müll – keine Zeit, sie sauber zu machen – und drehe die Dusche auf. „Ich will gerade duschen, Liebling, bin in ein paar Minuten da."

Sobald ich den Vorhang zugezogen habe, geht die Badezimmertür auf. „Kann ich dazukommen?" Erics Ton klingt verspielt, was mich verärgert. Dann schaue ich auf das Blut, das an meinem Bein herunterläuft.

Scheiß. Scheiße. Scheiße. Er darf das nicht sehen.

„Gott, Eric, kann ich nicht mal fünfunddreißig Sekunden für mich allein haben, ohne dass jemand mit mir kuscheln will?" Meine Stimme ist barscher, als ich geplant hatte, aber, naja, Selbstschutz.

„Mann", spottet er, „tut mir leid." Er wirft die Tür zu.

Ich drücke meine Stirn gegen die Wand, bin dankbar, dass ich mir gerade mehr Zeit verschafft habe, fühle mich aber auch schlecht, weil ich Eric so abgefertigt habe. Meine Gedanken rasen mit tausend Stundenkilometern und es gibt nur eine Sache, die sie bremsen könnte, aber die habe ich vor ein paar Minuten in den Müll geworfen.

Als ich mich abtrockne und meine Haut nicht mehr blutet, ziehe ich mir meinen Pyjama an und finde Eric im Wohnzimmer beim Fernsehen vor.

Ich gieße mir ein Glas Wasser ein. „Tut mir leid, dass ich dich so abgefertigt habe, der heutige Tag war wirklich stressig mit dem Vorschultest."

„Schon klar", unterbricht er mich, „du musst nichts er-klären."

„Moment mal, bist *du* sauer auf *mich* wegen irgendetwas?"

Eric lässt den Fernsehsessel ruckartig in eine aufrechte Position zurückfahren und geht aus dem Zimmer. „Vergiss es einfach", gibt er ausdruckslos von sich, bevor er die Schlaf-zimmertür schließt.

Kapitel 18

„Wie kommst du klar? Hast du über meinen Vorschlag von neulich nachgedacht?", fragt Tosha. Wir schlendern durch Northampton, während die Jungs im Kindergarten sind.

„Ob ich eine Weile bei dir und Liz wohnen will? Ja, ich habe darüber nachgedacht. Vor allem, weil Eric in letzter Zeit wirklich komisch ist. Irgendetwas stimmt mit ihm nicht."

Tosha sucht uns eine freie Bank und wir setzen uns und beobachten die Leute, die an uns vorbei laufen.

„Was meinst du? Er hat die mündliche Prüfung doch be-standen, oder?"

„Ja", seufze ich, „aber irgendetwas ist anders ... ich weiß auch nicht, vielleicht ist er sauer, weil ich ihm gesagt habe, dass ich keine weiteren Kinder will. Na ja, so genau habe ich es ihm nicht gesagt, ich habe ihm nur gesagt, wie sauer ich bin, dass mich zu schwängern sein erster Gedanke war, nach-dem er den Doktortitel in der Tasche hat."

Tosha lacht und zündet sich eine Zigarette an. „Na ja, vielleicht denkt er, dass er, nachdem er diese große Aufgabe bewältigt hat, sie mit Reproduktion feiern sollte."

Ich zünde mir auch eine an. „Hast du jemals darüber nachgedacht?"

„Was Kinder?"

„Ja."

Sie zuckt mit den Schultern. „Liz und ich reden manchmal darüber. Es ist ja nicht so, dass wir sagen können, wenn es passiert, passiert es'. Es muss geplant werden. Es ist alles sehr emotionslos."

„Würde eine von euch beiden sie austragen, oder würdet ihr adoptieren, oder was?"

„Na ja, ich würde es hassen, das Rauchen aufgeben zu müssen...", lacht sie, während sie den Rauch ausatmet.

„Werde erwachsen."

Mein Telefon klingelt.

„Hallo?"

„Ja, Mrs. Johnson?"

Wie auch immer.

„Ja? Am Apparat."

„Hier ist Maggie, die Krankenschwester aus Dr. Moores Praxis."

„Oh richtig, die Hörspezialistin. Was kann ich für Sie tun?" Ich verfalle kurz in Panik, frage mich, ob ich den Termin verpasst habe, aber er ist erst in zwei Wochen.

„Gerade wurde ein Termin abgesagt, der in einer Stunde gewesen wäre, und wir haben uns gefragt, ob Sie Oliver vorbeibringen könnten? Ich erinnere mich, dass Sie gesagt haben, dass sie nächste Woche bei ihren Großeltern wä – "

„Ja", ich springe auf und bedeute Tosha, mir zu folgen, „wir werden kommen. Ganz herzlichen Dank, dass Sie mich angerufen haben."

Ich lege auf und atme erleichtert auf.

„Was ist los?" Tosha holt mich ein.

„Die Hörspezialistin kann Ollie jetzt gleich drannehmen, wir müssen also keine weiteren zwei Wochen mehr warten. Endlich läuft mal was gut."

Ich rufe schnell Erics Mom an und mache mit ihr aus, dass sie Max vom Kindergarten abholt und auf ihn aufpasst, bis wir fertig sind. Als nächstes rufe ich Eric an.

„Hallo?"

„Hey, die Hörspezialistin kann Ollie in einer Stunde drannehmen, kannst du uns dort treffen? Deine Mom kümmert sich um Max."

„Äh..."

„Ja oder nein, Eric? Kannst du kommen oder nicht?" Ich bin mir nicht mal sicher, was er im Labor macht, wo seine mündliche Prüfung doch vorbei ist und sein Job offiziell erst nach der Verleihung des Doktorgrades beginnt.

„Ja, ich komme, so schnell ich kann. Es ist an der Steige, richtig?"

Ich seufze vor Frust. Das hatten wir alles schon. „Ja, in der Nähe wo früher das Carmelina's war, ganz am Ende der Russel Street, fast schon in Northampton."

„Okay, bye."

Nachdem Ryker total ausgerastet war wegen... allem, verließ ich Bills Haus. Später an dem Abend stand er dann vor der Tür meines Wohnheimzimmers.

„Natalie, ich bin's Ryker, bitte lass mich rein." Er klang erbärmlich auf der anderen Seite der dicken Holztür.

Tosha stand auf und flüsterte: „Was machen wir jetzt?"

Ich hatte ihr von den abendlichen Ereignissen berichtet. Sie gab zu bedenken, dass er sich vielleicht gar nicht daran erinnern würde, wenn man bedachte, was in letzter Zeit so geschehen war.

„Ich werde ihn reinlassen. Nur... bleib einfach nur da, okay?" Während der letzten paar Wochen hatte ich gelernt,

Rykers Tonfall ziemlich gut zu deuten, und er klang nicht verzweifelt oder sauer.

Ich warf einen Blick auf mein Handgelenk, das schon einen blauen Fleck in der Form seines Daumens zeigte, holte tief Luft und öffnete die Tür.

„Gott, Natalie." Er stürzte nach vorne und hob mich hoch, küsste meinen Hals und meine Wangen, während er mich zu meinem Bett trug. „Mein Gott, es tut mir so leid. Bist du sicher, dass ich dich nicht verletzt habe?" Er wollte nach meinem Handgelenk greifen, aber ich zog es fort und zog den langen Ärmel so weit nach unten, wie es ging, denn ich wollte keine Diskussion über das Ritzen beginnen. Zumindest schien er sich daran zu erinnern, was ein paar Stunden zuvor bei ihm zu Hause geschehen war.

Ich schüttelte meinen Kopf. „Es ist alles okay." Ich verschränkte meine Arme vor meiner Brust, während wir uns unbehaglich auf mein Bett setzten. Tosha war ziemlich schlecht darin, so zu tun, als würde sie, Kopfhörer im Ohr, an einer Hausarbeit arbeiten.

Ryker griff nach meinem Gesicht und zog meinen Mund zu seinem, dann küsste er mich mit einer Dringlichkeit, die ich nicht mehr gespürt hatte, seit dem Tag, an dem er nach Afghanistan abgereist war.

„Du schmeckst nach Bier", sagte ich, und lehnte mich dann zurück. „Wohin bist du gegangen, nachdem ich das Haus verlassen hatte?" Da wir beide ziemlich fertig waren, als ich ging, hatte ich angenommen, er wäre ins Bett gegangen.

„Ich habe im Pub ein Bier getrunken, um runterzukommen, und bemerkt, was für ein totales Arschloch ich gewesen bin. Ich hätte mit dir darüber reden sollen, dass ich mich wieder verpflichten…"

Toshas Kinnlade fiel herunter und ihre Augenbrauen schossen nach oben. Ich hatte dieses Detail ausgelassen, als ich ihr von Rykers Ausraster erzählt hatte – ich hatte nicht darüber nachdenken wollen. Er erinnerte sich anscheinend nicht daran, dass er mir vorgeworfen hatte, ich würde ihn betrügen, also ließ ich das auf sich beruhen.

Ich hätte nicken sollen und sagen, dass wir später darüber reden würden, aber was man hätte tun sollen, ist nicht das, was ich tat. „Gibt es da etwas zu bereden oder hast du dich schon entschieden"?

Er verschränkte seine Hände vor sich und drehte sich zu mir um. „Ich muss es."

„Warum?"

Rykers massive Schultern hoben und senkten sich, als er tief einatmete, bevor er sich räusperte. „Sie haben Luke getötet Natalie."

„Ich weiß." Ich legte meinen Kopf an seine Schulter und er legte seinen Arm um meine Taille. Einen Moment lang war er Ryker und ich musste das auskosten. „Und sie haben auch dich fast getötet."

Dies war das erste Mal, dass wir überhaupt darüber redeten, dass Ryker angeschossen worden war oder über Lucas, seit wir an seinem Grab gewesen waren. Angst fiel in Form von Tränen aus meinen Augen. Tosha klappte ihr Laptop zu und schaute erst mich an und dann zur Tür. Ich nickte, gab ihr zu verstehen, dass es okay wäre, wenn sie ging, also tat sie das.

„Als deine Mom mich angerufen hat, Ry", fuhr ich fort, „bin ich total zusammengebrochen. Ich dachte, es wäre *der* Anruf. Tosha musste mich abholen und nach Hause fahren…"

Er seufzte und legte sein Kinn auf meinen Kopf. „Es tut mir leid", flüsterte er, „ich wusste nicht – "

„Es muss dir nicht leidtun, um Himmels Willen, du wurdest *getroffen*. Du hattest keine Wahl. Aber jetzt hast du eine."

Ryker setzte sich auch und schüttelte seinen Kopf. „Das habe ich nicht, Nat. Lucas war nicht der einzige, der bei diesem Angriff getötet wurde."

Von seinem Dad und aus den Nachrichten hatte ich erfahren, dass an diesem Tag fünf Männer gestorben waren. Ich konnte einfach nicht verstehen, wie er denken konnte, dass wieder nach Übersee zu gehen, eine gute Idee sein konnte.

„Hast du immer noch Albträume?"

„Mein Dad sagt, sie wären weniger geworden. Er musste mich schon seit einer Weile nicht mehr aufwecken."

Ich schaute in seine Augen und fand ihn dort, er wartete darauf, dass ich verstand. „Ich mache mir Sorgen um dich, Ryker. Deine Stimmungsschwankungen sind extrem und sich nicht daran zu erinnern, was gestern geschehen ist – "

Er unterbrach mich. „Ich weiß! Denkst du, ich weiß das nicht? Hast du irgendeine Ahnung, wie es ist, in meinem Kopf gefangen zu sein?" Sein Hals war durch seine plötzliche Wut leuchtend rot geworden.

Ich rutschte langsam von meinem Bett und stellte mich zwischen ihn und die Tür.

„Das weiß ich nicht, Ryker. Du redest ja nicht mit mir. Ich mache mir nur Sorgen, dass dich wieder dorthin zu schicken gerade wegen dem, was in deinem Kopf vorgeht …"

„Was machst du da?" Ryker stand auf und kam auf mich zu.

„Was meinst du?"

Rykers Stimme brach. „Hast du Angst vor mir?"

Ich zuckte mitleidig mit den Achseln. „Ich weiß nicht, was du – "

„Ich habe geschrien und du bist zur Tür...“

Ich schaute zur Tür, wusste, dass ich es sagen musste, wollte aber seine Reaktion nicht sehen. „In letzter Zeit ist es ziemlich schwer, deine Handlungen vorauszusehen, weißt du.“ Wieder zu ihm hochschauend sah ich, wie er ein paar Mal mit seiner Hand über seinen Kopf fuhr.

„Es tut mir leid...“

Wir standen in angespannter Stille da und alles in mir schrie: lauf weg. Na ja, ihn rauszuschmeißen und mein Leben weiterzuleben. Die Vorlesungen waren in vollem Gange und ich wusste nicht, wie lange ich eine Balance zwischen diesem Leben und dem Leben eines Soldaten halten sollte, der vermutlich unter einer posttraumatischen Belastungsstörung litt - PTBS.

PTBS.

Tosha und ich hatten darüber geredet und jede meiner Recherchen deutete darauf hin, dass es genau das war, was mit Ryker passierte. Ich wusste nicht, was ich tun sollte, bis ich in seine Augen schaute.

Blitzartig überkamen mich Bilder des Jungen, den ich vor zwei Jahren kennengelernt hatte. Er trug dasselbe T-Shirt, schaute mich mit den gleichen schmerzhaft blauen Augen an, die mich damals dazu veranlasst hatten, ohne zu zögern auf ihn zuzugehen. Und er kaute auf den gleichen Lippen herum, die mich das erste Mal geküsst hatten – Sekunden, nachdem wir uns kennengelernt hatten. Er war immer noch da und ich konnte nicht gehen.

Stattdessen machte ich zwei Schritte auf ihn zu und sah, wie er ausatmete. „Es muss dir nicht leidtun, Ryker. Ich möchte nur, dass du Hilfe bekommst, okay? Versprich es mir.“

Ryker nahm mich in seine Arme und nickte. Ich atmete gegen sein sauberes Shirt, wollte nicht, dass er ging.

„Bleibst du heute Nacht bei mir?", fragte ich, ohne zu zögern.

Ryker hob mein Kinn und küsste meine Lippen mit einer Sanftheit, von der ich gedacht hatte, dass sie nicht mehr in ihm steckte. „Ich möchte nirgendwo anders sein. Danke, dass du zu mir hältst… Ich verdiene dich nicht."

Ich lächelte zum ersten Mal seit geraumer Zeit in seiner Gegenwart. „Rede nicht so über dich. Ich verdiene dich und du verdienst mich."

„Ich liebe dich, Natalie."

„Ich liebe dich auch, Ryker."

Das war das erste Mal, dass wir uns „ich liebe dich", sagten, seit der Nacht, als er gerade nach Hause gekommen war. Er hob mich hoch und ich schlang meine Beine um seine Taille, während wir uns den ganzen Weg zum Bett küssten. Als er mich absetzte, zogen wir uns schnell aus und er hielt inne. Er schaute mich an, als wäre es das erste Mal, aus seinen Augen floss Leidenschaft.

„Ich liebe dich so sehr", flüsterte er in mein Ohr, bevor er sich wieder bewegte.

Es fühlte sich an wie unser erstes Mal. Es fühlte sich hoffnungsvoll an. Es war tatsächlich das erste Mal, seit er nach Hause gekommen war, dass ich Hoffnung spürte für ihn und für uns. Gott, es war perfekt…

Einige Stunden später holte Erics Mum Oliver, nachdem alle Tests beendet waren, bei der Hörspezialistin ab, damit wir ohne ungestört mit der Ärztin reden konnten. Eric tauchte etwa in der Mitte der Untersuchungen auf und sah aus, als hätte man ihn durch einen Fleischwolf gedreht. Er sagte, sie wären dabei, Büros umzuziehen und die Aufzüge wären kaputt.

Irgendetwas ist immer.

Die Tests waren weit ausführlicher, als ich erwartet hatte. Einige davon wurden mit Kopfhörern gemacht, dabei musste Oliver auf die eine oder andere Weise reagieren. Aber sie befestigten auch Elektroden an seinem Kopf und machten Tests, bei denen ein kleines Mikrofon in sein Ohr eingesetzt wurde. Die Ärztin sagte, es wäre eine „Hirnstammaudiometrie" und ein Test auf „otoakustische Emissionen".

Während ich mit Eric in dem Büro sitze, bin ich kurz vor dem Durchdrehen und meine Hände beginnen, vor Schweiß ganz nass zu werden.

„Was ist los?", fragt Eric und greift nach meiner Hand.

Ich ziehe sie weg und reibe meine Hände an meinem Kleid. „Das heißt nichts Gutes, Eric. Wenn es nur Flüssigkeit in seinem Ohr wäre, hätten sie uns mit ihm nach Hause geschickt und uns aufgefordert, einen Termin mit seinem Kinderarzt auszumachen."

Eric verdreht seine Augen. „Wirklich Natalie? Du kannst deine Finger keine fünf Sekunden vom Internet lassen, oder?"

Bevor ich ihn erstechen und fliehen kann, kommt Dr. Moore herein. Und setzt sich. Es schnürt mir die Kehle zu, während ich versuche, etwas in ihren Augen zu lesen.

„Was haben Sie herausgefunden?", frage ich, bevor sie die Gelegenheit hat, auch nur den Mund zu öffnen. Ich hoffe, mein Tonfall ist ernst genug, damit sie versteht, dass ich nicht will, dass sie um den heißen Brei herum redet.

Ihre Augen blicken eine Sekunde lang zwischen Erics und meinen hin und her, bevor sie vorsichtig, aber merklich Luft holt. „Tja, Mr. und Mrs. Johnson... unser heutiger Test hat ergeben, dass Oliver unter einer Krankheit leidet, die man auditorische Neuropathie nennt."

Ich kann mich nicht erinnern, während meiner inten-
siven Suche auf NetDoktor auf Informationen darüber gestoßen zu sein, also flehe ich mein Gehirn an, sich alles, was
sie sagt, genau einzuprägen, auch wenn ich mein Herz in
meinen Ohren pochen hören kann.

„Auch wenn wir nicht sicher sind, was die Ursache für
auditorische Neuropathie ist, in Olivers Fall scheint es an
einer Schädigung der Zellen im Innenohr zu liegen. Dies
sind die Zellen, die die Schallwellen in elektrische Signale
umwandeln, damit das Gehirn sie verarbeiten kann. Deshalb ist er manchmal schreckhaft und manchmal nicht, so
wie Sie es beschrieben haben. Manchmal funktionieren die
Gehörzellen normal und manchmal nicht. Das ist einer der
Gründe, warum wir in solchen Fällen nicht unbedingt Hörgeräte empfehlen."

Ich spüre Erics Hand auf meiner, als ich mich vorlehne.
„Hörgeräte?"

Dr. Moores Gesicht verändert sich gerade genug, dass
mir ganz flau im Magen wird. „Leider ist diese Krankheit
meist degenerativ und – "

„Moment, Oliver wird taub werden? Ist es das, was Sie
mir sagen wollen?" Mein Gesicht wird ganz heiß, während
ich gegen die aufkommenden Tränen anspreche.

Eric unterbricht: „Nein, Natalie, das hat sie nicht gesagt."

„Sie hat *degenerativ* gesagt, Eric. Wir sind *beide* gebil-
det genug, um zu wissen, was das bedeutet." Ich drehe mich
zurück zur Ärztin. „Das ist es, was Sie damit sagen wollen,
oder?"

Dr. Moore stößt ein leichtes Seufzen aus. „Ja."

Veränderung kommt niemals langsam, sich am Horizont
zusammenbrauend. Es ist immer innerhalb von einer Sekunde. Balanciert auf der Kante einer Rasierklinge, in leeren

Pillendosen, hinter zwei rosafarbenen Linien oder man lernt, dass eines seiner Kinder langsam in eine Welt der Stille abdriften wird. Und ich kann meinen Ehemann nicht verlassen. Nicht jetzt.

Kapitel 19

„Gott sei Dank ist die Clarke School in Northampton, und sie haben ein Vorschulprogramm", sage ich zu Eric, während ich mir ein Glas Wein einschenke, nachdem die Jungs im Bett sind. Die Clarke Gehörlosenschule ist eine sehr gute Schule, mit Niederlassungen im ganzen Bundesstaat. Und glücklicherweise, eine gleich um die Ecke. „Ich rufe morgen dort an."

„Denkst du nicht, dass du ein bisschen voreilig bist? Sollten wir nicht abwarten, wie es weitergeht?" Eric sitzt am Küchentisch und stützt seine Ellbogen auf den Tisch.

„Was? Warst du nicht im gleichen Büro wie ich?" Eine Sekunde lang wird meine Stimme brüchig. „Oliver wird taub werden, Eric, und wir müssen uns jede mögliche Unterstützung sichern, bis sein Hörvermögen vollständig erlischt." Ich setze mich und stürze meinen Wein herunter.

„Also was, müssen wir jetzt alle Gebärdensprache lernen?" Sein gereizter Tonfall wird immer höher und im gleichen Maße kommt mir die Galle hoch.

„Oh, tut mir leid, passt das nicht in deinen hübschen, kleinen Zeitplan? Ja, wir werden Zeichensprache lernen müssen. Nochmal, du hast sie gehört. Dr. Moore hat gesagt, dass es eindeutig ist, dass Ollie sich gerade das Lippenlesen selbst beibringt. Merkst du nicht, dass er uns immer sehr ins Gesicht starrt, wenn wir reden?"

„Also, warum müssen wir dann Gebärdensprache lernen?"

„Um ihm alle Möglichkeiten der Kommunikation zu er-
öffnen – was ist dein verdammtes Problem? Aufgrund der
Art seiner Krankheit sind Hörgeräte und kochleare Implan-
tate keine Option; wir müssen ihn dabei bestärken, Lippen
zu lesen und Gebärdensprache zu verwenden, um seinen
Übergang so reibungslos wie möglich zu gestalten."

Eric schlägt mit seiner Faust auf den Tisch, sagt aber
nichts. Ich starre ihn an, warte.

„Tja", fahre ich nach einer Minute der Stille fort, „wenn
das alles ist, rufe ich jetzt meine Eltern an und berichte ihnen die Neuigkeiten. Ich werde ihnen sagen, was wir mit der
Ärztin wegen ihres Aufenthalts bei ihnen nächste Woche
bespro – "

„Du willst sie immer noch nächste Woche zu deinen Eltern schicken?" Eric schaut nicht vom Tisch auf.

„Ja. Ich werde Oliver nicht behandeln, als wäre er ein
rohes Ei, Eric. Das wird alles nur noch schlimmer machen.
Dr. Moore hat gesagt, wir müssen alles so normal wie möglich – "

„Scheiß auf das, was die Ärztin sagt, Natalie! Wir haben
gerade herausgefunden, dass unser Sohn taub wird und du
kannst es trotzdem nicht erwarten, sie für eine Woche zu
deinen Eltern zu schicken?" Sein Stuhl kippt um, als er vom
Tisch aufsteht.

Ich schwöre, wenn er mich noch einmal unterbricht,
haue ich ihm eine runter. „Wovon zur Hölle redest du? Sie
freuen sich schon seit Wochen auf diese Reise und weißt du
was?" Die Tränen kommen gerade in dem Moment, in dem
ich dachte, ich hätte keine mehr übrig. „Wenn Oliver taub
wird, bevor der Sommer vorbei ist, möchte ich, dass er die
Gelegenheit hat, sich daran zu erinnern, wie sich die Stimmen seiner Großeltern angehört haben!"

Erics dunkle Augen werden so leer, wie ich es bei ihm noch niemals gesehen habe. „Mach was du willst. Das tust du immer. Ich gehe aus."

An der Tür greife ich nach seinem Handgelenk. „Du läufst hiervor nicht davon."

Eric zuckt mit den Schultern und starrt in meine Augen. „Warum nicht? Du läufst vor allem anderen davon." Er reißt seine Hand los.

„Du bist so ein Bastard", sage ich höhnisch, nur ein paar Zentimeter von seinem Gesicht entfernt. „Wenn ich *immer das machen würde, was ich will*, würden du und ich nicht hier stehen und diese Unterhaltung führen. Ganz und gar nicht.

Seine Augenbrauen ziehen sich zusammen, als er verärgert versteht, was ich meine.

„Gib mir nur die Schuld, *Nat*. Aber *du* tust gut daran, dich daran zu erinnern, dass du heute nicht um diesen kleinen Jungen besorgt wärst, wenn du vor fast sechs Jahren deinen Kopf durchgesetzt hättest."

Mir wird schlecht, als das Wort „Abtreibung" spöttisch in der Stille zwischen uns hängt.

„Du bist ein verdammtes Arschloch", flüstere ich und drehe mich zurück zum Tisch.

Ich schaue nicht zu, wie er geht, aber ich zucke zusammen, als die Tür hinter ihm ins Schloss fällt. Ich schaue mir den letzten Tropfen Wein an, der im Weinglas herunterläuft, als eine kleine Stimme mich erneut zusammenzucken lässt.

„Mommy?" Oliver steht in der Tür zum Kinderzimmer.

„Geh ins Bett, mein Lieber."

Er macht zwei Schritte aus seinem Zimmer heraus, hat seine Decke in der Hand. „Kannst du mir das Pu-der-Bär Lied vorsingen?"

„N – " Ich unterbreche mich und starre in sein schönes Gesicht. „Natürlich, Baby." Ich gehe zu ihm an die Tür und krabble mit ihm ins Bett, Max schläft im anderen Bett tief und fest.

Ich versuche, es so perfekt wie möglich zu singen, damit er sich daran erinnern kann, und frage mich wie Kenny Loggins jemals „Return to Pooh Corner" singen konnte, ohne zu weinen. Ich konnte es, bis heute Abend, aber da standen die Dinge noch anders. Meine Tränen landen auf Ollies blondem Haar, aber er ist eingeschlafen, noch bevor ich den ersten Vers beendet habe.

Ich singe aber weiter, denn eine überwältigende Welle der Emotionen überkommt mich. Ich will ihn so sehr beschützen, ihn vor dem bewahren, was kommt, aber ich kann es nicht. Es ist das absolut schlimmste Gefühl auf der Welt.

„Hey, Bill. Ist Ryker schon zu Hause?" Ich war früh dran für das sonntägliche Abendessen in Bills Haus.

Seit Ryker vor ein paar Wochen bei mir im Wohnheim übernachtet hatte, aßen wir immer sonntags gemeinsam zu Abend. Es schien aufwärts zu gehen. Rykers Albträume wurden weniger und kamen in größeren Abständen und ich lernte, aus welchen ich ihn aufwecken sollte und aus welchen nicht. Er hatte endlich begonnen, darüber zu sprechen, sich ab Januar wieder an der Uni einzuschreiben, das hielt ich für ein Zeichen, dass er seinen Plan, sich erneut zu verpflichten, aufschob.

„Er ist nur kurz etwas einkaufen gegangen, sollte aber bald zurück sein. Setz dich, Liebes." Bill klopfte auf den Platz neben sich auf der Couch. „Wie geht es dir?"

Während ich mich hinsetzte, zuckte ich mit den Achseln. „Es ist alles okay. Warum?"

Zugegeben, ich hatte mit meinem Studium zu kämpfen. Auch wenn Rykers Stimmungen meist stabil zu sein schienen, waren sie nicht perfekt. Ich zwang mich, zu lächeln, und biss mir während seiner Stimmungsschwankungen auf die Zunge, um ihn in Balance zu halten. Ich wusste, er meinte es nicht so und hinterher tat es ihm immer leid, aber ich fühlte mich, als wäre ich in einem Dampfkessel gefangen. Ich hatte vor Kurzem begonnen, an meiner Hüfte zu ritzen, weil ich an meinen Armen keine freien Stellen mehr fand und auch Angst hatte, das Tosha dort genauer hinschaute. Oder dass Ryker es herausfinden würde.

Bill legte seine Hand auf meine. „Ich will nur, dass du weißt, wie sehr ich es zu schätzen weiß, was du für Ryker tust." Seine Augen glitzerten für eine kurze Sekunde, bevor er fortfuhr. „Er ist mein einziger Sohn und ich hasse es, dabei zuzusehen, was mit ihm geschieht. Ich fühle mich total hilflos."

„Du bist ein toller Dad, Bill. Ryker kann sich glücklich schätzen, dich zu haben. Ich kann mir gar nicht vorstellen, wie schwer es sein muss." Doch, das konnte ich, denn ich verbrachte vermutlich mehr Zeit mit Ryker als Bill.

„Ich habe ein paar Mal mit den Leuten von der VA - Veteranenbehörde - gesprochen, aber sie sagen, er will keine Hilfe…" Er zuckte mit den Schultern und rieb sich mit seiner Hand übers Gesicht.

Ich lehnte mich vor. „Ich dachte, er würde Hilfe bekommen. Er hat mir gesagt, er würde sich helfen lassen."

Bills Augenbrauen zogen sich zusammen, als er meine Worte hörte. Und genau in dem Moment kam Ryker herein, mit Einkaufstaschen bepackt.

„Hey Leute!" Er stellte die Taschen in der Küche ab und drehte sich um, um seine Jacke aufzuhängen. Der Oktober war in diesem Jahr ungewöhnlich kalt.

„Hey Babe." Ich stand auf und küsste ihn, als wir uns im Flur trafen.

Ich konnte spüren, wie Bill uns mit Besorgnis beobachtete. Mir wurde klar, dass ich keine Ahnung hatte, wie Ryker war, wenn er ohne mich hier war. Vielleicht hatte Bill mehr Grund besorgt zu sein, als ich dachte.

„Du hast gute Laune." Ich lächelte, als ich in die Küche ging und begann, bei der Vorbereitung des Abendessens zu helfen.

„Ja", er rieb vor Begeisterung die Hände aneinander. „Ich habe heute mit meinem Musterungsoffizier gesprochen und wir haben einen Plan erstellt."

Ich stoppte. Mitten in dem, was ich gerade tat, stoppte ich und beobachtete ihn genau. Bill fuhr sich mit einer Hand durch sein Haar und hörte zu. Ich versuchte, das auch zu tun.

„Ein Plan?", fragte ich und hoffte auf irgendeine andere Antwort, als die, vor der ich Angst hatte.

„Ja. Ich werde im Januar zurück an die Uni in Amherst gehen, die Kurse beenden, die ich eigentlich in meinem zweiten Jahr hätte vollenden sollen – bevor ich eingezogen wurde – und wenn das Semester vorbei ist, verpflichte ich mich wieder." Sein Gesichtsausdruck zeigte pure Freude.

Bill kam zu mir, während ich die Arbeitsplatte anstarrte. „Natalie, geht es dir gut?"

Ich schaute hoch, auf meiner Stirn bildete sich Schweiß. „Nein." Ich schluckte schwer und rannte nach oben ins Bad.

Nach ein paar Minuten, in denen ich erbrochen hatte, hörte ich ein sanftes Klopfen an der Badezimmertür.

„Nat?" Es war Ryker.

Ich spritzte mir ein bisschen Wasser ins Gesicht und öffnete die Tür. „Tut mir leid", flüsterte ich.

„Komm her." Er nahm mich an die Hand und führte mich in sein Schlafzimmer. Nachdem wir uns auf das Bett gesetzt hatten, redete er weiter. „Du wusstest, was ich will…" Ryker schob eine lose Haarsträhne aus meinen Augen hinter mein Ohr.

Ich war nicht in der Lage, ihn anzuschauen, ließ stattdessen meine Augen durch sein Zimmer schweifen. Bilder von uns, Dinge vom Amherst College und ein paar Sachen aus der Nationalgarde zierten sein Zimmer. Ein Bild auf seinem Schreibtisch fiel mir auf.

Ich ging hinüber und hob es hoch, rieb mit meinem Finger über das Glas. „Was ist das?"

Ryker konnte mich auch nicht anschauen. Er saß auf seinem Bett und stützte sich hinten mit seinen Armen ab. „Mein Dad hat das Foto an dem Tag gemacht, an dem ich abgereist bin. Er hat es entwickeln und rahmen lassen – und mir letzte Woche gegeben."

Das Foto, von dem ich nicht wusste, dass es existierte, zeigte Ryker und mich, wie wir uns direkt bevor er ging, umarmten. Es war irgendwie von der Seite aufgenommen, aber man konnte mehr von meinem Rücken sehen als von seinem. Unsere Gesichter waren am Hals des anderen vergraben, während wir uns zum Abschied umarmten. Plötzlich konzentrierte sich mein Blick auf Rykers Hände – er hielt den roten Stoff an meinem Rücken so fest, dass seine Knöchel ganz weiß waren. Als meine Tränen auf das Glas fielen, schaute ich ihn an.

„Ich kann das nicht noch einmal machen, Ry." Ich stellte das Bild dorthin, wo es gestanden hatte und setzte mich wieder zu ihm. „Dieser Krieg wird in absehbarer Zeit nicht zu Ende sein. Jetzt reden sie darüber, im Irak einzumarschieren… wenn du dich wieder verpflichtest, bist du so schnell weg von hier, wie sie dich verschiffen können – das wissen wir beide. Ich kann das nicht noch einmal machen."

Er rieb sich die Hände an seiner Jeans. „Was willst du damit sagen?"

Ich holte tief Luft, betete kurz und zwang mich, es auszusprechen. „Ich will damit sagen, dass ich nicht geeignet bin als Freundin eines Militärangehörigen. Mein Studium hat beim letzten Mal, als du weg warst, gelitten, ich war schrecklich depressiv, ich – "

„Willst du damit sagen, du verlässt mich, wenn ich mich wieder verpflichte?"

Ich konnte sehen, wie sein Kinn sich unter seiner Haut verspannte. Ich konnte die Tränen nicht runterschlucken, also nickte ich einfach.

„Gut", sein kalter Tonfall schockierte mich, „dann kannst du mich auch gleich verlassen, denn ich werde meine Meinung nicht ändern."

„Ryker, bitte, ich liebe dich – " Ich schaffte es, nach seiner Hand zu greifen.

Er zog sie fort. „Nein! Geh, habe ich gesagt! Wenn du mich nicht unterstützen kannst, kann ich dich hier nicht brauchen, wie du mich anzweifelst." Er ging zu seiner Tür und hielt sie auf.

Während ich zu ihm ging, konnte ich sehen, wie sein Körper sich versteifte. Ich dachte, dass, wenn er vielleicht eine Nacht hatte, um darüber nachzudenken, konnten wir am nächsten Morgen darüber reden. Alle Gedanken daran verließen mich schlagartig, als er die Tür hinter mir zuwarf, sobald ich über die Türschwelle war. Ich fand Bill in der Küche, über drei leeren Tellern.

„Natalie..." Es war eine müde Bitte, voller Resignation.

Ich schüttelte meinen Kopf und ging auf ihn zu. „Es tut mir leid, Bill. Ich kann das nicht mehr." Ich umarmte ihn und er stieß ein kleines Seufzen in mein Haar aus. Ich trat schnell zurück, wollte nicht auf dem Küchenboden zu einem Häufchen Elend zusammenbrechen. „Ich liebe ihn, aber ich kann nicht..."

„Ich weiß, Kind. Ich weiß." Bill küsste mich auf den Kopf und ich verließ das Haus.

Ich schaffte es den ganzen Weg nach Mount Holyoke in mein Wohnheim, bevor ich in Toshas Arme fiel und für eine gefühlte Ewigkeit schluchzte. Nur die Hoffnung auf einen Telefonanruf am nächsten Tag hielt mich davon ab, völlig durchzudrehen. Er würde seine Meinung ändern, dachte ich.

Was soll's. Es geht um Ryker.

Ich sitze völlig fertig leise schluchzend auf dem Boden meines Badezimmers; betrauere den Verlust des anderen Lebens, dass ich mir für meine Jungs vorgestellt hatte, das Desaster, das meine Ehe ist und die Tatsache, dass nichts von alldem geschehen wäre, wenn ich Rykers Leben nicht total zerstört hätte – und fast auch meins.

Mit einem frustrierten Knurren, bemerke ich, dass meine leere Tampon-Schachtel genau das ist – leer. Ich habe die letzte Klinge vor ein paar Tagen verwendet und seitdem nicht mehr geritzt. Verzweifelt darum ringend, den Sinn meines Lebens zu verstehen und nichts davon zu fühlen, suche ich das ganze Badezimmer nach etwas ab, das ich verwenden kann.

Erics Rasierer.

Natürlich benutzt er einen elektrischen Rasierer, der für mich ungeeignet ist. Ich avisiere die Küche an. Wir haben natürlich Messer.

Will ich wirklich so weit gehen?

Ich stöbere in meiner Besteckschublade herum wie ein Junkie, bis ich finde, wonach ich suche. Mit klopfendem Herz eile ich zurück ins Bad und bade das Messer im Desinfektionsmittel – gieße auch, um sicher zu gehen, etwas über meine Hüfte.

Dann schließe ich die Badezimmertür ab – nur für den Fall – lehne mich zurück über die leere Badewanne und atme erleichtert auf, bevor ich mit meiner Flucht beginne.

Kapitel 20

Am nächsten Morgen wache ich früh auf und bin überrascht, dass ich mal vor den Jungs aufstehe. Ich bin sogar noch überraschter, dass Eric neben mir schläft. Ich hätte erwartet, dass er auf der Couch übernachten oder gar nicht erst nach Hause kommen würde – obwohl er noch niemals *nicht* nach Hause gekommen ist. Und noch überraschender: Er ist nicht im Labor. Ich bin sogar ein bisschen verärgert. Ich freue mich nicht gerade auf die zweite Runde unseres Streits, so früh am Morgen.

Ich schleiche leise aus dem Bett, um ihn nicht zu wecken, gehe auf Zehenspitzen in die Küche und beginne Kaffee zu kochen. Haselnuss. Eric hasst aromatisierten Kaffee und ich hasse es, ständig Scheiße zu trinken, die nicht aromatisiert ist, nur um zu verhindern, dass er sich jeden Morgen darüber aufregt. Ich habe kaum Zeit, den Geruch aus meiner Kaffeetasse einzuatmen, bevor Eric in die Küche trottet. Ich drehe mich zum Tisch und schlürfe laut hörbar den ersten Schluck, während ich mich hinsetze, die Balkontür anschaue und versuche, den Sonnenaufgang zu genießen, bevor ich seine Stimme höre.

„Ist das normaler Kaffee?" Er steht mit einer Tasse in der Hand da und hält die Kanne darüber in die Luft.

Ich zucke mit den Schultern. „Er ist nicht entkoffeiniert, wenn es das ist, was du wissen willst."

Sein Seufzen ist Antwort genug. Er schenkt sich trotzdem eine Tasse ein, macht sie aber nur halb voll und schüttet den Rest mit Milch auf.

„Wo warst du letzte Nacht?", frage ich, ohne meine Augen von der Aussicht abzuwenden.

„Aus."

Ich drehe meinen Stuhl in seine Richtung und sehe, dass er sich gegen die Arbeitsplatte lehnt und die Wand am anderen Ende des Raumes anschaut. An seiner gebeugten Haltung kann ich sehen, wie gereizt er ist, als er den Kaffee probiert und sein Gesicht verzieht.

Ich räuspere mich, ignoriere seinen aufkommenden Wutanfall. „Arbeitest du heute?"

Eric schüttelt seinen Kopf.

„Okay", sage ich, „dann habe ich heute Vormittag eine Menge zu tun, während du dich um die Kinder kümmern kannst."

Er schnaubt in seinen Kaffee.

„Was ist los?", frage ich, während ich aufstehe, um mir eine zweite Tasse einzuschenken.

Eric stellt seine Tasse, ohne hinzuschauen, auf der Arbeitsplatte hinter ihm ab und verschränkt seine Arme vor seinem nackten Oberkörper. „Sobald wir einen freien Tag haben, den wir zusammen als Familie verbringen können, siehst du zu, dass du so schnell wie möglich rauskommst."

Ich versuche nicht mal, das Lachen zu verhindern, das aus meinem Mund kommt. „Du willst mich verarschen, oder? Ich möchte die Jungs lieber nicht dabei haben, wenn ich zu Olivers neuer Schule fahre und versuche sicherzustellen, dass wir alle so schnell wie möglich die Zeichensprache lernen. Aber wenn du den Tag lieber allein verbringen willst, dann nehme ich sie mit." Ich schaue rechtzeitig zu ihm rüber, um zu sehen, wie seine Augenbrauen zucken. „Und deine Behauptung, dass wir eine Familie sind? Komm schon, Eric, sogar du bist nicht so desillusioniert, das zu glauben."

Eric drückt sich an der Arbeitsplatte ab und tritt mir in den Weg, als ich die Küche in Richtung unseres Schlafzimmers verlassen will. „Was soll das heißen?" Sein Tonfall ist voller Bitterkeit, von der ich sicher bin, dass nur ich sie in ihm hervorbringen kann.

„Ich meine, ich hatte schreckliche Angst, *Eric*. Ich hatte gerade erst meinen Master gemacht und bin dann schwanger geworden, verdammt nochmal! Natürlich war mein erster Gedanke, kein Baby zu bekommen, ich war noch nicht bereit dafür und du auch nicht."

Meine Augen werden feucht, während ich an die Angst denke, die mich durchfuhr, als meine Periode vor über fünf Jahren ausgeblieben war. Ich hatte, seit ich zwölf war, alle achtundzwanzig Tage meine Periode bekommen. Ich brauchte keinen Schwangerschaftstest, der mir sagte, was ich schon wusste, aber ich machte ihn trotzdem.

„Denkst du nicht, dass ich auch Angst hatte?" Eric fährt mit seiner Hand durch seine Haare und lässt sie dann an seinem Hals liegen. „Gott, ich hatte gerade mit meiner Doktorarbeit begonnen. Aber ich habe dich geliebt, Natalie. Ich habe noch für niemand anderes so gefühlt und ich wusste, dass…" Er verstummt und schaut an einen Punkt irgendwo über meiner Schulter.

Ich räuspere mich und flüstere: „Du wusstest, dass was?"

„Ich wusste, ich wollte auf lange Sicht mit dir zusammen sein, und auch wenn sie nicht geplant waren, würde ich sie genauso sehr lieben wie dich."

Mein Kinn zittert, als ich zu weinen beginne. „Ich liebe sie, Eric. Mehr als alles andere in meinem Leben. Du musst mich niemals daran erinnern, dass ich eine Abtreibung wollte. Niemals. Ich fühle mich so schon schuldig genug."

Er greift nach meinen Schultern und schaut mit seinen braunen Augen in meine. „Warum wehrst du dich dann so sehr gegen *uns*, Nat?"

Ich kneife meine Augen fest zusammen und mit zittriger Stimme sage ich ihm: „Weil ich dich nicht liebe."

Die ersten paar Tage, nachdem ich Ryker verlassen hatte, war es ruhig. Ich war in der Lage mich um mein Studium zu kümmern, war aber oft erschöpft und bin zur Abendessenszeit ins Bett gegangen.

„Ich denke, du bist depressiv", verkündete Tosha unverblümt an einem Abend, an dem ich es schaffte, länger als bis halb sieben wachzubleiben.

„Ach ja? Wie kommst du denn darauf?", pflaumte ich zurück.

„Ritzt du immer noch?"

Ich war wirklich gut darin geworden, es zu verbergen, und versuchte es nur zu tun, wenn ich sowieso unter der Dusche stand – um keine unnötige Zeit im Bad zu verbringen – was sie sonst alarmiert hätte.

„Nicht wirklich. Rauchst du immer noch?"

Sie verdrehte ihre Augen. „Oh, weil *das* ja auch dasselbe ist." Sarkasmus war an diesem Tag groß angesagt.

„Wie auch immer. Verlass du mal *deinen* Soldaten, der unter PTBS leidet und sag mir dann, wie du dich fühlst." Ich hatte die ganze Zeit viel geweint und dieser Abend war nicht anders. Ich begann mir die Tränen von den Wangen zu wischen, als Tosha sich zu mir auf mein Bett setzte.

„Natalie…" Sie seufzte und schob mein Haar zur Seite, damit sie ihr Kinn auf meiner Schulter ablegen konnte.

„Was?", schniefte ich.

„Du kannst dich nicht die ganze Zeit schlecht fühlen. Es wird dich innerlich auffressen."

Es hatte schon begonnen. Ganz langsam, es benutzte mein Herz als Appetitanreger, bevor es meine Seele verschlang.

„Ich liebe ihn, Tosha. Ich liebe ihn so sehr, dass es wehtut."

„Ich weiß", seufzte sie, „und du liebst ihn genug, dass du nicht einfach dabei zusiehst, wie er einen großen Fehler macht. Und was noch wichtiger ist, du liebst dich selbst mehr. Du kümmerst dich erst um dich. Das weißt du."

Nach ein paar Minuten, die wir schweigend und schniefend verbrachten, klingelte mein Telefon. Ich schaute auf die Nummer.

„Wer ist es?", fragte Tosha.

„Bill… Rykers Dad." Ich ging mit klopfendem Herzen ran. „Hallo?"

„Natalie?" Er klang verzweifelt.

„Bill, was ist los?"

„Ist Ryker zufällig bei dir?"

Ich sprang auf. „Nein, warum?"

Bill schwieg ein paar Sekunden zu lange.

„Bill?"

„Er ist mit meinem Auto losgefahren und ich habe ihn seit gestern Abend weder gesehen noch etwas von ihm gehört – "

Was? Ich bin schon unterwegs."

„Nein, es ist – "

Ich legte auf, bevor er zu Ende sprechen konnte. Tosha starrte mich mit großen Augen an.

„Was ist passiert?"

„Bill hat Ryker seit gestern Abend nicht gesehen. Das sieht ihm überhaupt nicht ähnlich." Ich warf Klamotten aus meinem Schrank, weil ich nach etwas suchte, dass ich nicht schon seit Tagen angehabt hatte.

„Und was denkst du, dass du tun kannst?" Toshas Worte stoppten mich.

„Bill klang wirklich, als würde er gleich durchdrehen, Tosh. Ich muss ihm helfen, Ryker zu finden. Ich kenne alle Orte, die er aufsucht…"

Tosha kam zu mir an unsere Tür. „Dann sag sie Bill. Natalie, du musst dich nicht mit hineinziehen lassen."

Ich biss mir von innen auf die Wange. „Das bin ich schon, Tosh. In dem Moment, in dem ich mich in ihn verliebt habe, wurde ich hineingezogen. Nur weil ich nicht mehr mit ihm zusammen bin, heißt das nicht, dass ich mir keine Sorgen um ihn mache. Ich will nicht, dass er verletzt wird."

„Oder sich selbst verletzt." Sie hob ihre Augenbraue.

Mir wurde schlecht. „Was sagst du da?"

Tosha starrte mich eine Weile an, ich beobachtete, wie ihre Augen schnell über mein Gesicht wanderten. „Mit einer PTBS ist nicht zu spaßen, Nat. Das sollte auch Bill nicht – sieh mal, versprich mir nur, dass du die Polizei rufst, wenn es brenzlig wird. Verspreche es mir."

Sie hatte recht. Ich war weder emotional noch anderweitig in der Lage, mit einer PTBS umzugehen. Aber ich liebte Ryker und ich wusste, dass ich ihm auch noch etwas bedeuten musste.

Während ich die 116 entlang fuhr, überlegte ich, dass ich zuerst zu Bills Haus fahren sollte, um zu sehen, ob er da war oder nach Ryker suchte. Eine Mischung aus Erleichterung und Anspannung durchfuhr mich, als ich sah, dass Bills Auto in der Einfahrt stand, was bedeutete, dass Ryker zu Hause war. Ich nahm an, dass er gerade erst angekommen war, weil Bill mich noch nicht angerufen hatte, um mir zu sagen, dass er zurück war.

Ich hatte recht. Ryker stieg aus dem Auto, als ich in die Einfahrt bog. Ich sah, wie er eine Sekunde lang schwankte, bevor er sich umdrehte und bemerkte, dass mein Auto direkt hinter ihm stand.

Na super. Er ist betrunken.

Bill kam an die Tür, gerade als ich aus meinem Auto stieg. Ryker lehnte sich gegen das Auto seines Vaters und sagte zu mir, als ich nervös auf ihn zuging: „Was zur Hölle machst du hier?" Er schob seine Hände in seine Hosentaschen und schaute auf seine Füße.

„Dein Dad hat gesagt, du wärst gestern Abend nicht nach Hause gekommen, ich habe mir Sorgen gemacht – "

„Sorgen gemacht?", schnaubte er. „*Du hast dir Sorgen gemacht?* Du schienst neulich, als du gegangen bist, nicht sehr besorgt zu sein."

„Du hast mir gesagt, dass ich gehen soll, Ryker." Obwohl ich sowieso gegangen wäre, fand ich, dass es wichtig war, ihn daran zu erinnern, wie er die Tür hinter mir zugeschlagen hatte.

„Weil du mich nicht unterstützt!"

Meine Depression wurde zu Wut, als ich ihm direkt gegenüber stand. Sein Atem roch sehr nach Tequila. „Ich unterstütze dich nicht? Wie kannst du es *wagen*, das zu sagen. Ich liebe dich und es bringt mich um, dass dir sich wieder zu verpflichten wichtiger ist als ich, Ryker. Es *bringt mich um*. Ich würde dich bei jeder gesunden Entscheidung unterstützen und zu dir stehen, aber das ist keine solche Entscheidung."

Rykers Tonfall wurde sanft und kalt. „Geh mir aus den Augen, Natalie."

Ich hätte auf ihn hören sollen.

„Nein, Ryker, das werde ich nicht. Ich will, dass du aufwachst und siehst, was du tust. Du kannst dich nicht wieder verpflichten. Das kannst du nicht. Du fährst betrunken durch die Stadt, erzählst mir, dass du Hilfe bekommst, während dein Dad mir sagt, dass das nicht stimmt." Ich legte meine Hände auf seine Schultern. „Ryker, sieh mich an, bitte. Ich habe Angst, dass du dieses Mal nicht nach Hause kommen wirst, wenn du wieder dorthin gehst."

Seine Stimme war unverändert, aber seine Augen schauten immer noch in meine. „Ich bin das letzte Mal schon nicht nach Hause gekommen, Natalie. Oder warst du zu sehr mit deinem Leben beschäftigt, um das nicht zu bemerken? Und jetzt geh mir *bitte* aus den Augen." Er begann, sich von mir zurückzuziehen, kam aber nicht weit, da er ja gegen das Auto lehnte.

Ich schüttelte meinen Kopf. „Du bist immer noch du, Ryker." Ich verstärkte meinen Griff an seinen Schultern. „Du brauchst nur Hilfe, um – "

Blitzartig flog ich rückwärts über die Einfahrt, als Rykers Faust meinen Oberkörper traf. Noch bevor seine Hände meinen Körper nicht mehr berührten, konnte ich sehen, wie Bill die Treppe herunterrannte, auf seinen Sohn zu, der mir folgte. Ich kam hart auf dem Boden auf und begann nach hinten zu krabbeln, um wieder auf die Füße zu kommen.

„Ich habe gesagt, geh mir aus den Augen!" Rykers Gesicht war nur ein paar Zentimeter von meinem entfernt, sein alkoholisierter Speichel spritzte mir ins Gesicht, während er mich anschrie.

„Ryker!" Bill erreichte ihn und zog ihn weit genug weg, dass ich Platz hatte aufzustehen. „Ryker, wenn du nicht aufhörst zu schreien, wird jemand die Polizei rufen. Beruhige dich und komm rein." Bill drehte sich zu mir und sagte mit bittenden Augen: „Natalie, *geh.*"

Es war nicht der richtige Zeitpunkt, um zu streiten. Es war Zeit zu fliehen. Als ich mich ins Auto setzte und den Motor anmachte, veränderte sich Rykers Gesichtsausdruck und er befreite sich aus dem Griff seines Vaters und hämmerte gegen mein Fenster.

„Natalie! Natalie, es tut mir so leid. Scheiße. Natalie! Ich liebe dich, es tut mir leid!" Er ließ seine Faust am Fenster, während ich den Rückwärtsgang einlegte.

Ich schüttelte meinen Kopf, mir liefen vor Schmerz Tränen über die Wangen und ich raste rückwärts auf die Straße. Als ich fortfuhr, sah ich, wie Ryker auf einen Baum, der neben dem Auto stand, einschlug und dann ins Haus stürmte.

Schwer atmend fuhr ich ohne viel darüber nachzudenken zum Friedhof, auf dem Lucas Fisher begraben war. Es dämmerte und ich wollte ihn konfrontieren, bevor die Polizei oder wer auch immer nachts die Knochen bewachte, mich aufforderte zu gehen.

„Du", fuhr ich ihn an, nachdem ich sein Grab in dem Labyrinth aus Marmorsteinen gefunden hatte. „Du hast *versprochen,* auf ihn aufzupassen!"

Mein Steißbein begann von meiner harten Landung in der Einfahrt wehzutun. Ich sank auf die Knie, legte meine Stirn auf seinen Grabstein und fuhr fort, ihn verbal anzugreifen.

„*Warum?* Er ist *weg,* verdammt nochmal, Lucas, weg! Du hast ihn dorthin mitgenommen und *das* nach Hause geschickt?" Dem Grabstein machte das Salzwasser nichts, egal, was sich über ihn ergoss.

Ich pochte mit meiner Faust auf die Oberseite des Steins. „Mach das wieder gut. *Bitte.* Mach das alles irgendwie wieder gut. Es bringt mich um." Ich lehnte mich zurück, so dass ich auf meinen Füßen hockte und starrte seinen Namen an. „Und es bringt ihn auch um, Lucas."

Ein schwaches Maunzen dämpfte meinen Schrei und machte es zu einem Flüstern. „Ich verliere ihn."

„Du liebst mich nicht." Eric sagt es mehr wie eine Feststellung als eine Frage.

Ich starre ihn an, bin nicht in der Lage, ihm eine Antwort zu geben, die nicht schrecklich klingt. Ich habe sowieso schon das schlimmste gesagt.

Er lässt seine Hände fallen und macht einen Schritt zurück. „Und wann genau bist du zu dieser Erkenntnis gekommen?"

Gute Frage. Er will ein Datum, einen wissenschaftlich präzisen Punkt, für den Moment, an dem er mein Herz verloren hat. Das Problem ist, ich denke, dass er es niemals gehabt hat.

Ich bleibe zumindest für eine Zeit lang davon verschont, eine Antwort zu geben, die ihm nicht genügen wird, weil Max und Ollie in die Küche gerannt kommen. Eric und ich heben jeder einen Jungen hoch, aber unsere Augen blicken sich immer noch an, meine werden feucht, seine sind – leer.

Kapitel 21

„Eric arbeitet heute nicht?", fragt Tosha, während wir bei Judie's Mittag essen.

„Anscheinend nicht. Nächste Woche ist die Abschlussfeier, und heute hatte ich eine Menge mit der Clark School zu regeln…"

„Wie kommt ihr mit der Neuigkeit klar? Es tut mir wirklich leid, Nat…" Sie streckt ihren Arm aus und greift über den Tisch nach meiner Hand.

Ich drücke sie sanft. „Es wird schon alles gut ausgehen. Wir versuchen, in seiner Gegenwart nicht total überdreht zu reagieren, denn wir wollen ihn nicht verängstigen. Wir werden uns jede nur mögliche Unterstützung holen und langsam mit ihm darüber reden. Ich weiß allerdings nicht wie." Mir kommen die Tränen bei dem Gedanken, zu versuchen meinem fast fünfjährigen Sohn in Worten zu erklären, dass er uns bald nicht mehr hören kann.

„Wie kommt Eric mit der Neuigkeit klar?" Tosha weiß nur zu genau, wie perfekt Eric immer alles haben will. Deshalb auch die Hochzeit, als ich mit den Zwillingen schwanger war.

Ich verdrehe meine Augen. „Er hat verärgert reagiert, bei der Aussicht Gebärdensprache zu lernen. Ich weiß, das Ganze überfordert ihn, aber – "

„Nein", unterbricht mich Tosha, „scheiß drauf. Er kann sich nicht einfach aussuchen, welche schlimmen Dinge er in sein Leben lässt. Niemand von uns kann das."

„Ha, da hast du recht", schnaube ich, während ich in den Resten meines Salats rumstochere.

Wir zahlen und Tosha schlägt vor, rüber zur Atkins-Markthalle zu fahren, um frische, lokale Produkte zu kaufen. Darauf lasse ich mich gerne ein, vor allem wenn man bedenkt, wieviel ich heute Morgen schon erledigen konnte, weil ausnahmsweise mal keine vierzig Kilo schweren Kinder an meinen Beinen hingen.

Ich erinnere mich noch genau daran, wie ich an dem Abend geritzt habe, nachdem Ryker mich vor seinem Haus weggestoßen hat. Ich ertrank in Angst und Schuldgefühlen darüber, dass mit ihm Schluss zu machen das Fass zum Überlaufen gebracht hatte, von dem ich nicht mal gewusst hatte, dass es existierte. Ich stürmte durch unsere Tür und mein Aussehen muss Tosha sicherlich total entsetzt haben. Mein Po war dreckig und die Rückseite meiner Beine war von meiner harten Landung in der Einfahrt ganz zerkratzt und ich schluchzte hemmungslos. Ich schaute sie nicht an, als ich direkt ins Bad ging.

Ich öffnete den Wasserhahn des Waschbeckens, legte die Klinge bereit und begann dann langsam gerade Linien in meinen Unterarm zu ritzen. Ich hatte dort schon lange Zeit nicht mehr geritzt, aber die Stelle war leicht zugänglich und gab mir den größten Rausch. Nach ein paar Minuten, in denen ich vorsichtig ein Muster geritzt hatte, wurde mir schwindelig und schlecht. Ich dachte nicht, dass ich zu viel geritzt hatte, aber sobald ich meine Arme anschaute – aus ihnen flossen Ströme aus Blut – brach ich zusammen und begann in die Toilette zu erbrechen.

„Natalie?" Tosha begann gegen die Tür zu hämmern, während ich erbrach und weinte und blutete. „Natalie! Mach die Tür auf oder ich werde sie eintreten."

Es war eine leere Drohung, aber ich schloss die Tür trotzdem auf. Der Laut, der aus ihrer Kehle kam, als sie herein-

kam, ist etwas, das ich niemals vergessen werde. Innerhalb
von Sekunden schob sie mich zur Dusche und wusch panisch meine Arme ab. Es stellte sich heraus, dass ich nicht
sehr tief geschnitten hatte, aber es waren viele Schnitte und
dadurch sah es schlimmer aus als es war.

„Verdammt, Natalie, was zur Hölle ist passiert?"

Ich wusste nicht, ob sie wissen wollte, was bei Rykers
Dad passiert war oder mit mir, aber ich ließ mich auf dem
Boden des Badezimmers nieder und sie weinte mit mir, als
ich ihr einfach alles erzählte.

Es war nicht leicht, Tosha davon zu überzeugen, meine
Eltern aus der Geschichte, die in Rykers Einfahrt geschehen
war, rauszulassen, oder ihnen zu erzählen, dass ich ritzte,
aber ich schaffte es. Sie hatte meine Eltern nur ein paar Mal
getroffen, wusste aber, dass meine Mutter nicht zögern würde, Ryker anzuzeigen und mich vermutlich von der Schule
zu nehmen, wenn sie vom Ritzen wüsste. Ich habe Tosha
versprochen, dass ich nicht wieder ritzen würde – dass ich es
bis zu den Thanksgiving-Ferien schaffen würde – und dann
in der Lage wäre, mich zu beruhigen, während ich für ein
paar Tage nach Hause fuhr.

Ich ignorierte alle Anrufe und Textnachrichten von Ryker. Sie waren voller Entschuldigungen und Selbstkritik. Er
sagte, wie leid es ihm täte, fragte mich, ob ich verletzt war
und schrieb, wie dumm er gewesen wäre. Es war schwer, ihn
zu ignorieren. Ich wusste, dass es ihm vermutlich wirklich
leidtat, aber ich wusste nicht, wie lange es vorhalten würde
und ich wusste auch nicht, wie ich es schaffen sollte, einen
sicheren Raum für eine Unterhaltung zu schaffen, weil ich
vor Thanksgiving so viele Hausarbeiten abgeben musste.

Dann hörte ich ein paar Tage lang nichts von Ryker und
die Schmerzen in meinem Steißbein waren fast verschwunden, als Bill anrief. Mein Seufzen ließ Tosha aufhorchen.

„Ist er es wieder?"

Ich schüttelte meinen Kopf. „Es ist Bill." Ich schloss mein Notizbuch und setzte mich im Schneidersitz aufs Bett.

„Hey, Bill…"

Statt Bills sicherer Stimme, hörte ich Rykers nervösen Tonfall.

„Natalie."

Nein. Nein. Nein.

Bevor ich über irgendetwas anderes nachdenken konnte, klappte ich mein Handy zu und warf es aufs Bett.

„Was?", fragte Tosha und kam auf mich zu.

„Das war Ryker, vom Telefon seines Vaters. Er klang schrecklich." Ich schaute zu ihr, als mein Kinn zu zittern begann.

Tosha schaute sich eine Minute lang im Zimmer um, bevor sie nach ihrem Autoschlüssel griff. „Komm, lass uns gehen."

„Was?"

„Wir müssen hier raus. Du hast wochenlang nichts anderes gemacht als herumzujammern und die letzten paar Tagen hätten auch eine Episode aus „Willkommen im Leben" sein können. Wir gehen trinken und tanzen und benehmen uns fünf Sekunden lang wie College-Studenten."

Sie hatte recht. Obwohl ich sie immer wieder aufforderte, es nicht zu tun, verbrachte Tosha die meiste Zeit mit mir, wenn sie nicht bei Liz war. Sie sagte, sie liebte mich zu sehr, um mich allein leiden zu lassen.

„Okay, ich ziehe mich um", stimmte ich zu, bevor ich zu meinem Schrank ging.

Mein Telefon klingelte drei weitere Male und zeigte Bills Nummer an, dann einigten wir uns darauf, unsere Telefone im Wohnheim zu lassen und den Abend ohne Unterbrechung zu genießen.

„Wir fahren erst zu Liz und holen sie ab, ich habe ihr geschrieben, während du dich umgezogen hast." Tosha und ich hüpften die Stufen herunter.

„Perfekt, lass uns irgendwo hingehen, wo wir noch nicht waren." Ich lächelte bei dem Gedanken, einfach mit Freunden auszugehen. Das hatte ich, seit Ryker nach Hause gekommen war, nicht mehr gemacht.

Als wir den Eingangsbereich erreichten, fluchte ich leise.

„Was?" Tosha hatte schon ihre Hand auf der Türklinke, als sie stoppte.

„Ich habe meine verdammte Bankkarte vergessen. Ich treffe dich dann bei deinem Auto, bin gleich zurück." Ich raste die Treppe hinauf, durchsuchte meinen Schreibtisch und fand meine Karte.

Als ich mich umdrehte, um das Zimmer zu verlassen, stürzte ich fast, weil ich auf meiner Türschwelle mit jemandem zusammenstieß.

„Ryker!", kreischte ich, während er steif dastand, der Zusammenstoß hatte ihn nicht beeindruckt.

Ich weiß immer noch nicht, wie er es ins Gebäude geschafft hatte, aber das ist jetzt auch egal. Was wichtig ist, ist, dass mein Schock zu Angst wurde, als ich ihn anschaute. Er war blass, schwitzte und hatte einen leeren Blick.

„Natalie, du musst mir zuhören…" Ich konnte keinen Alkohol in seinem Atem riechen, aber etwas stimmte nicht. Er schwankte, als wäre er gerade aus einem Karussell gestiegen und er trug eine kurze Hose und ein T-Shirt, obwohl es November war.

„Geht es dir gut, Ryker?", fragte ich und trat zur Seite, als er den Raum betrat. Ich drehte mich um, so dass ich mit dem Rücken zur Tür stand, aber immer noch den Raum verlassen konnte, wenn es sein müsste.

Er schüttelte seinen Kopf, während er sich auf Toshas Bett fallenließ. „Es tut mir leid, dass ich dir neulich Abend wehgetan habe."

„Ist schon gut, ich – "

„Nein!", schrie er. „Es ist nicht gut! Ich bin so verdammt durcheinander, Natalie..."

Und dann begann er zu weinen. Ich hatte ihn noch niemals weinen sehen, nicht mal, als wir an Lucas' Grab gewesen waren. Er bebte so sehr, es war beängstigend, und er drückte seine Hände gegen seine Augen. Tiefe Atemzüge führten mich. Ich ging zu ihm und setzte mich neben ihn.

„Ry", flüsterte ich und legte meine Hand auf seine Schulter.

Er zuckte trotz meiner sanften Berührung zurück und eine leere Pillendose fiel aus seiner Tasche und landete auf dem Boden. Ich hob sie hoch, bevor er bemerkte, dass sie herausgefallen war.

„Was ist das?" Ich schaute mir das Label an und sah, dass es Oxycontin war. Das Verschreibungsdatum lag erst kurz zurück. „Wie bist du an die gekommen?"

Ryker riss mir die Dose aus der Hand. „Erinnerst du dich? Ich wurde *angeschossen?*", spie er aus.

„Ja." Ich stand langsam auf und ging zurück zur Tür, dabei fragte ich mich, wie lange Tosha brauchen würde, um zu kommen und zu schauen, warum ich so lange brauchte. „Aber deine Behandlung ist abgeschlossen und das ist eine neue Verschreibung."

„Es tut immer noch weh." Ryker hob seinen Kopf und ich bemerkte, dass seine Lippen blass waren und seine Pupillen irgendwie komisch aussahen.

„Was tut weh?" Ich wusste, dass er nicht über seine Schulter sprach.

„Alles. Luke, du..."

„Ryker, wann hast du das Rezept eingelöst?" Ich stellte mich in die Türschwelle und hoffte, dass jemand vorbei kommen würde, den ich abfangen konnte.

„Häh?" Ryker schüttelte seinen Kopf, während er versuchte, mich zu verstehen.

Meine Brust hob und senkte sich durch meinen unregelmäßigen Atem. „Ryker, wie viele dieser Pillen hast du heute genommen?"

Er kicherte, dann folgte ein leises Knurren. „Alle." Ryker schaute hoch und muss die Angst in meinem Gesicht gesehen haben, denn er stand auf und kam zu mir an die Tür. „Schhh", flüsterte er und legte seinen Finger an meine Lippen, „du darfst nichts sagen. Ich würde soviel Ärger bekommen, Nat..."

Ich trat einen Schritt zurück und zwang mein Hirn, zu überlegen, welches der schnellste Weg nach draußen war, da unser Zimmer ziemlich genau in der Mitte des Ganges lag.

Ich schluckte schwer. „Hast du alle auf einmal genommen?" Die Erkenntnis brachte mich fast um.

Er nickte. „Mmhmm und bald werde ich einfach einschlafen und dann wird all das nur ein schlimmer Traum gewesen sein..." Einen kurzen Augenblick stolperte er rückwärts und in dem Moment rannte ich los.

„Hilfe!", schrie ich, während ich den Gang entlang rannte. Es dauerte nicht lange, bis Ryker mir folgte, auch wenn seine Schritte unbeholfen waren. Ich hatte Angst, dass er genau hier im Flur tot zusammenbrechen würde.

„Natalie, halt!" Ryker erreichte mich, als ich am Treppenabsatz ankam. Keine meiner Mitbewohnerinnen war aus ihrem Zimmer gekommen und ich dachte, dass ich jeder einzelnen eine Ohrfeige geben würde, wenn ich sie das nächste Mal sah.

„Ryker, ich gehe jetzt nach unten und rufe die Polizei. Du hast eine ganze Packung Pillen geschluckt!"

Er griff nach meinem Arm und verdrehte ihn so sehr, dass ich mich nicht bewegen konnte. „Nein. Tu das nicht. Mir wird nichts passieren. Ich schlucke diese Dinger schon seit Monaten wie Bonbons, sie taugen nichts…"

Dann wurde mir alles klar. Die Stimmungsschwankungen, die Gedächtnisverluste, sein merkwürdiges Verhalten. Er hatte nicht nur eine PTBS, er behandelte sich auch selbst mit Schmerzmitteln.

„Ryker, du hast noch niemals eine ganze Packung auf einmal geschluckt. Du wirst sterben!" Meine Stimme war ein Kreischen, eine Mischung aus Angst und Kummer.

„Wenn du die Polizei rufst, Natalie, bin ich total ruiniert. Tu mir das nicht an!", knurrte er. „Was zur Hölle ist das?" Plötzlich schaute er auf meinen Arm, alle meine Schnitte lagen offen vor ihm.

„Nichts, Ryker, bitte lass – "

Er hielt mich kräftiger fest, als er sagte: „Hast du das gemacht? Hast du dir das selbst angetan?"

Mein Instinkt übernahm und ich drückte mein Knie in seinen Unterleib. Sofort ließ er meinen Arm los und beugte sich nach vorne, eine Reihe von Flüchen kam aus seinem Mund. Ich floh. Ich schaffte es eineinhalb Treppenabsätze weit, bis ich hörte, dass er mir folgte und ich wusste, dass ich etwas tun musste. Ich würde nicht rechtzeitig zu einem Telefon kommen, also drückte ich den nächsten Feueralarmknopf, an dem ich vorbei kam.

„Du *Hexe!*", brüllte Ryker, als er mich einholte und nach mir griff, wir waren zehn Stufen vom Erdgeschoss entfernt.

„Lass mich los!", schrie ich noch lauter als der Feueralarm tönte.

„Hast du eine Ahnung, was du gerade getan hast?" Ryker stand mir fast direkt gegenüber, zog mich zurück, als ich versuchte, mich loszureißen. Ich hatte noch niemals zuvor in meinem Leben solche Angst gehabt.

Schließlich riss ich mich los. Zu schwungvoll. Mein Arm rutschte mit einer solchen Wucht aus Rykers verschwitztem Griff, dass ich im freien Fall die Treppe herunter fiel. Ich erinnere mich, wie ich auf dem Boden aufkam, aber ich erinnere mich nicht, ob es wehgetan hat, denn ich verlor das Bewusstsein, und wachte erst ein paar Stunden später im Krankenhaus wieder auf.

„Wohin bist du verschwunden?", fragt Tosha, als wir auf den Parkplatz von der Atkins-Markthalle fahren.

Ich bekomme unwillkürlich eine Gänsehaut am ganzen Körper. „Ich habe gerade an die Nacht gedacht, als Ryker die Überdosis genommen hat. Gott, das war schrecklich beängstigend…"

Tosha parkt das Auto. „Ja, das war schlimm. Aber es ist interessant, wie du die Nacht nennst und nicht sagst, die Nacht, in der du dir fast das Genick gebrochen hast. Und danach habe ich dich acht Monate lang nicht wiedergesehen." Sie wusste anscheinend nicht, was sie sonst noch sagen sollte. Was gab es da auch noch zu sagen?

„Ich liebe ihn nicht, Tosha."

„Wen?"

„Eric. Ich liebe ihn nicht und ich habe es ihm gesagt." Ich lehne meinen Kopf gegen das Fenster.

„Was hat er dazu gesagt?"

Ich zucke mit den Schultern. „Nichts."

Sie streckt ihren Arm aus und legte ihre Hand auf mein Knie. „Ich denke mal, das sagt mehr aus, als wenn er gekämpft hätte, oder?"

„Mmhmm." Ich nicke.

„Also, was willst du tun?"

Ich hebe meinen Kopf und kichere sie müde an. „Lass uns ein paar verdammte Kürbisse und Erdbeeren kaufen."

Kapitel 22

Während ich aus Toshas Auto aussteige, bleibe ich einen Moment mit geschlossenen Augen stehen, hebe mein Kinn zum Himmel und lasse mich von der Sonne beleben. Als ich meinen Kopf senke und meine Augen öffne, starre ich auf einen Lieferwagen und der Anblick führt dazu, dass mir leicht schwindelig wird.

„Tosha, schau mal." Ich stoße sie mit meinem Ellbogen an und zeige auf den Truck, auf dessen Seite „Manning Farms" steht. Keiner aus Rykers Familie hat eine Farm, aber seinen Nachnamen zu sehen ist das Sahnehäubchen des Tages.

„Okay, *jetzt* spielt das Universum Spielchen mit dir." Sie lacht und hängt ihren Arm bei mir ein.

„Ohne Witz, echt, las uns reingehen und ein bisschen Grünzeug kaufen, um unsere Auren gemeinsam mit unseren Körpern zu reinigen."

Nachdem wir hineingegangen sind, sagt mir Tosha, dass sie etwas in der Bäckerei zu bestellen hat. Während sie sich durch die Menschenmenge drängt, gehe ich den Gängen und wandere friedlich hindurch und lege willkürlich Dinge in meinen Korb. Ich erreiche die Ecke mit den gefrorenen Lebensmitteln und kann kurz mein Spiegelbild in einer der Glastüren sehen. Ich sehe müde aus; die Art Müdigkeit, die von tief in einem kommt. Die Art Müdigkeit, die ich bisher nur ein einziges Mal gespürt habe.

Ich spürte die rasenden Kopfschmerzen ein paar Sekunden, bevor ich es schaffte, meine Augen zu öffnen.

„Hey", flüsterte Tosha, während sie ihre Hand auf meine legte.

„Was zur Hölle?" Ich drehte meinen Kopf, um sie anzuschauen, und schielte, weil ich das Gefühl hatte, mir würden die Augen aus dem Kopf fallen.

Sie sprach mit so leiser Stimme, wie man es in einer Bibliothek tut. „Es ist alles okay. Du bist im Krankenhaus."

„Was ist passiert?" fragte ich und kniff meine Augen ein paar Mal zu, um zu versuchen, an einen Erinnerungsfetzen zu kommen.

„Erinnerst du dich nicht?" Sie gab mir einen Becher mit Wasser und ich hob meinen Kopf und saugte ein bisschen an dem Strohhalm, dabei versuchte ich, meine Stimme wiederzufinden.

„Ich erinnere mich, dass ich mit dir nach unten gegangen bin, dann wieder hinauf, um meine Bankkarte zu holen…" Ich konnte hören, wie das Piepen, das meinen Puls anzeigte, schneller wurde, als die Flut der Erinnerungen durch den Schutzwall in meinem Gehirn drang. „Oh… scheiße. Ryker…"

Sie nickte. „Er hat dich geschubst, Nat. Die Treppe herunter."

Ich blickte mit zerknirschtem Gesichtsausdruck zu ihr. „Nein, das hat er nicht. Ich bin abgerutscht – "

„Natalie, du musst ihn nicht mehr beschützen."

„Das tue ich nicht, Tosh. Er hat mir gesagt, er hätte eine ganze Packung Oxycontin geschluckt und wurde dann aggressiv, aber ich bin geflohen. Er hat mich auf der Treppe festgehalten und ich habe mich zu kräftig losgerissen und bin rückwärts gefallen... scheiße, hat irgendjemand meine Eltern angerufen?"

Sie sah aus, als hätte sie an einer Zitrone gelutscht. „Da es auf dem Campus passiert ist, hat sich die Uni darum gekümmert."

„Super." Ich legte meinen Kopf wieder auf dem Kissen ab. Ich wusste, dass sie sowas von sauer sein würden.

Bevor Tosha und ich über weitere Ereignisse reden konnten, kam eine Krankenschwester herein. Nachdem sie sich meine Werte angeschaut hatte, informierte sie mich darüber, dass zwei Polizisten mit mir über das, was geschehen war, reden wollten. Ich bat Tosha draußen zu warten, damit ich mit ihnen allein reden konnte.

Ein großer, schlanker Polizist der Amherst-Polizei kam herein. „Ms. Collins? Ich bin Officer Fox. Meine Partnerin ist Officer Jackson." Er nickte in Richtung einer etwas kleineren Polizistin neben ihm. „Wir möchten mit Ihnen darüber sprechen, was heute Abend passiert ist."

Ich nickte. „Zunächst einmal, es tut mir wirklich leid, dass ich den Feueralarm ausgelöst habe. Die ganze Aufregung, die das verursacht haben – "

„Nein", unterbrach mich Officer Jackson mit einem Lächeln, „es war unglaublich schlau, das zu tun. Sie haben das Richtige getan."

Ich verbrachte die nächsten paar Minuten damit, im Geiste zusammenzukratzen, woran ich mich erinnerte – das meiste davon war am Ende unseres Streits geschehen – und sie machten sich sorgfältig Notizen.

„Also, Sie sagen, Sie wären aus Mr. Mannings Griff *abgerutscht*"? Officer Fox machte Anführungszeichen in die Luft und das verärgerte mich.

„Nein, das ist nicht das, was ich *sagte*, sondern das, was geschehen ist." Während ich sprach wurden Officer Jacksons Augen sanfter, zeigten so etwas wie Mitleid.

Dann sprach Fox erneut. „Trotz Mr. Mannings gewalttätiger Vergangenheit mit Ihnen, sind Sie *sicher*, dass er Sie nicht geschubst hat?"

„Erstens", ich setzte mich ein bisschen aufrechter hin, „bin ich *sicher*. Zweitens, was für eine gewalttätige Vergangenheit?"

Officer Jackson setzte sich auf den Stuhl neben meinem Bett. „Stimmt es nicht, dass Ryker Sie vor ein paar Tagen vor seinem Haus hart auf den Boden gestoßen hat?"

Ich stieß ein frustriertes Seufzen aus und erzählte ihnen die Hintergründe der Ereignisse dieser Nacht.

„Vielen Dank, Ms. Collins. Sie sollten sich jetzt ausruhen. Wir werden morgen wiederkommen, um mit Ihnen über die Anzeige zu sprechen." Officer Jackson schenkte mir ein schwaches Lächeln, während sie aufstand und sich zum Gehen umdrehte.

„Anzeige?", fragte ich und musste blinzeln, als mir klar wurde, was für ein Durcheinander mein Leben geworden war.

Officer Fox schaute mir in die Augen. „Was heute Abend passiert ist, Ms. Collins, hätte wesentlich schlimmer ausgehen können. Sie haben wirklich Glück gehabt. Denken Sie darüber nach."

„Geht es Ryker gut?", platzte ich heraus, ohne nachzudenken. Die Polizisten starrten mich an, als wäre ich völlig verrückt. „Egal, ist sein Vater hier? Bill? Falls er hier ist, können Sie ihn bitte hereinschicken?"

Ohne ein weiteres Wort zu sagen, verließen sie den durch Vorhänge abgetrennten Bereich und plötzlich erschien Bill Mannings. Obwohl er sehr durcheinander aussah, schaffte er es, zu lächeln, und er umarmte mich, bevor er sich auf den Stuhl neben mich setzte.

„Bill, wie geht es Ryker? Geht es ihm gut?"

Tosha kam eine Sekunde danach herein und stellte sich auf die andere Seite meines Bettes.

Bill drückte meine Hand. „Sie mussten ihm den Magen auspumpen. Er schläft jetzt und ich vermute, wenn er aufwacht, wird er Schmerzen haben, aber er wird überleben."

Bill und Tosha brauchten ein paar Minuten, um mir genauer zu erzählen, was geschehen war, nachdem ich gefallen war. Anscheinend fanden meine Mitbewohner, die wegen des Feueralarms ins Treppenhaus kamen, Ryker über mich gebeugt vor und er hatte meinen Namen geschrien.

„Als die Mädchen herauskamen und mir sagten, was geschehen war, rannte ich dir hinterher", fuhr Tosha fort. Ihre Augen füllten sich mit Tränen. „Ich traf am Eingang auf ihn. Er hielt dich wie ein Kleinkind im Arm. Du sahst aus, als wärst du tot, Natalie und er schrie, dass jemand dir helfen sollte." Bill senkte seinen Kopf, als er sagte: „Als die Cops und die Feuerwehr kamen, brüllte Ryker ihnen Befehle zu und versuchte mit dir in den Krankenwagen zu steigen. Sie haben ziemlich schnell gemerkt, dass er total durcheinander war, also haben sie einen weiteren Krankenwagen gerufen und ihn hierhergebracht."

Bill wurde lauter. „Ich habe mit deinem Dad gesprochen, Liebes. Er ist auf dem Weg hierher." Ich hatte fast vergessen, dass ich Bill die Telefonnummer meines Dads gegeben habe, als Ryker in Übersee war. Ich hatte zu jeder Zeit erreichbar sein wollen. „Deine Mom bleibt zu Hause bei deinem Bruder."

Zumindest etwas, wofür ich dankbar sein konnte. Ich musste mich meiner Mutter und ihren Behauptungen, dass Soldaten-Freunde zu nichts Gutem führten, nicht stellen.

„Es tut mir leid, Natalie. Ryker war schon seit Wochen nicht mehr er selbst. Ich hätte dich, als er sich nicht meldete, nicht anrufen dürfen." Bill fuhr mit seiner Hand durch sein Haar und setzte sich wieder auf den Stuhl.

„Er ist krank, Bill. Es ist nicht deine Schuld", sagte Tosha über mich hinweg, während ich geradeaus ins Leere blickte. „Er braucht Hilfe und vielleicht ist das seine Chance, sie zu bekommen."

„Die Polizei will, dass ich Anzeige erstatte", sagte ich zu niemand Bestimmtes. Ich hob meine Hände zu meinen Augen und begann zu weinen. „Gott, das ist alles so ein Durcheinander."

Und das? Das war der Moment, in dem ich aufhörte zu kämpfen. Um Ryker zu kämpfen, um uns zu kämpfen und um all das zu kämpfen, von dem ich dachte, dass ich es wusste. Und während ich vor Resignation schluchzte, kam mein Dad herein und redete einige Minuten lang außerhalb des Vorhangs mit Bill. Tosha blieb, bis mein Vater sich eingerichtet hatte, dann fuhr sie zurück zum Wohnheim.

Ich erinnere mich kaum an die Unterhaltung mit meinem Dad, außer dass die Krankenschwester ihre Besorgnis wegen einiger „Wunden" an meinen Armen äußerte. Sie haben ihm gesagt, was ihre Vermutung war und sie hatten recht, aber das konnte ich meinem Dad nicht sagen. Ich nickte einfach, als er sagte, ich würde mit nach Hause kommen und das Semester aussetzen. Ich hätte die Kurse sowieso nur schwer bestanden, also würde ich die meisten davon wiederholen.

Bevor ich am nächsten Tag soweit war zu gehen, außer heftigen Kopfschmerzen war mir nichts weiter geschehen, musste ich erneut mit der Polizei sprechen.

„Ich unterschreibe alles, was immer Sie möchten", sagte ich, „ich will nur, dass er mir niemals wieder zu nahe kommt." Als ich an diesem Morgen das Krankenhaus verließ, war es mir egal, ob ich Ryker Manning jemals wiedersehen würde. Mein Dad erzählte mir ein paar Wochen später, dass Ryker Bewährung bekommen hatte und verpflichtet worden war, seine psychische Verfassung untersuchen zu lassen. Ich war dankbar, dass er jetzt zumindest die Chance auf Hilfe bekam. Kurz nach Weihnachten vertrat meine Mutter den Standpunkt, dass ich Ryker einen Gefallen getan hatte, denn durch seine Verhaftung und Bewährung würde er sich vermutlich nicht erneut in der Nationalgarde verpflichten können.

Darüber hatte ich gar nicht nachgedacht. Ich wollte mich nur aus der Abwärtsspirale befreien, also beantragte ich ein einstweiliges Kontaktverbot, was wahrscheinlich ziemlich übertrieben war, da ich ja während des Sommersemesters in Pennsylvania festsaß. Ich wusste, dass er schon, als er begann über eine erneute Verpflichtung zu reden, nicht gesund genug gewesen war. Vielleicht war es eine Reaktion auf das, was meine Mutter mir sagte, aber ich begann mich dafür schuldig zu fühlen, dass ich verhindert hatte, dass sein Leben nicht den Verlauf nahm, den er sich gewünscht hatte.

Als ich dann zurück an den Campus kam, im Sommer vor meinem eigentlich letzten Jahr, das aber die Wiederholung meines vorletzten wurde, wohnte ich außerhalb des Campus, hatte ein neues Handy und die strikte Anordnung, mich von allem fernzuhalten, was mit Ryker Manning zu tun hatte. Als ich zu Hause gewesen war, war es einfach gewesen – nicht an ihn zu denken oder sich zu fragen, was er gerade tat – aber als ich wieder in South Hadley war, warf ich während der ersten Wochen oft einen Blick über die Schulter und hätte schwören können, ich hätte ihn gesehen. Bis hin zum Tag meiner Abschlussfeier zwei Jahre später, als ich geschworen hatte, ihn in der Menge gesehen zu haben.

Aber. Nichts. Er war verschwunden. Es war, als ob er sich einfach in Luft aufgelöst hatte. Ich hätte froh darüber sein sollen – schließlich war es das, was ich gewollt hatte. Aber als mein Herz begann, wieder ganz zu werden, sehnte es sich erneut nach dem lächelnden Jungen aus dem Amherst Gemeindezentrum, der mich eine Minute, nachdem wir uns kennengelernt hatten, geküsst hatte, als würde er es ernst meinen.

„Wer hätte gedacht, dass eine Torte zu bestellen, so ein Akt wäre." Tosha tut so, als wäre sie außer Atem, als sie mich in der Obst- und Gemüseabteilung wieder trifft. Es wird gerade frische Ware geliefert und wir müssen Kisten voller Kürbisse und Spargel ausweichen, während wir unsere Körbe füllen. „Jetzt aber mal ehrlich, geht es dir gut?"

„Um ehrlich zu sein, fühle ich mich gefangen. Eric und ich können nicht verheiratet bleiben. Ich liebe ihn nicht und es wird jeden Tag schlimmer zwischen uns. Das kann nicht gut für die Jungs sein. Aber so wie ich Eric kenne, wird er darauf bestehen, dass es nicht gut ist, ihr Zuhause zu zerstören, vor allem jetzt mit allem, was mit Ollie passiert…" Ich knie mich vor einen großen Korb mit gelben Kürbissen und beginne, sie zu durchsuchen.

„Das ist ein schlechter Grund, um in einer schlechten Ehe zu bleiben, Natalie. Eine Behinderung. Das kannst du weder dir noch den Jungs antun."

„Ja, ich weiß." Ich seufze während ich wieder aufstehe. „Zum Glück werden die Jungs übernächste Woche für eine Woche bei meinen Eltern sein, also werde ich Zeit haben, mich um die ganze Scheiße zu kümmern, während sie weg sind."

„Denk dran", Tosha stößt mich mit ihrem Ellbogen an, „du kannst bei uns wohnen, während du dir über alles klar wirst und dir eine Wohnung suchst."

Ich nicke und wir gehen zur Kasse. Es ergibt Sinn, dass ich diejenige sein werde, die aus unserer Wohnung auszieht. Eric hat schon dort gewohnt, bevor wir zusammengezogen sind – es ist seine Wohnung. Ich bin allerdings sehr dankbar für die großzügige Erbschaft meiner Großmutter Baker. Ich werde in der Lage sein, eine Weile davon zu leben, bis ich einen Job gefunden habe.

Außer Eric und ich können das bereinigen – nein, das ist für mich keine Option.

Als Tosha und ich die Markthalle verlassen, verdrehe ich meine Augen, als ich den „Manning Farms"-Lieferwagen sehe. Außer dem zufälligen Treffen mit Rykers Dad, als ich mit den Zwillingen schwanger war, ist dieser Name das meiste, das ich von Ryker seit dem Vorfall auf der Treppe im Jahr 2002 gesehen habe.

Bis er aus dem Gepäckraum des Lieferwagens springt.

„Ryker", flüstere ich, während ich erstarrt stehen bleibe und eine Frau mich deshalb von hinten anrempelt.

„Was?" Tosha sagt der Frau lautlos „tut uns leid" und zieht mich zur Seite. „Was zur Hölle ist los mit dir?"

Ich stelle meine Tasche auf ein nahegelegenes Mäuerchen und gehe fast wie in Trance auf den mittelgroßen Lieferwagen zu. Ich sollte in die entgegengesetzte Richtung rennen. Weit weg. Ich kann nicht wissen, wie sich die letzten zehn Jahr auf ihn ausgewirkt haben.

Tosha ruft mir unverfroren hinterher: „Natalie! Wo gehst du hin?"

Sobald „Natalie" aus ihrem Mund kommt, richtet Ryker sich auf und dreht sich in meine Richtung.

Heilige Scheiße, er ist es wirklich.

Mit stockendem Atem und klopfendem Herzen, marschiere ich weiter auf ihn zu, ich muss wissen, ob er wirklich dort steht und das nicht der Tropfen ist, der das Fass zu meinem Nervenzusammenbruch zum Überlaufen bringt. Er wischt sich mit seinem Unterarm Schweiß von seiner Stirn, dann zieht er seine Handschuhe aus und reibt sich eine Sekunde lang die Augen, bevor er blinzelt, um seinen Anblick von mir zu klären.

Ja, ich bin es wirklich.

Er ist muskulöser als beim letzten Mal, als ich ihn sah. Seine Statur ist so wie vor seinem Kriegseinsatz. So gebräunt und leicht schmutzig raubt er mir den Atem. Trotzdem, das darf nicht geschehen. Ich halte ein paar Meter von ihm entfernt an und starre ein paar Minuten länger als gesellschaftlich akzeptabel ist. Wundersamerweise funktionieren meine Stimmbänder.

„Ryker?" Ich schüttelte meinen Kopf, bin sicher, dass ich verrückt geworden bin.

Ein schiefes Grinsen erscheint auf seinem Gesicht, während er auch seinen Kopf schüttelt.

„Natalie."

Kapitel 23

Er ist es. Er hat gerade meinen Namen gesagt…

Mir fällt fast die Kinnlade runter und die Luft an diesem Tag Ende Mai fühlt sich plötzlich kalt an meinem Körper an. Keiner von uns bewegt sich, bis jemand, ich vermute ein Kollege, zu ihm geht. Ich erinnere mich daran, dass Toshas Auto nur ein paar Meter entfernt steht.

„Es ist alles fertig, Ryker, bring ihnen nur noch die Bestandsliste und dann können wir gehen, sagen sie."

Dieser Typ hat gerade auch seinen Namen gesagt.

„In Ordnung, Steve. Danke." Ryker klopft ihm auf die Schulter – schaut ihn aber zu keinem Zeitpunkt an – greift nach ein paar Papieren und kommt auf mich zu.

Tosha ruft hinter mir, während sie näherkommt: „Wirklich, Natalie, was machst du – " Ich höre, wie unsere Taschen auf den Boden plumpsen. „Ryker?"

Rykers Grinsen wird zu einem breiten Lächeln, als er direkt vor mir stehen bleibt. „Hi."

„Hi", sage ich, während ich ausatme.

Weil Tosha die beste Freundin ist, die ich meistens gar nicht verdiene, stellt sie sich neben mich und greift nach meiner Hand, dabei schaue ich ihr zu, wie sie Ryker genau mustert. Sie sieht ganz sicher das gleiche wie ich – einen Mann. Ein gesund aussehender Mann, der uns anlächelt, als würde er niemals etwas anderes tun. Sein aschblondes Haar ist lang genug, um mit seinen Händen hindurch zu fahren, und als er es tut, suche ich nach einem Grund zu gehen. Es gibt so viele. Und um ganz ehrlich zu sein, so viele Gründe für ihn, an mir vorbei zugehen und sein Leben weiterzuleben. Ich habe seines ruiniert.

„Hi, Ryker." Ihre Stimme ist heiter.

„Hey, Tosha!" Sie lässt meine Hand los und umarmt ihn, als er seine Arme ausstreckt.

In der kurzen Stille, die ihrer Umarmung folgt, schauen seine himmelblauen Augen zu mir und ich sehe *meinen* Ryker. Die Sanftheit, die ich zuerst kennenlernte, ist wieder in seinem Gesicht zu sehen und ich kann nicht glauben, dass ich den gleichen Mann anstarre, der beim letzten Mal, als ich ihn gesehen habe, gerade eine Überdosis geschluckt hatte. Mein Magen verkrampft sich, als mir klar wird, dass wir uns seit damals vor zehn Jahren an der Treppe nicht gesehen oder voneinander gehört haben. Ich sollte wirklich einfach sagen „war schön, dich getroffen zu haben" und gehen.

Aber ich kann es nicht. Er sieht so glücklich aus, mich zu sehen, und ich freue mich wirklich, ihn zu sehen. Ich weiß, dass sein Dad mich angerufen hätte, wenn ihm etwas zugestoßen wäre, aber ganz ehrlich, ich bin froh, dass er am Leben ist.

Ich stürze mich auf ihn – so als würde ich von einem Magneten angezogen werden – und lege meine Arme um seinen Nacken. Seine Hände finden ihren besonderen Platz in meinem Kreuz und er drückt mich fest an sich, dabei lässt er die Papiere fallen, die er in der Hand hatte. Ich kann es nicht beschreiben, denn dafür gibt es einfach keine Worte. Innerhalb einer Sekunde sind alle schmerzvollen Erinnerungen, die ich ein Jahrzehnt mit mir herumgetragen habe, fortgewischt durch das Gefühl seines Dreitagebarts an meiner Schläfe und dem erdigen Geruch, der von seinem Hals kommt. Wir schwanken zweimal vor und zurück, denke ich, bevor ich loslasse und einen Schritt zurück trete.

„Ich kann nicht glauben, dass du *hier* bist." Ich kichere unbeholfen. Ich komme ständig her, lebe seit sieben Jahren in Amherst und habe ihn kein *einziges* Mal getroffen. Nicht ein Mal.

Ryker schiebt seine Hände in seine Hosentaschen. „Ich habe den Vertrag erst letzte Woche bekommen, das ist unsere erste Lieferung."

Mein Gesichtsausdruck muss ihm zeigen, wie verwirrt ich bin.

In seiner Stimme schwingt Stolz mit. „Es ist meine Farm, Nat. Ich habe sie vor zwei Jahren gegründet und dies ist das erste Jahr, in dem wir unsere Produkte verkaufen."

Tosha und ich schauen uns gegenseitig mit großen Augen an. Ich lächle zurück zu Ryker. „Das ist fantastisch, Ryker, freut mich für dich."

„Danke." Seine Augen blicken einen Moment lang nach unten, bevor er beiläufig an meinem Kleid entlang schaut. „Du siehst toll aus, Natalie."

„Du auch." Die Luft ist nicht mehr kalt.

Hinter Ryker hupt ein Lieferwagen.

„Scheiße, hör zu", er schüttelt seinen Kopf, so als ob er eine Million Worte herausschütteln will, „ich muss diese Papiere reinbringen und dann zurück zur Farm. Du solltest mal vorbei kommen und dir alles anschauen." Er hebt die letzte Tasche hoch und gibt sie mir. „Es war toll, dich zu sehen, Natalie." Er schien meinen Namen bei jeder Gelegenheit zu sagen, als müsse er sich davon überzeugen, dass er wirklich mit mir redet. Er drückt meine Schulter sanft, dann hebt er die Papiere auf und joggt hinein.

Nach ein paar Sekunden, in denen ich die Stelle anstarre, an der er gerade noch gestanden hat, drehe ich mich ohne Vorwarnung um und gehe zu Toshas Auto. Als sie einsteigt, hallt das Geräusch des Zuschlagens ihrer Tür ein paar Sekunden durch die Stille.

„Was zur Hölle ist da gerade passiert?" Ich versuche, atemlos ein Schaudern zu unterdrücken.

„Na ja..." Sie versucht, etwas Verständliches zu sagen. Aber was gerade geschehen ist, ist alles, nur nicht verständlich.

„Du solltest mal vorbei kommen?", wiederhole ich Rykers Einladung, als Tosha den Motor startet und aus der Parklücke fährt.

„Ja..."

„Das letzte Mal, als wir uns gesehen haben, habe ich mir eine verdammte Kopfverletzung geholt und jetzt soll ich *mal vorbei kommen?*" Meine verschwitzten Handflächen machen es schwer, eine Faust zu ballen. Das Innenleben des Autos scheint sich zusammenzuziehen, so wie mein Hals.

„Vielleicht hat er Panik bekommen. So wie du ihn umarmt hast?" Toshas Stimme klingt brüchig und mir ist schwindelig.

Wir schaffen es, vielleicht einen Kilometer zu fahren, bevor ich am Ersticken bin und meine Zunge taub ist.

„Stopp. Tosha halt an, stopp!"

Sie fährt rechts ran, neben ein Kornfeld und hat den Gang noch nicht mal rausgenommen, da löse ich schon den Gurt und öffne die Tür. Ich hatte schon seit langer Zeit keine mehr, aber Panikattacken sind nichts Fremdes für mich und ich muss jetzt an die frische Luft. Ich verschränke meine Hände hinter meinen Kopf und schaue hinauf zu den Wolken, atme die frische Luft ein. Auch wenn der Boden aus hartem Schotter besteht, setze ich mich, lehne mich gegen das Auto und halte meinen Kopf in meinen Händen – flehe ihn an, bei meinem Körper zu bleiben.

„Alles okay?" Tosha setzt sich neben mich und zündet sich eine Zigarette an.

Langsam kommt das Gefühl zurück in mein Gesicht und meine Finger, während mein Puls wieder eine normale Geschwindigkeit annimmt. Ich reiße ihr die Zigarette aus den Fingern und nehme einen tiefen Zug, dann lehne ich meinen Kopf gegen das Auto.

„Ich muss nur nach Hause…" Immer noch zitternd gebe ich ihr die Zigarette zurück und klopfe mir den Staub vom Po, bevor ich mich wieder ins Auto setze.

Tosha schaut den Rest der Fahrt zurück zu meiner Wohnung betont auf die Straße. Als wir neben dem Gebäude anhalten, atme ich noch einmal ganz tief durch.

„Kommst du klar?" In ihrer Stimme ist nichts Abfälliges.

„Wusstest du, dass er hier in der Gegend eine Farm hat?", frage ich in Richtung der Windschutzscheibe.

Tosha zuckt mit den Achseln. „Wieso sollte ich?"

„Ich weiß auch nicht, hast du ihn niemals gegoogelt oder sowas?"

„*Warum* sollte ich? Hast *du* ihn jemals gegoogelt?"

Meine Antwort überrascht mich selbst. „Nein, das habe ich nicht. Niemals. Ich war ziemlich beschäftigt, weißt du. Und… ich habe auch nicht an ihn gedacht, bis kürzlich – "

„Das ist totaler Mist, Natalie und das weißt du." Tosha klingt fast verärgert. „Niemand sonst, den ich kenne und der keine direkte Verbindung zum Militär hat, ist strikter, wenn es darum geht, zu Veranstaltungen am Memorial Day oder Vetaran's Day oder am 4. Juli zu gehen."

„Was hat das damit zu tun?", schieße ich zurück.

„Es ist, als hättest du die letzten zehn Jahre damit verbracht, Buße dafür zu tun, dass du verhindert hast, dass er wieder in die Nationalgarde geht, als er sich wieder verpflichten wollte. Als ob du denkst, wenn du die Truppen superaktiv unterstützt, würdest du einen Teil der Schuld begleichen, von der du denkst, du schuldest sie. Du schuldest niemandem etwas, Natalie. Im Gegenteil, du hast vermutlich sein verdammtes Leben gerettet."

Darüber habe ich noch niemals nachgedacht, dass ich ihm vielleicht das Leben gerettet haben könnte. Vermutlich nicht. Schuld ist stärker als Rationalität und ich kaufe ihr nicht ab, was sie sagt.

„Also was mache ich jetzt?" Ich drehe mich mit Tränen in den Augen zu Tosha.

„Du wirst dir über deine Ehe klar, dem was davon übrig ist, und denkst erst an Ryker Manning, wenn du soweit bist. Du hast ihn zehn Jahre nicht gesehen. Vielleicht werden es wieder zehn… wenn du es willst."

Ich lasse ihre letzten Worte in meinem Kopf herumgehen, während ich aus dem Auto aussteige und hinauf zu meiner Wohnung trotte... zu meinem wahren Leben. Als ich die Hand schon auf der Türklinke habe, halte ich kurz inne und versuche zu lauschen, um zu hören, was mich erwartet. Die Stille scheint zu bedeuten, dass die Jungs ihren Mittagsschlaf halten, das erlaubt mir, die Tür mit einem kleinen bisschen weniger Angst zu öffnen, als ich die Treppe hochgestiegen bin.

„Hey", murmelt Eric und starrt zum Fernseher.

„Hey." Ich bringe meine Tasche in die Küche und packe die emotional aufgeladenen Lebensmittel aus.

„Wie ist es bei der Clarks School heute gelaufen?" Eric fragt das nur aus purer Formalität, denn er hat den Fernseher nicht leise gestellt, um die Antwort zu hören.

„Es ist alles okay. Sie haben gesagt, dass wir ziemlich Glück haben, dass Ollie schon sprechen kann und wahrscheinlich schon eine Weile Lippen liest. Er wird trotzdem zu ihren Sprach- und Hörtherapeuten gehen und wir werden alle Gebärdensprache lernen, um ihm alle Möglichkeiten der Kommunikation zu geben." Rykers schiefes Lächeln lässt alle anderen Bilder in meinem Kopf verblassen, während ich versuche, über mein Kind zu sprechen. „Trotzdem", fahre ich mit einem Seufzen fort, „ empfehlen sie uns, ihn anzusehen, wenn wir mit ihm sprechen, damit er von den Lippen ablesen kann. Wir müssen das auch Max beibringen..."

Erics Schritte lassen mich von meinen Worten aufhorchen. Seine Hand fühlt sich fremd an, als er die Stelle berührt, an der Rykers Hand vor einer halben Stunde lag. Ein peinliches Gefühl des Betrugs überkommt mich. Ich halte mich an der Arbeitsplatte fest und lasse meinen Kopf hängen.

„Natalie..." Eric lässt seine Hand hinauf zu meiner Schulter gleiten, während meine Tränen spöttisch über meine Wangen laufen.

Obwohl ich ihm gesagt habe, dass ich ihn nicht liebe und ihm zuvor schon gesagt habe, dass ich ihn hasse, zieht Eric mich in eine tröstende Umarmung. Meine Arme hängen nutzlos an meinen Seiten. Er weiß alles, Eric weiß alles. Er weiß, dass ich ein Semester ausgesetzt habe, weil ich geritzt habe und einen Freund hatte, der emotional fast schon missbräuchlich war, und dass wir beide ein spektakuläres Chaos aus unseren Leben gemacht hatten. Er weiß, dass ich seine Kinder nicht wollte oder heiraten, nur weil es das „Richtige" war. Eric weiß, dass ich nachtragend bin, weil ich meine Wünsche zurückgestellt habe, damit er seine erfüllen konnte. Und trotzdem versucht er, mich zu umarmen.

„Es tut mir leid, Eric." Ich entschuldige mich für Dinge, die ich nicht aussprechen kann. Dinge von vor zehn Jahren und Dingen von gestern. Es tut mir nur leid, dass wir soweit gekommen sind, bevor mir klar wurde, dass ich gehen muss. Es ist, als hätte ich das niemals als Option angesehen.

„Mir auch, Liebes", flüstert er, während er mir sanft über den Rücken streicht. „Ich weiß, dass das hier anstrengend ist, Nat. Aber wir überstehen das, okay?" Er tritt zurück und hält mich auf Armeslänge entfernt. „Du bist eine wunderbare Mutter für die Jungs. Sie können von Glück sagen, dich zu haben." Seine Augen sagen noch etwas anderes, etwas, das ich nicht entziffern kann, aber ich weiß seine Meinung zu schätzen. „Schau", fährt er fort, „am Freitag ist die Abschlussfeier, dann fahren die Jungs zu deinen Eltern und wir haben etwas Zeit für uns, um alles zu klären."

„Ich weiß wirklich nicht, was es da zu klären gibt, Eric." Ich versuche, nicht grausam zu sein, aber ich will nicht, dass er meine Tränen als Kapitulation sieht. Er wird darüber reden wollen, wie wir unseren Weg wieder finden können. Es gibt keinen Weg. Egal wie, ich kann *diese* Unterhaltung jetzt nicht führen.

Meine Augen müssen so leer aussehen, wie sie sich fühlen, denn Eric wirft einen Blick auf mich und lässt seine Arme fallen.

„Wie auch immer." Er geht zurück zu seinem Sessel und widmet sich wieder seinem Fantasy Baseball Team.

„Ja, wie auch immer."

Ich gehe in unser Schlafzimmer und suche in meinem Schrank, bis ich meine alte Jeansjacke finde, an der immer noch stolz die gelbe Schleife hängt. Die Seide in meinen Fingern deutet eine Leichtigkeit und Trost an, die in ihren Fasern nicht existiert. Ich lasse Rykers Lächeln und ehrliche Umarmung wieder vor meinem inneren Auge erscheinen und frage mich, ob er endlich nach Hause gekommen ist. Dann schüttele ich meinen Kopf und hänge die Jacke zurück in meinen Schrank. Der heutige Tag war nur eine Art Wurmloch, durch das Ryker und ich gemeinsam für kurze Zeit gerutscht sind. Er ist am Leben und ehrlich gesagt, ist das mehr als ich erwartet hatte.

Kapitel 24

Endlich. Die Verleihung von Erics Doktortitel. Ich würde lügen, wenn ich sagen würde, dass ich den Urlaub der Jungs am Ende dieses Tages nicht genauso herbeigesehnt habe.

„Ich wette, du freust dich darauf, aus dieser kleinen Wohnung zu kommen und in ein Haus zu ziehen." Meine Mom trifft mal wieder den Nagel auf den Kopf, während sie mir dabei hilft, die Jungs anzuziehen. Sie sind gestern

Abend angereist und haben in einem Hotel am Ende der Straße übernachtet.

„Das wäre schön", stimme ich halbherzig zu, will nicht mehr sagen. Zum Beispiel, dass ich denke, dass Eric und ich niemals irgendwo anders leben werden… zumindest nicht zusammen.

„Du siehst müde aus, Liebes." Meine Güte, sie kann wirklich jede Beleidigung als Besorgnis verpacken. Die Jungs haben ihre blonden Haare von ihr. Sie trägt sie als glatten Bob, der gerade bis unter ihr Kinn reicht.

„Ich brauche eine Pause. Danke, dass du diese kleinen Monster für eine Weile nimmst." Ich lache und kitzle ihre Bäuche durch ihre frisch gebügelten Shirts. „Geht und sucht Grandpa, dann gehen wir." Wir treffen uns alle zu einem späten Abendessen bei Erics Eltern, bevor die Abendzeremonie beginnt. Er musste schon früh gehen für einen Empfang seiner Abteilung und sagte, er würde vor der Zeremonie auch bei seinen Eltern vorbei kommen. Wir werden sehen.

Ich habe meinen Eltern am Telefon von Ollies Hörproblemen erzählt. Trotz meiner Angst vor ihrer eventuellen Reaktion waren sie recht verständnisvoll und sogar noch begeisterter, die Jungs mitzunehmen.

Meine Mom fummelt am Rücken meines knielangen „Doktorfrauen"-Kleides herum, während ich im Spiegel meinen Lippenstift überprüfe. „Ich bin mir sicher, dass du und Eric ein bisschen Ruhe brauchen könnt, nach dem ganzen Stress, den er viele Monate lang hatte."

„Ja", kichere ich und murmele, „*den er hatte*" in mich hinein.

„Was ist?", fragt sie, als sie sieht, wie ich sie durch den Spiegel anstarre.

Ich presse meine Lippen ein letztes Mal zusammen und lächle. „Nichts."

„Marineblau steht dir gut, auch wenn du ein bisschen blass bist. Geht es dir gut?"

Es ist ihr egal, wie es mir geht. Wir sind uns nie nahe gestanden, meine Mutter und ich. Ich weiß nicht, ob es einfach daran lag, dass mein Dad und ich immer über Bücher und Scotch eine Beziehung aufgebaut haben – ja, er hat mich mit fünfzehn Scotch probieren lassen und ich liebte ihn – oder ob sie einfach nicht zur Mutter geboren war. Aber sie steht meinem kleinen Bruder wesentlich näher, der dieses Jahr seinen Abschluss in Cornell machen wird. Er wird in NYC Medizin studieren, also sollte das etwas von meiner ehelichen Schande bereinigen.

„Es geht mir gut, ich bin nur müde. Die ganzen Therapien für Ollie zu arrangieren hat ziemlich viel Zeit gekostet. Glücklicherweise können sie gleich, nachdem sie von euch zurück sind, mit den Jungs beginnen. Sie werden auch mit Max arbeiten. Ihm beibringen, wie er mit seinem Bruder reden kann und ihm dabei helfen, dass er lernen muss, seinem Bruder zu helfen, wenn zum Beispiel mitten in der Nacht ein Feueralarm ausgelöst wird…"

Die Auswirkungen eines Hörschadens werden jeden Tag größer.

„Was hast du diese Woche alles vor?", fragt mein Vater, als wir zu ihm ins Wohnzimmer gehen.

Ich zucke mit den Schultern und streiche nochmal die Shirts der Jungs glatt. „Montag gehe ich vermutlich zur Memorial Day Zeremonie ins Gemeindezentrum – "

Mein Dad und ich schauen uns in die Augen und ich unterbreche mich selbst. Er weiß, dass ich jedes Jahr dorthin gehe; das bin ich, seit Ryker und ich zusammen gekommen waren. Meine Mom weiß es aber nicht. Wusste es nicht. Bis ich es gerade herausposaunt habe. Vielleicht vergisst sie es. Ich werfe aus den Augenwinkeln einen Blick auf ihr Gesicht und sehe, wie sie missbilligend ihre Lippen verzieht, aber kein Wort sagt.

Kann man nicht zu einer öffentlichen Veranstaltung gehen, die die Mitglieder des Militärs ehrt, ohne dass man prüfend angeschaut wird? Nach meiner Mutter zu urteilen nur, wenn das was geschehen ist, nicht geschehen wäre. Ich scheuche die Jungs durch die Tür und ins Auto, bevor sie irgendeine Meinung, die sie darüber hat, äußern kann.

Zwei Stunden später schaut Eric bei seinen Eltern vorbei, um alle zu umarmen und zu küssen, bevor er schon wieder zum Campus muss. Meine Mom lächelt auf eine Art, die sie nur hat, wenn Eric in der Nähe ist. Es ist, als ob er alles für sie zum Guten wendet.

„Ich bin stolz auf dich, weißt du", sage ich, als ich ihn zu seinem Auto begleite. Das bin ich wirklich, auch wenn ich die nagende Eifersucht darüber, dass ich heute nicht mit ihm dort oben stehe, um *meinen* Doktortitel zu erhalten, nicht abschütteln kann.

„Danke Liebes. Ich bin auf dich auch stolz. Du musstest während der letzten Monate viel aushalten."

Jahre, Eric. Jahre.

Die Tatsache, dass er Monate gesagt hat, beweist, wie wirklichkeitsfern er ist.

„Tja, bis später Doktor Johnson." Ich gebe ihm einen flüchtigen Kuss auf die Wange und gehe hinters Haus, um nach meinem Dad zu schauen.

Er steht im Garten neben einem Baum und pafft außer Sicht von den Kindern und meiner Mutter eine Zigarre. Ich stelle mich neben ihn, nehme die Zigarre aus seiner Hand und gebe sie ihm zurück, nachdem ich gepafft habe.

„Wie geht es dir, Kind?" Mein Dad legt seinen Arm um meine Schulter.

Ich lehne meinen Kopf gegen ihn. „Ganz gut, Michael. Ganz gut." Ich kichere, als er mich anstupst, weil ich seinen Name verwendet habe.

„Das waren schon ein paar schwierige Jahre, oder?" Das Sonnenlicht hebt die Tatsache hervor, dass seine Haare – die genauso schwarz wie meine sind – ein paar graue Strähnen haben.

„Ich habe Ryker letzte Woche getroffen, Dad." Anscheinend platze ich die Dinge jetzt einfach so heraus.

Ich kann hören, wie er kurz durchatmet. „Ach ja?"

Die Wahrheit ist, ich konnte es gar nicht abwarten, es ihm zu erzählen. Ich habe mit Tosha nicht weiter darüber geredet, denn in meinem Kopf ging ich die Begegnung immer und immer wieder durch und versuchte für alles eine Erklärung zu finden – aus kosmischer Sicht – komme aber immer wieder zum gleichen banalen Schluss. Es war wie das Zusammentreffen von Weihnachten und Ostern zugleich.

„Mmhmm. Tosha und ich waren bei Atkins und er lud gerade einen Lieferwagen aus. Anscheinend hat er eine Farm…"

„Habt ihr miteinander gesprochen?" Unsere Unterhaltung ist mehr wie von Mutter zur Tochter als von Vater zur Tochter, und das ist okay für mich.

„Wir haben ‚hi' gesagt und dann musste er gehen… er hat gesagt, ich soll mal auf der Farm vorbeischauen."

Ich habe sie gegoogelt. Ich weiß genau, wo sie ist und wie lang es dauern würde, dorthin zu fahren. Sie liegt etwa zehn Minuten vom Zentrum von Amherst entfernt, in Leverett. Ich habe mein Auto aber nicht in diese Richtung gelenkt. Ich habe genug Verstand, um alles so zu lassen wie es ist.

Meine Mutter taucht hinter uns auf, so als käme sie aus dem *du willst mich wohl verarschen Land'*. „Ich hoffe, du hast ihm gesagt, du wärst nicht interessiert."

„Fang nicht damit an, Leslie", versucht mein Dad ihr gleich zu Beginn den Wind aus den Segeln zu nehmen.

Ich hebe meine Hand und unterbreche meinen Dad. „Ich habe ihm überhaupt nichts gesagt, *Mutter*. Wir sind uns einfach zufällig über den Weg gelaufen. Ich habe ihn seit zehn Jahren nicht gesehen."

„Und ich wünschte, es würden weitere zehn werden. Ruiniere nicht alles, Natalie. Eric ist ein toller Mann."

„Willst du mich verarschen?" Ich versuche, meine Stimme angemessen leise zu halten. „Ich laufe jemandem zufällig über den Weg und du denkst sofort, dass ich alles ruiniere… für *dich?*"

„Na ja", meine Mutter verzieht ihre Lippe, „es ist ja nicht so, als hättest du das letzte Jahrzehnt damit verbracht, zu versuchen, etwas aus dir zu machen. Du brauchst Eric, wenn du jemals aus dieser kleinen Wohnung ausziehen willst." Sie ist eine totale Zicke; die Art Frau, die von mir erwartet hat, dass ich in die Rolle der Ehefrau und Mutter schlüpfe. Eine Rolle, von der sie dachte, dass ich selbst schuld daran wäre. Und trotzdem verübelt sie es mir, dass ich meinen Doktor immer noch nicht gemacht habe, so wie sie und mein Vater es geplant hatten.

„Leslie, es reicht!", brüllt mein Vater. Er brüllt, gut für ihn.

Trotz des Lochs, das sie gerade in mein Inneres gestochen hat, hebe ich meine Augenbrauen und schieße zurück. „*Da* ist es. Du weißt, dass ich nicht schwanger geworden bin, um dich zu ärgern, oder? Es tut mir leid, wenn du denkst, dass ich rumrenne und für dich alles ruiniere. Ich werde versuchen, es in Zukunft zu vermeiden. Und übrigens, ich *brauchte* Eric nicht, als ich meinen Master gemacht habe und ich *brauche* ihn jetzt auch nicht." Ich stürme ins Haus, hole die Jungs und setze sie ins Auto, um zur Zeremonie zu fahren. Dabei frage ich mich, was aus Leslie Collins wird, wenn ihre Tochter sich von ihrem Doktor-Ehemann scheiden lässt.

Während Erics Verleihung lächeln wir aber alle das perfekte Familienlächeln.

Am nächsten Morgen, verabschieden Eric und ich uns von den Jungs. Sie sitzen schon in ihren Kindersitzen im Auto meiner Eltern. Ich bin nur froh, dass ich nicht dreieinhalb Stunden mit meiner Mutter in einem Auto sitzen muss.

„Danke, Dad", flüstere ich in sein Ohr, als wir uns umarmen, „für alles."

Er küsst meine Stirn und hält mein Kinn fest. „Ich liebe dich, Kind."

„Ich liebe dich auch."

Ich winke meiner Mutter, die schon im Auto sitzt, höflich zu und schaue zu, wie sie fortfahren. Als Eric und ich wieder in unsere Wohnung gehen, ist die Stille betäubend. Und nicht nur wegen der Abwesenheit der Jungs.

„Zwischen deiner Mutter und dir schien es etwas Spannung zu geben." Eric schlägt ein paar Eier auf und verquirlt sie in einer Schüssel.

„Das ist immer so …" Ich nehme mir ein paar Trauben aus dem Kühlschrank und mache es mir auf der Couch gemütlich. „Wann warst du beim Frisör?"

Eric kichert. „Gestern Vormittag, danke, dass du es bemerkt hast."

Ich verdrehe meine Augen und zucke mit den Achseln. Ich bin froh, dass er zumindest für seine Abschlussfeier ordentlich aussah, wo ich ihn schon seit *Monaten* darum bitte, seine Haare schneiden zu lassen.

„Meine Mutter ist einfach nur verkrampft, das weißt du."

„Und warum dieses Mal?" Eric tut etwas Butter in eine Pfanne und starrt sie an, während sie schmilzt.

Ryker.

„Wer weiß das schon", lüge ich mit Leichtigkeit.

„Hey, einige aus meiner Abteilung treffen sich heute zum Abendessen im ABC, willst du mitkommen?"

Ich kenne vielleicht drei von Erics Kollegen. Nur weil es schwer ist, Babysitter zu finden, was für mich immer eine gute Ausrede war für mein Desinteresse an allem, was mit Chemieingenieurwesen zu tun hat. Ich habe für heute Abend keine Ausrede und ich bin mir zwar nicht sicher, was unsere Zukunft angeht, aber ich bin mir sicher, dass ich unsere erste kinderfreie Nacht nicht damit verbringen will, über unsere Beziehung zu streiten.

„Klar, klingt nach Spaß", lüge ich erneut – dieses Mal mit einem Lächeln.

Eric redet etwas lauter, um das Brutzeln des Omeletts zu übertönen. „Super. Macht es dir etwas aus, mich um acht Uhr zu treffen? Ich muss heute Abend die letzten Dinge aus meinem alten Büro räumen, nachdem die letzten Studenten weg sind, dann komme ich her."

„Klar, ich sehe dich dann um acht." Ich stehe auf, um duschen zu gehen.

„Das ist ein Date." Er lächelt und zieht mich in einen Kuss, als ich an ihm vorbei gehe.

Er ist in einer schrecklich guten Stimmung für jemanden, dessen Ehe gerade zerfällt. Es scheint mir, dass er wahrscheinlich denkt, dass ich es nicht ernst meine mit meiner Sicht der Dinge zwischen uns. Und das macht mich nervös, wenn ich an die Unterhaltungen denke, die noch kommen werden.

Kapitel 25

„Hi", flüstere ich und lächle dabei. Ich bin mir sicher, dass ich rot werde wie ein Teenager.

Ryker hält mir die Tür auf, das All-American-Lächeln, nach dem ich mich gesehnt hatte, ist zurück. „Ich hätte nicht gedacht, dass du wirklich kommst."

Um ehrlich zu sein, war ich nicht sicher, ob ich es tun sollte. Aber nachdem ich ihn bei der Markthalle gesehen habe, ging mir Ryker nicht mehr aus dem Kopf. Ein Besuch konnte nicht schaden. Vielleicht brauchten wir beide einen Abschluss… oder sowas. Sicherlich zählte ein einstweiliges Kontaktverbot und sich zehn Jahre nicht sehen nicht als Abschluss.

„Manning Farms? Wie könnte ich nicht vorbei kommen?" Ich gehe durch den ersten Stock des alten Farmhauses und lasse meine Hände über die Holzvertäfelung gleiten, die zur Küche führt. „Das hast du wirklich gut gemacht, Ry." Als ich mich umdrehe, sehe ich, dass er sich gegen den Türrahmen gelehnt hat.

„Danke." Er zuckt mit den Schultern, seine Augen blicken weiterhin in meine.

Ich gehe zur Spüle und stelle mich auf meine Zehenspitzen, um durch das kleine Küchenfenster auf die Felder zu schauen. „Wie lange hat das alles gedauert? Ich meine… wie lange betreibst du schon Landwirtschaft?"

Etwas an der Luft ändert sich. So wie auch seine Stimme. „Nur ein paar Jahre. Du weißt schon, nachdem ich darüber hinweg gekommen bin, dass du mich total verraten hast."

Ich erstarre vor Entsetzen, denn als ich mich zu ihm umdrehe, trägt er eine Kampfuniform, die er nicht anhatte, als ich ankam. Er ist blass und schwitzt, genau wie in der Nacht, in der ich ihn das letzte Mal gesehen habe. Und er hat eine Pistole in der Hand. Mein Herz pocht unregelmäßig in meiner Brust, während ich meine Fluchtmöglichkeiren abwäge.

„Was?" Ich denke, ich sollte ihn weiterreden lassen.

„Du hast mich zerstört, Natalie – mein Leben ruiniert. Der kleine Stunt, den du in deinem Wohnheim vollbracht hast, hat mich *alles* gekostet." Er schaut mich mit zusammengezogenen Augenbrauen an, während er ein, zwei, drei Schritte auf mich zukommt.

„Ryker..." Ich greife auf meine alte Schatzkiste zurück und versuche seinen Namen zu sagen, um ihn daran zu erinnern, dass er in der Realität ist. Währenddessen verlieren meine Handflächen den Kontakt zur Arbeitsplatte.

„Soldat sein war alles, was ich sollte, Nat..." Mir stockt der Atem, als er den Griff dessen hebt, von dem ich denke, dass es eine Pistole ist.

„Du *bist* Soldat, Ryker. Du hast gedient – "

„Du weißt, was ich meine!", brüllt er, während der Lauf der Pistole mir eine Sekunde lang direkt ins Gesicht zeigt. Es scheint ihn auch zu überraschen und er senkt seine Hand wieder auf Hüfthöhe. „Siehst du? Ich kann nicht aufhören, dir wehzutun. Sogar jetzt. Sieh dich nur an." Er zeigt mit seinem Kinn in meine Richtung.

Als ich nach unten starre, sehe ich, dass jeder Schnitt, den ich je gemacht habe, offen ist und es an meinen Armen und Beinen überall blutet.

Was zum Teufel? Ich muss hier raus. Das ist nicht real. Was passiert hier?

Ryker hält die Pistole an seinen Kopf, als ich wieder aufschaue.

„Ryker. Ryker... nicht." Ich bekomme Panik und flehe ihn an aufzuhören.

„Ich kann nicht mehr, Nat. Nicht mehr. Lucas, du, mein Dad... ich habe zu vielen Menschen wehgetan. Es muss aufhören." Er runzelt seine Stirn, als er seine Augen schließt und etwas flüstert, dass ich nicht hören kann.

„Nicht! Ryker! Ryker!"

Er drückt den Abzug und ein Geräusch, das ich noch niemals zuvor gehört habe, durchfährt mich. Ich falle auf meine Knie, lande in Blut – ich weiß nicht, ob es von mir oder von ihm stammt.

„Gott, Ryker, nein! Es tut mir leid. Es tut mir so sehr leid! Bitte..."

„Natalie! Wach auf!" Ich drehe mich um und auf einmal steht Eric an der Spüle und streckt seine Hand aus.

Ich wedle abweisend mit meiner Hand. „Geh weg!"

„Wach auf. Wach auf!", sagt er erneut.

Meine Schultern beginnen zu zittern, aber nicht, weil ich weine.

Ich muss aufwachen...

Von einer Sekunde auf die andere sitze ich am Rand meines Bettes, meine Füße berühren den Boden. Ich japse laut nach Luft, meine Haut ist verschwitzt und ich zittere.

Heilige Scheiße.

Als eine Hand auf meiner Schulter landet, zucke ich zusammen und entspanne mich erst wieder, als mir klar wird, dass es Eric ist. Für einen Moment fühle ich mich desorientiert, weil durch die Fenster Tageslicht kommt. Ich werfe einen Blick auf die Uhr und sehe, dass es erst drei Uhr nachmittags ist. Ich war ins Schlafzimmer gegangen, um ein bisschen zu lesen, und bin dann wohl eingeschlafen.

„Heiliger Gott, Natalie, was war das?" Er kniet sich vor mich und schaut mich mit einer Besorgnis an, die ich bisher nur einmal bei ihm gesehen habe.

„Ein Traum… Albtraum… habe ich etwas gesagt?" Ich bemerke, dass mir immer noch Tränen übers Gesicht laufen. Ich kann sie nicht aufhalten.

„Du hast geschrien, dass Ryker aufhören soll." Erics Gesicht verzieht sich unbehaglich, als er Rykers Namen ausspricht.

Ich nicke und schlucke, bitte meine Nerven, nicht mehr zu zittern und mein Herz, wieder in normaler Frequenz zu schlagen.

„Merkwürdig…", ist alles, was ich schaffe zu äußern. Es gibt keinen Weg Eric den Albtraum zu erklären, ohne ihm zu sagen, dass ich Ryker getroffen habe. Ohne ihm zu sagen, dass ich die Schuld, sein Leben ruiniert zu haben, immer noch mit mir herumtrage und mir deshalb an manchen Tagen das Atmen immer noch schwerfällt.

„Geht's dir soweit gut?"

Sehe ich verdammt nochmal aus, als ginge es mir gut?

Ich nicke. „Ich brauche nur eine Dusche und einen Drink", kichere ich mehr für mich selbst als für ihn. „Der Plan für heute Abend steht noch, oder?"

„Ja. Bist du sicher, dass es dir gut geht? Ich war gerade dabei hinauszugehen, um beim Umzug der Büros zu helfen, aber ich werde bleiben – "

„Nein, geh. Es ist alles gut."

Das letzte, was ich brauchen kann, ist Eric, während ich versuche zu verarbeiten, was zur Hölle gerade in meinem Unterbewusstsein verrückt gespielt hat.

Eric stößt ein Seufzen aus, eindeutig mehr eines der Erleichterung als der Resignation. Dann küsst er mich auf die Wange. Ich zucke ein bisschen zurück – aber vielleicht ist es auch nur innerlich, denn er scheint es nicht zu bemerken – und dann ist er auch schon zur Tür hinaus.

Jetzt seufze ich auch, lande mit meinem Kopf auf meinem Kissen und gebe Schluchzer von mir, die noch aus meinem Traum kommen – Schluchzer, die sich anfühlen, als kämen sie vom Beginn der Zeit – bis ich mich würgend mit einer Klinge in der Hand im Bad wiederfinde.

Dieses Mal wähle ich eine neue Stelle. Eine, die ich noch niemals zuvor verwendet habe. Das Innere meines Arms, nur ein paar Zentimeter von meiner Armbeuge entfernt. Ich bekomme vor Erwartung eine Gänsehaut am Kopf, als ich meine Augen schließe und die Klinge an meine Haut lege. Der Moment des Kontakts flutet mich mit Erleichterung, befreit mich aus der Hölle, die dieser Albtraum war. Die zweite Runde ist für die Familie, die ich zerbrechen werde. Ich schäme mich dafür, dass ich einen kleinen Jungen, der taub werden wird, dazu zwingen werde, in zwei verschiedenen Elternhäusern zu leben, und ritze weiter. Wegen ihm. Wegen mir. Weil ich unsere Leben zerstören werde.

Darin bin ich anscheinend gut.

Zwei Stunden später habe ich mich soweit zusammengerissen, dass ich mich mit Tosha auf einen Drink treffen kann, bevor ich mich Eric und seinen Kollegen stellen muss. Dann höre ich sein Handy in der Küche klingeln.

Super. Er hat es hier vergessen.

Ich rufe Tosha an.

„Hey, ich werde ein paar Minuten später kommen. Ich werde kurz bei Erics Büro vorbeifahren und ihm sein Handy bringen. Er hat es in der Küche liegen lassen."

„Oh, scheiß auf ihn." Ich kann förmlich sehen, wie sie ihm im Geiste einen Vogel zeigt.

„Tja, das Ding bimmelt alle fünf Sekunden, weil E-Mails und anderer Mist reinkommt. Es ist nervig. Ich treffe mich erst in ein paar Stunden mit ihm und falls ich mich entschließe kurzfristig abzusagen, muss er sein Handy bei sich haben."

„Gutes Argument. Beeil dich."

„Im Judie's, richtig?"

„Natürlich. Ich sehe zu, dass ein Martini auf dich wartet."

„Mach ihn extra stark. Ich werde es dir nachher erklären." Ich muss Tosha von dem Traum erzählen. Als wir noch am College waren, haben wir ständig unsere Träume analysiert. Na ja, bis meine wirklich beängstigend wurden und ich ihr nicht mehr davon erzählt habe.

Während ich über den Campus fahre, entschließe ich mich, bei meinen Eltern anzurufen und zu sehen, wie es den Jungs geht.

„Hallo?" Die Stimme meines Dads klingt fröhlich und verspielt.

„Hey Dad, ich rufe an, um zu sehen, wie es meinen kleinen Männern geht."

„Jungs, wollt ihr mit Mommy reden?"

Sie jubeln ihre Antwort und mir wird plötzlich klar – ich weiß nicht, wie lange ich noch mit Oliver werde telefonieren können. Und dann? Skype? Was haben die Leute gemacht, bevor es Skype gab?

Mein Dad stellt das Telefon auf Lautsprecher. „Hi Mommy!", rufen sie gemeinsam.

„Habt ihr Spaß?" Ich zwinge mich zu einer fröhlichen Stimme, trotz des Nilpferds, das auf meiner Kehle sitzt.

„Ja!" Dann kommt ein Wortschwall über die Dinge, die sie gemacht und die coolen Sachen, die sie gegessen haben. Sie klingen glücklich und ich muss mich daran erinnern, dass das im Moment das Wichtigste ist.

Bis ich ihnen sage, dass Mommy und Daddy nicht mehr zusammen wohnen werden. Was ich nicht tun kann, bis Eric einsieht, dass es das ist, was gerade passiert.

Seufz...

Ich verabschiede mich von ihnen und meinen Eltern, als ich auf den Parkplatz vor Erics Gebäude fahre. Ich sehe sein Auto und bin froh, dass die neuen Büros nicht in einem anderen Gebäude liegen, sonst wäre ich aufgeschmissen.

Ich stelle das Auto ab und drucke meinen Kopf einen Moment lang gegen die Kopfstütze, versuche immer noch diesen Albtraum aus meinem Kopf zu bekommen. Ryker sah glücklich aus, als ich ihn beim Atkins Markt gesehen habe. Und gesund. Und wir haben uns umarmt. Trotzdem kann ich dem Schaudern nicht entkommen, das von dem Schuss in meinem Albtraum kommt. Währenddessen öffne ich die Tür und gehe zu Erics Bürogebäude.

Ich gehe zuerst zu Erics altem Büro, da ich nicht genau weiß, wo sein neues ist. Ich denke mir, wenn noch jemand anderes hier ist, dann können sie mir den Weg zeigen. Als ich dank des kaputten Aufzugs die Treppe hinaufsteige, bin ich dankbar, dass mir keine Militär-Freundinnen über den Weg laufen, so wie beim letzten Mal, als ich hier war. Mit ein bisschen Glück werden heute keine weinenden Studentinnen in seinem Büro sein, da das Semester ja vorbei ist. Als ich um die Ecke zu seinem Büro gehe, höre ich Erics Stimme einen Augenblick lang, bevor er still ist, so als würde er telefonieren – das bedeutet, ich muss nicht auf die Suche nach ihm gehen.

An seiner Tür stolpere ich fast, als ich ihn vor einer Frau stehen sehe, die auf seinem Schreibtisch sitzt. Es liegt nicht daran, dass ich sie hier zusammen sehe, sondern an der Tatsache, dass sie ihre Beine um seine Waden geschlungen hat und ihre Zungen im Mund des anderen sind, während seine Hände an ihrem Hals liegen, dass ich sein Handy fallenlasse und dabei zusehe, wie es in eine Million Stücke zersplittert.

Kapitel 26

Das Geräusch, das ein vierhundert Dollar teures Telefon verursacht, wenn es auf den Boden fällt, ist das Einzige, das Eric ablenkt vom Mund der Frau, die auf dem Tisch sitzt... ihre Beine umschlingen ihn. Ich bin kurzzeitig zufrieden, beim Anblick des blanken Horrors, der auf ihren beiden Gesichtern erscheint, als ihnen klar wird, dass sie ertappt wurden. Von der letzten Person, die sich einer von ihnen wünschen konnte. Erics Ehefrau. Die Tatsache, dass ich nicht seine Frau sein will, ändert nicht viel daran, dass ich es immer noch bin. Und er hielt ihren Hals, während er sie küsste mit mehr Leidenschaft fest, als er mir je geschenkt hat.

Ich schaue die Frau nicht an. Sie ist unwichtig. Eric wünscht sich, dass ich sie anschaue, das weiß ich. Dadurch würde er einen Augenblick vor dem Blick, mit dem ich ihn anschaue, verschont sein.

Ich rede zuerst. „Du hast dein Telefon zu Hause vergessen."

Ich schiebe das kaputte Telefon mit meinem Fuß in seine Richtung. Als es seinen trifft, drehe ich mich auf dem Absatz um und gehe vorsichtig den Gang entlang, dabei pocht mein Herz in meinen Ohren und mir dreht sich der Magen um.

„Natalie, warte!" Erics Schritte sind ungleichmäßig, als er mir hinterhergeht.

Ähm. Nein.

Ich drehe mich nicht um. „Bleib verdammt nochmal fort von mir, Eric." Ich schaffe es, eine ruhige Stimme zu behalten.

Er hat die Dreistigkeit, nach meinem Unterarm zu greifen, während ich die Tür öffne, um dann die Treppe hinunter zu gehen.

„Bitte, Natalie…"

Ich halte an und schaue mir die Finger des Bastards an, die in meine Haut drücken, bevor ich ihm langsam in die Augen schaue. Die Wut, die in mir kocht, ist beängstigend.

„Was wirst du mir sagen? Was kannst du schon zu sagen haben? Das war das erste Mal? Dass ich genau *in dem Moment* reinkam, an dem du sie zum ersten Mal geküsst hast? Das sah zu vertraut für einen ersten Kuss aus. Obwohl ich mich nicht mehr an meinen letzten ersten Kuss mit *dir* erinnern kann."

Er öffnet seinen Mund, aber ich hebe meine Hand.

„Wie lange geht das schon?"

Verzweifelt fährt er sich mit seinen Händen durchs Haar und öffnet und schließt seinen Mund ein paar Mal, um zu versuchen, etwas zu sagen. Es klappt nicht.

„So lange, ja? Lass mich dich eines fragen", ich lasse schließlich die Tür zum Treppenhaus zufallen und verschränke meine Arme vor meiner Brust, „warum? Warum hältst du mich hin – hältst deine Familie hin – während du schon eine andere fickst –"

Eric unterbricht mich. „Wir haben keinen Sex, Natalie."

„Ha!" Ich kann mein hysterisches Lachen nicht unterdrücken. „Du erwartest doch nicht etwa, dass ich dir das *glaube*? Sag mir zumindest, dass du dich geschützt – weißt du was? Es ist egal. Ich muss mich trotzdem untersuchen lassen." Ich hebe mein Kinn in Richtung seines Büros, bevor ich ihn angeekelt von oben bis unten anschaue. „Ich hoffe, sie ist es wert." Dann öffne ich die Tür und rase die Treppe hinunter.

Kurz habe ich Angst, dass er hinter mir her rennen wird, aber seien wir ehrlich, das würde er nicht wagen. Ich bin drei Nanosekunden davon entfernt, eine riesige Szene zu machen, und das scheint er zu spüren. Er ist weise genug, auf der anderen Seite der Brandschutztür zu bleiben.

Mit der Vorsicht einer Fahranfängerin fahre ich vom Campus und biege nach links zur Amity Street ab. Das Schicksal hat dafür gesorgt, dass direkt vor Judie's ein Parkplatz frei ist, also fahre ich hinein und stelle den Motor ab, bevor ich weinend zusammenbreche. Egal was ich während der letzten paar Monate Eric gegenüber gefühlt habe, ich habe nicht mal im Traum daran gedacht, eine Affäre zu beginnen. Das würde ich ihm niemals antun. Uns antun. Unserer Familie. Ich sollte begeistert sein, dass sein Verhalten mir die Gelegenheit gibt, ihn zu verlassen, ohne mich schuldig zu fühlen, stattdessen fühle ich mich dreckig. Benutzt. Verschmäht.

Ein Pochen an der Beifahrertür lässt mich meinen Kopf vom Lenkrad heben. Tosha klopft wie eine Verrückte. Ich entriegle die Tür und sie steigt ein.

„Natalie, was zur Hölle? Was ist los? Eric hat mich in den letzten fünf Minuten fünfzig Mal angerufen. Er hat mich gefragt, ob ich dich gesehen habe. Was zur Hölle?"

Ich öffne meinen Gurt, lehne mich über die Mittelkonsole und lege meinen Kopf auf ihren Schoß, bin immer noch nicht in der Lage, etwas zu sagen.

„Geht es den Jungs gut?", fragt sie, während ihre Hand über meinen Kopf streichelt.

Ich nicke. Nach ein paar Minuten setze ich mich auf, hole tief Luft und erzähle ihr, was ich gesehen habe. Ihre Augen versuchen, nicht aus ihrem Kopf zu fallen, während sie sich eine Zigarette anzündet.

„Was für ein verdammtes Arschloch." Sie atmet aus und gibt mir die Zigarette. „Weißt du, wie lange das schon geht?"

Ich schüttele meinen Kopf. „Es ist nicht wirklich wichtig, oder?"

Sie schüttelt den Kopf. „Nein. Also, ich gehe mal davon aus, dass du heute Nacht bei uns übernachtest?"

„Ja. Ich muss nach Hause gehen und meine Sachen holen. Alles. Ich werde eine Tasche packen und den Rest in meine Lagereinheit packen."

Sie grinst leicht. „Hast du die immer noch?"

„Natürlich."

Als Eric und ich entschieden hatten, zusammen in seine Wohnung zu ziehen, habe ich die meisten meiner Möbel und viele Kartons mit Erinnerungen aus meiner Studienzeit in eine Lagereinheit gestellt, um sie aufzubewahren, bis wir etwas größeres gefunden haben. Ein Haus. Für unsere Familie. Ich habe es vermieden, die Kartons zu durchstöbern, die die Person zeigten, die ich mal gewesen bin, also bin ich schon ein paar Jahre nicht mehr dort gewesen. Ich zahle nur jeden Monat die Rechnung und halte mein Ich hinter einer Garagentür verschlossen.

„Willst du, dass ich mitkomme, für den Fall, dass er dort ist?"

„Ja."

„Wirst du deine Eltern anrufen?"

Gott.

„Noch nicht", seufze ich, „die Jungs werden eine ganze Woche dort sein. Ich bin mir sicher, dass er schlau genug ist, sie nicht anzurufen, also werde ich ein paar Tage Zeit haben, einige Dinge zu regeln. Lass uns fahren."

Tosha bleibt in meinem Auto und wir fahren die fünfundvierzig Sekunden dauernde Strecke zum, meiner Meinung nach, hässlichsten Gebäude in der Amity Street. Erics Auto ist nicht dort, also arbeiten Tosha und ich schnell daran, alle meine Klamotten und Hygieneartikel in so wenig Müllsäcke, wie möglich zu packen. Trotz meines Verlangens, Eric meine Gefühle voll spüren zu lassen, bete ich darum, dass er erst nach Hause kommt, wenn ich weg bin. Ich kenne mich gut genug, um zu wissen, dass ich Zeit brauche, um mich zu beruhigen, sonst mache ich alles vermutlich nur noch schlimmer.

Als wir zum zweiten Mal zum Auto gehen, fährt Eric in die Einfahrt und folgt uns die Treppe hinauf. Ich tue mein Bestes, um ihn zu ignorieren. Tosha geht vor mir ins Schlafzimmer und packt Pullover in einen Sack.

„Natalie, warte! Hör mir zu. Was zur Hölle machst du da?" Eric ist nur wenige Zentimeter hinter mir. Als ich abrupt anhalte, rennt er auf mich drauf.

„Ich verlasse dich", sage ich und drehe mich um.

Er wirft seine Arme in die Luft. „Einfach so? Das war's?"

„Nein", sage ich verächtlich, „nicht einfach so. Ich habe dich schon vor langer Zeit *verlassen*, Eric. Jetzt nehme ich nur meinen Körper und meine Sachen mit."

Tosha schiebt sich mit einem Sack an mir vorbei, schaut Eric nicht in die Augen, dann nimmt er ihr den Sack ab.

„Lass das, Natalie. Atme erstmal – " Er hört auf zu sprechen, als Tosha ihm den Sack wieder abnimmt. „Gott, Tosha, verschwinde, verdammt nochmal. Das geht dich nichts an."

„Wie bitte?", furchtlos stellt sie sich vor ihn. „Es geht mich ganz sicher etwas an, wenn meine beste Freundin durch ihren herumhurenden Ehemann in Gefahr gebracht wird. Du bist so ein mieses Stück Dreck, weißt du das?" Sie stürmt mit dem Sack in der Hand zur Tür.

Er ruft ihr hinterher: „Verschwinde aus meiner Wohnung, du neugierige Zicke."

„Sprich nicht so mit ihr." Ich drehe mich in Richtung des Schlafzimmers um, aber er greift nach meinem Arm. „Lass mich los oder ich werde um Hilfe schreien." Ich spreche gerade langsam genug, dass er weiß, dass ich es ernst meine.

„Können wir darüber reden, Natalie? Du kennst nicht-mal – “

„Was?“, unterbreche ich ihn. „Die Fakten. Habe ich. Die Details? Will ich nicht wissen. Du hast mich und die Jungs die letzten fünf Jahre mit dir herumgetragen, damit du wie ein liebender Vater und ungestümer Ehemann ausse-hen konntest, und der perfekte Doktorand. Mein Gott, wie *macht* er das nur? Und dabei vögelst du eine Kollegin auf dei-nem Schreibtisch.“ Meine Stimme bricht beim letzten Satz.

Eric greift nach meinen Schultern. „Du hast mich nicht angefasst, außer wenn ich gebettelt habe, Nata – “

„Nein!“, schreie ich. „Mach mich *nicht* dafür verantwort-lich. Ich hatte während des letzten Jahres eine schreckliche Depression und du denkst, ich wäre es leid Mutter zu sein. Ich habe *Probleme*, Eric und ich habe versucht, sie zu ig-norieren, um ein Arschloch zu unterstützen, von dem sich rausstellt, dass er sich einen Scheiß um mich schert.“ Ich schüttele mich aus seinem Griff frei. „Wenn ich dir nicht gut genug war, dann hättest du zumindest Mann genug sein müs-sen, mich zu verlassen, bevor du mit jemand anderem etwas anfängst. Das wäre das Mindeste gewesen. Stattdessen lässt du mich wie eine Idiotin aussehen und noch viel schlimmer fühlen. Entschuldige mich. Ich gehe.“ Ich schnappe mir die letzten Sachen und trage sie unbeholfen die Treppe hinunter.

Während er uns dabei zusieht, wie wir fortfahren, kann ich sehen, wie der Kampfgeist aus seinem Gesicht verschwin-det. Tosh und ich fahren zu der Lagereinheit. Nachdem ich mich in dem Komplex ein paarmal verlaufe, finde ich meine Einheit und öffne zitternd die Tür.

Es ist ziemlich trostlos, auf die Dinge zu starren, die früher hervorgehoben hatten, wer ich war. Ein Ohrensessel, den ich in einem Antikladen gekauft hatte und hier einge-lagert habe, als ich entschieden hatte, dass ich nicht wollte, dass Kinder ihn beschmieren. Und Bücherregale, die nicht zwischen die Stellen an der Wand passten, die Eric für sich beansprucht hatte. Ich habe mich niemals darüber beklagt. Was hätte das gebracht?

Ich gehe nach hinten, um ein paar Müllsäcke mit Winterkleidung auf ein paar andere Kleidungsstücke zu legen, als ich sie sehe. Eine Kiste, auf der „Ryker" steht. So zu tun, als würde ich nicht hinschauen, ist witzlos, aber jetzt bin ich unsicher, ob ich sie auch nur anfassen will.

„Was schaust du da an?", fragt Tosha, als sie über ein paar Kisten steigt und zu mir nach hinten kommt.

„Oh… weißt du… eine Kiste mit Rykers Briefen aus dem Krieg." Ich verdrehe meine Augen, während die Worte höhnisch aus meinem Mund kommen.

„Natürlich", sagt sie mit ausdruckslosem Gesicht. „Tja, du kannst sie ignorieren… oder mit in meine Wohnung nehmen und wir können uns total besaufen, während wir Briefe des letzten Mannes lesen, der dich verdient hat."

Ihre Worte schockieren mich. „Was? Ich dachte, du hasst Ryker?"

Sie legt ihren Arm um meine Taille. „Nein, ich hasse Eric. Das habe ich schon immer. Was ich an Ryker gehasst habe, war, dass er sich nicht helfen ließ, und dass du dich mit einer Rasierklinge selbst behandelt hast. Und das war noch nicht mal seine Schuld oder deine. Ihr beide hattet etwas Besonderes – es waren die Umstände, die scheiße waren."

Ihre Enthüllung – das Gegenteil von dem, was ich die letzten zehn Jahre geglaubt habe – führt dazu, dass ich nach der Kiste greife.

„Wir werden eine große Flasche Wodka brauchen." Ich gehe an ihr vorbei und lege die Kiste auf den Rücksitz ihres Autos.

„Kannst du haben."

„Hast du jemals darüber nachgedacht, das hier wegzuschmeißen?", fragt Tosha, als wir die Kiste eine Dreiviertelstunde später sorgfältig auspacken.

Ich schaue nicht auf, während ich den Wodka eingieße. „Niemals."

„Nicht ein einziges Mal?" Sie hebt ihre Augenbraue.

„Nicht ein einziges Mal." Ich gieße noch ein bisschen mehr Wodka in mein Glas.

Trotz allem, was geschehen war, hatte ich diese Briefe festgehalten, als würde mein Leben davon abhängen. Sie waren das Einzige, was mich daran erinnerte, dass die guten Zeiten real gewesen waren und die schlechten ein Albtraum, aber nicht die Norm waren. Ich schmuggelte sie mit, als mein Dad mich vom Krankenhaus nach Hause brachte und flehte ihn an, sie irgendwo zu verstecken, wo meine Mutter sie niemals finden würde; sie hätte sie ganz sicher weggeschmissen. Also hat mein Dad sie in der Garage versteckt, wo er auch seine Zigarren verbarg. Als ich mein Studium wieder aufnahm, habe ich sie wieder mitgenommen.

„Weiß Eric von ihnen?"

„Ja. Er weiß, dass sie existieren, aber ich habe ihm gesagt, dass ich sie zu Hause gelassen habe, in Pennsylvania…"

Tosha und ich trinken eine Menge Wodka, während wir Rykers handschriftliche Briefe durchgehen, die er mir vor tausend Jahren aus Afghanistan geschickt hat. Wir begießen jedes einzelne Wort; einige lustig, einige traurig, aber alle voll der Liebe, die er für mich empfunden hat. Ich denke, sie ist irgendwann auf Wasser umgestiegen, aber eine Stunde später bin ich bei meinem dritten Drink, als ich einen weiteren Brief in die Hand nehme.

1. Februar 2002
Natalie,

*ziemlich doof, dass ich vor unserem ersten Valentinstag ab-
gehauen bin, oder? Ich hoffe, dieser Brief erreicht dich vorher. Es
tut mir leid, dass ich während der letzten Tage keine Gelegenheit
hatte, dich anzurufen. Hoffentlich haben wir miteinander gesprochen, bevor du diesen Brief erhältst.*

*Danke für deine Briefe. Ich weiß, das sage ich jedes Mal, aber
ich kann es nicht oft genug sagen. Es kommt mir wie eine Ewigkeit vor, dass ich mich von dir verabschiedet habe, auch wenn erst
etwas mehr als zwei Monate vergangen sind. Ich könnte fragen,
wie es im Studium so läuft, aber eigentlich ist es mir egal. Ich will
nur wissen, wie es dir geht. Einige der Männer haben Frauen
und Freundinnen, die anscheinend zusammenbrechen. Wenn du
dich auch so fühlst, rede bitte mit jemandem, Nat. Versprichst du
mir das?*

Gott, ich vermisse dich.

*Ich liebe dich so sehr, Natalie, und wenn ich nach Hause kom-
me, werde ich dich lieben, bis du mir sagst, dass ich damit aufhören
soll. Aber bitte tu das nicht. Sag mir nicht, dass ich aufhören soll.*

Ich liebe dich.

Mit allem, was ich bin.

- Ry

Wodka brennt in meinem Hals, als ich mich daran erin-
nere, dass er es hasste, wenn jemand außer mir ihn Ry nannte.
Er hat jeden Brief mit „Ry" unterschrieben, als wäre es seine
Art, ihn mit einem Kuss zu versiegeln.

„Na ja, das, was wir hier machen, ist ziemlich brutal."
Mein Zahnfleisch ist taub. „Warum hast du das hier nochmal
vorgeschlagen?", lalle ich Tosha an.

„Ich habe mir gedacht, dass es besser wäre, deine gesamte
Aura auf einmal zu reinigen, anstatt Stück für Stück. Wirst
du jemals an dein Telefon gehen? Eric hat tausend Mal angerufen."

Ich ignoriere ihre Frage. „Also. Ich habe Ryker geliebt. Er hat mich geliebt. Dann kam die PTBS daher und hat uns beide total verarscht, und irgendwie sitze ich nun hier." Ich schaue mich in ihrer Wohnung um. „Vielleicht hätte ich bei ihm bleiben sollen – "

„Stoppe genau hier. Der Sinn dieser Übung ist, dich daran zu erinnern, dass du das Richtige getan hast. Du warst damit einverstanden, eine Beziehung mit dem Mann zu haben, der diese Briefe geschrieben hat. Nicht mit dem, der nach Hause kam – "

„Es war nicht seine Schuld, Tosha!", fahre ich sie an.

Sie holt tief Luft. „Ich weiß, dass es das nicht war, Natalie. Aber es war seine Schuld, sich nicht helfen zu lassen und dich anzulügen und zu sagen, dass er es tat…"

„Er war krank", flüsterte ich.

„Mmhmm." Sie steht auf und setzt sich neben mich, legt ihren Arm um meinen Hals. „Und du auch. Wenn man an das letzte Mal denkt, an dem ihr euch getroffen habt, können wir von Glück sagen, dass ihr beide noch am Leben seid. Du kannst dich dafür verurteilen, Natalie. Du hast sein Leben nicht ruiniert. Du hast es vermutlich gerettet. Du hast ihn gesehen, er sieht gut aus. Es ist Zeit, die Schuld hinter dir zu lassen." Sie schiebt meine Haare hinter mein Ohr und küsst mich auf die Wange.

Ich lehne meinen Kopf gegen ihre Schulter, während sie weiterredet. „Ich will damit nicht sagen, dass ich denke, dass *Ryker* der einzige Mensch ist, der dich auf diese Weise lieben kann. Ich will sagen, dass du der Art von Liebe würdig bist, die sich in den Blättern dieser Briefe findet, Nat. Hörst du mich? Aber, es muss zuerst von dir kommen. Du musst zuerst dich selbst wieder lieben. Verstanden?"

Ich lasse meinen Kopf auf ihrer Schulter liegen und sitze in dieser unheimlichen Stille da, bis ich einschlafe.

Kapitel 27

Ich bin noch nicht bereit, mit Eric zu reden. Oder mit dem Trinken aufzuhören. An diesem Morgen mussten Tosha und Liz aufbrechen, um für ein paar Tage ihre Eltern zu besuchen, und überließen mich mir selbst. Ich denke, sie hat den restlichen Wodka genommen und ausgeschüttet. *Oh, nein, ich habe ihn getrunken.* Ich verbringe den Vormittag damit, Rykers Briefe nach Datum zu sortieren. Vielleicht lasse ich sie zu einem Buch binden.

Oder werfe sie weg.

Den Nachmittag verbringe ich damit, darüber nachzudenken, was eine gesunde Vorgehensweise wäre, dann unterbricht mich ein Klopfen an Toshas Tür.

„Wer ist da?", frage ich und gehe zur Tür.

„Natalie, ich bin es, lass mich rein." Eric klingt total erschöpft.

Tja, ich habe keinen Alkohol mehr und anscheinend auch kein Glück. Ich öffne die Tür.

„Was."

Gut, er sieht scheiße aus.

Es scheint ihm schwer zu fallen, mir in die Augen zu schauen. „Kann ich reinkommen?"

Ich lasse die Tür offen, während ich zurück zur Couch gehe. Eric macht Anstalten, sich neben mich zu setzen.

„Ich habe dich nicht aufgefordert, dich zu setzen."

Er hebt seine Hände ohne Protest. „Wirst du mich zumindest anschauen?"

„Ich denke nicht, dass ich das kann." Ich bin ehrlich und wage es, ihn daran zu erinnern, dass er das an mir mag.

„Nat..."

„Nenn. Mich. Nicht. Nat", knurre ich, als ich ihm schließlich in die Augen blicke.

Ich kann sehen, dass er geweint hat, weil seine Augen geschwollen sind oder weil er einen ziemlichen Kater hat. Wenn seine Nacht auch nur ein bisschen wie meine war, ist es vermutlich von beidem ein bisschen.

„Es tut mir leid", sagt er im selben Ton, mit dem er mich gestern in der Küche angesprochen hat.

Dann fällt der Groschen.

„War es das, wofür du dich gestern in der Küche bei mir entschuldigt hast? Dass du mich betrügst?"

„Nein, ich habe mich entschuldigt für... einfach..."

„Sei anständig und sag mir, wie lange das schon geht. Und nicht nur mit ihr. Auch mit jemand anderem." Ich ziehe meine Knie an meine Brust um zu verhindern, dass ich zusammenbreche, als mir klar wird, dass sie wahrscheinlich nicht die Erste war, seit wir verheiratet sind.

„Es war nur sie."

„Wer ist sie?" Ich habe mir nicht die Erlaubnis gegeben, diese Frage zu stellen, aber sie kam trotzdem heraus.

Eric schiebt seine Hände in seine Hosentaschen. „Eine Kollegin. Sie arbeitet in der gleichen Abteilung."

„Wie lange, Eric?" Ich beginne zu bereuen, dass ich ihn erneut gefragt habe, als ich sehe, wie sein Gesicht leicht grün wird.

Er schaut zu Boden und schafft es kaum, zu flüstern: „Etwas mehr als ein Jahr."

Meine Hand fliegt zu meinem Mund, um zu verhindern, dass ich ihn mit Erbrochenem bespritze, und ich renne zur Spüle. Ich bin nur halbverlegen, dass das vor ihm passiert. Die andere Hälfte erinnert mich daran, dass er es verdient, das zu sehen. Nachdem ich mir meinen Mund ausgespült habe, gehe ich auf ihn zu. Er hat Tränen in den Augen. Bastard.

„Etwas mehr als ein Jahr? Etwas mehr als ein Jahr! Eric?"

Ich fühle mich wie jede Frau, welche ich im Fernsehen oder im wahren Leben gesehen habe, über die ich mich lustig gemacht habe. Dumm. Ahnungslos. Ich starre diese Frauen immer an, diejenigen, die ihren Ehemann nicht halten können und frage mich, wie in Gottes Namen sie nicht *irgendetwas* gemerkt haben. Es sind schon ganze drei Jahre, in denen es mir vorkam, dass Eric und ich nicht mehr das waren, was man „glücklich" verheiratet nennt. Aber eine Affäre? Es wäre mir niemals in den Sinn gekommen, dass er eine haben könnte oder selbst eine zu beginnen. Er hat viele Stunden an seiner Doktorarbeit gearbeitet, während ich mit unseren Jungs und damit beschäftigt war, alles zusammenzuhalten. Versucht habe, uns in einem Stück durch diese Erfahrung zu bringen. Anscheinend hatten wir unterschiedliche Ziele.

Er öffnet seinen Mund, vielleicht um zu antworten, aber ich rede weiter: „Abgesehen von der völligen Missachtung gegenüber unserer Ehe und unserer *Familie*, ist dir klar, in welche körperliche Gefahr du mich bringst, indem du Sex mit jemand anderen hast?"

„Wir haben nicht die ganze Zeit Sex gehabt, Natalie." Seine Ehrlichkeit ist wie eine Maschinenpistole. Obwohl ich angenommen hatte, dass sie Sex hatten, weiß ich nun sicher, dass es so war und sehe mich auch noch mit der Tatsache konfrontiert, dass ihre *Beziehung* Zeit gehabt hatte, sich in eine sexuelle zu entwickeln.

Ich lasse mich erneut auf die Couch fallen. „Wann habt ihr angefangen, miteinander zu schlafen?"

Er kniet sich vor mich und ich habe im wahrsten Sinne des Wortes keine Kraft, ihn wegzustoßen. „Wir haben nur einmal miteinander geschlafen. Letzte Woche."

„Ah ja", fahre ich sarkastisch fort, „die letzte Woche war schwierig für uns. Ich verstehe jetzt, wie jemand anderes in unsere Ehe zu bringen, dabei helfen kann. Aber komm schon, Eric. Du kannst nicht erwarten, dass ich dir glaube, dass du, ein ganzes *Jahr* lang hinter meinem Rücken gehandelt hast und nur einmal Sex mit ihr hattest."

Eric lehnt sich auf seine Fersen zurück. Eine Sekunde lang denke ich, er würde versuchen, mich davon zu überzeugen, dass sie *wirklich* nur einmal Sex hatten. Vielleicht ist hier auch nur der Wunsch der Vater des Gedankens. Er bestreitet es aber nicht, und das ist die einzige Antwort, die ich brauche.

„Egal. Ich will es nicht wissen."

Er besitzt die Frechheit, verärgert zu gucken. „Komm schon. Du hast selbst gesagt, dass wir schon seit langem keine Ehe mehr hatten – "

„Das hatten wir nicht, aber ich habe dich trotzdem niemals betrogen. Aber ich denke, das weißt du, da ich das Haus selten allein verlassen konnte. War das Teil deines Masterplans? Mich zu Hause zu halten, damit du dich rumtreiben und dann nach Hause kommen konntest zu deiner Vision einer perfekten Familie, sicher, dass ich mit niemand anderem zusammen war?" Als ich aufstehe, steht er auch auf. Er folgt mir in die Küche.

„Ich habe scheiße gebaut – "

„Ein *Jahr*, Eric? Ein verdammtes Jahr! Verstehst du, dass das bedeutet, dass du mich während des letzten Jahres in jeder Sekunde an jedem Tag angelogen hast? Du hast einen Doktortitel, schnell, rechne es aus. Wie viele Lügen sind das?"

Er schüttelt seinen Kopf, während er nach unten schaut und sich mit der Zunge über die Lippen fährt.

Ich gehe erneut auf ihn zu und ducke mich, um ihm in die Augen zu schauen und mit kalter Stimme sage ich ihm: „Es sind über einunddreißig Millionen. Du hast mir und den Jungs über einunddreißig Millionen Lügen erzählt."

„Es tut mir leid, Natalie..." Seiner Stimme nach zu urteilen, scheint er mit Tränen zu kämpfen, während er zur Couch geht, sich hinsetzt und sein Gesicht in seinen Händen verbirgt. „Ich habe wirklich nicht gedacht, dass es dir etwas ausmacht", sagt er und schaut auf. „Du hast mich seit mehr als einem Jahr gehasst".

Stimmt.

„Ich habe niemals deine Menschlichkeit missachtet, indem ich mich jemand anderem zugewendet habe, während ich noch mit dir im Ring stehe. Um Gottes Willen, Eric, du bist nach Hause gekommen und hast mit mir im Bett gelegen, nachdem du eine andere geküsst hast? Wie hast du das gemacht, ohne total verrückt zu werden?" Ich setze mich auf den Sessel ihm gegenüber, er verfolgt jede meiner Bewegungen. „Und wenn ich daran denke, wie viele Vorwürfe ich mir gemacht habe, weil ich mich so entfremdet von dir gefühlt habe. Ich habe mich täglich daran erinnert, wie sehr du dich um mich und die Jungs kümmerst. Wie sehr du mich liebst. Wie ich alles kaputt mache, weil ich so wütend darüber bin, dass ich alles zurückstellen musste..."

„Wie ich schon sagte, ich habe gedacht, es wäre dir egal. Dann dein Gesichtsausdruck, als du in mein Büro gekommen bist..." Eric reibt sich mit seinen Handballen die Augen.

„Du kannst die Erinnerung an einen Anblick nicht auf diese Weise löschen."

„Du hast ausgesehen, als ob du mich immer noch liebst..."

„Was ich fühlte, war Betrug, Eric. Nicht Liebe. Man muss jemanden nicht lieben, um sich von ihm betrogen zu

fühlen. Ich habe dir immer noch vertraut, auch als ich aufgehört hatte, dich zu lieben."

Rykers Valentinstagsbrief liegt nur wenige Zentimeter
von Erics Fuß entfernt. Ich strecke meine Hand danach aus
und lege ihn in die Kiste hinter mir, während Eric immer
noch mit fest zugekniffenen Augen dasitzt. Ich widerstehe
dem Verlangen, Eric all diese Briefe zu zeigen, ihm zu zeigen, wie wahre Liebe aussieht. Ihm zu erklären, dass du,
wenn jemand den du liebst, Schmerzen hat, barfuß durch
die Hölle und zurückgehst, um ihn zu dir zurückzubringen,
auch wenn du weißt, dass du einen aussichtslosen Kampf
führst. Du wendest dich nicht jemand anderem zu. Krieg ist
aber eine viel herzlosere Mätresse, als eine Wissenschaftle-
rin mit unglaublich dehnbaren Moralvorstellungen.

„Ich denke, wir können unsere Ehe retten." Er kniet sich
erneut vor mich und greift nach meinen Händen.

„Fass mich nicht an." Ich schrecke zurück, ziehe meine
Hände ein und lege sie zwischen meine Beine. „Ich will, dass
du gehst, Eric. Ich habe alles gehört, was ich wissen muss
und ich denke nicht, dass ich heute noch mehr ertrage. Sag
deinen Eltern noch nichts und ich werde meinen auch nichts
sagen." Ich stehe auf, gehe zur Tür und halte sie auf.

„Komm schon, Nat – "

„Nein, Eric. Das… das ist zu viel. Unsere Ehe mag kaputt sein, aber ich bin schon länger kaputt und ich muss mir
über einiges klar werden, Geh einfach, bitte."

Eric geht mit hängenden Schultern in Richtung Tür.
„Ich liebe dich", sagt er, als er mir an der Türschwelle gegenüber steht.

„Nur weil du es sagst, wird es nicht wahr, weißt du." Ich
schaue zu den Stufen, wo ich ihn hingehen sehen möchte.

„Ich liebe dich *wirklich*, Natalie." Seine braunen Augen
sind blass, flehend. Er schafft es, wirklich reuevoll zu schau-

en, was dazu führt, dass mir nur noch schlechter wird. Er ist ein Schauspieler von der übelsten Sorte.

„Ach ja?", schnaube ich. „Tja, du hast gerade bewiesen, dass sie nicht gut genug ist."

Ich fühle mich benutzt, angewidert und missachtet. Als er mich nicht mehr sehen kann, lasse ich den Tränen freien Lauf. Ich kann gar nicht sagen, wie froh ich bin, dass unsere Jungs diese Woche nicht da sind.

Unsere Jungs.

Ich kann nicht einfach einen Schlussstrich ziehen und ihn niemals wiedersehen. Es gibt kein Annäherungsverbot oder ein Semester zu Hause bei meinen Eltern, das das bereinigen wird. Dieses Mal nicht. Ich werde mich hiermit wirklich *auseinandersetzen* müssen. Also greife ich nach meiner Handtasche und beschließe, dass der erste Ort damit zu beginnen, eine ruhige Stadt-Bar an einem Sonntagnachmittag ist. Eine, in der ich noch niemals zuvor gewesen bin. Eine, die frei ist von Erinnerungen, die die letzten zwölf Jahre in mein Gehirn gebrannt hat.

Kapitel 28

Die ganze Zeit hatte ich darüber nachgedacht, in welch schlechtem Licht ich erscheinen werde, wenn ich meinen Ehemann verlasse – meine Familie kaputt mache – während einer meiner Jungs gerade dabei ist, zu lernen mit einer lebenslangen Behinderung umzugehen. Wie geschmacklos und unaussprechlich es für andere aussehen würde, dass ich meinen Ehemann, einen *Doktor*, verließ, während ich arbeitslos war. Die letzten drei Jahre lang habe ich mir gut zugeredet, mir gesagt, dass Frauen das schon seit Jahrtausenden machen – Mutter sein. Es ist nicht so, als wollte ich keine Mutter sein.

Ich will nur nicht die Mutter in Tim Burtons Version einer Familie sein.

Während der letzten paar Wochen habe ich mich immer wieder im Bad versteckt, meine Haut aufgeritzt, um Erleichterung von der Schuld und Scham zu erlangen, die ich fühlte, weil ich ihn verlassen wollte. Ja, ich habe die Jungs hin und wieder auch verlassen wollen, aber das kann ich nicht tun. Jetzt schon gar nicht. Plötzlich spüre ich, wie sehr mein Herz an ihnen hängt, so als wären sie das einzig Wahre und Reine in meinem Leben. Der Rest ist totale Scheiße.

„Verdammte Schuldgefühle", murmele ich, während ich auf den Parkplatz des „The Harp" in North Amherst fahre. Es ist ein Irish Pub, in dem ich während der letzten fünfzehn Jahre nur zweimal war, aber das ist genug, um zu wissen, wo er ist, und dass dort keine Leute sein werden, die ich kenne.

Schuldgefühle sind intensiv. Erstickend. Eine Mauer, die schnell um deine Fußgelenke gebaut wird, während du schläfst. Man entwickelt Schuldgefühle nicht langsam – man wacht auf und hat kaum genug Zeit ein letztes Mal einzuatmen, bevor man nach unten gezogen wird. Schuld darüber, eine schlechte Ehefrau zu sein, wird im Handumdrehen zur Schuld darüber, eine dumme Ehefrau zu sein. Selbstverachtung darüber, seine Kinder zurücklassen zu wollen, wird zur Schuld darüber, dass sie eine Mutter lieben, die sich selbst nicht liebt. *Die nicht weiß, wie das geht.*

„N'Abend." Drei Köpfe von Personen, deren mittleres Alter schon vorbei ist, drehen sich in meine Richtung, als der Barkeeper mich begrüßt.

Ich atme erleichtert auf, weil die Bar relativ leer ist und lächle. „Guten Abend."

„Was darf ich Ihnen bringen?", fragt der Mann, der so aussieht, als wäre er etwas älter als mein Dad und lehnt sich auf die Bar.

Ich starre den Wodka ein paar Sekunden an, bevor ich beschließe, dass ich diese Woche schon genug davon hatte. Es ist Zeit für was anderes. „Tequila."

Er hebt seine Augenbrauen. „Nur… Tequila?"

„Haben Sie Lust, mir einen Margarita zu mixen?", zucke ich mit den Schultern.

Er lacht. „Klaro, Liebes."

Ich grinse. „Mixen Sie gleich eine ganze Karaffe, dann sparen Sie sich Zeit. Ich werde eine ganze Weile hier sein."

Zwei der drei Männer an der Bar pfeifen überrascht. Der Dritte scheint zu schlafen.

„Bitte sehr", sagt er und gibt mir ein Glas und eine Karaffe voller schuldbetäubender Gnade.

„Danke." Ich greife nach beidem und gehe zu dem Tisch, der am weitesten vom Eingang entfernt ist – einer mit dem wenigsten Licht – und beginne zu trinken.

Als ich das Glas an meine Lippen führe, um den ersten Schluck zu trinken, sehe ich eine verblasste Narbe an meinem Handgelenk. Ich weiß nicht, ob es eine bleibende Narbe werden wird, aber sie ist da.

Ich muss damit aufhören…

Das ist ein weiterer Tropfen Selbstverachtung, der mein Fass bis zum Rand füllt, also öffne ich meinen Mund, lege meinen Kopf in den Nacken und trinke ein halbes Glas auf einmal.

„So schlimm, ja?", brüllt einer der Männer an der Bar durch den leeren Raum.

Ich kichere. „Sie haben keine Ahnung…"

Na ja, zwei Stunden später haben sie sie. Nachdem ich die halbe Karaffe getrunken habe, schlendere ich zur Bar, bereit zu reden. Und das tue ich. Zwanzig Minuten am Stück.

„Und das Schlimmste ist, ich habe keine *verdammte Ah-nung*, wer die Frau ist." Der Mann, der geschlafen hatte, ist nun wach und starrt mich mit großen Augen an.

„Tut mir leid, Kindchen", sagt einer von ihnen.

„Ich heiße Natalie. Aber Sie? Sie können mich Nat nennen." Sie lachen und ich trinke weiter. Wenn ich nicht aufpasse, werde ich bald spanisch sprechen, bei dem ganzen Cuervo, der durch mein Blut fließt.

„Sie haben sie vorher noch niemals gesehen?" Ein müde aussehender Hippie mit einem grauen Zopf schüttelt seinen Kopf. Ich überlasse es dem Hippie, Fragen zu stellen.

„Noch niemals. Ich meine, vielleicht war sie auf den etwa fünf Empfängen, die ich im Laufe der Jahre mit ihm besucht habe, aber ... pfff... Ich verbringe dabei die meiste Zeit damit, auf die Uhr zu schauen, und warte darauf, wieder nach Hause gehen zu können. Ich halte ganz sicher nicht Ausschau nach der Frau, mit der mein Mann mich betrügt. Oh und zu allem Überfluss", ich schlage mit meiner Faust auf die Bar, verlange damit die Aufmerksamkeit, die ich bereits habe, „bin ich letzte Woche meinem Ex-Freund über den Weg gelaufen. Ich habe ihn seit, wie lange? Zehn Jahren? nicht mehr gesehen. Und wissen Sie was? Er sieht toll aus. Einfach. Nur. Toll."

Ihr plötzliches Schweigen, als ich die aufkommenden Tränen wegschniefe, fühlt sich unangenehm an. Mir kommt der Gedanke, dass sie ihre Frauen vielleicht auch betrogen haben und sie deshalb an einem Samstagabend allein in der Bar sitzen. Oder das sie betrogen worden sind. Wie auch immer, ich will nicht, dass sie mich noch länger anschauen.

„Ich gehe zurück in meine dunkle, trostlose Ecke. Danke fürs Zuhören, Leute." Ich gleite anmutig, zumindest hoffe ich, dass es anmutig aussieht, von meinem Barhocker und schwanke mit meiner viertelvollen Karaffe zu meiner Nische. Ja, es ist jetzt meine Nische. Habe ich beschlossen.

Sobald ich wieder sitze, ist mir unglaublich schwindelig und ich bin dankbar, die Nische erreicht zu haben, bevor ich umgekippt bin. Ich hätte es gehasst, so viel Tequila zu verschwenden. Ich beiße mir auf die Zunge und in ihr ist überhaupt kein Gefühl mehr.

Super, jetzt muss ich so lange hier bleiben, bis ich nüchtern genug bin, um nach Hause zu fahren. Oder zu Toshas Wohnung. Oder wohin zur Hölle ich auch gehen soll.

Ein paar Leute kommen in die Bar, oder vielleicht verlässt sie auch jemand, ich weiß es nicht, denn ich sitze mit dem Rücken zur Tür und zur Bar. Es ist eine Angewohnheit, die ich schnell übernommen habe, als Ryker nach Hause kam. Er musste immer in Richtung Tür schauen, aus Gründen, nach denen ich nie gefragt habe. Also sitze ich so. Immer. Die Unterhaltung an der Bar ist leise, auch wenn ihre Stimmen in meinem Kopf zu schreien scheinen, als ich eine Stunde später das letzte Viertel der Karaffe getrunken habe. Ich beschließe, dass es Zeit ist, Wasser zu trinken, wenn ich vorhabe, in dieser Nacht die Bar jemals zu verlassen. Also stehe ich auf und beginne meine Wanderung in Richtung Bar.

An der Bar sind jetzt ein paar mehr Männer und eine Frau, die meisten davon sitzen mit dem Rücken zu mir, als ich den Barkeeper sehe.

„Sonst noch etwas, Liebes?", fragt er mit vorsichtigem Blick.

„Bitte füllen Sie das hier einfach mit Wasser."

Ein paar Leute zucken zusammen und drehen ihre Köpfe in meine Richtung. Sie haben mich ganz sicher nicht gesehen, als sie reinkamen, was ja auch meine Absicht war. Ich versuche, ein halb nüchternes Lächeln aufzusetzen, schiebe mich zwischen zwei Stammgäste und gebe dem Barkeeper meine Karaffe.

„Natalie?", die Stimme kommt von rechts. Direkt rechts von mir. So nah, dass sich unsere Schultern auf meiner rechten Seite berühren.

Während ich mich umdrehe bete ich, dass es nur eine Stimme in meinem Kopf war. Kein Glück. Ich stehe Auge in Auge, Schulter an Schulter neben dem *verdammten* Ryker Manning.

„Oh komm schon! Du willst mich wohl verarschen, verdammt nochmal!" Die Tränen quellen aus meinen Augen, als ich eilig zu meiner Nische gehe, um meinen Geldbeutel und meinen Autoschlüssel zu holen, dabei hebe ich den Saum meines Sommerkleides, damit ich nicht hinfalle und auf der Schnauze lande.

„Miss, Sie sollten wirklich nicht Auto fahren...", ruft mir der Barkeeper hinterher, als ich nach der Türklinke greife. Ich ignoriere ihn.

„Ist schon okay, Mike, ich kümmere mich darum", sagt Ryker, während ich sehe, wie er von seinem Barhocker hüpft.

Mit etwas Glück schaffe ich es in mein Auto und kann die Türen verriegeln, bevor er mich einholt. Oder ich kann auf der letzten Treppenstufe stolpern und mit meinen Händen und Knien auf einem frisch geschotterten Weg landen und mir dabei den Arm an einer kaputten Bierflasche aufreißen.

Süße Ironie.

„Scheißleben", knurre ich, als ich mich soweit zusammengerissen habe, um mich aufzusetzen und mich gegen die unterste Stufe zu lehnen. „Verdammt!", brülle ich, während ich instinktiv den Rock meines Kleides an meinen Arm hebe, um die Blutung zu stoppen, nur um zu sehen, dass ich meine Knie auch aufgeschlagen habe.

„Scheiße", ärgert sich Ryker, dabei joggt er die Treppe hinunter und kniet sich vor mich. „Lass mich sehen", bittet er und greift nach meinem Arm.

„Mir geht es gut, lass mich einfach in Ruhe", ich schaffe es kaum, das zu sagen, als ich, die Stirn an meine Knie gelehnt, anfange zu schluchzen.

Das ist die größte Lüge, die ich je in meinem Leben gesagt habe.

„Nat..." Es ist, als würde ihm endlich klar werden, dass er es mit einer sehr betrunkenen Person zu tun hat, also nimmt er einfach meinen Arm in seine Hände und seufzt. „Wir müssen das säubern, komm mit rein."

„Ich gehe nicht wieder da rein."

... Weil jetzt auch die richtige Zeit ist, stur zu sein.

„Ich fahre dich nach Hause."

Ich schluchze noch mehr. „Ich habe kein Zuhause. Ich wohne bei Tosha in Northampton."

Seine Stimme bleibt ruhig. „Dann fahre ich dich zu mir. Komm, es ist nicht weit." Er steht auf und zieht mich an meinem Arm hoch.

Ich kann kaum meinen Kopf heben, geschweige denn gerade stehen und ertappe mich dabei, mich mit all meinem Gewicht an ihn zu lehnen. Die Muskeln an seiner Schulter und seinem Oberkörper spannen sich einen Augenblick an, bevor er sich entspannt und mich zu seinem Auto führt.

„Mein Auto..." Ich zeige schwach zu meinem glänzenden Mom-UV.

„Das steht hier gut. Steig ein. Tut mir leid wegen deinem Kleid, aber lass es an deinem Arm, okay?" Ich nicke und er schließt die Tür.

„Warte, ich darf nicht hier sein. Ich kann nicht... du musst mich rauslassen, Ryker." Mein Flucht-oder-Kampf-Reflex spielt verrückt, während er einsteigt und den Motor

startet. Panisch suche ich nach der einfachsten Fluchtmög-
lichkeit.

„Natalie, ich werde dich so betrunken nicht Auto fahren
lassen, oder *so* blutig." Er nickt in Richtung meines Arms.
„Moment", beginnt er, als er meinen plötzlich sicherlich total verängstigten Gesichtsausdruck sieht, „ich werde nicht…"
Er seufzt. „Ich werde dir nicht wehtun, Natalie. Ich will nur
einen Blick auf deinen Arm werfen. Wenn es dir lieber ist,
fahre ich dich ins Krankenhaus." Er beißt die Zähne zusammen, während seine Augen von mir wegblicken und er sich
zur Windschutzscheibe dreht.

Ich schüttele meinen Kopf, fühle mich plötzlich schrecklich, weil ich ihn dazu gebracht habe, sich schlecht zu fühlen. „Nein, tut mir leid, ich bin nur furchtbar betrunken."
Ich beginne erneut zu weinen. „Bring mich einfach zu deinem Haus."

Seine Zunge fährt über seine Lippen. „Versuch mir zu
sagen, wenn du denkst, dass du dich übergeben musst, okay?"

„Mmhmm." Ich benutze meine freie Hand, um die
schnell kommenden Tränen wegzuwischen.

Sobald das Auto beginnt, sich die Straßen entlang zu
schlängeln, lege ich meinen Kopf gegen das kalte Fenster
und schlafe ein.

Kapitel 29

„Natalie, wach auf, wir sind da." Ich zucke zusammen,
als ich Rykers Stimme höre, bin sicher, dass ich träume. Er
geht um das Auto herum zu meiner Seite und öffnet die Tür.
„Kannst du gehen?"

Ich ziehe meine Ellbogen ein und versuche, obwohl ich
sitze, die Balance etwas zu halten. Dann stehe ich auf, nur

um sofort zurück auf meinen Sitz zu fallen. Und übergebe mich auf den Boden zwischen meinen Füßen. Nach ein paar Minuten lege ich meinen Kopf an den Türrahmen, fühle mich leer, innerlich wie äußerlich.

Das ist einfach perfekt.

Ryker legt seine Hände an seine Hüfte und seufzt tief, er blickt kurz zu Boden, bevor er mich anschaut. „Okay", seufzt er erneut und beugt sich ins Auto, „Ich werde dich reintragen. Ist das okay für dich?"

„Ja." Ich blicke auf meinen Arm und bin froh, dass er nicht mehr blutet. Ich lege meine Arme um seinen Hals, dabei achte ich darauf, den Schnitt von seinem Shirt wegzudrehen.

Meinen Kopf an seine Schulter legend, schaue ich nach oben und studiere Rykers Gesicht. Sein Kinn ist angespannt, seine schönen Augen konzentrieren sich auf seine Veranda. Er hat allen Grund, mich zu hassen, trotzdem bringt er mich zu sich nach Hause, um sich um mich zu kümmern. Das ist alles zu viel und ich beginne in seine Schulter zu schluchzen.

„Tut es weh?" Seine Stimme ist voller akuter Besorgnis, während er die Tür öffnet.

„Ja."

Alles tut weh.

Ryker setzt mich auf seiner Couch ab. „Warte hier, ich gehe nach oben und hole etwas Desinfektionsmittel."

Während seine Schritte auf der Treppe leiser werden, schaue ich mich um. Es ist ein normalgroßes, altes Farmhaus, aber zum Glück sieht es ganz anders aus, als das Haus in meinem Albtraum. Mir stockt der Atem, als Ryker mit dem Desinfektionsmittel und Wattebäuschen in der Hand die Treppe wieder herunter kommt. Er sieht absolut umwerfend aus, sogar mitten in dieser angespannten Shit-Show. Er setzt sich auf den Couchtisch vor mich und streckt seinen Arm nach meiner Hand aus. Unsere Blicke treffen sich, als ich ihm meine Hand übergebe und er schaut nicht mal dann weg, als er nach der Desinfektionsflasche greift.

„Also, was ist passiert?" Er öffnet die Flasche und greift nach den Wattebäuschen.

„Ähm, ich bin gefallen..." Ich bin mir ziemlich sicher, dass er alles gesehen hat.

„Nein, ich meine, warum bist du in einer Bar, in der ich dich noch niemals gesehen habe, und trinkst eine ganze Karaffe Tequila?"

Ich schlucke, als mir erneut die Tränen aufsteigen. Ich habe wirklich noch nie in meinem Leben so viel geweint wie während der letzten zwei Wochen. „Ich bezweifle, dass du das wissen willst."

Ryker platziert meine Hand auf einem Handtuch auf seinem Schoss, seine blauen Augen blicken immer noch suchend in meine. „Ich habe gefragt, oder nicht?"

„Es tut mir leid, Ryker", presse ich zwischen weiteren Tränen heraus.

„Was?" Er schaut überrascht auf.

„Ich-ich-ich", stottere ich durch die schlimmsten Tränen hindurch, „ich habe dein Leben ruiniert und das tut mir leid."

Sein Gesicht verzieht sich. „Tief Luft holen."

„Häh?"

Seine Stimme ist ruhig und eben. „Hol tief Luft, das wird brennen."

Er atmet mit mir zusammen ein, als er Desinfektionsmittel über meinen Arm kippt. Er hat recht. Es tut höllisch weh, aber nicht lange.

„Also", fährt er fort, „du warst im The Harp und hast dich gefährlich betrunken, weil du denkst, dass du mein Leben ruiniert hast?" Rykers Augenbrauen ziehen sich zusammen, als er eine weitere Ladung Desinfektionsmittel über meinen Arm schüttet.

Ich zucke mit den Schultern. „Unter anderem…"

Ryker tupft den Schnitt trocken und beginnt, meine Arme anzuschauen, ich vermute, um zu gucken, ob ich noch mehr Wunden habe.

„Du hast mein Leben nicht ruiniert – ", er hält inne, als sein schwieliger Daumen über meinen Oberarm fährt. Ich schaue herunter und sehe, wie er die letzte Stelle, an der ich geritzt habe, entlangfährt. „Gott, Nat…"

Ich entziehe mich seinem Griff, aber es ist zu spät. Sein schweres Schlucken, während er wegschaut, ist Beweis genug für mich, um zu wissen, dass ihm klar ist, woher diese Narben kommen. Er hat sie schon einmal gesehen, auch wenn es nur ein einziges Mal war. Sein Gesichtsausdruck wird ganz weich, als er seine Augen fest zukneift. Bevor ich etwas antworten kann, geht Ryker in die Küche und füllt ein Glas mit Wasser. Er kommt zurück und gibt mir ein eiskaltes Glas in die Hand.

„Trink das." Er geht um den Couchtisch herum und reibt sich mit einer Hand über sein Gesicht. „So wie es aussieht, denke ich, dass man mit ziemlicher Sicherheit sagen kann, dass ich deines ruiniert habe." Sein Tonfall füllt mich mit unangenehmer Angst. Er will mich nicht hier haben, das kann ich sehen. Er braucht keine verkorkste Ex-Freundin, die die guten Dinge, die er für sich offensichtlich geschaffen hat, durcheinander bringt.

Schwach versuche ich alle Schuld, die er empfindet zu beschwichtigen. Ich weiß, was ich einem Menschen antun kann. „Du hast gar nichts für mich ruiniert, Ry."

Eingeschnappt fährt er mit seinen Händen durch sein Haar. Er scheint zu beschließen, meine Antwort zu ignorieren. „Als du gesagt hast, du hättest kein Zuhause..." Ryker zuckt mit den Schultern und wartet auf eine Antwort.

„Oh. Tja, weißt du", sage ich mit dem fröhlichen Sarkasmus, in dem ich so gut bin, „meine Jungs sind diese Woche bei meinen Eltern und mein Ehemann hat – wie ich gerade herausgefunden habe – während des ganzen letzten Jahres eine Affäre gehabt. Was im Grunde wirklich egal ist, denn ich war sowieso dabei, ihn zu verlassen... also habe ich letzte Nacht bei Tosha übernachtet." Jetzt habe ich ihm gerade in einem Atemzug mitgeteilt, dass ich Mutter, Ehefrau und bald Ex-Ehefrau bin. Klasse.

Er zuckt zusammen und schnalzt mit der Zunge gegen seine Zähne. „Ist sie gerade zu Hause?"

„Nein. Sie und Liz sind für ein paar Tage bei Toshas Eltern, warum?"

Ryker greift sich in den Nacken und knurrt fast lautlos gen Himmel. „Ich kann dich so nicht nach Hause gehen lassen. Du bist viel zu betrunken – "

„Warte mal", ich stehe auf und halte mich an der Lehne der Couch fest, um das Gleichgewicht zu halten, „du schlägst doch nicht etwa vor, dass ich hier bleibe... oder?"

„Doch, Nat, das tue ich." Er kichert, aber ich weiß nicht, ob aus Nervosität oder weil die Situation so absurd ist. Wahrscheinlich beides. Ich möchte jetzt bitte ohnmächtig werden. „Außer du fühlst dich nicht..." Sein Gesicht verändert sich und es bricht mir das Herz.

„Nein, Ryker, das ist es nicht. Es ist nur... ich sehe dich mehr als ein Jahrzehnt nicht und ..."

Er lacht erneut nervös. „Ja, stell dir das mal vor. Ich kann dir ein paar Shorts und ein T-Shirt leihen, um darin zu schlafen."

Ja klar, warum nicht?

„Okay. Kann ich duschen?" Ich beginne ziemlich schnell nüchtern zu werden, aber vielleicht ist das nur der Tequila, der mich das denken lässt.

„Natürlich, die Dusche ist oben." Ryker führt mich zur Treppe, dabei drückt seine Hand sanft in mein Kreuz. Gott sei Dank habe ich das Kleid an, sonst würde ich mich kaum beherrschen können. „Schaffst du es, die Treppe raufzugehen?"

„Häh? Oh, ja, es geht mir gut."

Und ich bin unglaublich abgelenkt durch deine Hand. An meinem Kreuz.

„In Ordnung", Ryker knipst das Licht in einem kleinen Bad am oberen Ende der Treppe an, „die Handtücher sind hier und du kannst im Zimmer nebenan schlafen. Ich werde die Kleidung auf das Bett legen." Seit wir uns vor ein paar Tagen getroffen haben, hat er sich rasiert und außer der Falte zwischen seinen Augenbrauen, wenn er sich darauf konzentriert, was er mir sagen will, sieht er genauso gesund aus, wie an dem Tag, als ich ihn getroffen habe.

„Danke", murmele ich, während ich die Tür schließe.

Als ich aus der Dusche komme und in ein Handtuch gewickelt in das Zimmer nebenan gehe, finde ich wie versprochen eine kurze Turnhose und ein Amherst College T-Shirt vor. Es sieht ein bisschen zu klein aus, um Ryker zu passen, dann wird mir klar, dass es vielleicht noch aus der Zeit stammt, bevor er die High School beendet hatte – als er der Nationalgarde beitrat, hat er viele Muskeln aufgebaut. Ich ziehe es mir über den Kopf, dann halte ich eine Minute inne, als ich von seinem Geruch geflutet werde. Es ist ein sauberes Shirt, aber es ist trotzdem *sein* Shirt.

Laute Schritte deuten an, dass er gleich oben sein wird, also ziehe ich schnell das Shirt nach unten und die Hose an, bevor ich mich auf die Bettkante setze. Ryker erscheint in der Tür mit mehr Wasser, einer Schachtel Cracker und einer Packung Ibuprofen.

„Hier. Du musst etwas im Magen haben, bevor du Ibuprofen nimmst, und du wirst *ganz sicher* eine nehmen wollen, bevor du einschläfst." Er setzt sich neben mich auf das Bett. Gott steh mir bei. „Es ist gut, dass du dich schon übergeben hast, das wird dir dabei helfen, nüchtern zu werden."

„Ähm", ich räuspere mich und versuche es erneut, „wird deine Frau nicht sauer sein, dass eine fremde Frau in eurem Haus schläft?" Irgendwo in den tiefen meines Gehirns habe ich mich, während der langen, heißen Dusche an Rykers Familienstand erinnert. Als ich aber auf seine Hand schaue, sehe ich keinen Ring und sein Gesichtsausdruck suggeriert mir, dass ich vielleicht gerade eine alte Wunde geöffnet habe.

„Meine Frau?" Er klingt, als hätte ich gerade das Lächerlichste gesagt, dass er je gehört hat.

„Mein Fehler, tut mir leid, bist du geschieden?"

Ryker schüttelt seinen Kopf mit einem Grinsen. „Natalie wovon zur Hölle redest du? Ich war niemals verheiratet."

„Aber dein Dad hat gesagt – " Ich unterbreche mich selbst und versuche, meine Erinnerung durchzugehen.

„Mein Dad? Wann hast du meinen Dad getroffen?"

„Als ich mit den Zwillingen schwanger war – "

Ihm fallen fast die Augen aus dem Kopf. „Du hast Zwillinge?"

Ich schaue mich im Zimmer um, als würde ich versuchen, alles, was ich sagen will, ins Chinesische zu übersetzen. „Ja. Ich habe deinen Dad im Trader Joe's getroffen, als ich etwa im achten Monat war. Er hat mir gratuliert und mich nach Eric gefragt, und als ich ihn gefragt habe, wie es dir geht, hat er gesagt ‚glücklich verheiratet'. Deshalb dachte ich, du wärst verheiratet."

Ryker zuckt mit den Schultern. „Er hat mir niemals erzählt, dass er dich getroffen hat."

Mir wird flau im Magen. „Oh."

Was zur Hölle?

„Ich bin mir sicher, dass er seine Gründe hatte."

Ich schnaube: „Ja, wie ich schon sagte, ich habe dein Leben ruiniert. Er wollte nicht, dass unser zufälliges Treffen deine Heilung, egal wie weit sie gediehen war, gefährdet, also hat er dir nichts gesagt." Rykers Hand umschlingt mein Handgelenk, als ich nach den Ibus greife.

„Zuerst die Cracker. Vertrau mir." Er greift nach meiner anderen Hand, holt vorsichtig Luft und gebietet mir damit, ihm zuzuhören. „Natalie, du hast mein Leben nicht ruiniert. Hör auf das zu sagen. Warum solltest du das auch nur denken?"

Mir wird klar, dass ich im Grunde keine Ahnung habe, ob etwas von dem, was ich während der letzten Jahre angenommen habe, wahr ist. Ich nutze meine Trunkenheit als Schutzschild und wage mich vor.

„Na ja, hast du dich jemals wieder in der Nationalgarde verpflichtet?"

Seine Augen schließen sich zu seinem extralangen Blinzeln, während er ausatmet. „Nein. Das konnte ich nicht."

„Und", während ich fortfahre, entziehe ich ihm meine Hand, „warum nicht?" Sein kurzes Zögern gibt mir die Gelegenheit, zu Ende zu sprechen, „weil ich dich angezeigt habe, ein Annäherungsverbot erwirkt habe und deine Akte ruiniert habe." Nachdem ich mit dieser Aussage fertig bin, öffne ich die Cracker-Schachtel.

„Nat... es ist *so* viel komplizierter als das. Wir werden morgen früh darüber reden, okay? Wenn du nüchtern bist." Er öffnet die Ibuprofen-Packung, legt zwei Tabletten auf den Nachttisch und macht sie wieder zu. „Nimm die Tabletten

und versuch ein bisschen zu schlafen. Denkst du, dass du
dich nochmal übergeben musst?"

„Nein."

„Okay", er steht auf und nimmt die restlichen Tabletten
mit, „Nacht."

„Nacht."

Als ob ich jetzt in der Lage sein werde, zu schlafen.

Kapitel 30

Meine Hände gleiten am Metallgeländer der Treppe in
meinem Wohnheim am Mount Holyoke College entlang.

Was zur Hölle mache ich hier?

Direkt vor mir sehe ich Ryker, der jemanden trägt. Ich
bekomme ein flaues Gefühl in der Brust, als mir klar wird,
dass ich es bin; mein rechter Arm hängt schlaff herunter,
während er mich an seine Brust drückt.

„Helft ihr! Bitte, jemand muss ihr helfen!" Rykers Stimme ist rau und klingt schwach, als würde er weinen.

Ich folge ihm leise, so als würde ich sonst die Szene stören, und sehe, wie wir zu den Krankenwagen und Feuer-
wehrautos kommen, nachdem wir durch die Tür gehen.

Richtig, der Feueralarm.

„Sir, was ist passiert?" Ein Feuerwehrmann rennt neben
Ryker her, während der zum nächsten Krankenwagen sprin-
tet.

„Helft ihr! Helft ihr, ich kann nicht erkennen, ob sie
atmet!" Vermutlich hätte er es gekonnt, wenn er nicht total
high von dem Oxycontin gewesen wäre.

Ein Blitz und dann sehe ich mich auf einer Trage und
hinter geschlossenen Krankenwagentüren, während Ryker
mit seiner Faust dagegen schlägt und fleht, hineingelassen

zu werden. Ein weiterer Blitz und ich bin in dem Krankenwagen bei meinem Körper und poche mit meiner Faust gegen
die Tür, starre in seine geweiteten Pupillen, als die Polizei
sich ihm von hinten nähert.

Mein Schrei ist nur ein Flüstern. „Lasst mich raus! Er hat
nichts getan! Haltet an, stopp!"

Niemand hört mir zu und ich muss dabei zusehen, wie
Ryker von den Polizisten zu Boden geworfen wird, während
ich weiter und weiter von allem weggefahren werde, was ich
bis zu diesem Moment für die Wahrheit gehalten habe.

Dann öffnen sich meine Augen.

Ich setze mich auf und bin erleichtert, dass ich mich nicht
so schlecht fühle, wie ich eigentlich müsste. Leider erinnere
ich mich an jedes Detail meines gestrigen Selbstmedikations-
projekts. Das tiefe Grummeln eines Rasenmähers bringt meine Aufmerksamkeit zum Fenster, wo ich Ryker in verwasche-
nen Jeans, einem T-Shirt und einer ausgefransten Baseball
Kappe auf einem Traktorrasenmäher sitzen sehe. Sogar von
hier aus kann ich erkennen, dass es seine alte Red Sox Kappe
ist.

Ich kann nicht glauben, dass ich bis halb zehn geschlafen habe. Während ich die Treppe hinunter gehe, scrolle ich
durch mein Telefon und sehe, dass ich nur einen verpassten
Anruf habe. Von Tosha. Ich rufe sie zurück, als ich die Küche betrete und erleichtert den Geruch von frisch gekochtem
Kaffee wahrnehme.

„Hey Schlampe, wie geht es dir?" Bei ihrer Begrüßung
muss ich lachen.

„Interessant…" kichere ich und öffne ein paar Schränke,
bis ich den finde, ich dem die Kaffeebecher stehen.

„Was ist los?"

Tief Luft holend und mit verdrehten Augen erzähle ich Tosha von Erics Auftauchen in ihrer Wohnung und dann die Ereignisse, die dazu geführt haben, dass ich jetzt hier stehe.

„Natalie. Um Himmels willen, ich lasse dich einen Tag allein und wo findest du dich wieder?" Ihre Stimme wird ernst. „Geht es dir gut?"

Ich stelle die Kanne zurück in die Kaffeemaschine, drehe mich um und zucke ein bisschen zusammen, als ich Ryker in der Tür stehen sehe. Er sieht genauso durcheinander aus, wie während der letzten vierundzwanzig Stunden. Ich schalte auf Autopilot, greife nach einer weiteren Tasse, schenke Kaffee ein, dabei telefoniere ich weiter mit Tosha.

„Mir geht es gut, Tosh. Ich trinke gerade Kaffee, dann… wer weiß das schon." Ich gehe zum Kühlschrank, hole die Kaffeesahne heraus und stelle sie neben Rykers Tasse.

„Er ist jetzt mit dir im Zimmer, oder?"

„Darauf kannst du wetten." Ich lächle.

„Bist du *sicher*, dass es dir gut geht?"

„Das bin ich. Ich rufe dich später wieder an."

Sie stöhnt vor Frust. „Das ist unglaublich, weißt du das?"

„Das weiß ich. Bye."

Ich schaue zu, wie Ryker Kaffeesahne in seinen Kaffee schüttet und die Packung wieder zurück an ihren Platz in der Kühlschranktür stellt. Er fragt mich nicht, ob ich auch welche will, denn er erinnert sich – ich trinke meinen Kaffee schwarz.

„Danke", murmelt er und hebt die Tasse ein bisschen.

„Tja, danke dir, dass ich mich hier ausschlafen durfte. Tut mir leid. Du solltest wissen, dass ich normalerweise – "

„Das habe ich gemerkt", kichert er, „niemand zieht los, um einen Liter Margarita zu trinken. Bist du hungrig?"

„Zuerst Kaffee, dann Essen." Ich lehne mich nach hinten gegen seine Arbeitsplatte. Eine Kücheninsel mit einem dicken Messerblock darauf trennt uns.

„Natürlich. Es ist ziemlich schön draußen, sollen wir uns auf die Veranda setzen?"

Ich zucke mit den Schultern. „Klar."

Natürlich gibt es auf der Veranda eine Hollywoodschaukel. Ich setze mich vorsichtig hin und Ryker lehnt sich mir gegenüber gegen einen Pfosten. Ich bin schlau genug, ihn nicht zu bitten, sich neben mich zu setzen. Es so wie es ist schon alles zu viel. Die peinliche Stille schlägt mir jetzt schon auf den Magen.

Ryker stellt seine Tasse auf dem Geländer ab und schiebt die Hände in seine Hosentaschen, dabei rollt er seine Schulter einmal nach hinten. Es riecht nach frisch gemähtem Rasen. Das ist erfrischend. „Schau, Nat... macht es dir etwas aus, wenn ich dich ‚Nat' nenne?"

„Natürlich nicht." Das hat es noch niemals... nicht wenn es von ihm kommt.

„Ich habe den größten Teil der Nacht damit verbracht, darüber nachzudenken, was du gesagt hast... darüber, dass du mein Leben ruiniert hast."

Alle Gedanken an ein Frühstück, die ich vielleicht hatte, verfliegen, während ich dabei zuschaue, wie er darum kämpft, die richtigen Worte zu finden.

„Wir müssen nicht jetzt darüber reden, Ryker."

Er schaut nach links und redet zu den Feldern, dabei erhellt die Sonne sein Gesicht. „Doch. Das müssen wir. Ich kann nicht glauben, dass du die letzten neun Jahre damit verbracht hast, zu denken, du hättest mein Leben ruiniert. So war es nicht, Natalie."

„Wie war es dann?" Der Kaffee ist nicht stark genug.

„Okay, na ja, natürlich war ich einige Zeit sauer auf dich. Aber ich hatte vor allem schreckliche Angst. Niemand wollte mir sagen, wo du bist. Ich konnte aus Tosha nichts herausbekommen…"

„Du hast mit Tosha gesprochen?"

Ryker schaut mich endlich an und schüttelt kurz mit seinem Kopf. „Ich habe sie jeden Tag angerufen, etwa einen Monat lang."

„Sie hat mir niemals gesagt…"

„Ich kann froh sein, dass sie nicht die Polizei angerufen hat." Seine Augenbrauen gehen vor Erleichterung nach oben. „Sie hat mir schließlich erzählt, dass du vor dem Beginn des nächsten Semesters nicht zurück zur Uni kommst, weil deine Eltern dich in Therapie geschickt hatten."

Ich nicke. „Das haben sie."

„Wegen des Ritzens?"

„Mmhmm." Ich starre in meinen Kaffee, flehe ihn an, mich in seinen Sog zu ziehen.

„Aber du machst es immer noch?" Er klingt verärgert und besorgt zugleich.

„Nicht *immer noch*", flüstere ich. „Ich hatte es seit diesem Abend nicht mehr getan… aber vor ein paar Wochen… egal, dazu kommen wir noch, sprich weiter."

„Die Dinge wurden ziemlich schlimm für mich, Nat. Zur Bewährung gehörte eine psychologische Untersuchung… bei der ich haushoch durchfiel. Ich musste aber zu den Sitzungen gehen, oder ich hätte die Bewährung aufs Spiel gesetzt. Ich tat einfach so als ob. In meinem Kalender hatte ich den Mai angestrichen, wenn die Bewährung vorbei sein würde. Dann könnte ich mit der Therapie aufhören und mich vielleicht erneut verpflichten, auch wenn ich wusste, dass es ein langer Weg sein würde." Er hört auf zu reden und rollt mit seinem Kopf, so als würde er es in seinem Hals knacken lassen.

„Also hast du eine Therapie begonnen…“, fordere ich ihn auf weiterzusprechen.

„Ja, aber ich habe immer noch wie ein Bürstenbinder gesoffen und mir Schmerzmittel eingeworfen, wann immer ich welche in die Finger bekam. Ich wurde richtig gut darin, es zu verheimlichen…“

„Damit kenne ich mich auch ein bisschen aus. Also was ist im Mai geschehen, als deine Bewährung vorbei war?“

Ryker schnaubt. „Soweit bin ich gar nicht gekommen. Die USA sind im März 2003 im Irak einmarschiert.“ Er sagt das, als würde es alles erklären.

„Okay…“ Ich schüttelte meinen Kopf, um ihm zu zeigen, dass es das nicht tut.

„Ich wusste, dass es dazu kommen würde. Ich habe wie jeder andere auch, die Nachrichten verfolgt, aber als es geschah, bin ich total durchgedreht. Und ich wusste, ich musste mindestens noch zwei Monate warten, bevor ich versuchen konnte, mich erneut zu verpflichten. Da ich nicht aktiv bei meiner Therapie mitarbeitete, dafür aber viel zu viel trank, bin ich durchgedreht.“ Mit einem tiefen Seufzen fährt er fort. „Eines Abends habe ich mein Zimmer verwüstet, hatte einen Riesenstreit mit meinem Dad, bin dann mit seinem Auto fortgefahren und baute einen Kilometer entfernt einen Unfall.“

„Gott…“, flüstere ich.

Ryker verschränkt seine Arme vor seiner Brust. „Der Cop war auch ein Arsch. Der, der mich verhaftet hat. Ich war betrunken und habe versucht, ihm zu erklären, dass eine weitere Verhaftung ohne Frage dazu führen würde, dass ich der Nationalgarde nicht wieder beitreten konnte. Aber er lachte mir nur ins Gesicht und sagte, das Land wäre besser dran, wenn ich hinter Gittern wäre und nicht an der Front.“

Ich bebe vor Ärger. „Du willst mich verarschen.“

„Nein. Großes Arschloch. Egal, meine Bewährung wurde um weitere sechs Monate verlängert – ich kann von Glück sagen, dass es nicht länger war – und irgendwie hat mein Dad es geschafft auszuhandeln, dass ich die Bewährung und Behandlung in Jackson Hole fortführen konnte, so dass ich bei meiner Mutter wohnen konnte. Er wusste, dass ich in eine andere Umgebung musste."

„Wie lange warst du in Wyoming?", frage ich, ziehe meine Beine ein und setze mich darauf.

Ryker schaut eine Sekunde lang zum Himmel. „Ähm, von April 2003 bis Juni 2008."

Das erklärt, warum ich ihn niemals gesehen und auch nichts von ihm gehört habe. Es war, als wäre er verschwunden, weil er es war.

„Das passt zu dem, was ich erlebt habe… und macht mir auch klar, dass ich verrückt bin." Ich lehne meinen Kopf gegen die Kette der Schaukel.

„Verrückt? Warum?"

„Ich habe im Mai 2005 meinen Abschluss gemacht und dachte, ich hätte dich gesehen… Gott, vergiss es…" Ich lache über meine Halluzination.

Ryker holt tief Luft, geht zur Hollywoodschaukel und setzt sich vorsichtig neben mich. „Das hast du."

Der Wirbelsturm in meinem Magen wird schneller. „Was?"

„Das hast du." Er hebt seine Kappe und fährt mit seinen Fingern durch seine Haare, bevor er sie wieder aufsetzt. „Ich war nach Hause gekommen, um meinen Dad zu besuchen. Ich habe ihm gesagt, dass ich dich anrufen wollte, nur um zu reden…, aber er sagte nein. Er erzählte mir, du würdest endlich deinen Abschluss machen und wieder in deinem Leben aufzutauchen würde für uns beide alles durcheinander bringen. Also", er seufzt und lehnt sich auf der Schaukel zurück, damit bringt er sie ein bisschen mehr zum Schaukeln, „bin ich nur zu deiner Abschlussfeier gekommen. Als mein Dad mir von dem Ritzen und anderen Dingen erzählt hat… ich habe mir solche Sorgen um dich gemacht und was ich dir angetan habe – "

„Ryker", unterbreche ich ihn, „es war nicht deine Schuld, ich habe dir gesagt – "

„Nat, lass mich einfach ausreden. Du hast wundervoll ausgesehen." Er beißt sich auf die Lippe, als er grinst. „Ich wusste, dass es keine Möglichkeit gab, mit dir zu reden, weil deine Eltern bei dir waren und deine Mutter vermutlich einen Weg gefunden hätte, mich verhaften zu lassen… aber… du sahst wirklich glücklich aus. Bis du mich gesehen hast."

Zurückblickend erinnere ich mich an das mulmige, heiße Gefühl, dass ich an diesem Tag hatte, als ich dachte, er stünde mir gegenüber. Der Junge, der sich einfach in Luft aufgelöst hatte, stand nur etwa hundert Meter von mir entfernt. Und dann plötzlich nicht mehr.

„Sobald du mich gesehen hast, wurde dein Gesicht weiß wie eine Wand, Nat…"

„Ich hatte dich seit zwei Jahren weder gesehen, noch von dir gehört, Ryker. Ich wusste nicht einmal, ob du noch lebst. Wohin bist du verschwunden? Ich habe deinen Namen gerufen und bin hinter dir her gerannt."

Er lacht. „Ich bin geflohen, so schnell ich konnte."

„Sehr erwachsen." Ich verdrehe meine Augen. „Tosha hat mir gesagt, ich wäre verrückt und dann musste ich Eric erklären…"

„Du hast ihn geheiratet? Den Mann, der bei dir stand?" Ryker schaut mich aus den Augenwinkeln an und ringt mit seinen Händen.

„Ja", seufze ich, „aber das ist eine verdammt lange Geschichte…"

„Ich glaube nicht, da sie doch damit endet, dass wir hier auf meiner Hollywoodschaukel sitzen wie ein altes Ehepaar."

Uns überkommt peinliche Stille.

„Wie war es für dich Nat?"

„Wie war was?"

„Mit mir. Wie war es wirklich für dich, nachdem ich aus Afghanistan zurückgekommen war?" Er schaut nach unten und ich bin froh darüber, denn beim Gedanken an das alles kommen mir die Tränen.

„Ok, Ry... ich möchte mit dir darüber reden, wenn du möchtest... aber ich brauche etwas zu essen, eine Dusche und meine eigenen Klamotten." Ich hole tief Luft, während ich meine nächsten Worte sorgfältig auswähle. „Möchtest du vielleicht im Lauf der nächsten Woche zu Toshas Wohnung kommen? Wir haben ganz sicher sehr viel zu bereden."

Ryker denkt einen Moment nach, bevor er nickt und mich mit diesen unglaublichen Augen anschaut.

„Ja. Ist heute Abend okay oder brauchst du eine Pause von mir?"

Ich kann mich nicht entscheiden, ob er sich darauf freut, Zeit mit mir zu verbringen oder darauf, alles zu sagen, von dem er denkt, dass er es sagen muss, bevor er wieder verschwindet. Um ehrlich zu sein, ich weiß auch nicht, was ich fühle.

Schließlich lache ich. „Nein, wir hatten zehn Jahre, ich denke, es ist endlich Zeit die Suppe auszulöffeln. Kannst du mich zurück zum The Harp fahren, damit ich mein Auto holen kann? Ich gebe dir Toshas Adresse für heute Abend."

„Klar, lass uns gehen."

Ich renne nach oben und schnappe mir mein Kleid, dann überstehe ich eine weitere Autofahrt mit Ryker in peinlicher Stille.

Kapitel 31

„Oh, was zur Hölle haben wir uns dabei gedacht?" Ich wirbele durch Toshas Wohnung und räume auf, dabei brülle ich sie durchs Telefon an.

„Dann ruf ihn an und sag ab." Sie klingt, als wäre das eine Art Meeting, das ich verschieben kann und nicht eine Aussöhnung mit meiner Vergangenheit.

„Ich habe seine Telefonnummer nicht und er hat meine auch nicht…"

„Ach übrigens, danke, dass du ihm meine Adresse gegeben hast." Ich weiß, dass sie Spaß macht, aber kontere trotzdem.

„Danke, dass du mir gesagt hast, dass er dich einen Monat lang jeden Tag angerufen hat, nachdem ich die Uni verlassen hatte."

Stille.

„Das hatte ich mir gedacht", fahre ich fort, „egal… brrr!"

„Hast du heute schon mit Eric gesprochen?" Sie vermeidet es geschickt, irgendetwas einzugestehen.

„Nein", seufze ich, „da er gestern hergekommen ist, muss ich wohl spätestens Morgen mit ihm reden. Wir müssen uns überlegen, wie wir vorgehen, wenn die Jungs zurückkommen. Ich habe heute Morgen mit ihnen gesprochen und glücklicherweise scheinen sie und meine Eltern keine Ahnung zu haben. Das ist gut. Das bedeutet, Eric hat nichts ausgeplaudert."

Ein leises Klopfen an der Tür unterbricht mein Gestammel.

„Scheiße, Tosh, er ist da. Ich rufe dich später wieder an", flüstere ich.

„Okay", flüstert sie sarkastisch zurück, bevor sie auflegt.

„Einen Moment noch", rufe ich zur Tür, während ich ins Bad renne.

Nachdem ich mich schnell gebürstet und etwas Lipgloss aufgetragen habe, starre ich mich im Spiegel an. Ich habe Rykers Klamotten, in denen ich nach Hause gefahren bin, gewaschen und getrocknet und mir einen langen schwarzen Rock und ein blaues Top mit Spagettiträgern angezogen. Es ist etwa drei Milliarden Grad draußen und in meinem Kopf fühlt es sich noch viel schlimmer an. Er hat die Narben an meinem Arm sowieso schon gesehen, also muss ich mir keine Gedanken machen, wie ich sie auf hübsche Weise verbergen kann.

Du kannst das.

„Hey." Ich lächle, als ich die Tür öffne und sehe, dass Ryker Sneakers, eine Cargo-Hose und ein graues UMass-Shirt an hat.

Typisch.

Er betritt die Wohnung und ich kann spüren, dass er genauso nicht weiß, wie er mich begrüßen soll wie ich. Ich meine, wir haben uns gleich in der ersten Minute unseres Kennenlernens geküsst – was sollen wir also machen, nachdem wir uns ein Jahrzehnt nicht gesehen haben? Ich fälle die Entscheidung für uns beide und gehe in die Küche. Er folgt mir.

„Du siehst besser aus als heute Morgen. Wie fühlst du dich?"

„Gut, danke. Ich habe fast den ganzen Tag geschlafen. Willst du etwas trinken? Bier? Wein?"

„Wasser wäre gut." Ryker zuckt mit den Achseln und setzt sich an den Küchentisch.

„Ich habe Pizza bestellt, ich hoffe das ist okay."

„Klingt gut."

Ich fülle mir ein Glas mit Leitungswasser und wünsche mir halb, es würde Wodka statt Wasser aus der Leitung kommen. Ryker beobachtet jede meiner Bewegungen, während ich zum Tisch gehe und mich hinsetze. Meine Haut prickelt an jeder Stelle, die seine Augen berühren. Als ich die Uhr ticken höre, weiß ich, dass wir viel zu lange schweigen. Ich räuspere mich und er beginnt zu sprechen.

„Also, das Ritzen, Natalie…"

„Ähm…" Ich reibe mir mit der Hand übers Gesicht, lasse sie bestimmt drei Sekunden über meinen Augen liegen, bevor ich Ryker erneut anschaue, der sich nicht bewegt und mich anstarrt. Oder durch mich hindurch starrt. „Was ist damit…"

Plötzlich fummele ich unruhig mit meinen Händen herum, schaue zu Boden und zittere mit meinem Knie wie ein Süchtiger, der einen Beutel Koks vor sich hat und von dem erwartet wird, darüber einen Bericht zu schreiben, ohne den Beutel zu öffnen. Er sagt nichts. Ich muss am Anfang beginnen.

„Am Tag, als du abgereist bist, Ryker…" Ich schließe für einen Moment meine Augen und er unterbricht mich.

„Gott, *da schon?*"

„Nein, nein… hör mir einfach zu. Ry, der Tag an dem zu gingst war der bis dahin schlimmste Tag in meinem Leben." Meine Stimme bricht ein bisschen, als ich alte Tränen zurückdränge. „Ich hatte noch niemals so viel Angst gehabt…"

„Ich auch nicht", sagt er brutal ehrlich.

Während der nächsten Minuten erzähle ich Ryker, wie es am Tag, als er ging, gewesen war, von meinem ersten Ritzen während der Party und von den meisten anderen Malen danach. Wenn ich sage, ich erzähle es Ryker, meine ich, ich erzähle es dem Tisch zwischen uns. Ich kann ihm nicht ins Gesicht schauen, während ich darüber rede, was in mir vorging, während er fort war, um viel wichtigere Dinge zu tun.

„Also hast du es nicht ständig getan?" Er schüttelt fragend seinen Kopf. „Es tut mir leid, dass ich so neugierig bin, aber ich versuche nur, zu verstehen…"

„Ich weiß, ist schon okay. Nein, ich habe es nicht ständig getan. Gott", seufze ich, „ich denke, die beste Art zu erklären, wie es bis dahin war, ist, es mit einem Gelegenheitstrinker zu vergleichen. Wenn ich eine Befreiung von allem brauchte. Ich habe dich so sehr vermisst, dass ich nichts mit mir anzufangen wusste. Ich habe es nicht ständig getan. Nicht bis du nach Hause gekommen bist…"

Ryker wird blass und rutscht zum ersten Mal, seit er sich hingesetzt hat, auf seinem Stuhl herum.

„Wie wäre es jetzt mit einem Bier?", kichere ich nervös und stehe auf.

Seine Stimme ist fest. „Mir geht es gut."

„Moment mal", ich halte inne, als ich für mich selbst eine Flasche Wein aus dem Kühlschrank nehme, „trinkst du überhaupt Alkohol?"

„Na ja. Du hast mich im The Harp gesehen, oder? Ich gehe nicht dorthin, um Wasser zu trinken. Ich will nur *jetzt* nichts trinken." Ryker lehnt sich ein bisschen zurück und verschränkt seine Finger hinter seinem Hinterkopf.

Gnädigerweise klopft es an der Tür. Ich stelle den Wein zurück in den Kühlschrank, ohne dass ich mir etwas davon eingeschenkt habe.

„Oh, gut, die Pizza." Unterwegs greife ich nach meinem Portemonnaie und eile zur Tür, bin froh über die Unterbrechung.

In dem Moment, in dem ich die Tür öffne, lasse ich mein Portemonnaie fallen, Eric steht davor.

Scheiße.

Scheiße.

„Was?" Ich versuche, so gelangweilt wie möglich zu erscheinen, trotz der Massenpanik in meinem Bauch.

Er sieht noch schlimmer aus als gestern. Was ihm total recht geschieht. Ich denke, das ist dieselbe Jeans. Es ist eindeutig dasselbe Shirt, und ob er geduscht hat ist fraglich.

„Du bist gestern Nacht nicht nach Hause gekommen." Seine Stimme ist rau und distanziert. Ich habe ihn noch niemals anders als selbstsicher reden gehört.

„Es ist nicht mein Zuhause, Eric." Aus den Augenwinkeln kann ich sehen, dass Ryker sich nicht bewegt.

Oh, und genau jetzt beschließt der Pizza-Mann zu kommen.

Ich gebe ihm das Geld, bedanke mich und starre dann wieder Eric an.

„Komm schon, Nat…"

„Mal ernsthaft, Eric, was ist los mit dir? Warum bestehst du darauf, mich Nat zu nennen, wo ich dir die ganze Zeit sage, dass ich es nicht möchte. Jedes Mal. Du hast nicht mal den geringsten Respekt, kein Wunder, dass es dir so schwergefallen ist, unser Ehegelübde einzuhalten." Ich drehe mich um, schließe die Tür und gehe in Richtung Küche.

Die Zeit schickt mir ein warnendes Schaudern, bevor sie stehenbleibt. Eric hat die Tür mit seinem Fuß aufgehalten und geht auf mich zu. Ich höre wie seine Schritte stoppen, als er die Küche erreicht und ohne Zweifel Ryker sieht. Auch wenn ich mich noch nicht umgedreht habe.

Meine Schultern aufrichtend hole ich betend Luft, dann drehe ich mich um und sehe wie Eric zwischen mir und Ryker hin und her schaut. Soweit ich weiß, hat Eric Ryker bisher nur ein einziges Mal gesehen – und auch nur *falls* er bei meiner Abschlussfeier vor sieben Jahren einen guten Blick auf ihn werfen konnte. Er hat niemals irgendwelche Fotos von Ryker gesehen; wenn er also nicht Google konsultiert hat, kann das der Grund sein, warum er ziemlich verwirrt aussieht.

Das kann nicht gut enden…

„Eric, das ist Ryker Manning. Ryker, das ist Eric Johns – "

Eric unterbricht mich. „Meinst du das verdammt nochmal ernst?"

Ich zucke mit den Schultern, so als wäre es mir gleichgültig. „Ja, das ist sein Name – "

„Oh, ich kenne seinen Namen, Natalie." Er schaut Ryker nicht mal an. „Ich kenne seinen Namen, denn es ist der einzige Name, den du seit Wochen im Schlaf murmelst und der einzige Name, den du wie eine Wilde herausgeschrien hast, als ich dich neulich aus dem Albtraum aufwecken musste."

Rykers Augen schießen zu mir, als Eric mehr verrät, als ich Ryker je erzählen wollte. Ich schlucke schwer, schaue eine Sekunde lang zu Boden, um wieder ein Gespür für die Wirklichkeit zu bekommen. Eric zerzaust sein fettiges Haar mit einer Hand, bevor er sich zu Ryker dreht, der ziemlich unbeeindruckt aussieht.

„Wie lange fickst du schon meine Frau?"

„Eric!" Ich springe zum Tisch, sehe, wie Ryker vorsichtig aufsteht.

Ich habe die beiden im Geiste noch niemals verglichen. Ryker war schon ein paar Jahre aus meinem Leben verschwunden, als ich Eric kennenlernte. Eric ist ein bisschen größer als ich, vielleicht 1,85 m groß, aber Ryker überragt ihn mit seinen 1,95 m. Ich weiß nicht, ob Ryker bemerkt, dass Eric leicht zurückweicht, als er zu ihm aufschaut, aber ich merke es.

„Ich schlafe nicht mit Natalie." Sein Selbstvertrauen beruhigt meine Nerven.

„Ryker, du musst dich nicht rechtfertigen. Das hier ist absurd. Eric, sieh zu, dass du von hier verschwindest." Ich deute in Richtung Tür.

„Beweise, dass du nicht mit ihm schläfst, Natalie." Er zuckt arrogant mit der Schulter, mir dreht sich der Magen um.

Himmelherrgott, er hat getrunken. Ich habe Eric nur ein paar Mal betrunken erlebt, aber wenn er es ist, ist er noch arroganter als sonst. Er ist nicht total betrunken, sonst hätte ich es gerochen, aber er ist ganz sicher auch nicht nüchtern.

„Ich kann es nicht beweisen, das weißt du. Was ich dir sagen kann, ist, dass ich ihn fast zehn Jahre nicht gesehen habe und wir uns *erst neulich* beim Atkins Markt über den Weg gelaufen sind. Und ich weiß ja nicht, aber eine Woche ist nicht lange genug, um eine Affäre zu beginnen, oder? Auf diesem Gebiet bist du der Experte, also klär mich auf."

Eric und Ryker starren mich mit dem gleichen beklommenen Blick an.

„Okay", redet Eric weiter, während er ins Wohnzimmer geht, „dann erklär mir die Kiste mit *seinem* Namen darauf. Ich habe sie gestern gesehen, Natalie." Er hebt die Kiste mit den Briefen aus dem Krieg hoch und ich werde vor Angst fast ohnmächtig.

„Fass das nicht an, verdammt nochmal!" Ich renne zu ihm und greife nach der Box, aber innerhalb einer Sekunde hat er schon den Deckel angehoben und seine Hände durchstöbern die Kiste.

Die Briefe. Meine Briefe. Von Ryker. Zu sehen, wie Eric sie anfasst, ist, als ob ich einen Verkehrsunfall in Zeitlupe anschauen muss. Ich weiß, dass Ryker immer noch hinter mir ist, aber ich kann nicht wegschauen. Er hat vermutlich keine Ahnung, dass ich sie aufgehoben habe.

Eric greift einen heraus und beginnt zu lesen. Laut zu lesen. „Liebe Nat", mit einem Kichern hält er inne, „tja, das erklärt so einiges, nicht wahr? Egal, liebe Nat, die letzten

Wochen ohne dich waren Folter..." Eric liest mit einem spöttischen Ton weiter, der mir in den Ohren wehtut.

„Stopp!" Ich berühre den Brief und versuche, ihn ihm wegzunehmen, dann höre ich es. Ein Reißen. Eric starrt mich verblüfft an, in seinen Augen erscheint Angst, während er mit einem Teil des Briefes dasteht. Ein Heulen betäubt mich innerlich, bevor es aus meinem Mund kommt. „*Raus hiiiiiiiiier!*" Ich habe in meinem ganzen Leben noch niemals so laut und so lange geschrien und ich schiebe und ziehe Eric blind in Richtung Tür.

„Wann hast du angefangen zu ritzen, Nat? Direkt nach diesem Brief? Oder dem danach? Wann ist dieses verdammte Arschloch in deinen Kopf gekrochen und hat dich zerstört?" Eric brüllt und bemerkt kaum, dass ich eine gefühlte halbe Minute lang auf ihn einschlage.

„Du bist ein gottverdammter Bastard, Eric, und das warst du schon immer." Ich bebe vor Wut und Tränen, „verschwinde verdammt nochmal aus dieser Wohnung und meinem Leben!"

„Ach ja? Und du bist eine verdammte Irre – "

Ryker stellt sich neben mich, legt seine Hand auf meine Schulter und sagt zu Eric: „Okay, Leute, das ist zu laut und ich bin mir sicher, dass keiner von euch möchte, dass die Polizei kommt." Mir entgeht nicht, dass seine Hand auf meiner Haut leicht zittert. „Ich denke, es ist das Beste, wenn du gehst." Die Autorität in Rykers Stimme wischt das selbstgefällige Grinsen von Erics Gesicht.

Er schaut mich ungläubig an, so als wäre er gerade erst zu dieser Szene gestoßen, dann atmet er kindisch aus. „Gut." Er wirft das Stück des Briefes, den er in der Hand hält zurück in die Wohnung und marschiert langsam die Treppe hinunter.

Salzige Wut füllt meine Augen, als ich die zerrissenen Teile des Briefes aufhebe, in die Küche gehe und wie eine Verrückte nach Tesafilm suche.

„Nat…" Ryker schließt die Tür und kommt auf mich zu. „Natalie", wiederholt er, als er seine Hand in mein Kreuz legt.

Schniefend und schluchzend finde ich den Tesafilm und beginne mit verschwitzen, zitternden Fingern den Brief wieder zusammenzukleben.

„Ich habe dich unglaublich geliebt, weißt du…" Ich schlage meine Faust auf die Arbeitsplatte, meine Haut beginnt zu jucken. Ich wollte noch niemals so sehr ritzen wie in diesem Moment.

„Ich weiß", flüstert er.

„Ich habe dich *unglaublich geliebt*, Ryker!" Dann drehe ich mich um und mir stockt der Atem, als ich sehe, wie aus seinem Augenwinkel eine Träne über seine Wange läuft.

„Ich weiß, dass du das getan hast, Natalie." Als die Träne sein Kinn erreicht, hebt er seine Schulter und wischt die Träne mit seinem Shirt fort.

Ich kann es nicht mehr zurückhalten. Also lehne ich mich vor, kralle mich in sein Shirt und schluchze unwillkürlich in die Baumwolle, die so sehr nach Ryker riecht, dass ich fast ohnmächtig werde. Er zögert einen Moment, bevor er seine stabilen Arme um meine Schultern legt und mich an sich drückt, ganz fest.

„Es tut mir so leid", flüstert er in mein Haar, und ich denke, er beginnt ebenfalls zu weinen.

Kapitel 32

„Ist er immer so auf Konfrontation aus?" Ryker schaut zu, wie ich meine Tränen trockne. Er hat mich eine gute halbe Stunde weinen lassen. Nach ein paar Minuten hat er mich zur Couch geführt und mich dann seine Klamotten nassweinen lassen.

„Nein", ich schüttele meinen Kopf, „aber ich habe ihn auch niemals zuvor bei einem Seitensprung erwischt oder verlassen. Danke, dass du ihn nicht geschlagen hast." Ich kichere und starre auf meinen Rock. „Ich will dir damit nicht unterstellen, du wolltest es, aber – "

„Oh, das wollte ich", kichert er, während er seine Arme entlang der Couchlehne ausstreckt, „um ehrlich zu sein, wollte ich ihm den Kopf abreißen. Aber das hätte keinem von uns geholfen, nicht wahr?" Er lächelt dieses sexy, selbstbewusste Lächeln, das mich vor zwölf Jahren im Gemeindezentrum von Amherst zu ihm gelockt hatte.

Ich kann nicht glauben, dass mir gerade nicht danach ist, zu ritzen. Ich weiß, dass ich das Verlangen haben werde, vermutlich sobald er weg ist. Vielleicht ist das der Grund, warum ich noch nicht bereit bin, ihn gehen zu lassen; ich *will* nicht ritzen. Ich weiß nur, dass das Verlangen da sein wird, auf mich wartet, wie ein verrosteter Transporter in einer Einfahrt.

„Es war ein Unfall", beginne ich, ohne seine Aufforderung. „Mein letztes Jahr an der weiterführenden Uni und ich werde verdammt nochmal schwanger…"

Ryker steht auf und geht zum Kühlschrank, greift sich zwei Bier, dann setzt er sich wieder hin und gibt mir eines.

„Danke", lache ich. „Egal, ja… stell dir nur mal für einen Augenblick den Gesichtsausdruck meiner Mutter vor." Er lacht ein bisschen und ich auch. „Ich wollte eine Abtreibung. Sofort."

Ryker zieht am Etikett seines Biers, dann schaut er mich an. „Wirklich?"

„Ja, das wollte ich. Es gab nicht mal einen Gedanken daran, etwas anderes zu tun. Eric ist allerdings ausgerastet. Nicht so, wie du es heute erlebt hast… einfach…" Ich schlucke schwer.

„Es ist okay, Nat."

„Sie heißen Max und Oliver. Nächsten Monat werden sie fünf und ab Herbst gehen sie in die Vorschule." Es folgen ein paar Sekunden Stille, dann rede ich weiter. „Ich wollte ihn verlassen, vor der Affäre… Tosha sagt mir schon seit einer Ewigkeit, dass ich hier wohnen kann."

Ryker stellt sein Bier auf dem Couchtisch ab. „Mag sie ihn nicht?"

„Nein. Das hat sie noch niemals wirklich. Sie denkt er wäre angeberisch." Das bringt Ryker zum Lachen.

Ich verbringe die nächsten paar Minuten damit, Ryker zu erzählen wie Eric fest auf eine Hochzeit bestanden hatte, bevor die Babys geboren wurden. Und von meinem Entgegenkommen allen nur nicht mir gegenüber. Während ich berichte, dass ich meine Doktorarbeit abgebrochen habe, schaut er besonders unwohl drein, denn er ist ein Mensch und weiß, wie schwer mir das gefallen ist.

„Ehrlich gesagt hätte ich die Affäre vielleicht verschmerzt, wenn das alles gewesen wäre. Das ist eine Lüge", gebe ich beim nächsten Atemzug zu. „Wie auch immer, meine Feindseligkeit und pure Abscheu ihm und allem gegenüber, für das er steht, sitzt so tief, dass es davon keine Erholung gibt. Die Affäre ist nur…"

„Die Spitze des Eisbergs", beendet Ryker den Satz und schaut zum Tisch hinunter.

„Ja. Und jetzt wo Ollie taub wird, ich – "

„Was?"

„Oh", seufze ich, „soweit war ich noch nicht, denke ich. Er hat eine degenerative neurologische Krankheit, die dazu führen wird, dass er langsam taub wird. Das haben wir vor etwa zwei Wochen erfahren."

„Scheiße, Nat... das tut mir so leid." Ryker streckt seine Hände aus und ich lege meine hinein. Nachdem er sie kurz gedrückt hat, ziehen wir unsere Hände wieder ein.

Ich erkläre Ryker alles, was ich über Olivers Situation weiß und von unserem Plan, ihn auf die Clarke School zu schicken.

„Egal, um deine Frage von vor ein paar Stunden zu beantworten, ich habe vor ein paar Wochen wieder mit dem Ritzen angefangen. Ich war in diesem Dampfkessel. Ich dachte an der erste Mal, als ich geritzt habe, dann seit langer Zeit zum ersten Mal an dich... und das Ganze mit Eric..." Nun muss ich das Thema wechseln, also bewege ich mich und schaue ihm in die Augen. „Also, warum bist du so lange in Wyoming geblieben?"

Ryker atmet lange aus, pustet beide Wangen leer. „Na ja, eine Weile ging es mir gut. Ich schaffte es durch die Bewährung und deine Abschlussfeier ohne größere Probleme zu verursachen." Er windet sich ein bisschen hin und her und bewegt sich dann, um seine Ellbogen auf seinen Beinen abzustützen. „Dann habe ich wieder mit den Schmerzmitteln angefangen." Mein Herz tut mir weh, während ich sehe, wie er bei der Erinnerung sein Gesicht verzieht. „Und mit dem Alkohol hatte ich niemals wirklich aufgehört, ich war nur gut darin, es unter Kontrolle zu halten, wenn ich musste. Ich arbeitete in dem Abenteuer-Camp, das meine Schwester nach ihrer Rückkehr aus Afrika eröffnet hat und konnte nicht trinken, während die Kinder dort waren. Aber ich

stellte sicher, dass ich das während meiner freien Zeit nach-
holte."

„Bist du nochmal verhaftet worden?", frage ich und bete
um ein „Nein".

„Nein, zum Glück nicht. Aber es wurde ziemlich schlimm,
Nat. Ich habe sehr viel abgenommen, schlief oder trank, wenn
ich nicht arbeitete. Ich kann verdammt froh sein, dass ich
weder mich noch jemand anderes getötet habe." Während er
spricht, knabbert er an seinem Daumennagel.

„Moment, lass uns mal kurz zurückgehen. Hast du, nachdem du wegen Trunkenheit am Steuer verhaftet wurdest, jemals versucht, dich erneut zu verpflichten?"

Er lacht sarkastisch. „Ich war am Arsch, Nat, nicht
dumm. Irgendwie schaffte ich es, alles so zu lassen, wie es
war. Mein Austrittstatus war in Ordnung. Ich weiß nicht, ob
ich den hätte ruinieren können, indem ich eine Szene verursacht hätte, aber das wäre alles, was ich erreicht hätte – eine
Szene. Damit hatte ich nach der Verhaftung am meisten zu
kämpfen. Ich fühlte mich, als ob ich Lukas im Stich lassen
würde."

*Und da wären wir, wir reden zum allerersten Mal über Lu-
kas.*

„Du weißt, dass das nicht stimmt." Ich streichle eine Sekunde lang sein Knie mit meiner Hand, dann ziehe ich sie
weg.

„Das weiß ich *jetzt*." Seine wunderschönen blauen Augen
wandern irgendwo hin, an einen Ort, von dem ich nicht weiß,
ob ich bereit bin, ihm dorthin zu folgen. „Wie auch immer",
fährt er fort, „meine Mom hat das mit den Schmerzmitteln
herausgefunden und mir ein Ultimatum gesetzt. Sie hat gesagt, sie würde mich rausschmeißen, wenn ich keine Entziehungskur machen würde. Und Wyoming ist wirklich nicht
der Ort, an dem man allein herumirren will. Außerhalb des

Freizeitparks ist es ein unglaublich trüber Ort, an dem *überhaupt* nichts los ist.

„Also hast du eine Entziehungskur gemacht?"

„Ja. Ambulant. Ich hatte Zeit all die tollen Dinge zu bearbeiten, wie Schuld, Wut, meine PTBS…"

„Ah ja", seufze ich, dann hebe ich meine Füße und lege sie auf dem Couchtisch ab, „die gute alte PTBS." Es ist unglaublich absurd, dass wir über die PTBS reden, als wäre sie ein Großonkel, den wir schon seit einer Weile nicht mehr gesehen haben, aber… egal.

„Es tut mir leid, Natalie – "

Meine Hand hebend stoppe ich ihn. „Nicht, es ist gut. Es war nicht deine Schuld – "

„Ich muss es dir sagen, lass mich das zu Ende bringen", unterbricht er mich. „Ich habe sehr lange damit gewartet, dir zu sagen, wie leid es mir tut. Ich weiß, dass das meiste von der PTBS verursacht wurde, die mein Gehirn durcheinander gewirbelt hat, aber du hattest etwas Besseres verdient, Nat." Als er weiterredet, greife ich nach seiner Hand. „Du hattest es verdient, dass ich dir die Wahrheit sage, als ich gesagt habe, ich würde mir helfen lassen. Du hattest jemanden verdient, der dich nicht rumschubst…" Er lässt seinen Kopf besiegt hängen. Eine Niederlage, die von innen kommt.

„Ryker." Ich hole Luft und reibe ihm sanft über den Rücken. Es ist das erste Mal, dass ich sehe, wie lange mit sich rumgetragene Schuld von außen aussieht, während sie jemand von innen verzehrt.

„Danke, dass du so lange bei mir geblieben bist wie du geblieben bist." Er greift nach meiner Hand, verschränkt seine Finger mit meinen, schaut aber immer noch nach unten.

Etwas wie ein Zirpen entweicht meiner Kehle, als ich nicke und mir die Tränen übers Gesicht laufen.

Mal ernsthaft, wie viel kann ein Mensch während seines Lebens weinen?

„Danke auch dafür, dass du in dieser Nacht den Feueralarm ausgelöst hast. Das hat uns beide gerettet." Als seine blauen Augen, Augen die ich mal mein genannt habe, in meine blicken, halte ich es nicht mehr aus.

Sofort lasse ich seine Hand los, stehe auf und laufe hinter der Couch hin und her, dabei ziehe ich mit meinen Händen an meinen Haaren, versuche die Panikattacke zu verhindern. Ryker runzelt kurz die Stirn, dann geht er zur Küche, füllt ein Glas mit Wasser und gibt es mir ruhig.

„Danke."

„Es ist okay, Natalie. Wir sind nicht mehr dort..." Seine Augen beobachten mein Gesicht.

„Ich bin es. War es. Ich habe den Ort niemals verlassen."

Ich presse meine Handfläche gegen meine Stirn und rede weiter. „Ich muss mir helfen lassen, ich kann das nicht mehr. Meine Jungs brauchen jemand stärkeres, als *das*, was auch immer das ist..."

Rykers Augen schließen sich, als sich Erleichterung auf seinem Gesicht ausbreitet. Ohne zu zögern, hebt er seine Hand und berührt mein Gesicht. „Du *bist* stark, Natalie. Nach allem zu urteilen, was ich schon wusste und dem, was du mir heute erzählt hast, bist du außergewöhnlich stark. Aber du hast recht, du brauchst Hilfe. Das brauchen wir alle manchmal."

Es fühlt sich gut an, es laut zu hören – dass ich Hilfe brauche. Ich streiche mit meinem Daumen über Rykers Hand, als er sie von meinem Gesicht nimmt. „Danke. Scheiße", sage ich und schaue auf die Uhr. „Es ist fast Mitternacht. Es tut mir leid, dass ich dich so lange hierbehalten habe."

„Kommst du klar, wenn ich gehe?" Er lässt seine Hände absichtlich über meine Schultern gleiten. Er will sichergehen, dass ich nicht die ganze Nacht ritze.

„Das tue ich." Zum ersten Mal seit Jahren glaube ich meinen eigenen Worten.

Ryker geht zur Arbeitsplatte, wo mein Telefon und unsere kalte Pizza liegen. „Hier ist meine Nummer", sagt er, während er sie in mein Handy tippt, „bitte, du kannst jederzeit…"

Ich nicke und höre, wie sein Telefon klingelt.

„Jetzt habe ich deine Nummer auch." Er lächelt spielerisch.

„Super. Danke für die letzten beiden Nächte, Ryker. Ich habe eine anstrengende Woche vor mir, um Hilfe für meinen Sohn und jetzt auch für mich zu arrangieren." Als ich jetzt lächle, schaue ich ihm in die Augen und er lächelt zurück.

„Du kriegst das hin. Ich kenne dich." Er drückt nochmal kurz meine Schulter, dann geht er zur Tür.

„Nochmals danke, Ry." Ich folge ihm und öffne die Tür.

„Danke *dir*, Nat." Ein kurzer Moment der Unsicherheit verstreicht, als seine Lippen sanft meine Stirn küssen. Meine Kopfhaut prickelt, als er sich zurückzieht. „Gute Nacht."

„Nacht", flüstere ich, während er, die Hände in den Hosentaschen vergraben, die Treppe hinuntergeht.

Ich weiß nicht, ob einer von uns je zum Namen des anderen scrollen wird, um ihn anzurufen, aber ich weiß eines. Ich will im Moment nicht ritzen. Das muss ein guter Start sein.

Kapitel 33

„Also Natalie, es ist jetzt drei Wochen her, seit Sie offiziell aus Ihrer und Erics Wohnung ausgezogen sind. Wie geht es Ihnen?" Dr. Greene schlägt ihre Beine übereinander und wartet mit einem sanften Lächeln im Gesicht.

Ich habe sie gleich als erstes an dem Morgen nach Rykers Besuch in Toshas Wohnung angerufen. Sie war in der Lage mir einen Termin am Ende der Woche zu geben, was sehr gut war, denn bis dahin war ich mit meinem Latein am Ende. Ich bin zurück in die Wohnung gegangen, die jetzt Erics ist, und habe den Rest meiner Sachen abgeholt. Natürlich hat er versucht, seinen Auftritt vor Ryker dem Alkohol zuzuschieben. Aber *so* betrunken war er nicht gewesen. Und am Ende einer Unterhaltung, die dann doch ziemlich vernünftig war, haben wir bemerkt, dass es Dinge gibt, die nicht mehr repariert werden können, wenn sie erst einmal kaputt sind.

„Hör zu, Eric", sagte ich, „es wird schon schwer genug werden, unseren Eltern und den Jungs zu erklären was los ist. Lass uns deine Affäre und mein Ritzen außen vor lassen, okay? Es wird die Dinge nur verschlimmern, für uns beide."

Nach einer langen Pause sagte er: „Gut. Du hast recht."

Er hat schließlich einen Ruf zu wahren. Ich bin mir nicht sicher, was schlimmer für ihn wäre, die Affäre zuzugeben, oder dass seine Frau Probleme hat.

„Also", ich holte tief Luft, „erwähne bitte auch Ryker nicht. Ich weiß nicht, ob er und ich uns je wiedersehen, aber du weißt schon... meine Mom." Ich starrte auf den Boden, bis Eric nach meinen Schultern griff.

„Ich weiß, Natalie. Es ist gut. Nochmal, es tut mir leid – "

„Nicht. Es ist okay. Es ist vorbei."

Es ist alles vorbei.

Ich atme ein und lächle Dr. Green an. „Es läuft gut. Ich war in der Lage, einen Teil des Erbes meiner Oma dafür zur verwenden, die Miete in Northampton für eine Weile zu bezahlen. Und mein alter Fachbereich am Mount Holyoke war begeistert, mich für Zusatzkurse einzustellen. Smith möchte auch, dass ich unterrichte."

„Haben Sie während der letzten drei Wochen geritzt?"

Mann, sie kommt gleich auf den Punkt, oder?

Ich falte meine Hände und schaue kurz zu Boden, bevor ich mich der Sache stelle. „Das habe ich. Einmal."

Sie nickt, sie hat ganz eindeutig so eine Antwort erwartet.

„Möchten Sie darüber reden?"

Das ist nicht wirklich eine Frage.

„Es war letzte Woche. Als die Jungs vorletzte Woche nach Hause kamen, haben sie bei mir gewohnt, weil Eric ein Projekt hatte, an dem er arbeiten musste und sie sonst auch meistens mit mir zusammen sind."

Ich halte inne und erinnere mich an ihre Begeisterung, an einem neuen Ort zu wohnen, für mich war sie gemischt mit der Furcht, ihnen alles erklären zu müssen. Ich hatte vorher meine Eltern angerufen und Eric seine und wir haben die diplomatischste Erklärung für unsere Trennung angeführt, die wir konnten. Unsere beiden Mütter haben geweint.

„Egal", fahre ich fort, „in der ersten Nacht, in der sie wieder bei Eric übernachtet haben..." Meine Augen füllen sich mit Tränen und ich greife nach einem Taschentuch. „Ich habe einfach... ich habe mir den Frieden und die Ruhe so lange herbeigewünscht, davon geträumt, in Ruhe gelassen zu werden... aber der Fernseher war aus und die Sonne untergegangen..." Jetzt bin ich am Schluchzen. „Ich habe mich noch niemals so *allein* gefühlt und ich habe es nicht ausgehalten."

„Wie hat es sich angefühlt, als Sie in dieser Nacht geritzt haben, Natalie?" Dr. Greens Stimme bleibt sanft wie bei einer Wellnessanwendung.

„Schrecklich", gebe ich zu. „Aus irgendeinem Grund hat es sich so anders angefühlt. Es war überhaupt das erste Mal, dass es sich so angefühlt hat. Hinterher habe ich mich schlechter gefühlt als vorher."

„Haben Sie es seitdem nochmal gemacht?"

„Nein."

„Haben Sie darüber nachgedacht?"

„Ja, sehr oft." Ich nicke und rolle das Taschentuch zwischen meinen Fingern.

„Nun", sie bewegt sich ein bisschen auf ihrem Sessel, was ihr gar nicht ähnlich sieht, „haben Sie überhaupt nochmal mit Ryker gesprochen?"

Ah.

Dr. Green weiß mehr über Ryker als jede andere Person auf diesem Planeten, außer Tosha und mir. Sie war die Ärztin, bei der meine Eltern mich untergebracht hatten, nachdem sie mir erlaubt hatten, zurück nach Mount Holyoke zu gehen. Ich sah sie während der Wiederholung meines vorletzten Jahres regelmäßig. Als ich ihr in der letzten Woche, bei unserer ersten Sitzung, erzählt habe, dass wir uns nach fast zehn Jahren über den Weg gelaufen sind, sah ich bei ihr einen Gesichtsausdruck, von dem ich ziemlich sicher bin, dass er nicht als professionell durchgehen würde, aber er brachte mich trotzdem zum Lachen. Sie schien genauso erleichtert zu sein wie ich, dass es ihm gut ging.

„Habe ich nicht. Er hat mich auch nicht angerufen", füge ich aus unbekanntem Grund hinzu.

„Macht es Ihnen etwas aus?"

Ja.

Ich starre sie eine Weile an, bevor ich antworte. Ich hatte darüber nachgedacht, ihn am nächsten Tag anzurufen, um ihm erneut für die vorhergehende Nacht zu danken. Aber wir hatten alles gesagt, was es zu sagen gab. Mehr oder weniger. Und dann musste ich mich um mein Leben kümmern. Der Umzug, Behandlungen für Oliver arrangieren und einen Scheidungsanwalt kontaktieren, haben ziemlich viel Zeit in Anspruch genommen. Zugegeben, ich habe den Bauernmarkt am Samstag auf dem Marktplatz gemieden, nur weil ich wusste, dass er dort sein würde, und anscheinend bin ich noch nicht bereit.

„Um ehrlich zu sein, das tut es. Vielleicht lässt er mir nur einfach Zeit, mir über alles klar zu werden. Ich habe ihm gesagt, dass ich mir Hilfe holen würde."

„Planen Sie, ihn anzurufen?"

Ich zucke mit den Schultern. „Vermutlich. Ich habe keine Ahnung wann, aber ich vermisse ihn. Ich vermisse ihn sehr."

Über ihr Gesicht huscht ein schwaches Lächeln, bevor sie auf ihre Uhr schaut. „Okay, Natalie, unsere Zeit ist um. Sehen wir uns nächste Woche?"

„Alles klar. Nochmals vielen Dank, Dr. Greene."

Ich gehe hinaus auf die belebte Northampton Street und laufe die kurze Strecke zu meiner Wohnung. Ich war begeistert, meine Lagereinheit ausräumen zu können, meine Wohnung mit allem zu füllen, was repräsentiert, was ich war und wer ich bin. Tosha ruft an.

„Hallo?"

„Hey Lady. Hast du dieses Wochenende die Jungs?"

„Nein, ich habe sie heute Morgen bei Eric abgeliefert, vor meinem Termin bei meiner Psychiaterin. Hey", ich halte eine Sekunde inne, bevor ich mich entschließe, meinen Plan umzusetzen, „hast du Lust, morgen mit mir zum Bauernmarkt nach Amherst zu gehen?"

Ich kann Toshas Gesichtsausdruck förmlich vor mir sehen, während sie nachdenkt. Nach einer kurzen Pause antwortet sie schließlich. „Ja. Ich hole dich um acht Uhr ab."

„Du hältst zwischendurch besser an, um uns Kaffee zu holen, wenn wir so früh hingehen", lache ich.

„Ich denke, wir werden mehr als nur Kaffee benötigen", grummelt sie, dann legt sie auf.

Tosha weiß alles über die Nacht, in der Ryker bei mir war und Eric aufgetaucht ist. Das hat ihre sowieso schon schlechte Meinung von Eric nicht gerade verbessert. Aber sie war bereit, ihn nicht dafür zur Rede zu stellen, dass er ein totales Arschloch gewesen war.

Als es dann am Samstagmorgen soweit ist, bin ich ziemlich nervös. Ryker und ich, wir haben uns bereits drei Mal gesehen, aber das hier fühlt sich anders an. Es ist, als ob ich nackt vor ihm stehe. Ich muss ihn an einem Tag sehen, an dem ich mich gut fühle und einigermaßen gefasst bin.

„Was wirst du sagen?", fragt Tosha, als wir einen Parkplatz finden.

„Ich denke, ich beginne mit ‚Hi'."

„Du bist so eine Hexe", lacht sie.

„Tja, Gott, Tosh, wir haben beim letzten Mal, als wir uns gesehen haben, quasi alles voreinander ausgebreitet und früher haben wir miteinander geschlafen. Zwischen uns ist nicht viel Mysteriöses übrig."

„Stimmt. In Ordnung, willst du, dass ich neben dir stehen bleibe oder soll ich so tun, als ob ich mir in der Nähe Kräuter anschaue?"

Ich denke einen Moment nach. „Kräuter in der Nähe anschauen."

„Gut." Sie verdreht ihre Augen.

Während wir zwischen den Marktständen hindurchgehen sehe ich Ryker sofort. Der Gedanke, mich umzudrehen ist verlockend. Sehr verlockend. Was, wenn er sagt, er hätte beim letzten Mal alles gesagt, was er zu sagen hatte? Was, wenn ich nur noch mehr Probleme verursache? Ich bin etwa zehn Schritte von seinem Stand entfernt, als er mich sieht. Seine Augen leuchten auf und ich kann nicht anders als lächeln.

„Hey, du!" Er geht seitlich um den Tisch herum und zieht mich in eine feste Umarmung. Ich atme aus, es kommt mir vor, als hätte ich zehn Jahre lang die Luft angehalten.

Er riecht genauso. Er riecht jedes Mal gleich.

„Dir auch hey." Ich lächle und zeige zu seinen Produkten. „Du siehst aus, als würde es hier wirklich gut für dich laufen. Das ist super!"

Ryker zuckt mit den Schultern, versucht bescheiden zu sein, aber ich kann sehen, dass er stolz ist. Und ich freue mich für ihn.

„Ich habe mich gefragt, ob ich dich hier treffen würde." Seine Augen fangen meine ein und ich fühle ein Stechen in meiner Brust.

„Ja, na ja, die letzten Wochen war ziemlich viel los. Ich bin ausgezogen – "

„Tut mir leid, Nat…" Er legt seine Hand auf meine Schulter und lässt sie länger dort, als ich erwartet hätte.

„Nein, mach dir darüber keine Sorgen. Es war schon lange überfällig. Wie auch immer, ich werde am Mt. Holyoke ein paar Anthropologie-Kurse geben und im Herbst auch am Smith College."

Sein Lächeln kann kaum noch breiter werden. „Das freut mich *wirklich* für dich, das ist toll. Wie geht es Oliver?"

Seine Frage überrascht mich ein bisschen. Es kommt mir immer noch merkwürdig vor, mit Ryker Manning über meine Kinder zu sprechen.

„Ähm… es geht ihm gut, aber sein Hörvermögen scheint wirklich schnell zu schwinden. Ich lerne in jeder freien Minute, die ich habe, Gebärdensprache und beginne, sie mit ihm zu benutzen. Es ist nur ein Monat her, seit seiner Diagnose, aber ich weiß, dass er zu kämpfen hat…"

„Du solltest die Jungs mal zur Farm bringen, ich bin mir sicher, sie werden es lieben."

Es bringt mich zum Lächeln, dass er sich Gedanken macht. Sie *würden* das absolut lieben. „Klar, das klingt nach Spaß. Im Moment ist es ein bisschen nervenaufreibend, Oliver irgendwo mit hinzunehmen – da sein Gehör kommt und geht, kann ich nicht sicher sein, dass er mich hört, wenn ich seinen Namen rufe, falls er dabei ist, sich wehzutun. Er muss die ganze Zeit begleitet werden.

Ryker entschuldigt sich, um eine Kundin zu bedienen, währenddessen schaue ich mir die Produkte in den Körben an, die zu meinen Füßen stehen. Er hat das gemacht. All das kommt von Ryker… *Ryker.* Das beginnt mir den Atem zu nehmen, als er zurückkommt.

„Entschuldige die Unterbrechung."

„Kein Problem", lächle ich, „du hast zu tun, das ist gut. Hör zu, ich bin vor allem hergekommen, um mit dir über etwas zu reden. Ich möchte deinen Dad sehen."

Ryker schluckt schwer, während er nickt. „Das wird ihm wirklich gefallen. Du hättest mich nicht vorher fragen müssen, weißt du."

„Das habe ich, weil ich mich gefragt habe, ob du mitkommst…" Ich blicke einen Moment lang zu Boden, bevor ich mich daran erinnere, dass Dr. Greene mich strikt angewiesen hat, zu üben, den Menschen wieder in die Augen zu schauen. Es gibt nichts, wofür ich mich schämen müsste.

Nichts, wofür ich mich schämen müsste… tief einatmen.

Das einzige Problem ist, wenn ich Ryker in die Augen schaue, dreht sich in mir alles. Er ist die einzige Person, die ich jemals *so* geliebt habe und die einzige Person, die mich einen Verlust hat fühlen lassen, von dem ich dachte, dass ich mich niemals davon erholen würde. Die Enden von jedem extremen Gefühl, das ich jemals gespürt habe, befinden sich direkt in diesen schönen, endlosen, blauen Augen. Das letzte bisschen Blau, das am Himmel bleibt, bevor die Sonne untergeht – das starre ich an.

„Natürlich, komme ich mit. Sollen wir uns dort zum Abendessen treffen? Sagen wir um sechs?"

„Heute Abend? Okay, das klingt gut. Bis dann."

Kapitel 34

Mit einem langen Seufzen und einem neuen Schwarm Schmetterlingen im Bauch, biege ich in Bill Mannings Einfahrt. Ich zwinge mich dazu, an die guten Zeiten zu denken, die ich hier hatte, bevor die schlechten Zeiten wie ein tiefer, kalter Nebel aufzogen. Okay, ja, dort – *genau dort* – hat Ryker mich geschubst und ich bin nach hinten gefallen. Aber dort drüben hat er mich, als er gerade erst nach Hause gekommen war, im wahrsten Sinne des Wortes durch die Luft gewirbelt und geküsst, als ob uns niemand sehen könnte.

Ich bin absichtlich erst ein paar Minuten nach sechs hier. Bin mir aber nicht sicher, warum; Bill und ich haben viel Zeit miteinander verbracht, auch noch nachdem Ryker nach Hause gekommen war. Und um ganz ehrlich zu sein, sogar, wenn er im selben Zimmer war. Trotzdem habe ich ihn in zehn Jahren nur ein einziges Mal gesehen und damals war ich im achten Monat schwanger... als er mir gesagt hatte, Ryker wäre verheiratet.

Ryker klopft mit seinem Knöchel gegen meine Scheibe und macht mich damit darauf aufmerksam, dass ich während der letzten Minute oder auch länger total in Gedanken versunken war.

„Kommst du?", fragt er, so als wäre es zwölf Jahre früher. Er lächelt, aber seine Augen verraten ihn immer – auch er ist ein bisschen nervös.

Ich erwidere sein nervöses Lächeln, steige aus und wir gehen die Steintreppe zur Haustür hinauf. Mein Gehirn wird begrüßt von einer Überdosis sensorischer Erinnerungen, sobald ich durch die Tür in den Eingangsbereich trete. Bilder, wie ich auf dem Boden vor der Haustür saß und mit Ryker geweint habe, wie wir oft Sonntagabends gemeinsam in der Küche gegessen haben und vom Sex in Rykers Zimmer wirbeln durch meine Sinne.

Wow.

Nachdem ich ein paarmal geblinzelt habe, blicke ich auf einen gut gebauten Mann mit silbernen Haaren, der mit dem Rücken zu mir in der Küche steht. Als er sich umdreht, füllt sich mein Herz mit so viel Freude, dass ich denke, es könnte bersten. Bill begrüßt mich mit dem glorreichen Lächeln, das er an seinen Sohn vererbt hat und ich gehe selbstbewusst auf ihn zu.

„Natalie!" Bill klatscht einmal in die Hände und dann stehen wir uns an der Seite der Kücheninsel gegenüber, er zieht mich in eine dicke Umarmung.

„Hi, Bill." Ich drücke so fest ich kann und bin überrascht von den Tränen, die plötzlich über mein Gesicht laufen.

„Gott, es ist so gut, dich zu sehen, Kind." Er hält mich auf Armeslänge entfernt, während ich meine Tränen wegwische.

Das Abendessen ist fertig und wir setzen uns auf unsere alten Plätze und genießen das gemeinsame Essen.

Nach dem Essen kümmern Ryker und ich uns um das Geschirr, während Bill draußen ein Feuer macht. Ryker stupst mich seitlich an.

„Geh schon mal vor und rede mit ihm. Ich mache das hier fertig." Ehrlich gesagt, möchte ich einfach nur hier stehen und Rykers Stimme die ganze Nacht zuhören. Sie ist süß. Sie ist ruhig. Und dann bemerke ich, sie beginnt genauso zu klingen wie die seines Vaters.

Ich stelle mich neben Bill an die Feuerstelle. „Danke für das Abendessen, Bill. Es war wie immer lecker."

„Jederzeit, Nat." Er lächelt.

Die mutmachenden Worte von Dr. Greene im Kopf, konzentriere ich mich darauf, auf den Punkt zu kommen, dabei starre ich weiter ins Feuer. „Warum hast du mir gesagt, er wäre verheiratet, Bill?"

Bill stößt ein leises Kichern aus. „Ah, Natalie… Ich denke… Ryker war gerade erst aus Jackson Hole nach Hause gekommen und endlich ging es ihm besser, aber ich hatte immer noch schreckliche Angst, weißt du? Ich dachte mir einfach, dass die Chancen, dass ihr euch über den Weg laufen würdet, recht gering wären und wollte, dass du weißt, dass es ihm wirklich gut ging." Er seufzt und fährt fort, „Ich weiß auch nicht, du hast glücklich ausgesehen, Kind, ich dachte mir, es wäre besser, alles so zu lassen wie es ist." Er schüttelt seinen Kopf und schaut zu den Baumen.

Es kommt mir so vor, als ob Bill auch eine ganze Menge Schuld mit sich herumträgt.

„Nichts davon war deine Schuld, weißt du…" Instinktiv lege ich meine Hand auf seine Schulter. Er hebt seine Hand und hält meine fest.

„Ich weiß. Ich wünsche mir nur, ich wäre besser darauf vorbereitet gewesen, ihm irgendwie zu helfen."

Mir entweicht ein Kichern. „Was du nicht sagst. Wir beide."

Bill stellt drei Stühle um die Feuerstelle. Während ich mich hinsetze, ist klar, dass Ryker sich in der Küche Zeit lässt, um mir und seinem Dad mehr Zeit zum Reden zu geben.

„Ich möchte mich wirklich bei dir bedanken", sagt Bill, als er es sich auf einem Stuhl gemütlich macht. „Und ich meine das nicht nur wegen all dem, was am Ende geschehen ist. Du warst gut zu meinem Sohn, Natalie und mehr hätte ich nicht erwarten können. Du warst taff. Er brauchte das. Ich auch, denke ich."

Ich schiebe mit meinem Zeigefinger meine Nagelhaut hoch, denn ich kann es nicht ertragen, Bill jetzt in die Augen zu schauen. „Ich habe ihn geliebt, Bill."

Seine Stimme wird etwas düsterer. „Das ist für manche Leute nicht genug, weißt du."

„Für mich war das damals alles…"

Es war so einfach gewesen, mich auf die Dinge zwischen Ryker und mir zu konzentrieren – die guten, die schlechten, die noch schlechteren – dass ich mich dazu gezwungen hatte, die Intensität der Liebe, die ich für Ryker empfunden habe, zu vergessen. Sie hat mich komplett verschlungen, und deshalb trage ich diesen zehn Tonnen schweren Sack aus Reue mit mir herum, weil ich ihn verlassen habe. Zum Zeitpunkt der Trennung habe ich ihn immer noch geliebt.

„Ryker hat mir ein bisschen von eurem Streit erzählt, den ihr hattet, als er immer noch in der Bewährung war." Meine krankhafte Neugier übernimmt.

„Ja", Bill kratzt sich ein paar Sekunden am Kopf, bevor seine Augen – die absolut identisch mit Rykers sind – ein bisschen blasser werden. „Ich hatte Angst, ich würde ihn verlieren, Natalie. Bei dem Autounfall hat er wirklich Glück gehabt. Er war noch nicht weit gefahren und auch noch nicht schnell. Ich wusste, dass er einfach nur von hier wegmusste, weißt du?“

„Das weiß ich wirklich“, nicke ich.

„Wie auch immer, der Streit an sich war nicht so schlimm. Er hat mich wegen vieler Dinge angeschrien, hat gesagt, ich hätte dir Lügen über ihn erzählt, damit du ihn verlässt... all solche Sachen.“

„Gott.“ Ich schließe meine Augen und wünsche mir fast, ich hätte nicht gefragt. Aber nicht zu fragen, hätte die Dinge nicht ungeschehen gemacht.

Bill scheint zu spüren, dass es Zeit wird, das Thema zu wechseln, also lehnt er sich auf seinem Stuhl ein bisschen vor. „Wie geht es dir wirklich, Natalie?“

„Na ja“, ich lehne mich zurück und verschränke meine Arme und Beine. „Ich bin sicher, dass alles gut werden wird. Aber im Moment ist alles ein bisschen hart, weißt du?“

„Es tut mir leid, von der Scheidung zu hören. Ich kenne die Details nicht, aber es ist immer eine schwere Entscheidung.“

Ryker hat anscheinend mit seinem Dad ein bisschen über mich gesprochen. Okay, dann...

Ich denke Bill und Rykers Mutter, Julie, haben sich scheiden lassen, als Ryker ungefähr im Alter meiner Jungs war. Von dem, was Ryker mir erzählt hat, war Julie unglaublich depressiv gewesen und irgendwann einfach gegangen. Es hat Bill am Boden zerstört. Vielleicht war das der Grund, warum ich damals keine engere Beziehung zu ihr aufgebaut habe – ich hatte nicht verstehen können, wie jemand einfach... gehen konnte. Heute würden wir vermutlich eine Flasche Wein miteinander trinken und uns austauschen.

„Danke, ja, es war schwer für mich. Glücklicherweise scheint es jetzt recht einvernehmlich vonstatten zu gehen. Wir haben am ersten Juni die offiziellen Papiere eingereicht, also... warten wir jetzt wohl erstmal eine Weile, denke ich."

Als Ryker fertig ist und rauskommt, fährt Bill mit dem vertraulichen Gespräch fort.

„Es tut mir leid, dass von deinem Jungen zu hören, von Oliver."

Mein Junge.

Bill spricht den einfachen Namen meines Kindes mit der gleichen väterlichen Sorge aus, die er mir vor langer Zeit auch entgegengebracht hat.

„Danke. Es wird ein langer Weg werden, aber er ist stark, und Max auch."

Ich nehme mir ein paar Minuten Zeit, um Bill Olivers Situation zu erklären und mit ihnen beiden über seine Behandlungen zu reden. Max begleitet seinen Bruder bei allen Sitzungen, versteht die Gebärdensprache ziemlich schnell und lernt die wichtigsten Dinge für sein neues Leben mit seinem Zwilling. Er muss sich sicher sein, dass Oliver ihn anschaut, wenn er redet und wann immer es geht – zum Beispiel auf einem belebten Spielplatz – auf ihn achtgeben. Immer wenn ich, während sie spielen oder auch während der „stillen Zeit", einen Blick in ihr Zimmer geworfen habe, war es ganz normal. Einfach Jungs, die sich wie Jungs verhalten und Brüder wie Brüder.

„Klingt, als hättest du die Dinge so gut es geht unter Kontrolle." Bill lehnt sich vor und schaut mir ins Gesicht.

Ich zucke mit den Schultern. „Man kann nichts anderes machen als die Ärmel hochkrempeln und loslegen, denke ich."

Fliehen. Du kannst immer fliehen. Aber, denk dran, du bist besser als das.

„Dad, ich habe Natalie gesagt, sie soll ihre Jungs mal zur Farm bringen. Denkst du nicht auch, dass ihnen das gefallen würde?"

Ich sehe zu, wie Bills Mund seine Worte sorgfältig wählt. „Du hast recht, Sohn. Es sind Jungs. Es ist Dreck. Was sollen sie daran nicht mögen?"

Wir lachen alle und genießen den Rest des Sonnenuntergangs.

Als die Mücken so richtig rauskommen, stehe ich auf und verabschiede mich.

„Nochmal vielen Dank für das Abendessen, Bill." Ich breite meine Arme aus und er tritt hinein, um mich zu umarmen.

„Jederzeit, Natalie. Das meine ich ernst. Lass uns nicht nochmal zehn Jahre verstreichen lassen, ja?" Bill küsst mich auf die Wange und klopft mir auf die Schulter, bevor er Ryker in die Augen blickt, der neben mir steht.

„Ich bringe dich zu deinem Auto, Nat." Ryker zieht kurz einmal an meinem kleinen Finger und läuft dann um das Haus herum.

Während ich zu meinem Auto gehe, fühle ich mich plötzlich fünfzig Kilo leichter. Anscheinend erreichen emotionale Abschlüsse mein blutendes Herz nur in kleinen Dosen.

„Danke, dass ich kommen durfte, Ryker. Ich bin froh, dass ich die Gelegenheit hatte, mit deinem Dad zu reden." Ich lehne mich gegen meine Autotür.

„Kein Problem, ich weiß, dass er dich wirklich vermisst hat... ihr beide habt gemeinsam viel durchgemacht." In seinen Augen blitzt etwas Unbehagen auf und ich wünschte, ich könnte sein Gesicht in meine Hände nehmen und ihn küssen, ihm damit sagen, dass es wirklich okay ist. Aber, das Problem mit Schuld ist, niemand kann sie dir nehmen, du musst sie dir selbst nehmen. Und ich sollte ihn vermutlich nicht küssen.

Bevor ich seine Lippen noch länger anstarre, beschließe ich, in mein Auto zu steigen. „Ich denke, ich werde dich beim Wort nehmen und die Jungs zur Farm bringen. Vielleicht Mitte August, kurz bevor die Schule beginnt? Ich denke, dass wir bis dahin etwas mehr Routine haben, was Olli angeht."

„Klingt gut, Nat. Wann immer du soweit bist, du hast meine Nummer." Ein Lächeln und eine Umarmung später, wandert Ryker mit seinen Händen in den Hosentaschen zurück zum Haus seines Dads.

Kapitel 35

„Mann, die letzten paar Wochen waren die Hölle für dich, oder?" Tosha reckt sich auf meiner Vor-Eric-Couch in meiner Nach-Eric-Wohnung. Obwohl ich vermute, es wird niemals ein wirkliches Nach-Eric geben, wegen der Jungs.

„Ja, aber ... du weißt doch, man sagt, es muss erst schlechter werden, bevor es besser wird?" Ich stelle Weingläser vor uns hin.

„Ähm-hmm."

„Ich bin irgendwie gerade in der Mitte davon. Und die ganze Bereinigung mit Ryker und das Reden mit seinem Dad und die Papiere für die Scheidung von Eric fertig zu machen", ich halte inne, um einen Schluck Syrah zu trinken, „ich fühle mich fast noch schlimmer als vorher."

Tosha legt ihre Hand auf mein Bein. „Das liegt daran, dass du nicht geritzt hast. Und, Nat, ich bin so unglaublich stolz auf dich."

Ich habe seit Wochen nicht mehr geritzt. Nicht seitdem ich mit Dr. Greene gesprochen habe. Meine Gründe variieren jedes Mal, wenn das Verlangen danach kommt. Manchmal habe ich Angst, dass Eric es doch gegen mich verwenden wird, ein anderes Mal, habe ich Angst, dass die Jungs es irgendwie herausfinden. Und obwohl ich mir innerlich immer wieder sage, dass ich keine Schuldgefühle haben muss, fühle ich mich manchmal immer noch, als ob ich Ryker betrügen würde. Mir ist sehr bewusst, dass es in *mir* einen Grund geben muss, es nicht zu tun, ich muss es für *mich* nicht mehr tun, aber an diesem Punkt bin ich noch nicht. Es ist wie beim Abstauben der Kristallvase, die auf dem höchsten Regal steht. Man verschiebt es immer wieder. Sie ist da. Irgendwann macht man es. Nur jetzt nicht.

Es macht mich verrückt, nicht zu ritzen. Manchmal, wenn ich Fernsehen schaue, ertappe ich mich dabei, mit meinem Daumennagel immer wieder über mein Handgelenk zu fahren, bis es sich wund anfühlt oder ich balle meine Fäuste so fest, dass man die kleinen Halbmonde meiner Nägel eine ganze Stunde lang sehen kann. Ich hatte gedacht, mit dem Ritzen aufzuhören wäre die größte Hürde. Aber es zeigt sich, dass die größte Hürde ist, es nicht mehr zu *wollen*.

„Dr. Greene denkt, ich soll Ryker bitten, mit zu einer meiner Sitzungen zu kommen", platze ich heraus.

Tosha spuckt etwas Wein aus.

„Oh, komm schon", necke ich sie, „pass auf die schöne Couch auf, ja?"

„Tut mir leid. Was?"

„Ja. Sie sagt, sie hätte es schon beim letzten Mal vorgeschlagen, als ich bei ihr in Behandlung war, aber damals hatte Ryker noch Bewährung... dann ist er verschwunden. Damals war alles noch ein bisschen *zu* frisch."

„Wirst du ihn fragen?" Sie ist plötzlich ziemlich wachsam, sitzt mit leuchtenden Augen im Schneidersitz da.

„Ich habe ein bisschen Angst..."

„Das bedeutet, dass du es tun musst, weißt du."

Ich seufze. „Ich weiß."

„Dann ruf ihn an." Tosha stupst mich mit ihrem Fuß an.

„Was? Jetzt gleich? Sind wir dreizehn Jahre alt, oder was?"

Sie starrt mich an und scheint das nicht lustig zu finden. Ich verdrehe meine Augen, scrolle durch mein Telefon, lasse dann meinen Finger über seinem Namen schweben, bis ich schließlich auf „wählen" tippe.

„Hallo?" Er lächelt.

„Hey du." Ich versuche zu lächeln, aber es fühlt sich mehr wie ein Zucken an.

Ich habe seit unserem Abendessen bei seinem Dad vor zwei Wochen nicht mit Ryker gesprochen. Auch er hat mich nicht angerufen, wie beim letzten Mal. Aber er hat mir am nächsten Tag eine Nachricht geschickt und mir gesagt, was für ein schöner Abend es für ihn gewesen ist.

„Was ist los?"

Es gibt nichts, über das wir Small-Talk halten können. Ich hasse das. Ich muss gleich auf den Punkt kommen.

„Also, wie du weißt, gehe ich wieder zu Dr. Greene."

Seine Stimme nimmt einen geschäftsmäßigen Ton an. „Das weiß ich."

„Na ja..." Während ich Tosha anschaue, die mir einen Daumen nach oben zeigt, bin ich froh, dass sie mich dazu gebracht hat, anzurufen während sie hier ist, denn sonst hätte ich mich das niemals getraut. „Sie hat gemeint, dass es eine gute Idee wäre, wenn du zu einer meiner Sitzungen mitkommst. Es scheint da offensichtlich ein paar Dinge zu geben, von denen sie denkt, ich sollte sie dir in einer therapeutischen Umgebung sagen..." Ich versuche, sarkastisch zu klingen, aber dies ist nicht wirklich lustig.

Tja, das ist eine ziemlich lange Pause.

Ryker räuspert sich. „Kann ich darüber nachdenken?"

Mir wird flau im Magen. „Oh, natürlich." Aus irgend-einem Grund steigen mir Tränen in die Augen.

„Es ist nur – "

„Nein Ryker, es ist wirklich okay. Das ist eine große Bit-te, das weiß ich." Ich klemme das Telefon zwischen mein Ohr und meine Schulter und beginne, an meinen Nägeln zu kauen. „Also, nur für den Fall, meine nächste Sitzung ist am Mittwoch um halb drei in ihrer Praxis in Northampton."

„Okay" Seine Stimme klingt im Moment noch nicht mal nach ihm. Sie klingt distanziert.

Scheiße. Sie klingt wie der „verlorene" Ryker.

„Bye." Ich lege schnell auf und schaue Tosha an. „Das war demütigend."

„Was?" Sie zuckt mit den Achseln. „Hat er gesagt, er würde nicht kommen?"

„Nein, er hat gesagt, er würde darüber nachdenken."

„Oh", sie verzieht ihre Nase, „autsch."

„Ja."

Etwa eine Stunde später, als unser Gespräch über Toshas Sommer ausklingt, beschließe ich, die peinliche Stimmung im Raum zu ändern.

„Tosh?"

„Ja, Liebes?"

„Warum hast du Eric nie gemocht?"

Mit einer fließenden Bewegung stellt Tosha ihr Wein-glas ab und verschränkt ihre Arme vor sich.

„Na ja", beginnt sie mit einem Seufzen, „meine Gründe wurden im Laufe der Jahre mehr."

Ich lächle ein wenig. „Das verstehe ich…"

„Ich meine, am Anfang war es, weil er so offensichtlich angegeben hat und einfach *wusste*, dass er ein heißer Vogel war. Und ich verspreche dir, das hat nichts damit zu tun, dass ich Lesbe bin. Es hat mich einfach verärgert. Aber ihr

beiden wart verdammt heiß zusammen und er hat dich glücklich gemacht … du warst du selbst, weißt du? Er wurde mir
allmählich sympathischer, versteh' mich nicht falsch, aber ich
habe niemals etwas Langfristiges gesehen. Ich dachte, sobald
du für die Recherchen deiner Doktorarbeit viel reisen würdest, würde es zwischen euch einschlafen."

Ich schlucke den Rest meines Weins gemeinsam mit meiner Hoffnung auf die Recherche herunter und nicke.

„Jedenfalls, als du schwanger wurdest und er plötzlich der
selbst ernannte Fürsprecher für die Antiabtreibungsorganisa-
tion „Focus on the Family" wurde…" Sie fingiert ein Schaudern. „Ich will nicht sagen, dass ich dich, ohne es weiter zu
hinterfragen, zur Abtreibungsklinik gefahren hätte, aber es
war, als hättest du überhaupt keine Wahl gehabt. Er ließ einfach nichts anderes zu. Dann die Hochzeit", sie verdreht ihre
Augen und füllt ihr Weinglas, „wie er den Heiratsantrag vor
deiner Familie während deiner Geburtstagsfeier inszeniert
hat? Gott, das war, als würde er dich dazu zwingen, ja zu
sagen."

Ich muss lachen, jetzt wo alles vorbei ist. Das war wirklich
eine Inszenierung gewesen. In dem Jahr feierten wir meinen
Geburtstag kurz nachdem klar war, dass ich schwanger war
– mit Zwillingen wohlgemerkt – mit einem ruhigen Essen
bei Erics Eltern. Meine Eltern und mein Bruder waren gekommen, um mir zu helfen, meine Sachen in Erics Wohnung
umzuziehen, und um mit uns zu feiern. Der Bastard hat sich
vor allen hingekniet und verkündet, dass er die Ewigkeit mit
mir und unseren Kindern verbringen wolle.

Ich vermute, es wäre ein fernsehwürdiger Augenblick gewesen, wenn wir zumindest – überhaupt – über eine Heirat
gesprochen hätten. Stattdessen umarmten sich unsere Mütter
und weinten und seufzten vor Erleichterung, während ich ein
schockiertes „natürlich" von mir gab. Natürlich. Mal ernst-

haft? Tosha hat mich den Rest des Abends angestarrt, als wäre ich verrückt, während mein Dad mich lange umarmt hat. Ich wusste, was er meinte.

„Warum magst *du* Eric nicht?" fordert sie mich auf.

Das ist eine wichtige Wortwahl, das verkenne ich nicht. Magst. Es ist klar, dass die Liebe schon vor langer Zeit verblasst – oder von einer Klippe gesprungen ist. Aber *mögen?* Nein, ich denke, ich mag ihn wirklich nicht.

„Abgesehen von der Affäre?", schnaube ich. „Um ehrlich zu sein, nach einer Weile stellte sich heraus, dass das, was ich an ihm nicht mochte, das war, wofür ich sauer auf mich selbst war. Ich mochte ihn nicht, weil er weiter an seiner Doktorarbeit arbeiten konnte. Auf dem Papier ergab es Sinn. Er war weiter als ich und würde schneller fertig sein und er würde nicht reisen müssen. Ich hasste es, wie glücklich er aussah, wenn er von einem langen Tag im Labor nach Hause kam… hasste es."

„Was war letztes Jahr… als er die Affäre begonnen hat. Wie war es da zwischen euch?"

„Na ja, es war das Ende meines zweiten Jahres als Vollzeitmutter und der Beginn seines letzten Jahres an der Uni… Ich weiß nicht, war es der Druck? Er war ständig im Labor, mehr mit ihr zusammen als mit mir… und ich war so müde und ehrlich gesagt auch depressiv, dass ich es nicht gemerkt habe… oder mir egal war, was vor sich ging."

Während der letzten paar Wochen war ich jede einzelne Erinnerung, die ich an das letzte Jahr hatte, durchgegangen und habe nach Gründen oder Zeichen für die Untreue meines Mannes gesucht aber… nichts.

Tosha scheint zu zögern, bevor sie ihre nächste Frage stellt. „Denkst du, du hättest ihn auch ohne die Affäre verlassen? Ich meine, du hast oft mit mir darüber gesprochen, aber…"

Ich seufze und poche mit meinem Hinterkopf gegen die Couch. „Ich weiß es nicht. Es gefällt mir zu denken, dass ich es getan hätte, weil wir wirklich begonnen hatten im anderen die schlechtesten Züge hervorzubringen. Aber ich weiß nicht, ob ich diese Art Schuld ertragen hätte. Es ist so wie es ist schon schlimm genug für jeden, aber die Affäre macht es für mich ein bisschen einfacher, weißt du?"

„Ja, das weiß ich."

Mein Telefon ertönt, eine Textnachricht, die unser plötzliches Schweigen durchbricht.

„Oh super, es ist Ryker", stöhne ich und fühle mich immer noch leicht beschämt wegen unseres Telefonats.

„Was steht drin?"

Ryker: Hey, ich will dich nicht hängen lassen und zulassen, dass du bis Mittwoch deine Fingernägel abkaust. Ich werde da sein.

„Er wird zu meiner Therapiesitzung kommen." Tränen bilden sich, ich lege das Telefon zur Seite und reibe mir die Augen.

„Warum weinst du? Ist das nicht gut?"

Ich nicke und beiße die Zähne zusammen, denn ich werde nicht zugeben, wie groß das Bedürfnis zu ritzen tief in mir gerade ist. „Ich habe nur Angst."

Panik durchfährt mich, denn das Gewicht der Dinge, von denen ich *weiß*, dass Dr. Greene möchte, dass ich sie mit Ryker bespreche, schnürt mir die Luft ab. Am Mittwoch. In ihrer Praxis. Nur wir drei.

Scheiße.

Kapitel 36

„Okay, dann lassen Sie uns beginnen." Dr. Greene schlägt ihre Beine übereinander, ihr Kuli und Notizblock liegen auf dem Tisch neben ihr. „Ryker, danke, dass Sie gekommen sind."

Er ist tatsächlich gekommen. Ich bin extra früh hergekommen und saß nägelkauend im Wartezimmer. Falls er mich versetzen würde, wollte ich es in der tröstenden Umgebung der Praxis meiner Psychiaterin erfahren. Aber das hat er nicht. Er ist hier. Auf der Couch. Neben mir.

„Danke", flüstere ich und schenke ihm ein kurzes nervöses Lächeln.

„Kein Problem." Er zwinkert und lächelt mich lieb an.

„Natalie, warum beginnen Sie nicht damit, Ryker zu sagen, warum Sie wollten, dass er heute herkommt."

Trotz der Tatsache, dass es *ihre* Idee war, musste ich zustimmen, damit es überhaupt geschehen konnte. Und jetzt muss ich so tun, als wäre es meine Idee. Ich fühle mich wie im Büro des Direktors der schlimmsten Schule auf dem ganzen Planeten.

„Na ja", ich räuspere mich. „Dr. Greene und ich haben viel über die Schuld und Wut gesprochen, die ich bezüglich unserer Beziehung immer noch mit mir herumtrage." Meine Stimme zittert so sehr, dass sie außer Kontrolle gerät und ich greife nach meinem Glas Wasser. Rykers Augen blicken niemals von mir fort, auch wenn ich bemerke, dass sich an seinem Haaransatz ein bisschen Schweiß bildet. Aus irgendeinem Grund beruhigt mich das.

„Halten Sie Ihr Glas mal kurz für eine Minute hoch, Natalie." Dr. Greene unterbricht meinen Eröffnungsmonolog, Gott sei Dank. Ich tue, worum sie bittet. „Ryker, was ich Natalie erklärt habe, ist, das die Schuld, die sie fühlt, ein bisschen wie das Wasser in diesem Glas ist. Also. Egal wie wenig Schuld sie empfindet oder wie viel, je länger sie wartet, desto schwerer fühlt sie sich an. Wenn sie das Wasserglas eine Minute lang hochhält, mag das lästig sein, aber dann kann sie ihren Arm senken, es abstellen und weiterleben." Ich schaue Ryker in die Augen, als Dr. Greene sagt: „In Natalies Fall ist es so, dass sie ein ziemlich volles Glas seit zehn Jahren hochhält." Ihre Mundwinkel zucken ein wenig.

„Wofür fühlst du dich schuldig, Nat?" Ryker klingt, als wäre er aufrichtig interessiert und das irritiert mich ein bisschen. Ich habe das Bedürfnis *für dein ganzes Leben* zu schreien!

Ich kichere ein wenig und verdrehe meine Augen. „Wo soll ich anfangen?"

„Seien Sie einfach ehrlich zu ihm, Natalie."

„Na ja", beginne ich und schaue dabei auf meine Hände, „du weißt, dass ich mich schuldig dafür fühle, dass du verhaftet wurdest, und dass ich verhindert habe, dass du dich erneut verpflichtest, als du es wolltest."

„Schauen Sie ihn an, Natalie", drängt Dr. Greene.

Ryker schüttelt seinen Kopf. „Das ist nicht der einzige Grund, warum ich mich nicht wieder verpflichten konnte, Nat. Und sogar wenn er das gewesen wäre, es war nicht *deine* Schuld. Ich war krank und habe Drogen genommen…"

„Ich weiß", ich hole tief Luft, „ich habe auch das Gefühl, dass ich zu deinem Unvermögen zu genesen beigetragen habe, als du aus Afghanistan nach Hause gekommen bist." Trotz meiner Bemühungen das gefasst klingen zu lassen, steigen langsam die Tränen auf.

„Was?" Er sieht verwirrt aus.

„Ich fühle mich", *ich muss Ich-fühle-mich-Aussagen benutzen*, „als hätte ich Druck ausgeübt, um dich in einer Beziehung zu halten, und dazu warst du nicht bereit. Aber... ich fühle mich auch schuldig für die Dinge, die ich dir nicht gesagt habe, als wir noch zusammen waren und schuldig für das, was ich jetzt fühle." Nach einem Taschentuch greifend, sehe ich aus den Augenwinkeln, dass Ryker unbehaglich auf seinem Sitz herumrutscht.

„Es ist okay", flüstert Ryker, während er nach meinem Knie greift, „du kannst es mir sagen." Gott segne sein Herz, seine Augen zeigen, dass er das wirklich meint.

Ich schüttele meinen Kopf und schaue Dr. Greene an. „Ich denke nicht, dass ich das kann." Plötzlich scheint sich in der Öffentlichkeit zu übergeben eine viel bessere Idee zu sein.

„Sie müssen das loswerden, Natalie. Sie sind bereit, damit zu beginnen, es loszulassen." Sie klingt wie eine Tonbandaufnahme.

„Ich bin sauer auf dich", schaffe ich kaum zu sagen, das Schluchzen erstickt meine Stimme fast. Ich kann ihn nicht anschauen, während ich das sage.

„Schauen Sie ihn an, Natalie", ermutigt Dr. Greene mich.

Als ich es tue, sehe ich, dass er mich mit einem nicht deutbaren Gesichtsausdruck anschaut. Aber er beißt eindeutig seine Zähne ein bisschen zusammen; ich erinnere mich, wie sein Kinn aussieht, wenn er das tut.

„Ich bin sauer auf dich", sagte ich erneut, dabei zieht unsere ganze Beziehung vor meinem inneren Auge an mir vorbei.

Ryker wischt sich die Handflächen an seiner Jeans ab. „Warum?" Er will nicht wirklich wissen, warum, das kann ich an seinem Tonfall erkennen.

„*Schauen* Sie ihn an", sagt Dr. Greene erneut, als meine Augen zu Boden blicken.

Tief einatmen. Du kannst das. Und offen gesagt, du musst das tun.

„Ich habe dich geliebt. Ich habe dich geliebt und du hast mir wehgetan." Er nickt und ich sehe, wie sein Adamsapfel hüpft, als er schluckt. Als ich erstmal den ersten Satz ausgesprochen habe, fühle ich, wie alles aus mir herausbricht. „Ich habe dich geliebt und du hast nicht zugelassen, dass ich mit dir über Lucas rede, obwohl er auch mein Freund war. Du hast nicht mit mir geredet, nachdem wir sein Grab nach dem ersten Besuch dort verlassen haben und deshalb hatte ich das Gefühl, als hätte ich etwas Falsches getan." Ich halte inne, um nach weiteren Taschentüchern zu greifen.

„Reden Sie weiter, Natalie." Dr. Greene. Ich wünschte, sie würde fünf Sekunden lang ihren Mund halten.

Ich schaue Ryker direkt an und fahre fort. „Du hast mich angeschrien, oft sogar. Oder du hast gar nicht mit mir geredet. Ich weiß nicht, was schlimmer war. Ich habe dabei zugesehen, wie du langsam vor mir zu Grunde gingst und es gab nichts, was ich für dich tun konnte, denn du hast nicht mit mir geredet. Du hast mir gesagt, dass du mich liebst, aber du hast mich immer wieder weggestoßen. Und", ich hole stockend Luft, „du hast mich wirklich gestoßen. Fest. Und es hat wehgetan, sehr sogar. Ich habe versucht, dir zu helfen und du... um Himmels Willen, Ryker, du bist ungefähr doppelt so groß wie ich und hast mich mit aller Kraft durch die verdammte Einfahrt deines Vaters geschubst! Und weißt du, was das Erste war, das ich danach gemacht habe? Ich bin zu Lucas Fishers Grab gefahren und habe ihn *angebrüllt*, weil er sein Versprechen gebrochen und nicht auf dich aufgepasst hat.

Ich bin wütend, weil ich in jedem einzelnen Jahr, seit wir uns getrennt haben, zu den Memorial Day Gottesdiensten im Gemeindezentrum gegangen bin, in der Hoffnung, dich zu treffen, in der Hoffnung zu sehen, dass es dir gut geht und du warst niemals dort. Jedes Jahr, in dem ich dich nicht gesehen habe, hat mir bestätigt, dass ich alles ruiniert habe, Ryker."

Eine Sekunde lang ist alles zu viel und ich verberge mein Gesicht in meinen Taschentüchern, gebe ein großes, hässliches Schluchzen von mir, von dem ich nicht dachte, dass es noch in mir steckt. Ich habe Dr. Greene niemals meinen wahren Grund für meinen jährlichen Gottesdienstbesuch gesagt. Als ich meinen Kopf hebe, sehe ich auch in Rykers Augen Tränen. Das ist der Auslöser.

„Da. Genau das", fahre ich fort und zeige auf sein Gesicht. „Das letzte Mal, das ich dich weinen sah, war in der letzten Nacht, als wir uns im Wohnheim gesehen haben. Du hast mir gesagt, wenn ich die Polizei rufen würde, würde ich alles für dich *ruinieren*, also sollte ich es besser nicht tun. Dann hast du nach meinen Handgelenken gegriffen und meine Schnitte gesehen und mich dafür angeschrien…"

Ryker schüttelt seinen Kopf. „Ich erinnere mich an nichts davon, Natalie."

„Natürlich tust du das nicht." Ich sage das in einer Art Grollschluchzen. „Du warst zu sehr damit beschäftigt, dich mit einer Überdosis Oxycontin umzubringen, weil du sauer warst, dass ich mit dir Schluss gemacht hatte!" Mit einem Blick zu Dr. Greene hebe ich meine Hände. „Ich brauche eine Pause. Kann ich auf die Toilette gehen?"

„Bringen Sie das zu Ende, Natalie. Laufen Sie nicht davon. Er ist genau hier und Sie sind genau hier."

Ich erlaube mir einen letzten, tiefen Atemzug. „Und… einfach… Ich bin wütend, dass ich dich nach einer gottverdammten Dekade wiedersehe und du mich anlächelst und umarmst, als wären wir alte Studienkollegen. Und das Schlimmste daran? Ich fühle mich schuldig dafür, dass ich sauer auf dich bin, Ryker. Du warst krank und ich habe versucht…" Gerade als ich dachte, ich wäre fertig, durchströmt mich neue Kraft. „Wer verlässt seinen Freund, der gerade aus dem Krieg zurückgekommen ist und der unter einer PTBS leidet? Ein Feigling macht das. Ein Mädchen, das jedes Mal, nachdem es von besagtem Freund nach Hause gekommen ist, geritzt hat und eines, das ein Annäherungsverbot erwirkt hat, als die Umstände hässlich wurden." Ich werfe einen schnellen Blick auf Dr. Greene. „Ich weiß, ich weiß, dass nichts davon wirklich *bedeutet*, dass ich ein Feigling bin… es ist einfach das, was ich fühle. Ich weiß nicht, wie ich das in meinem Kopf ändern soll."

Aus den Augenwinkeln sehe ich, wie Ryker sich eine Träne von der Wange wischt.

Dr. Greene berührt mein Knie. „Sie ändern es, Natalie, indem Sie zugeben, wie Sie fühlen und zugeben, dass Sie wissen, dass die negativen Dinge, die Sie über sich selbst denken, nicht wahr sind. Und Sie haben gerade damit angefangen." Sie lächelt und zeigt auf mein Glas Wasser, das auf dem Tisch steht. „Das Glas fühlt sich nicht mehr ganz so schwer an, oder?"

Eine Weile herrscht Stille, während ich mich mit geschlossenen Augen zurücklehne, ich bin körperlich erschöpft.

Schließlich drehe ich mich zu Ryker. „Hier geht es nicht nur um dich, weißt du… ich möchte nicht, dass du dich – "

„Natalie…", warnt Dr. Greene.

Oh halten Sie die Klappe oder ich werde Ihnen dieses Schuld-Glas an den Kopf werfen.

„Was?", frage ich, sogar für meinen Geschmack ein bisschen zu schnippisch. „Ich darf ihn nicht wissen lassen, dass der Grund, warum ich ein verdammtes Desaster bin, nicht nur seine Schuld ist oder *überhaupt* seine? Es ist meine. Es ist mein Gehirn. Es ist die Art, wie ich mit Dingen umgehe."

„Warum sind Sie so besorgt, Rykers Gefühle zu schützen, Natalie?"

„Weil ich ihn liebe und man verletzt die Menschen, die man liebt, nicht. Nicht absichtlich."

Was zur Hölle habe ich da gerade gesagt?

Ryker steht schnell auf und geht auf die andere Seite des Zimmers, dabei hat er seine Hände hinter seinem Kopf verschränkt.

„Du liebst mich?" Es ist klar, dass er so viel Abstand wie möglich zwischen uns bringt.

„Ich meine..." *Scheeeeeiiiiße.* „Ich..." Ich kann mich plötzlich nicht erinnern, wo der Ausgang ist.

„Du lädst zehn Jahre Schuld und Wut auf mir ab und sagst mir dann, dass du mich *liebst*?" Er ist wütend. Ich weiß, dass er wütend ist, denn sein Tonfall führt dazu, dass ich automatisch eine Gänsehaut bekomme.

Ryker dreht sich wieder zu mir, als ich Dr. Greene anschaue, die so unbeeindruckt aussieht, dass es mich verärgert.

Plötzlich wird es mir klar. „Ich habe niemals aufgehört, dich zu lieben, Ryker. Niemals. Es war mir bis zu diesem Augenblick nicht mal bewusst, aber... ich habe dich immer geliebt."

Trotz, dass ich Eric einmal geliebt, geheiratet und Kinder mit ihm bekommen habe, trotz der Monate, in denen ich überhaupt nicht an Ryker gedacht habe, hat mein Herz ihn niemals vergessen. Er war nicht einfach nur mein Freund aus dem College. Er war die Liebe meines Lebens.

Ryker dreht sich wieder um und starrt mich mit großen Augen und ausgestreckten Armen an. „Und jetzt?", sagt er wütend.

„Jetzt", antwortet Dr. Greene und schaut mich an, „verstehen wir Ihre Schuldgefühle ein bisschen besser, Natalie. Es ist eine schwere Bürde, sie ganz allein zu schultern."

Beim Wort „Bürde" ist Ryker wieder an meiner Seite und hält meine Hand. Er hält meine gottverdammte Hand fest.

„Hör mir zu", er sucht eindringlich in meinen Augen, als er weiter redet. „Ich weiß, dass ich weder dein Gehirn, noch deine Gefühle ändern kann, aber du *musst* mir zuhören. Du hast mein Leben nicht ruiniert, Nat. Ich habe Jahre damit verbracht, mir Vorwürfe darüber zu machen, dir auf all diese Arten wehgetan zu haben. Ich kann ein bisschen nachfühlen, was in deinem Kopf vorgeht und du *musst* mir glauben, wenn ich dir sage, dass du mich nicht ruiniert hast. Wenn du nicht da gewesen wärst, ich garantiere dir, wenn ich nicht tot wäre, wäre ich jetzt ein kläglicher Bastard. Du hast es länger mit mir ausgehalten, als ich es selbst mit mir aushalten wollte. Natürlich gab es Zeiten, in denen ich sauer auf dich war, aber jetzt nicht mehr."

Er greift auch noch nach meiner anderen Hand und redet weiter, in seinen Augen steht Schmerz. „Du bist eine wundervolle Person, Natalie, innen wie außen, lass das, was zwischen uns geschehen ist, nicht… es ist vorbei, okay? Wir sind nicht mehr dort, im Haus meines Dads, wir sind nicht in deinem Wohnheimzimmer und ich bin nicht mehr in der Nationalgarde. Es ist alles vorbei und mir geht es gut."

Als er seinen Satz beendet, weinen wir beide und reiben uns die Augen, ziehen dann unsere Hände ein, um nach Taschentüchern zu greifen.

„Danke, dass Sie heute gekommen sind, Ryker…" Dr. Greene beendet die Sitzung und schickt uns zurück in die Welt, nachdem sie Ryker ihre Nummer gegeben hat und ihn dringend aufgefordert hat, sie anzurufen.

Ryker und ich gehen schweigend zum Parkplatz, wo ich sehe, dass sein Lieferwagen neben meinem Auto steht.

„Danke, Ryker…" Ich lege meine Hand an die Tür und öffne sie.

„Gern geschehen." Er zuckt mit den Schultern und öffnet seine Tür.

„Ich möchte, dass du weißt – "

Ryker unterbricht mich: „Es ist okay, Nat. Ich bin froh, heute gekommen zu sein. Es tut mir leid..."

„Was tut dir leid?"

„Ich habe diese ganzen Jahre damit verbracht, wütend auf mich selbst zu sein, es ist mir niemals in den Sinn gekommen, dass du wegen allem *nicht* schrecklich sauer auf mich bist. Es ist mir niemals in den Sinn gekommen, dass du durcheinander warst oder immer noch leidest..." In einer Millisekunde sieht es so aus, als ob alle Schuld, die ich in Dr. Greenes Praxis losgeworden bin, auf ihm gelandet ist.

„Ryker, nein – "

„Ich brauche etwas Zeit, um all das zu verdauen, okay? Ich bin nicht sauer auf dich oder sowas, ich muss... nur das alles verarbeiten." Er schaut mich nicht an. Ich interpretiere das, als solle ich mich eine Weile von ihm fernhalten.

„Okay", nicke ich. „Bis bald." Während ich in mein Auto steige, höre ich, wie er „bald" murmelt, bevor wir beide vom Parkplatz fahren.

Kapitel 37

Vor zehn Jahren konnte ich nach einer Therapiesitzung stundenlang spazieren gehen oder es mir zu Hause gemütlich machen. Heute ruft, einige Stunden nachdem ich nach Hause gekommen bin und zu Abend gegessen habe, voller Panik Eric an.

Ich halte kurz inne, bevor ich hallo sage, wäge die Geräuschkulisse im Hintergrund ab und komme schnell zu dem Schluss, dass totales Chaos herrscht.

„Eric, was ist los?"

„Natalie", sagt er fast atemlos und macht damit meine Angst ein wenig schlimmer, „Ollie hat einen unglaublichen Trotzanfall und Max ist am Ausflippen... Ich kann Ollie nicht dazu bringen, mich anzuschauen, damit er sehen kann, was ich sage und meine Gebärdensprache ist eine Katastrophe... ich weiß nicht, was ich tun soll."

Ich könnte ihn erwürgen, wirklich. Zunächst einmal ist es eine Stunde nach ihrer Schlafenszeit, also sind sie natürlich müde. Zweitens, die Therapeuten haben mit uns über Trotzanfälle bei tauben Kindern gesprochen und wie Oliver sich vermutlich eine Weile lang verhalten wird, weil er Angst hat, wütend ist oder was immer man sonst fühlt, wenn man eines seiner Sinne beraubt wird. Stattdessen nutze ich die Erschöpfung der heutigen emotionalen Anstrengung, um so zu tun, als käme ich damit klar.

„Ich komme gleich. Halt durch."

Zehn Minuten später kann ich das Kreischen aus der Wohnung im zweiten Stock in der Amity Street hören – ein Ort, bei dem ich jetzt nur noch bis zur Haustür gehe, wenn ich die Jungs jede zweite Woche vorbeibringe. Im Moment scheint es für sie am besten zu sein, immer eine ganze Woche bei einem von uns zu sein.

Nachdem ich die Tür geöffnet habe, sehe ich Oliver mit dem Gesicht nach unten auf dem Küchenboden liegen, er tritt um sich und schreit lauter als üblicherweise. Max weint auf der Couch und Eric kniet neben Oliver, brüllt ihn an, aufzustehen und ihn anzuschauen.

Das Wichtigste zuerst. „Max, mein Lieber, geh in dein Zimmer und such dir ein Buch aus, Mommy kommt gleich nach, okay?" Max umarmt meine Beine für eine Millisekunde, bevor er meiner Aufforderung folgt.

„Eric!" Er scheint gerade erst zu bemerken, dass ich da bin. „Er kann dich *nicht* hören! Hör auf, ihn anzuschreien!" Allerdings fühlt es sich gut an, Eric anzuschreien.

„Vorhin hat er mich gehört, Natalie!", schreit Eric und fährt mit seinen Händen durch seine Haare. „Er saß auf meinem Schoß und ich konnte…"

„Sie haben uns gesagt, dass sein Gehör ohne Vorwarnung kommen und gehen kann…", da ich die Diagnose meines Sohnes nicht zum gefühlten dreißigsten Mal wiederkauen will, knie ich mich neben Ollie und nehme ihn in die Arme. Ich halte ihn fest an meine Brust gedrückt und er schreit immer noch. „Er hat schreckliche Angst, Eric…" Mein Kinn zittert leicht, während ich ihn hin und her wiege. „Geh und schau bitte nach Max."

Eric geht den Flur entlang und ich stehe auf, halte Oliver immer noch in meinen Armen und gehe zur Couch. Nachdem ich mich gesetzt habe, hebe ich sein Gesicht an und lächle. Er drückt seinen Kopf gegen meine Schulter und weint weiter. Mein logischer Verstand weiß, dass das nichts bringt, aber ich kann nicht anders; ich neige meinen Kopf, so dass Ollies und meine Wange sich berühren – meine Lippen liegen leicht auf der Haut neben seinem Ohr – und ich beginne, zu singen.

Ihn hin und her wiegend singe ich das ganze „Return to Pooh Corner" für meinen Sohn, der keines der Worte seines früheren Lieblingslieds hören kann.

Als ich fertig bin, schläft Oliver fest an meiner Brust. Ich summe weiter, in der Hoffnung, dass die Vibrationen meiner Kehle ihn irgendwie beruhigen, und gehe mit ihm in ihr Zimmer, wo Max auch schon schläft. Eric steht in der Mitte ihres Zimmers, beobachtet Max, als ich Oliver neben ihn lege.

Max bewegt sich ein bisschen und öffnet seine Augen. „Mommy, bleibst du hier?"

„Nein, mein Liebling", flüstere ich, „Mommy geht zurück in ihre Wohnung."

„Aber ich möchte, dass du hierbleibst" Seine schläfrige Stimme gibt mir einen Stich.

„Ich weiß, Liebling. Du kommst in ein paar Tagen wieder zurück in Mommys Wohnung, okay? Dann werden wir eine Menge Spaß mit Tante Tosha haben."

„Okay", er gähnt resigniert und Eric und ich schleichen hinaus, als er wieder eingeschlafen ist.

Eric folgt mir in die Küche und stößt ein langes Seufzen aus.

„Vielen Dank, dass du gekommen bist, Natalie. Ich wusste nicht, was ich tun…"

Ich schmatze ein wenig. „Du würdest es wissen, wenn du nicht zu faul wärst, mit seinen Therapeuten zusammenzuarbeiten, wenn sie dort sind."

„Oh und du bist so perfekt?" Sein Ton ist plötzlich scharf.

„Ha. Wohl kaum. Ich möchte mich nur so gut vorbereitet wie möglich fühlen, Eric, und das bedeutet, alles zu lernen, was geht."

Er stellt sich mit seinen Händen an der Hüfte in der Mitte des Raums auf. „Und du denkst, das tue ich nicht?"

Eric und ich haben nicht mehr so lange miteinander gesprochen, seit ich ihn vor über einem Monat mit Wie-auch-immer-sie-heißt, erwischt habe. Wir schaffen es, während wir die Jungs zum andern bringen, Nettigkeit vorzutäuschen und die Treffen mit unseren Anwälten zu überstehen, aber das war's auch. Eric verleugnet seit dem Augenblick, in dem die Ärztin uns Ollies Diagnose gesagt hat, diese beispielhaft. Er will, dass Ollie die seltene Ausnahme ist, bei dem das Gehör zurückkommt und bleibt. Das will ich natürlich auch, aber meinem Kind zuliebe muss ich mich mit der Realität auseinandersetzen.

„Was ich denke, ist, dass du hoffst, wenn du keine Gebärdensprache lernst oder nicht mit seinen Therapeuten zusammenarbeitest oder keine Bewältigungstechnik lernst, bedeutet es, dass er wie von Zauberhand wieder hören können *muss*. Alles, was du damit erreichst, ist, euch beiden zu schaden."

„Was erwartest du, das ich tue?"

Bei der Verzweiflung in seiner Stimme wird mir flau im Magen und ich beschließe, eine Sekunde lang mein Schwert niederzulegen.

Mir wird plötzlich klar, dass ich, ohne es zu bemerken, Spielzeug und Geschirr in Erics Wohnung zusammensuche, also lasse ich den Transformer fallen, den ich gerade in der Hand habe, verschränke meine Arme und starre ihn an.

„Okay", ich hole Luft, „ich denke, wir müssen beginnen, uns nach einer dieser Nannys umzuschauen, die sein Therapeut uns genannt hat. Eine, die Gebärdensprache kann und in einigen der Therapien, die wir lernen, zertifiziert ist. Wir haben Glück, dass keiner von uns beiden diesen Sommer viel arbeiten muss, aber du hast gesehen, wie es ist, es ist unglaublich stressig, allein mit ihnen auch nur auf den Spielplatz zu gehen… Ich denke, wir brauchen beide für eine Weile ein bisschen zusätzliche Hilfe." Ich gehe zu einem Küchenstuhl, setze mich hin und schlage meine Beine übereinander.

Eric folgt mir und setzt sich mir gegenüber. „Da stimme ich dir zu. Es wird auch Max ein bisschen entlasten. Der Junge muss auch seine Kindheit haben, weißt du…"

„Eric, ich weiß, dass er das haben muss. Aber sein Leben hat sich genauso verändert wie unseres und Olivers. Wir stehlen ihm nicht seine Kindheit, indem er lernt, mit einem behinderten Bruder zu leben. Es ist für uns alle eine neue Realität – Max einbezogen."

Eric und ich verbringen die nächste Stunde damit, uns einige der Nannys anzuschauen, die man uns empfohlen hat und beschließen, sie während der nächsten Tage zu Vorstellungsgesprächen einzuladen. Wir beschließen auch, dass es das Beste ist, das wir beide dieselbe Nanny engagieren, um Beständigkeit für die Jungs zu haben, und wir sind uns einig, dass wir unsere Ehe- und Scheidungsprobleme außen vor lassen.

„Es tut mir wirklich leid…" Meine Hand liegt schon fast auf der Türklinke, als Eric damit beginnt.

„Eric", seufze ich, „selbst, wenn ich dir das glauben würde, ich bin im Moment zu müde, um darüber zu reden."

„Was soll das heißen, wenn du es glauben würdest?"

Ich schaffe es, nicht geringschätzend zu sprechen, dafür bin ich zu müde. „Man sagt, nach einem Unfall *tut mir leid*. War jeder Tag im letzten Jahr, während du die Affäre hattest, ein Unfall?"

„Ich meine nicht nur die Affäre, Natalie." Eric geht auf mich zu.

„Ich weiß, dass es nicht nur darum geht, aber…". Am Ende fällt eine Träne, und ich denke, Eric wird in tausend Stücke zerfallen. Er hat mich selten weinen sehen. Wütend? Ja, oft. Weinend? Nicht oft. „Die Affäre war kalkuliert und beabsichtigt", fahre ich fort. „Und auch wenn wir beide Entscheidungen getroffen haben, über deren Auswirkungen wir nicht sicher waren, weißt du? Wie konntest du denken, dass eine Affäre gut enden würde?"

„Natalie…" Ich hasse diese honigbraunen Augen immer noch nicht, ich wünschte nur, es wäre ein Funken Ehrlichkeit in ihnen.

„Eric, lass es. Ich will es nicht wieder aufwärmen. Ich versuche nur, es hinter mir zu lassen, okay? Ich hatte heute eine ziemlich heftige Therapiesitzung und möchte einfach nur nach Hause gehen und schlafen." Nachdem ich mir die Augen gerieben habe, lege ich meine Hand wieder auf die Klinke.

„Du bist in Therapie?", fragt er und klingt dabei kaum überrascht.

„Ich will nicht weiter ritzen, Eric. Und um das zu erreichen, muss ich anfangen, wirklich ehrlich zu mir selbst zu sein. Ich sehe dich dann am Sonntag, wenn du die Jungs vorbeibringst." Dann öffne ich die Tür einen Spalt.

„Danke, dass du gekommen bist. Ich – "

„Jederzeit Eric, und ich meine das ernst. Wir sind immer noch ihre Eltern." Mit einem Lächeln gehe ich durch die Tür.

„Natalie", ruft Eric leise hinter mir her.

„Ja?"

Eric fährt sich mit einer Hand durchs Haar. „Ich bin froh, dass du nicht weiter ritzen willst. Diese Narben haben mir schreckliche Angst gemacht."

„Ich weiß, mir auch. Ich arbeite daran, okay?"

„Ja. Bye", seufzt er und geht zurück in die Wohnung.

„Bye", flüstere ich die geschlossene Tür an.

Kapitel 38

„Wie haben Sie sich gefühlt, als Sie zu Erics Wohnung fahren mussten?" Dr. Greene legt ihren Kopf zur Seite und ich frage mich geistesabwesend, ob sie überhaupt Muskeln am Hals hat.

Ich habe ihr von Erics verzweifeltem Anruf berichtet, und dass ich hinfahren musste, um die Aufregung in den Griff zu bekommen.

„Zunächst war ich einfach nur nervös. Ich konnte während des Anrufs die Jungs im Hintergrund weinen hören und ich musste hinfahren. Dann wurde ich sauer…" Ich schüttele meinen Kopf.

„Warum reagieren Sie so frustriert auf Eric, Natalie?"

„Weil, um Himmels Willen, fünf Jahre lang habe ich mich praktisch von morgens bis abends allein um die Jungs gekümmert. Er ist gerade mal ein paar Wochen allein mit ihnen und schon am Durchdrehen. Er soll mal halblang machen. Es ist, als ob er denkt, es gäbe unterschiedliche Realitäten, wenn er mit ihnen zusammen ist oder wenn ich mit ihnen zusammen bin."

„Was haben Sie getan, nachdem Sie Erics Wohnung verlassen hatten?" Dr. Greene runzelt ihre Stirn ein wenig. Ich weiß, worauf sie hinaus will.

„Ich habe nicht geritzt, wenn es das ist, wonach Sie fragen."

„Wollten Sie es?"

„Ich will es ständig", platze ich heraus, bevor ich mir eine Antwort überlegen kann.

Ihre Augen werden ein bisschen größer. „Das ist ziemlich ehrlich, Natalie. Das ist gut."

Ich zucke mit den Achseln.

„Warum tun Sie es nicht, wenn Sie es ständig wollen?"

Sofort füllen sich meine Augen mit Tränen. „Meine Jungs… ich… sie brauchen mich, verstehen Sie? Es ist, als ob in der Sekunde, in der wir Ollies Diagnose erfahren haben…"

„Was?", fragt Dr. Greene, als ich durch meine Tränen verstummt bin.

Ich stoße ein frustriertes Stöhnen aus und rede weiter: „In der Sekunde, in der wir seine Diagnose erfahren haben, habe ich zum ersten Mal überwältigende Muttergefühle gespürt. Wie schrecklich ist das dann? Es hat fast fünf Jahre und eine degenerative Krankheit gebraucht, damit ich *Muttergefühle* entwickle?" Es auszusprechen ist zu viel und ich weine ein paar Minuten leise vor mich hin.

„Sie denken, dass Sie vorher keine Muttergefühle hatten?"

„Keine guten."

„Warum nicht?"

„Weil ich es gehasst habe. Ich habe jede Sekunde gehasst, angefangen vom Kinderprogramm und Frühstück, Mittagessen, Mittagsschlaf, Abendessen, Baden, Bett, dann Wiederholung. Ich habe es gehasst. Ich habe jede einzelne Magen-Darm-Grippe gehasst, die mich tagelang nicht aus meinem Pyjama rauskommen lassen hat, und ich hasste, dass mein Ehemann da draußen war und sein Gehirn jeden Tag benutzen konnte, während sich meines in Erdbeermüsli mit einer verdammten Cartoon-Figur in der Schachtel verwandelte."

„Hassen Sie es jetzt auch?"

„Nein", schniefe ich.

„Warum nicht?"

„Weil ich sie nur jede zweite Woche habe." Ich schüttele meinen Kopf.

Jede zweite Woche Vollzeitelternteil zu werden fühlte sich wie eine Verjüngungskur an und mit diesem Eingeständnis, das nur einen Tag gebraucht hat, kam eine neue Ladung Schuld.

„Natalie", gurrt Dr. Greene, „nur weil Ihnen die Rolle der Vollzeitmutter nicht gefallen hat, bedeutet das nicht, dass Sie eine *schlechte* Mutter waren. Nach dem, was Sie mir erzählt haben, sind Ihre Jungs aufgeweckt, glücklich und scheinen mit der neuen, herausfordernden Situation gut klarzukommen. Das ist nicht zufällig geschehen. Und", sie lehnt sich mit einem Grinsen zurück, „es ist nicht schrecklich, dass es Ihnen besser geht, wenn Sie sich nicht mehr jeden Tag um sie kümmern müssen. Das zeigt, dass die Rolle der Vollzeitmutter nicht die beste Wahl für Sie war".

Ich lache. Zum ersten Mal seit etlichen Tagen kann ich aus vollem Halse lachen. „Was Sie nicht sagen."

„Und da Sie zugegeben haben, dass Sie ritzen wollten, es aber *nicht* getan haben, denken Sie, dass es da angebracht ist, sich schuldig dafür zu fühlen, dass es Ihnen mit der neuen Situation besser geht?"

„Nein." Nach einem tiefen Atemzug versiegen die Tränen.

Am nächsten Sonntag, nachdem ich die Jungs zu Eric gebracht habe, denke ich das erste Mal daran, dass ich nichts von Ryker gehört habe, seit er zu meiner Therapiesitzung gekommen ist. Vielleicht war es zu viel. Ich habe viele Dinge gesagt, die für uns beide schwer zu verdauen waren. Aber ich vermisse ihn. Ich habe ihn zehn Jahre lang vermisst und jetzt, wo er quasi zurück in meinem Leben ist, denke ich noch viel mehr an ihn. Obwohl ich weiß, dass er nicht derselbe Ryker ist, den ich vor zwölf Jahren kennengelernt habe, so wie ich auch nicht dieselbe Natalie bin, zu sehen, dass es ihm gut geht, gibt mir Hoffnung... in vielen Dingen.

Ich rufe Tosha und Liz an und lade sie zum Abendessen in meine Wohnung ein, um mich abzulenken. Ironischerweise sind die Wochen, in denen die Jungs nicht bei mir sind, die größten Trigger für mein Ritzen. Die Funkstille in meiner Wohnung, das Fehlen einer sofortigen Antwort, es kann mein Hirn in einige dunkle Gassen führen und am Ende starre ich die Badezimmertür an. Es wird besser – das Verlangen und die Ausflüge in die Gassen – aber ich weiß, dass sie immer da sein werden. Und es liegt in meiner Verantwortung mir selbst und meinen Jungs gegenüber, zu lernen meinen Weg herauszufinden.

„Du siehst gut aus, Natalie." Liz drückt meine Hand und küsste mich auf die Wange.

„Ich fühle mich auch gut."

„Kein Ritzen?", redet Tosha in ihrer frechen Art dazwischen. Ich weiß, dass sie sich Sorgen macht, aber ich bin dankbar, dass sie es nicht schönredet.

„Seit sechs Wochen nicht." Ich seufze in einer Mischung aus Erleichterung und Nervosität.

Nachdem wir am Esstisch sitzen, erzähle ich ihnen was während der letzten Wochen mit Eric, den Jungs und in der Therapie passiert ist. Ich erkläre ihnen, dass Ritzen wie jedes andere Verhalten der Selbstmedikation ist und ich es wie Alkoholismus oder jede andere Sucht behandeln muss.

„Also geht deine Therapeutin mit dir die zwölf Schritte durch, oder was?" Tosha schenkt sich ihr drittes Glas Wein ein. Wir haben alle schon recht viel getrunken.

Ich schüttele meinen Kopf. „Nicht wirklich, aber wir reden über bestimmte Dinge, Eingestehen, Akzeptieren, Vergebung…"

„Das Letzte ist verdammt schwierig." Liz schnaubt, während sie eine weitere Flasche Rotwein öffnet.

„Ohne Witz", kichere ich.

„Wie geht es deiner „Ryker-Schuld?" Tosha starrt mich skeptisch an.

„Eigentlich", seufze ich, „ist es okay. Ich meine, ich fühle mich schlecht, weil ich eine ganze Dekade voller Irrsinn auf ihm abgeladen habe, aber danach habe ich mich fast berauscht gefühlt… als hätte ich eine höhere Ebene der Selbstakzeptanz erreicht." Mein Telefon klingelt, bevor einer von ihnen antworten kann.

„Was?" Tosha hat wohl gesehen, wie sich mein Gesichtsausdruck verändert hat.

„Wenn man vom Teufel spricht, es ist Ryker."

Plötzlich schauen Liz und Tosh mich sehr genau an.

„Hallo?"

„Hey, Nat." Er klingt unglaublich nervös und nicht unähnlich der Version von ihm, die ich versuche, zu vergessen.

„Geht es dir gut?" Ich beginne durch den Mund zu atmen, als mein Puls sich weigert, langsamer zu werden. Tosha steht auf, scheint bereit zu sein, sofort einzugreifen. Es ist schon Wahnsinn, wie sehr die Vergangenheit einen prägt.

Er holt tief Luft. „Mir geht es gut. Ich war nur... hast du die Jungs heute Abend?"

„Nein, ich habe sie heute zu Eric gebracht."

„Es tut mir leid, dass ich dich nicht angerufen oder dir eine Nachricht geschickt habe."

Ich verspüre ein plötzliches Verlangen ihn am Reden zu halten und ich hoffe, dass ich nicht überreagiere. „Ist schon gut. Ich habe einiges auf dir abgeladen – "

„Nein, Natalie, es ist okay, ich habe es zu schätzen gewusst... schau mal, kann ich vorbeikommen? Ich muss mit dir über ein paar Dinge reden."

„Klar... ähm. Tosha und Liz sind hier, aber – "

„Ich muss eigentlich auch mit Tosha reden. Wir sehen uns gleich." Sein Tonfall ist dringlich, aber nicht gestresst.

„Okay... bye." Ich lege auf und schaue Tosha und Liz an. „Er kommt her und sagt, dass er mit dir reden will, Tosha." Ich zucke mit den Schultern.

„Als ob ich dich jetzt allein lassen würde." Tosha verdreht ihre Augen.

Zehn angstvolle Minuten später klopft es an meiner Tür. Ich bemerke, dass Liz und Tosha sich anscheinend ein wenig verspannen, während ich zur Tür gehe, sage aber nichts. Liz hat Ryker, soweit ich weiß nur einmal gesehen und das war in der Nacht, als wir auf der unglückseligen Party an der UMass waren. Die Nacht, in der mir klar wurde, dass etwas *nicht stimmte*. Ich öffne die Tür und Ryker steht davor in Shorts und einem Nationalgarde T-Shirt. Zwischen dem T-Shirt und seinen Augen hin und her blickend, schlucke ich schwer.

„Hey, komm rein. Liz, das ist Ryker. Ryker das ist Toshas Freundin Liz."

Ryker reibt seine Handfläche an seiner Hose ab, bevor er ein freundliches Grinsen aufsetzt und seine Hand ausstreckt. „Freut mich, dich kennenzulernen."

Ich mache mir nicht die Mühe, ihn zu fragen, ob er sich daran erinnert, sie schon einmal getroffen zu haben. Vermutlich nicht.

„Also, was ist los, Ry."

Toshas Augenbraue hebt sich, nachdem ich ihn Ry genannt habe, dann folgt ihr Blick mir in die Küche.

„Ich muss wissen, was in der letzten Nacht geschehen ist."

„Welche letzte Nacht?" Ich schüttele verwirrt meinen Kopf.

„Schau", beginnt Ryker, „ich habe während der letzten eineinhalb Wochen viel nachgedacht und mit meinem Therapeuten gesprochen... ich erinnere mich nicht an die Dinge, die in der Nacht in deinem Wohnheim geschehen sind, als du gefallen bist und ich weiß, dass es nicht nur an den Medikamenten lag, die ich genommen hatte."

Er geht an mir vorbei und setzt sich Tosha gegenüber an den Küchentisch. Sie sieht plötzlich unbehaglich aus, als ihr klar wird, dass sie, außer mir, die Einzige ist, die Fragen über diese Nacht beantworten kann, die er oder ich haben könnten. „Ich kann... es jetzt nicht erklären, aber ich muss alles wissen, an das du dich über die Nacht erinnerst, Tosha."

Ohne mit der Wimper zu zucken, schaut Tosha Ryker in die Augen. „Ich erinnere mich an alles. Lass uns auf den Balkon gehen", sagt sie ausdruckslos. „Ich werde ein paar Zigaretten brauchen."

Kapitel 39

„Ich habe wirklich gedacht, dass du dich umbringen willst." Ich trinke einen großen Schluck Wein, nachdem ich damit fertig bin, zu erzählen, an was ich mich aus dieser Nacht erinnere. „Du warst so blass und verschwitzt und deine Augen – sie waren einfach nur blau, weil deine Pupillen so verengt waren. Ich habe den Feueralarm ausgelöst, weil ich wusste, selbst wenn ich es zur Eingangstür des Wohnheims schaffte, würde es ein großer Kampf werden, dich ins Krankenhaus zu bringen."

„Und du hattest Angst vor dem, was ich dir vielleicht antun würde." Ryker lehnt sich vor, legt seine Ellenbogen auf seinen Knien ab und schaut mir direkt in die Augen. Das ist keine Frage. Trotzdem komme ich ins Straucheln. „Komm schon, Nat..."

Er muss die Wahrheit von mir erfahren.

„Ja, ich hatte schreckliche Angst." Dieses Mal kann ich nicht von ihm wegschauen.

„Erinnerst du dich, wie du gefallen bist?", fragt Tosha.

„Das tue ich." Während ich Toshas Frage beantworte, schaue ich weiter Ryker an. „Ich erinnere mich, dass du meine Handgelenke festhieltst, du warst sauer, weil ich den Feueralarm ausgelöst hatte. Du hast wütend ausgesehen… und verängstigt. Deine Handflächen waren sehr verschwitzt und ich habe sehr fest gezogen, habe versucht, mich loszureißen, und bin einfach aus dem Griff deiner Hände gerutscht. Ich erinnere mich, dass ich *scheiße* gedacht habe, während ich fiel, aber das ist das Letzte, woran ich mich erinnere."

„Okay", Ryker dreht sich ohne zu zögern zu Tosha, „was ist danach geschehen?"

Wie aufs Stichwort zündet Tosha sich eine Zigarette an und schaut hinaus zur Baumreihe.

„Als die Mädchen, nachdem Feueralarm ausgelöst worden war, herauskamen, haben sie mir gesagt, dass Natalie bewusstlos an der Treppe lag und ihr Freund sie anbrüllte, aufzustehen. Sie haben immer wieder gesagt, *er hat sie gestoßen, er hat sie gestoßen*. Also bin ich rein gerannt." Es lag Tosha fern, Angst vor Ryker zu haben. „Ich erreichte die Eingangstür im gleichen Moment wie du, Ryker. Du hast Nat so gehalten", sie hält inne, um ihre Arme auszustrecken und zu zeigen, wie Ryker mich in den Armen hielt, „und ihre Beine, Arme und Kopf waren total schlaff. Ich dachte, du hättest sie getötet… das dachte ich wirklich. Dann hast du begonnen, alle anzuschreien, sie sollen aus dem Weg gehen." Toshas Nase wird ganz rot, als sie beginnt, sich Tränen vom Gesicht zu wischen.

Ich wage es, einen kurzen Blick auf Ryker zu werfen, dessen Kopf nach unten hängt und Augen leicht geschlossen sind. Tosha schaut mich an, als sie weiterspricht. „Ich habe dir diesen Teil niemals erzählt, Nat…"

Oh, gut…

„Was?"

Tosha hält mir ihre Zigarettenschachtel entgegen und ich nehme mir eine. Ryker schnappt sich schweigend auch eine, als die Packung vor seinem Gesicht vorbeizieht. Liz sitzt neben Tosha und sieht aus, als würde sie sich gar nicht wohlfühlen – so als würde sie heimlich durch ein Kirchenfenster schauen – aber sie sagt kein Wort. Nachdem wir alle ausreichend vorbereitet sind, spricht Tosha weiter.

„In deiner Stimme war purer Horror, Ryker. Ich habe in meinem ganzen Leben nichts Vergleichbares gehört und will es auch nicht. Du hast deine Wange immer wieder in die Nähe ihres Munds gehalten, um zu prüfen, ob sie noch atmet." Ich habe Tosha noch niemals so aufgewühlt gesehen und es fällt mir schwer, sie anzuschauen. „Die Campus-Polizei war schon da, aber der Krankenwagen fuhr gerade erst vor, als du zum Rasen kamst."

Ryker nimmt einen langen Zug. Er sieht ein bisschen unbehaglich dabei aus, was mir sagt, dass er normalerweise nicht raucht. „Was habe ich dann getan?", fragt er beim Ausatmen.

„Zu dem Zeitpunkt war mir klar, dass du nicht bei Sinnen warst. Du hast schrecklich ausgesehen. Ich wusste von dem, was Natalie mir erzählt hatte, dass es dir nicht gut ging. Du hast sie auf dem Rasen abgelegt, als die Sanitäter hergerannt kamen und hast immer weiter geschrien, *Nat, wach auf, bitte, bitte, wach auf.* Gott." Tosha wischt noch mehr Tränen fort und lehnt sich zurück. „Sobald du sie abgelegt hattest, sah ich, dass dein Arm, dort wo ihr Kopf gelegen hatte, ganz voller Blut war. Du hast es auch gesehen… Du hast einfach begonnen immer und immer wieder *Nein! Nein!* zu schreien, bis sie sie in den Krankenwagen luden. Du hast gegen die Tür geschlagen, gefleht hineingelassen zu werden und gesagt, wie leid es dir tut. Ich habe angenommen, dass du sie gestoßen hast, weil du immer wieder gesagt hast, dass es dir leid tut."

Da ich meinen Blick nicht von Tosha abgewendet habe, bin ich überrascht, Rykers Hand auf meiner zu spüren. Ich schaue auf meine Hand, bemerke, dass ich sie zu einer festen Faust geballt habe und fühle schließlich, wie die Nägel sich in meine Handfläche bohren. Als ich sie öffne, verschränkt Ryker seine Finger mit meinen und reibt mit seinem Daumen über meine Knöchel.

„Du hast lange gegen die Cops angekämpft – hast geschrien, dass du es versucht hast, und dass es dir leid tut… Ich habe keine Ahnung, wovon zur Hölle du gesprochen hast… es waren drei Männer nötig um dich zu Boden zu bekommen. Als sie versucht haben, die Studenten wegzuschicken, sagte ich ihnen, dass ich deine Freundin und Natalies Zimmergenossin war und ins Krankenhaus fahren musste. Ich bin in dem Polizeiwagen mitgefahren, der deinem Krankenwagen gefolgt ist. Sie hatten ihn gerufen, nachdem du am Boden lagst und begonnen hast, dich zu übergeben…" Tosha lehnt sich zurück, zündet sich eine weitere Zigarette an und signalisiert damit das Ende der Geschichte.

Ryker lässt meine Hand los und fährt mit seiner einige Minuten lang über seinen Kopf, bevor er aufsteht. Er geht ans Ende des Balkons und steht schweigend da. Liz legt ihren Arm um Tosha, küsst sie sanft auf die Stirn, dann nimmt sie ihre Hand.

„Danke, Tosha", sagt Ryker, ohne sich umzudrehen.

„Ja", ich räuspere mich, um die immer präsenten Tränen zu stoppen, „danke."

Eine Minute schwerer Stille später weiß ich, was ich tun muss. Ich schaue Tosha und Liz an. „Könnt ihr zwei, ähm… ich möchte eine Weile mit Ryker reden."

Tosha steht auf. „Kommt ihr klar?"

Aus meinem Augenwinkel sehe ich, dass Ryker einmal nickt – er hat uns immer noch seinen Rücken zugedreht – während ich „ja" antworte.

Wir gehen hinein und lassen Ryker Zeit nachzudenken oder zu atmen oder was auch immer er macht.

„Danke, dass du uns das erzählt hast, Tosha." Ich ziehe sie in eine Umarmung.

„Natürlich. Bist du sicher, dass es dir gut geht?" Sie wischt sich immer noch Tränen vom Gesicht und ist besorgt um mich.

„Mir geht es gut."

Ryker geht durch die Schiebetür und direkt zu Tosha, wo er sie fest umarmt. Sie ist so klein und er so groß und breit, der Anblick lässt mich grinsen. Liz grinst auch.

„Danke, Tosha. Es zu hören, hat mir geholfen. Ich habe niemals mehr erfahren, als das, was die Cops mir erzählt haben und sie haben nur gesagt, ich wäre rausgerannt und hätte alle angeschrien." Er schüttelt seinen Kopf. „Wie auch immer, danke."

Nachdem ich die Tür hinter ihnen geschlossen habe, drehe ich mich um und sehe, dass Ryker direkt hinter mir steht. Seine Hände stecken in seinen Hosentaschen. Ohne nachzudenken lege ich meine Arme um seinen Hals und verberge mein Gesicht an seiner Brust, und beginne ein bisschen zu weinen. Eine Sekunde später spüre ich, wie seine Brust von seinem eigenen Schluchzen zittert, als er mich fest an sich drückt.

„Konnte sie deine Erinnerungslücken schließen?" Ich trete zurück und gehe zur Couch. Ich weiß immer noch nicht, warum er die Details gebraucht hat.

Er nickt und setzt sich neben mich.

„Du hast gesagt, du wüsstest, es lag nicht nur an den Medikamenten, dass du dich nicht erinnern konntest", fordere ich ihn auf.

„Nach unserer Sitzung bei deiner Therapeutin habe ich meinen angerufen. Seit zehn Jahren versuche ich mich von allein daran zu erinnern, was in dieser Nacht geschehen ist und… ich kann es einfach nicht. Mein Psychiater sagt aufgrund der Dinge, die ich aus den Berichten wusste, ist die Erinnerung sehr wahrscheinlich meiner PTBS zum Opfer gefallen. Es war eine hochriskante, hochintensive Situation und ich habe einfach nur reagiert und mein Gehirn hat die Erinnerung verdrängt."

Jetzt wird es mir klar, zehn Jahre zu spät.

„Geht es um Lucas?" Mein Blinzeln ist einen Herzschlag länger als normal und ich hole nervös Luft.

„Ich habe es versucht, Natalie. Ich habe versucht, ihn zu retten, und ich konnte es nicht", beginnt Ryker ohne Vorwarnung. Er klingt schockiert, so als ob es gerade passiert. Ich vermute, so muss es sich an den meisten Tagen anfühlen.

Ich weiß nicht, ob ich hierauf vorbereitet bin. Vor zehn Jahren war alles, was ich wollte, dass Ryker mit mir über Lucas spricht und er hat es niemals getan. Jetzt ist klar, dass ich nicht in der Lage wäre ihn zu stoppen, selbst wenn ich es wollte.

„Was ist passiert?"

Er dreht sich zu mir, kann mir kaum in die Augen schauen. „Was weißt du?"

„Nur das, was deine Mom mir am Telefon gesagt hat." Ich zucke mit den Achseln. „Dass sein Jeep in die Luft geflogen ist, du ihn rausgeholt hast und dann getroffen wurdest."

Ryker nickt eine Sekunde lang. „Sein Fahrzeug war direkt vor meinem. Ich wusste zu dem Zeitpunkt nicht, ob sie getroffen worden waren oder ob es eine Straßenbombe war… aber es stand innerhalb von Sekunden in Flammen. Ich war im zweiten von vier Jeeps. Es war so laut, Natalie… alle Männer begannen zu brüllen und zu schießen und alles, woran ich denken konnte, war, mir einen Weg zu Lucas freizuschießen. Das war mein erster Gedanke – *uns hier raus zu kriegen*. Ich dachte an seine Familie, meine Mom, meinen Dad und an dich. Gott, ich hatte so schreckliche Angst."

Während ich meine Arme um meine Taille schlinge, stöhne ich ein wenig. Es fühlt sich an, als ob ich niemals in der Lage sein werde, mit dem Weinen aufzuhören.

„Daran dachte ich, Natalie, ich sah dein Gesicht und hörte dein Lachen und... ich bin zu Lucas gerannt. Er lag schreiend am Boden, als ich zu seinem Jeep kam. Das Feuer breitete sich aus, also habe ich ihn ein paar Meter weggezogen, bevor ich versuchte, ihm zu helfen. Ich habe seine Verletzungen nicht gleich gesehen, aber ich fühlte Blut an meinem Arm entlanglaufen."

Ich glaube mir wird schlecht, aber Ryker bleibt in der Geschichte.

„Ich wusste, dass es schlimm war, egal wo es herkam. Es war einfach so viel. Ich habe ihm immer wieder gesagt, dass alles gut werden würde und ich ihm Hilfe holen würde. Er hat mich angeschrien, ich solle die anderen Männer rausholen." Rykers Stimme bricht, „Er wusste es..." Ryker steht auf und faltet seine Finger hinter seinem Kopf.

„Wann wurdest du getroffen?" Ich habe keine Ahnung, warum ich Fragen stelle.

„Etwa eine Sekunde, nachdem ich Lucas gesagt hatte, dass ich ihn nicht allein lassen würde. Ich denke, dass ich einmal aufgeschrien habe, aber ich habe einfach weiter versucht, ihn zu stabilisieren. Mein Rücken tat schrecklich weh. Ich wusste nicht, wo genau ich getroffen worden war oder wie viel Blut ich verlor, also arbeitete ich, so schnell ich konnte. Als der Sanitäter zu uns kam, schaute ich zu Lucas herunter und sagte *er ist da, Mann*." Ryker setzt sich wieder auf die Couch und verbirgt sein Gesicht in seinen Händen. „Er war fort, Nat. Einfach so, in meinen Armen, mitten im verdammten Niemandsland war er gegangen."

Alte Instinkte missachtend, die mir gesagt hätten, dass ich Abstand halten soll, rutsche ich rüber zu Ryker und lege meinen Kopf auf seine Schulter. Er legt seine Arme um mich und zieht mich näher zu sich.

„Ich habe seinen Namen geschrien und… da war überall so viel Blut, Natalie. Ich hatte wirklich vergessen, dass ich angeschossen worden war, bis mir schwindelig wurde und einer der Sanitäter hinter mir die Wunde sah. Er ist einfach… gestorben. Mein bester Freund, der nichts anderes gewollt hatte, als sein Leben lang Soldat zu sein, war gestorben und ich hatte es nicht verhindern können. Das ist der Grund, warum ich in der Nacht bei deinem Wohnheim so durchgedreht bin. Ich weiß es. Gott, ich muss einen ziemlich üblen Anblick abgegeben haben."

„Es tut mir so leid, Ryker", heule ich, dadurch bringe ich uns beide dazu, uns auf der Couch zurückzulehnen und uns dem Schmerz zu ergeben.

Es dauert nur eine Sekunde, bis mir wirklich *klar* wird, warum Ryker meinte, er müsse sich wieder verpflichten, warum er niemals über Lucas reden wollte und was für ein totaler Bastard eine PTBS ist.

„Es ist okay, Nat", flüstert Ryker in mein Ohr. „Ich… Ich weiß, wie ich in dieser Nacht auf dem Schlachtfeld mit Lucas ausgesehen und geklungen haben muss und… wenn ich dir auch nur einen Teil davon gezeigt habe, *jemals* gezeigt habe… tut es mir leid."

„Es ist jetzt vorbei, Ryker." Ich hebe mein verweintes Gesicht von seiner Schulter und lege meine Hände auf seine Wangen.

Er legt seine Hände sanft um meine Handgelenke und schaut mit seinen blauen Augen in meine. Augen, die mehr Dunkelheit gesehen haben, als ich je bereit war zuzugeben, dass sie in der Welt existiert. „Das ist der Punkt, Natalie… es ist niemals wirklich vorbei."

„Du hast recht", seufze ich und lasse meine Hände von seinem Gesicht hinab auf seine Schultern gleiten, „das ist es niemals wirklich."

Als ich mich zur Seite drehe und meinen Kopf an Rykers Brust lege, während er sich an die Lehne meiner Couch lehnt, sind uns die Worte und Tränen ausgegangen. Er hat offensichtlich keine Eile zu gehen und ich will auch nicht, dass er geht. Noch nicht.

Kapitel 40

„Wie lange ist er geblieben?", fragt Tosha viel zu früh am nächsten Morgen.

„Ein paar Stunden."

„Und ihr habt nicht geredet?", kreischt sie fast durchs Telefon.

„Nicht ein Wort."

Entspannt sitze ich mit meinem Kaffee in der Küche und starre zum Fenster hinaus. Ryker und ich sind stundenlang in der gleichen Position auf der Couch sitzengeblieben und haben schweigend Händchen gehalten. Schweigen ist ein relativer Begriff, vermute ich, um zu beschreiben, wie es von außen ausgesehen hat. Ich bin mir sicher, dass sein Kopf genauso voller Lärm war wie meiner, während ich alles, was er mir gesagt hat, innerlich durchging und noch ein wenig weinte, wegen dem, was mein Ex-Freund durchgemacht hatte.

„Was hat er gesagt, als er gegangen ist?", Tosha klingt ungeduldig.

„Dass er froh war, gekommen zu sein, und dass es ihm geholfen hat, einige Lücken zu schließen… dann hat er meine Stirn geküsst und ist gegangen."

„Das macht er immer wieder."

„Was?"

Sie lacht. „Deine Stirn küssen."

„Ja… das macht er." Ich kann mein Grinsen nicht verhindern.

„Macht es dir etwas aus? Ich kann dein Lächeln hören, weißt du."

„Nicht wirklich. Es *bedeutet* nicht wirklich etwas. Es ist… einfach Ryker."

Ich kann nicht leugnen, dass es sich gut anfühlt, seine Lippen auf meiner Haut zu spüren. Nicht auf eine lustvolle Weise, aber beruhigend. Zeit mit Ryker zu verbringen fühlt sich irgendwie wie nach Hause kommen an.

„Mmhmm", murmelt Tosha.

„Okay, ich muss los, Tosh. Ich muss ein paar Dinge für die Geburtstagsfeier der Jungs am nächsten Wochenende besorgen. Sag mir, dass du immer noch kommst." Ich heuchle Panik. Die Party findet im Haus von Erics Eltern statt und obwohl meine Eltern da sein werden, brauche ich jemanden, der an diesem Tag voll auf meiner Seite steht.

„Die würde ich um nichts in der Welt verpassen." Ihre Stimme wird einen Hauch ernster. „Geht es dir heute wirklich gut?"

„Ja, wirklich. Hab dich lieb, Tosh."

„Ich dich auch, Natalie."

Am Ende der Woche freue ich mich darauf, die Jungs wieder in meiner Wohnung zu haben. Auch wenn das bedeutet, dass ich vorher ihre Geburtstagsfeier mit unseren Familien überstehen muss. Wir haben ein paar ihrer Freunde aus dem Kindergarten eingeladen, zusammen mit ihren Eltern, Tosha und auch Olivers Nanny und Therapeutin.

Meine Therapiestunde konzentrierte sich in dieser Woche vorwiegend darauf, mit meinem Stress wegen der Feier zurechtzukommen. Nicht der Stress wegen der *Party*, sondern weil dies das erste Mal sein wird, dass ich meine Eltern sehe, seit sie die Jungs nach Hause gebracht haben und ich in einer neuen Wohnung wohne. Ich weiß, dass meine Mutter denkt, Eric und ich sollten das „einfach klären" und daher mit großer Wahrscheinlichkeit die meiste Zeit der Party damit verbringen wird, mir genau zu erläutern, warum. Dr. Greene hat mir dabei geholfen, mir Strategien zu überlegen, wie ich Herr der Situation bleiben und sie dafür nutzen kann, um ein paar ungeklärte Dinge mit meiner Mutter zu besprechen.

Welch eine Freude.

Nachdem die Torte angeschnitten und die Geschenke geöffnet sind, stürmen die Jungs mit ihren Freunden durch den großen Garten von Erics Eltern. Er unterhält sich mit ihnen neben dem Spielhaus, während ich drinnen aufräume. Normalerweise würde mich das verärgern – ich würde mich gefangen fühlen, während er draußen das Leben genießt. Wie auch immer, heute gibt mir diese Aufgabe Gelegenheit für eine sehr nötige emotionale Pause. Und ich weiß, dass meine Mutter versuchen wird, mich in die Ecke zu treiben, wenn ich allein bin – was sie gerade getan hat, indem sie sich durch die Fliegengittertür geschlichen hat.

„Das war eine schöne Feier, Liebes", zwitschert sie, dabei sammelt sie ein paar weitere Tassen und Teller vom Tisch ein.

Ich zwinge mich zu einem Lächeln. „Danke."

„Haben du und Eric weiter über eine Eheberatung nachgedacht?"

Ich verdrehe meine Augen. „Eheberatung funktioniert nur, wenn beide Parteien verheiratet bleiben wollen, Mutter."

„Oh Natalie, um Himmels Willen – "

„Ich habe wieder angefangen zu ritzen."

Ihr Gesicht wird blass. Mein Dad kommt gerade in dem Moment rein, um es auch zu hören. *Denn, warum auch nicht?*

Sein Gesicht wird allerdings rot und er sieht aus, als würde er gleich anfangen zu weinen.

Meine Mutter räuspert sich. „Was meinst du mit *wieder?*"

Oh, jetzt geht's los.

„Du weißt verdammt gut, dass ich während des Colleges geritzt habe, Mom. Das war der Grund, warum ich ihn Therapie war. *Du* hast gesagt, es wäre, weil ich über meine Beziehung mit einem Soldaten hinwegkommen müsste. Obwohl das ein Teil davon war, war es nicht der einzige Grund." Ich hole tief Luft, als mein Dad auf mich zugeht. „Nur weil du nicht zugeben willst, dass ich geritzt habe, heißt das nicht, dass es nicht geschehen ist."

Mein Dad legt eine Hand auf meine Schulter. „Wie lange geht das schon?" Er versteht es. Er versteht, wie ernst es war. Wir haben nur niemals darüber gesprochen.

„Inzwischen gar nicht mehr. Ich habe seit fast acht Wochen nicht mehr geritzt. Aber es ging schon ein paar Wochen, bevor Eric und ich uns getrennt haben. Ich bin, seit ich ausgezogen bin, wieder bei Dr. Greene in Therapie."

Meine Mom stützt sich an der Arbeitsplatte ab, als hätte ich sie gestoßen. Ich spüre, wie mir eine schwere Bürde von den Schultern genommen wird, als mein Dad mich umarmt. Es gibt aber noch mehr, was ich sagen muss und es wird ihr nicht gefallen.

„Mom, ich muss mit dir über Ryker reden." Ich ignoriere ihren Gesichtsausdruck und rede weiter. „Er war mein Freund und ich habe ihn geliebt. Sehr sogar. Er wurde in den Krieg geschickt – " Ich versuche, mich zu räuspern, aber es nutzt nichts, in mir steigen trotzdem Tränen auf. „Er wurde in den Krieg geschickt und du hast so getan, als wäre das eine Erleichterung für mich, während es sich für mich anfühlte, als wäre das Ende der Welt."

Sie setzt einen mahnenden Gesichtsausdruck auf. „Oh Natalie, denkst du nicht, dass du ein bisschen dramatisch bist?"

„Leslie", der ernste Tonfall meines Dads überrascht mich.

„Nein, das denke ich nicht, *Mom*. Ich denke, dass es überhaupt nicht dramatisch ist. Mein Freund wurde in ein fremdes Land gebracht, um zu *kämpfen,* und ich hatte schreckliche Angst und du warst nicht für mich da. Und das hat wehgetan." Es tut so gut, ihr das zu sagen, dass ich mich frage, warum ich solange damit gewartet habe.

„Es tut mir leid, Natalie, aber ich wusste, dass es dir nicht gut tun würde, sich mit ihm einzulassen und ich wollte dich beschützen." Sie streicht ihren Rock glatt und schaut mich entschuldigend an.

„Du wolltest mich davor beschützen verliebt zu sein? Mom, ich würde jede einzelne Sekunde nochmal durchmachen, wenn es bedeuten würde, dass ich immer noch diese Art Liebe empfinden könnte – auch nur für einen einzigen Moment." Mein Kinn zittert, als ich eine Wahrheit ausspreche, die seit zehn Jahren in mir herumgeistert.

„Wenn ihr beide euch so geliebt habt, warum musstest du dann ritzen?" Ihre Stimme schwankt leicht und ich weiß, dass ich zu ihr durchkomme – auch wenn es nur ein kleines Bisschen ist.

„Weil es eine schlechte Bewältigungsstrategie ist. Ich hatte schreckliche Angst, war gestresst und hatte keinerlei Unterstützung. Ich habe ihn so sehr geliebt und konnte ihm nicht helfen. Manche Leute trinken, manche Leute nehmen Drogen, manche Leute überfressen sich... ich ritze."

Mein Dad dreht sich zu mir um. „Aber du hast gesagt, dass du es nicht mehr machst, richtig?"

Ich nicke. „Richtig, aber das bedeutet nicht, dass ich es nie mehr tun werde… es bedeutet nur, dass ich wie verrückt daran arbeite, es nicht zu tun."

„Ich bin froh, dass du an dir arbeitest, Natalie", beginnt meine Mutter in einem versteinerten Tonfall. „Es tut mir leid, dass es sich für dich angefühlt hat, als wäre ich nicht für dich da… ich dachte…" Meine normalerweise selbstsichere Mutter schwankt, als sie ihre Hände faltet.

Ich gehe auf sie zu und breite meine Arme aus. Und wir umarmen uns. „Ich weiß. Ich bin auch Mutter, weißt du und ich verstehe, was du versucht hast. Aber es hat wehgetan. Ich verzeihe dir, aber ich musste ehrlich zu mir selbst sein und zu dir und es dir sagen. Ich will, dass wir das jetzt einfach hinter uns lassen, okay?" Und das will ich wirklich. Ich habe gelernt, dass Groll und Wut zu hegen mich nur vergiftet. Vergebung ist der einzige Weg, um wieder gesund zu werden.

Sie nickt und als wir die Umarmung lösen, geht sie nach draußen. Mein Dad steht immer noch hinter mir. Tief luftholend drehe ich mich zu ihm um, als er spricht.

„Nat, Baby – "

„Ich habe Zeit mit Ryker verbracht, Dad", platze ich heraus. Er sieht nicht wirklich überrascht aus. „Wir haben uns ein paarmal getroffen, viel über die Vergangenheit geredet und ich habe bei Bill zu Abend gegessen."

Mein Dad lächelt. „Ich weiß, Bill hat mir eine E-Mail geschickt. Er hat gesagt, es wäre toll gewesen, dich wiederzusehen."

„Wie oft redet ihr miteinander?", kichere ich.

„Immer mal wieder, während der letzten paar Jahre…" Er zuckt mit den Achseln und ich verstehe, dass ich nicht weiter bohren darf.

„Vor ein paar Wochen ist er mit mir zu einer Therapie-sitzung gegangen."

„Wer?", fragt Eric, als er von hinter der Fliegengittertür auftaucht.

Fantastisch.

Ich drehe mich langsam um und schaue ihm in die Au-gen. Wir haben heute nicht viel miteinander geredet, aber er war auch nicht merkwürdig gewesen. Bis jetzt.

„Ryker." Ich schlucke schwer und wappne mich für seine Reaktion.

Eric schaut zu meinem Dad und dann zu Boden, während er mit den Zähnen knirscht. „Warum?"

Ich weiß, dass ich ihm keine verdammte Erklärung schul-de, aber ich gebe sie ihm trotzdem. „Weil wir vieles gemein-sam durchgemacht haben und – "

„Und wir nicht?" Eric schaut mich verachtend an. „Wir hatten eine Ehe und eine Familie, aber du nimmst ihn mit zu deiner Therapeutin?"

„So ist es nicht, Eric... Dad, kannst du uns bitte – "

Mein Dad unterbricht mich mit einem Nicken und geht schnell nach draußen.

„Was ist es, Natalie?" Eric und ich waren seit fast zwei Monaten nicht mehr allein in einem Raum. Meine Angst steigt schnell.

„Ich war immer sehr ehrlich zu dir, was meine Gefühle angeht, Eric. Mit Ryker war es anders. Es gab vieles, das ich ihm sagen musste, um in der Lage zu sein, es hinter mir zu lassen. Du hast keine Ahnung, wie es war, als er nach Hause kam – "

„Weil du niemals mit mir geredet hast!" Erics Schreien lässt mich zusammenzucken.

„Hier geht es nicht um dich, Eric. Was du und ich durch-gemacht haben – durchmachen – hat nichts damit zu tun.

Wir haben gleich zu Beginn einige schwerwiegende Entscheidungen getroffen, die sich als falsch herausgestellt haben." Ich rede fest und ruhig. Ein gegenseitiges Anbrüllen würde jetzt keinem gut tun.

„Was, zum Beispiel, die Jungs zu bekommen?", spottet er.

Lieber Gott, führen wir schon wieder diese Unterhaltung?

„Nein, zum Beispiel zu heiraten, weil wir uns Gedanken gemacht haben, was die Leute denken werden. Dass ich zu Hause geblieben bin… dass du eine Affäre hast." Ich wollte ihm die Affäre nicht unter die Nase reiben, aber er muss wissen, dass ich sie nicht ignorieren werde.

„Wenn du mir ein bisschen mehr Aufmerksamkeit geschenkt hättest, Nat – "

„Nein", ich schüttele meinen Kopf, „auf gar keinen Fall. Du wirst nicht mich für die Affäre verantwortlich machen. Es war *deine* Entscheidung. Eine, die du ein ganzes Jahr lang jeden Tag getroffen hast, wenn ich mich richtig erinnere. Schau", ich fahre mit meiner Hand durch mein Haar und gehe an ihm vorbei, „die Feier neigt sich draußen dem Ende zu… Ich werde die Jungs holen und nach Hause fahren."

Als ich meine Hand an die Tür lege, sagt er fast flüsternd: „Ich habe dich geliebt, Natalie."

„Ich weiß", seufze ich, „ich habe dich auch geliebt. Aber ich kann nicht mehr in der Vergangenheit leben, Eric."

Kapitel 41

Ein paar Tage später lasse ich die Jungs bei unserer Nanny, Caroline. Während ich mich fertigmache, um zu meiner Therapiestunde zu gehen, klopft es an der Tür. Als ich sie öffne, steht ein Mann davor, der drei Tulpen in der Hand hält – meine Lieblingsblumen – und ein Päckchen mit einer Karte darauf. Nachdem ich die Blumen ins Fenster gestellt habe, nehme ich die Karte und das Päckchen mit ins Auto, denn ich will nicht zu spät zu Dr. Greene kommen.

Ich erkenne die Schrift auf der Karte sofort. Hunderte Briefe aus Afghanistan haben mich zu einer Ryker Manning Handschriftexpertin gemacht. Mit zitternden Fingern öffne ich den Umschlag.

Natalie,

ich erinnere mich, dass du mir erzählt hast, dass Max und Oliver bald Geburtstag haben, aber ich denke, du hast mir nicht gesagt wann. Die Blumen sind für dich, denn du bist eine tolle Mutter. Ich hoffe, es sind immer noch deine Lieblingsblumen. Das Buch ist für sie. Ich denke, es ist die beste Art zu versuchen, alles zu verstehen... Ich hoffe sie haben oder hatten einen schönen Geburtstag.

~Ry

Mein Auto fühlt sich eng an, während ich das Geschenkpapier aufreiße. Ich finde „The Little Chapel that Stood", ein Kinderbuch über den 11. September und eine Kapelle, die nur etwa neunzig Meter von den Türmen entfernt stand und das Chaos überlebt hat. Sie wurde ein sicherer Hafen für viele Sanitäter, Feuerwehrleute und Polizisten. Ich blättere durch das Buch und komme nur bis zur fünften Seite, bis ich den Emotionen erliege, die mich zurück zu diesem Tag bringen.

Das Buch beleuchtet all die Helden, die an diesem Tag geboren wurden und zeigt, dass aus Bösem viel Gutes entstehen kann. Als ich zurück zum Anfang blättere, sehe ich, dass Ryker innen auf der Titelseite eine Widmung hineingeschrieben hat.

Max und Oliver,

Helden tragen nicht immer Capes, Abzeichen oder Uniformen. Manchmal unterstützen sie diejenigen, die es tun.

Ich lege das Buch auf den Beifahrersitz und fahre eilig zu Dr. Greenes Praxis.

„Das war ziemlich aufmerksam von ihm", sagt sie, als ich ihr die Karte und das Buch zeige.

„Das war es. So ist er." Ich wische mir immer noch die Tränen weg.

„Er hat Sie Ihren Jungs gegenüber als Heldin bezeichnet, aber Ihnen Raum gelassen, es ihnen zu erklären. Wie fühlen Sie sich damit?"

„Überfordert. Ich fühle mich überhaupt nicht wie eine Heldin."

„Was für eine Art Beziehung möchten Sie mit Ryker haben, Natalie? Sie haben ja jetzt einige Zeit zusammen verbracht und er hat Ihnen Blumen und Ihren Jungs ein Geschenk geschickt…"

„Ich habe eigentlich nicht viel darüber nachgedacht. Es war einfach so ein Schock, ihn wieder in meinem Leben zu haben. Ich habe einfach einen Tag nach dem anderen auf mich zukommen lassen. Ich habe versucht, mich darauf vorzubereiten, dass einer von uns es zu intensiv finden würde, in der Nähe des anderen zu sein."

Sie verschränkt ihre Beine. „Und war es Ihnen zu intensiv?"

Ich schüttele meinen Kopf. „Es war intensiv, klar. Aber… nicht zu intensiv…" Ich schaue zu Boden.

„Was ist, Natalie?"

„Ich liebe ihn wirklich immer noch, Dr. Greene. Lange Zeit habe ich versucht, mir zu sagen, dass unsere verrückte, kranke Liebesgeschichte ein Produkt des Dramas des Krieges und des Studentenlebens war, aber – "

„Aber was?"

„Sie ist echt. Wahr." Ich greife nach einem neuen Taschentuch. „Wie auch immer, ich will nicht, dass er erneut verschwindet. Ich sage nicht, dass ich mit ihm *zusammen* sein will oder sowas... ich möchte mich nur nicht wieder verabschieden." Sogar das Wort *verabschieden* in einem Satz, in dem es um Ryker geht, auszusprechen, führt zu einem flauen Gefühl im Magen.

Dr. Greene nickt und fährt sich mit der Zunge über ihre Lippen. „Ich denke, Ihre Ehrlichkeit über Ihre Gefühle ist ein sehr guter Schritt, Natalie. Ich würde sagen, so wie Sie im Moment damit umgehen, funktioniert es, finden Sie nicht auch?"

Ich nicke.

„Wie *war* der Geburtstag der Jungs?" Sie ändert die Richtung und ich bin dankbar für die Pause.

Ich erzähle Dr. Greene schnell die Ereignisse dieses Tages, die dabei nickt, als wäre sie ein Wackeldackel.

„Denken Sie die Entschuldigung Ihrer Mutter war ernst gemeint?"

Ich zucke mit den Achseln. „Ich weiß es nicht. Sie hat sich zuvor noch niemals für irgendetwas entschuldigt. Ich denke, es ist im Grunde egal, ob es ihr wirklich leidtut, oder? Das ist jetzt ihre Sache."

Dr. Greene lächelt. „Das ist sehr gut, Natalie, und Sie haben recht. Aber Ihnen ist klar, dass sie diese Unterhaltung vielleicht fortführen will, vor allem, wenn Ihr Vater ihr von Ryker erzählt?"

Ich sage Dr. Greene, dass es völlig ausgeschlossen ist, dass mein Dad meiner Mutter von Ryker erzählt. Er weiß, dass ich es ihr sagen werde, wenn ich soweit bin. Wir unterhalten uns noch über einige Konversationstechniken, die ich nutzen kann, sollte meine Mutter das Thema wieder ansprechen.

„Welche Strategien haben Sie entwickelt, um sich vom Ritzen abzuhalten?"

„Ich bin eigentlich ziemlich beschäftigt, was toll ist. Die Kurse am Mount Holyoke beginnen in ein paar Wochen, also suche ich bereits Material zusammen und erarbeite Unterrichtseinheiten. Und die Jungs fangen etwa zu gleichen Zeit mit der Vorschule an und wir bereiten sie darauf vor."

Dr. Greene hebt ihre perfekt gestylte Augenbraue. „Beschäftigt sein ist keine Bewältigungsstrategie, Natalie."

Doch.

„Na ja, bevor ich geheiratet und Kinder bekommen habe, war ich Studentin. Das ist, was ich getan habe und wer ich war. Ich habe gelesen, geschrieben und noch mehr gelesen. Ich habe es geliebt, zu studieren und zu lernen. Ich habe niemals wirklich etwas anderes *gemacht*."

„Also, haben Sie darüber nachgedacht, was Sie mit ihrer Zeit anfangen könnten, vor allem in den Wochen, in denen die Jungs nicht bei Ihnen sind? Während der „Jungs-Wochen" werden Sie beschäftigt sein, deshalb mache ich mir wegen der „Nicht-Jungs-Wochen" Sorgen. Sie selbst haben gesagt, dass die ruhige Zeit Sie triggert."

„Es gibt eine Sache, über die ich immer mal wieder nachdenke…" Ich rutsche ein bisschen herum und muss mich daran erinnern, dass meine Mutter *nicht* neben mir sitzt. „Als ich zum ersten Mal bei Ihnen in Behandlung war, damals als ich nach einem Semester Pause wieder zurück an die Uni gegangen bin, sah ich einen Flyer in meinem Wohnheim, mit dem um ehrenamtliche Helfer für das Holyoke Soldatenheim geworben wurde. Damals wäre es vermutlich zu früh für mich gewesen, so etwas zu machen, aber ich wollte es. Ich weiß, dass meine Mom allerdings einen totalen Ausraster gehabt hätte, also habe ich mich niemals gemeldet."

Sie nickt. „Warum möchten Sie es jetzt machen?"

Oh, Dr. Greene Sie und Ihre Fangfragen...

„Ich weiß ein bisschen darüber, wie es ist, denke ich. Die meisten Männer dort sind ziemlich alt, mit wenig – oder überhaupt – keiner Familie mehr, denke ich... ich denke ich stelle mir vor, wie Ryker später mal dort ist und es bricht mir das Herz daran zu denken, wenn er dort allein sein müsste."

Dr. Greene und ich sind uns einig, dass es sich lohnt, in Erfahrung zu bringen, welche Hilfsmöglichkeiten es für mich in dem Soldatenheim gibt und dann bin ich auch schon wieder auf dem Weg nach Hause. Nachdem ich vom Parkplatz gefahren bin, scrolle ich auf meinem Telefon zu Rykers Nummer.

„Hallo?"

Ich liebe, dass die Leute immer noch fragend „hallo" sagen, so als würden sie nicht sehen, wer sie anruft.

„Hey, Ry", meine Stimme beginnt zu zittern, also rede ich so schnell wie möglich, „ich habe deine Blumen bekommen und die Karte... und das Buch."

„Weinst du?"

Ich nicke, so als ob er mich sehen kann. „Ja, ähm... das war wirklich sehr lieb von dir... und die Widmung..." Ich bin rechts ran gefahren, denn weinen *und* reden während der Fahrt ist vermutlich keine gute Idee.

„Ich wollte dich nicht zum Weinen bringen, Natalie... scheiße, es tut mir leid." Seine Stimme ist melodisch, wie ein Wiegenlied. „Ich will nur, dass deine Jungs irgendwann wissen, wie wundervoll du bist. Ich meine, sie werden es wissen, ganz offensichtlich, aber darüber... ah, ich weiß nicht, was ich versuche zu sagen."

„Ich aber", kichere ich durch die Gefühle, „und es war lieb. Und vollkommen unnötig. Du bist der Held, weißt du. Das warst du immer."

„Davon weiß ich nichts."

„Du hast nicht unterschrieben... am Ende der Widmung."

Es entsteht eine kurze Pause, bevor Ryker sagt: „Ich war mir nicht sicher... Ich weiß nicht, was du ihnen über mich erzählen willst, wenn überhaupt. Ich wollte aber, dass sie das Buch bekommen, egal was du ihnen sagst."

„Ich weiß deine Rücksicht zu schätzen, aber... ich möchte, dass du es unterschreibst. Wenn du soweit bist."

„Wo bist du jetzt?", fragt er und scheint nicht auf meine Aussage einzugehen.

„Auf dem Heimweg von der Therapie", ich lache erneut. Dieses Mal tut er es auch.

„In Ordnung, tja, dann lasse ich dich wohl weiterfahren, damit du nicht von der Straße abkommst. Ich würde mich immer noch freuen, die Jungs hier auf der Farm zu haben. Ich denke, sie hätten Spaß dabei." Seine Stimme ist voller Nervosität.

Plötzlich bin ich Alice, die durch den Kaninchenbau gefallen ist und werde panisch. Ich weiß, dass er versucht, nett zu sein und den Jungs *würde* es auf der Farm wirklich gefallen, aber ich weiß nicht, ob ich *dafür* bereit bin. So unschuldig es auch sein würde, meine Jungs und Ryker in der gleichen Umgebung, das fühlt sich im Moment zu viel an.

„Das wäre toll. Kannst du mir noch ein paar Wochen geben. Ich möchte, dass die Jungs mit der Vorschule begonnen haben und die Kurse, die ich unterrichte, beginnen bald... es kommt viel auf uns zu." Ich hasse das Gefühl, ihm einen Korb zu geben, aber ich muss wirklich gut auf mich selbst achten.

„Sicher", er klingt ein bisschen enttäuscht, „natürlich. Ähm, ruf einfach an, wenn ihr euch im Alltag eingelebt habt, okay?"

„Das werde ich. Ryker?"

„Ja?"

Nein, noch nicht...

„Nochmal danke für das Geschenk und die Blumen. Sie sind sehr schön."

„Gern geschehen, Nat. Bye."

„Bye."

Kapitel 42

Ich erinnere mich an den Tag, an dem ich wusste, dass Ollies Gehör dauerhaft wegbleiben würde. Während des Sommers gab es immer weniger Tage, weniger Momente, in denen er uns hören konnte. Weniger Zeiten, in denen sein Name über meine Lippen kam und etwas bedeutete, weniger Zeiten, in denen „Return to Pooh Corner" ihm beim Einschlafen half. Ich singe es immer noch, sogar, wenn Max schon schläft. Aber zwei Wochen bevor die Schule begann und Eric die Jungs an einem Sonntagabend zu mir brachte, sagte er mir, dass Ollie die ganze Woche auf keine einzige gesprochene Kommunikation reagiert hatte. Ich runzelte die Stirn, als ich ihm sagte, dass er es die Woche davor bei mir auch nicht getan hatte.

Wir standen in trauriger Stille da – feinste Ironie. Der Tag war schließlich gekommen. Nachdem ich sie ins Bett gebracht hatte, schloss ich mich im Bad ein, ließ mich an der Tür nach unten gleiten, bis ich weinend am Boden ankam. Es hat meiner allerletzten Kraft bedurft, um an diesem Abend nicht nach der Rasierklinge zu greifen. Aber ich blieb im Bad, bis ich das Ritzen vollständig durchdacht hatte und realisierte, dass es das nicht wert war – jetzt mehr denn je.

„Wie läuft es für die Kleinen in der Schule?", fragt Tosha, während wir auf dem Campus mittagessen.

Es war wunderbar gewesen, wieder arbeiten zu können. Das Thema hatte mich niemals wirklich verlassen, also hatte es nicht lange gedauert, wieder reinzukommen. Ich unterrichte zwei Kurse an drei Vormittagen pro Woche. Das gibt mir genug Zeit, um an meinen freien Tagen die Stunden vorzubereiten und Aufgaben zu korrigieren, und an den Nachmittagen meiner Wochen Zeit mit den Jungs zu verbringen.

„Es geht ihnen gut. Anfangs hatte ich Bedenken, weil sie auf unterschiedliche Schulen gehen, aber in dieser Hinsicht hatten wir kaum eine Wahl."

Die Jungs sind beide in einer Ganztagsvorschule. Max arbeitet eine halbe Stunde pro Tag mit einer Therapeutin, um die Gebärdensprache nicht zu verlernen. Während meiner Wochen hole ich Ollie zuerst ab. Wenn wir dann Max abholen, bewegen sich ihre Hände unglaublich schnell, erzählen sich von ihrem Tag – es ist urkomisch. Ollie kann gut mit Max sprechen und auch sehr gut Lippen lesen, aber sie finden, dass es Spaß macht, Gebärdensprache zu benutzen und Ollie muss sie in der Schule bei seinen Klassenkameraden auch verwenden.

„Und… hast du mit Ryker gesprochen?" Ihr Thai-Nudel-Salat rollt sich um ihre Gabel, während sie fragt.

„Ich habe ihm letzte Woche eine Nachricht geschickt, um ihm zu sagen, dass ich seine Einladung zur Farm nicht vergessen habe, im Moment ist ganz offensichtlich sehr viel los und da ich sie nur jede zweite Woche habe, ist es ein bisschen kompliziert."

Sie schaut auf: „Kauft er dir das ab?"

Ich verdrehe meine Augen und stelle mein Getränk ab. „Da gibt es nichts *abzukaufen*, Tosha. Es ist die Wahrheit. Ich muss ihn nicht dadurch verschrecken, in dem ich ihm sage, dass ich noch nicht *bereit* bin, wo er vielleicht noch nicht einmal in diese Richtung denkt. Er ist einfach nur nett."

„Wie geht es Eric zurzeit?"

„Gut." Ich seufze. „Der früheste Termin für eine Scheidung ist vermutlich im März, aber unser Anwalt denkt, es sollte kein Problem sein, sie vor dem Ende des Trennungsjahres durchzukriegen, da wir uns um nichts streiten. Es hilft auch, dass sich keiner von uns wie ein totales Arschloch aufführt."

Sie lacht. „Ich wette, das würdest du manchmal gerne, oder?"

„Ja", kichere ich. „Vor allem, als er mich zum ersten Mal gefragt hat, ob es okay wäre, wenn er zu einem Date geht… als ob er während der letzten eineinhalb Jahre um Erlaubnis gebeten hätte." Ich verdrehe meine Augen.

„Mit wem hatte er ein Date?"

Ich zucke mit den Achseln. „Keine Ahnung. Ist mir auch egal, wirklich. Wir haben uns nur darauf geeinigt, unsere Jungs aus jedweder neuen Beziehung rauszuhalten, bis sie ernst wird. Es gibt im Moment überhaupt keinen Grund, sie zu verwirren. Egal", ich stehe auf, nehme mein Tablett und Tosh folgt mir zum Tablettwagen, „ich muss rüber zum Soldatenheim."

Tosh lächelt. „Wie läuft das so?"

„Eigentlich ziemlich gut. Es lässt einen unglaublich demütig werden, wirklich. Ich verbringe sehr viel Zeit mit diesem Marine, George, der im Koreakrieg war. Er ist wirklich ein besonderer Mensch… erinnert mich ein bisschen an meinen Großvater." Ich lächle breit, während ich an meinen neuen Freund denke.

„Ich denke, das ist wunderbar. Okay, Schnecke, wir sehen uns später." Nach einem schnellen Kuss auf die Wange geht sie in Richtung ihres nächsten Kurses und ich zu meinem Auto, um zu dem Soldatenheim zu fahren.

„Klopf, klopf", ich lächle, als ich Georges Zimmer betrete, wo ich eine ältere Frau im Sessel neben seinem antreffe. Anhand der Bilder, die er mir gezeigt hat, erkenne ich, dass es seine Frau ist.

„Das ist sie!" George klatscht in die Hände und lächelt zurück.

Als ich mich zu ihm beuge, um ihn zu umarmen, lächelt die Frau. „Sie müssen Natalie sein."

„Das bin ich", ich strecke meine Hand aus und sie greift danach, dabei lächelt sie immer noch. „Und Sie müssen Marion sein."

„Was hat er Ihnen erzählt?" Sie schlägt ihrem Mann spielerisch auf den Arm.

Er hält seine Hände hoch, tut so, als würde er sich verteidigen und lacht. „Nur Gutes, nur Gutes."

„Wenn Sie Zeit allein verbringen möchten, kann ich ein anderes Mal wiederkommen, das ist völlig okay für mich."

„Quatsch, Liebes", schimpft Marion spielerisch. „Setzen Sie sich. Ich habe von dem Plappermaul dort sehr viel über Sie gehört und ich wollte Sie kennenlernen."

Während der letzten paar Wochen habe ich George immer wieder besucht. Das Soldatenheim hat ein „Adoptiere einen Veteran"-Programm, das Besuche von Freiwilligen für die Bewohner arrangiert. Zunächst hatte ich schreckliche Angst, dass er denkt, ich wäre nur da, damit ich mich gut fühle, oder sowas, aber es stellte sich heraus, dass er einfach glücklich war, mit jemandem reden zu können. Seine Frau, Marion, wohnt bei ihrer Tochter, aber Georges Gesundheitszustand verlangt Betreuung rund um die Uhr. Für zweiundachtzig sieht er stark aus und ist geistig voll da, aber lebenslanges Rauchen hat unter anderem zu einem Lungenemphysem geführt. George hat mir erzählt, dass Marion ihn so oft wie möglich besuchen kommt, aber sie fährt nicht mehr selbst Auto und ist daher von ihrer Tochter und deren Arbeitszeiten abhängig.

„George hat mir erzählt, dass Sie Zwillinge haben?" Marions Gesicht ist voll dieser großmütterlichen Liebe. Ich setze mich ihnen gegenüber hin.

„Das habe ich. Max und Oliver, sie sind im Juli fünf geworden."

„Jungen", sie tut so, als ob sie ohnmächtig wird. „Sie müssen so unglaublich viel zu tun haben. Wir haben einen Sohn und eine Tochter und ich sage Ihnen was, Jungs sind leichter, aber *mein Gott*, sie verursachen eine Menge Arbeit, wenn sie klein sind! Wo gehen sie zur Vorschule?"

„Max in Amherst und Oliver geht auf die Clarke School in Northampton."

Ich habe George nicht erzählt, dass ich einen tauben Sohn habe. Sie schauen beide einen Augenblick verwirrt drein, bis Erkenntnis auf Marions Gesicht erscheint.

„Ist er taub?", fragt sie mit gerunzelter Stirn.

Ich nicke. „Das ist er. Nicht von Geburt an... er hat eine degenerative Krankheit." Ich verbringe ein paar Minuten damit, ihnen von unserem Sommer mit Ollies Hörproblemen zu erzählen.

Marion legt ihre kühle Hand auf meine, nachdem ich fertig bin. „Es tut mir leid, Liebes. Aber es klingt, als ob Sie und Ihr Ehemann es gut wegstecken und es den Jungs gut geht."

„Das tun wir, aber", es fühlt sich merkwürdig an, mit einem Paar, das es geschafft hat, so lange miteinander auszukommen, wie lange das auch sein mag, über die Scheidung zu sprechen, „wir lassen uns scheiden. Es bahnte sich schon vor Ollies Diagnose an." Mit der Schulter zuckend schaue ich eine Millisekunde zu Boden, bevor ich mir das ausrede und sie direkt anschaue.

Ihre Augen sind nicht voller Verachtung und nicht mal voll Kummer. Sie sehen aus, als würden sie… verstehen.

„Das ist nichts, wofür man sich schämen muss, Käferchen." George tätschelt mein Knie. Er hat schon vom ersten Tag an Witze über meinen Spitznamen „Nat" gemacht und mich während des ganzen letzten Monats Käferchen genannt. Wer würde es schon wagen, ihn davon abzuhalten? Er ist hinreißend.

„In welcher Sparte des Militärs war er?", fragt Marion.

Ich bin von ihrer Frage total überrascht. „Was? Wer?"

„Ihr Bald-Ex-Mann. Ist er auch ein Marine?"

„Oh", ich atme aus, hatte ihre Frage missinterpretiert, „er ist nicht beim Militär, das war er nie."

„Oh…", sie scheint verwirrt zu sein. „Was bringt Sie dann her? Normalerweise haben junge Frauen, die hier ehrenamtlich helfen, Ehemänner oder Freunde in Übersee, oder hatten es."

Ich schaue zur Decke, suche nach einer Antwort und beiße mir innen auf die Wange.

„Ah", George unterbricht meinen Gedankengang, „hier gibt es eine Geschichte, sehe ich. Wenn ihr beiden Damen mich entschuldigt, ich muss mich fürs Abendessen anstellen, damit die Helfer nicht alle Orangen klauen." Hustend steht er langsam auf, rollt seinen Sauerstofftank hinter sich her und verschwindet in Richtung Cafeteria.

„Er hat recht, nicht wahr?", fragt Marion mit einem Lächeln.

Mein Grinsen verrät mich, bevor ich es erklären kann. „Irgendwie schon…"

„Möchten Sie mir von ihm erzählen?"

Ich seufze. „Wieviel möchten Sie wissen?"

„So viel wie nötig ist, damit ich verstehe, warum er nicht derjenige war, den sie geheiratet haben." Ihr Lächeln bringt mich ein bisschen zum Kichern.

Ich starre sie eine Minute lang an, bevor ich zu dem Entschluss komme, dass sie mit allem, was ich ihr zu erzählen habe, klarkommen wird. Also fange ich am Anfang an. Ganz am Anfang. Marion tupft sich mit einem Taschentuch die Augen trocken, als ich ihr erzähle, dass Ryker mich eine Minute, nachdem wir uns kennengelernt hatten, geküsst hat. Obwohl ich nicht jedes einzelne Detail über das Ende unserer Beziehung erzähle, beschönige ich auch nichts. Am Ende, als ich von Rykers Geburtstagsgeschenk für meine Jungs erzähle, weinen Marion und ich beide in das, was von der Kleenex-Packung des Krankenhauses übrig ist.

„Das ist eine der schönsten Geschichten, die ich seit langer Zeit gehört habe, Natalie." Marion putzt sich die Nase und greift nach einem weiteren Taschentuch.

„Das meinen Sie nicht ernst, oder? Es ist ein totales Chaos!" Ich lache, trockne meine Augen und fahre mir mit einer Hand durchs Haar.

„Oh, Liebes", flüstert sie, „es sieht nur deshalb total chaotisch aus, weil die Geschichte noch nicht vorbei ist."

Mir wird ein bisschen flau im Magen. „Was?"

„Zwischen ihnen beiden ist es noch nicht vorbei. Nicht nach dem zu urteilen, was ich gehört habe", sagt sie ziemlich sachlich. „Gehen Sie mit mir zur Cafeteria und ich werde Ihnen von George und mir erzählen."

Man sagt nicht „nein" zu einer alten Dame, die gerade mit einem geweint hat, nachdem man ihr das Herz ausgeschüttet hat. Das macht man einfach nicht.

Der Spaziergang zur Cafeteria ist für jemand, der so klein wie Marion ist, ziemlich lang, vor allem, da sie ein kaputtes Knie hat, aber sie sorgt dafür, dass er sich lohnt. George hat sich 1948 für die Marines gemeldet, da war er achtzehn Jahre alt. Er und Marion waren High School-Sweathearts. Als er 1951 nach Korea verschifft wurde, lebte sie bei ihren Eltern, bis er nach Hause kam.

„Haben Sie die Briefe von Ryker aufgehoben? Bitte sagen Sie mir, dass Sie es getan haben." Sie hält meine Hand fest, während wir durch den langen Flur gehen.

„Das habe ich." An die Briefe zu denken, verursacht einen Kloß in meinem Hals.

„Gott sei Dank. Egal, was je passieren wird, schmeißen Sie sie *niemals* weg, verstehen Sie mich? Georges Briefe haben mir durch sehr schlimme Zeiten in unserer Ehe geholfen. Als er nach Hause kam, haben wir sofort geheiratet. Er war während seines Einsatzes niemals verwundet worden, was gut war, aber es dauerte nicht lange, bis mir klar wurde, dass er Dinge gesehen hatte, die ich niemals verstehen würde." Unerklärlicherweise zieht sie mich zu ein paar Stühlen, die nur ein paar Meter von der Cafeteria entfernt im Flur stehen.

„Die Albträume waren das Schlimmste", gibt sie zu. „Ich konnte damit umgehen, dass er tagsüber manchmal distanziert war, aber… wenn er Dinge anschrie, die ich nicht sehen konnte…" Sie hält inne und schüttelt ihren Kopf.

„Das verstehe ich", flüstere ich.

Marion fährt fort mir zu erzählen, dass es einige Jahre gedauert hat, bis sie in der Lage waren, Kinder zu bekommen, und dass bis dahin die meisten Albträume aufgehört hatten. Sie sagt, dass das kein Zufall war, und schaut dabei zum Himmel.

„Seine Trinkerei kam in Wellen. Es gab Monate oder sogar Jahre, in denen es gar keine Probleme gab. Aber wie durch einen Schalter, den ich nicht lokalisieren konnte, war er dann wieder in diesem tiefen Loch." Sie steht auf und zeigt mir damit, dass sie fast fertig ist.

Ich halte ihre Hand fest und führe sie in Richtung Cafeteria. „Wie haben Sie es geschafft, das durchzustehen? Diese Unsicherheit meine ich." Ich frage mich schon sehr lange, was tagtäglich in Rykers Kopf herumgehen muss.

Sie hält an und zeigt mit ihrem Kinn in Richtung ihres Ehemanns, der zwei Tabletts vor sich stehen hat. „Weil ich niemals unsicher war, was unsere Herzen anging."

„Oh", flüstere ich nickend. „Tja", ich räuspere mich, als wir Georges Tisch erreichen, „hier ist Ihre Braut, George. Danke, dass Sie sie mir eine Weile ausgeliehen haben."

„Jederzeit, Käferchen. Sehen wir uns nächste Woche?"

„Natürlich." Ich küsse seine Wange und neige mich zu Marion.

„Nehmen Sie sich Zeit. Aber es ist noch nicht vorbei", flüstert sie in mein Ohr, als sie mich auf die Wange küsst.

Die drohenden Tränen führen dazu, dass ich einfach nur nicke und lächle, während ich ihnen winke und benommen zu meinem Auto gehe.

Es ist noch nicht vorbei.

Kapitel 43

Kindermund tut Wahrheit kund.

Als ich Max' und Ollies Taschen hochhebe, um sie für Thanksgiving zu Eric zu bringen, zieht Max an meinem Shirt.

„Mommy?" Er nutzt keine Gebärdensprache, obwohl Ollie im Zimmer ist. Ich habe während der letzten Monate gelernt, dass das bedeutet, dass er traurig oder wütend ist.

Ich sage Ollie in Gebärdensprache, dass ich Max im Bad helfen und gleich zurück sein werde. Sobald wir im Bad sind, setze ich mich auf den Toilettensitz und halte Max' Hände fest.

„Was ist los, mein Lieber?" Es fühlt sich komisch an, meine Hände dabei nicht zu benutzen, aber ich gebe zu, dass es manchmal schön ist, eine Pause zu haben.

„Wann wird Ollie wieder hören können?" Seine runden Wangen werden rot, als er zu Boden schaut. Das hat er von mir gelernt, also ändere ich das.

Ich hebe sein Kinn mit meinem Finger an und lächle, als er mir in die Augen schaut. „Er wird nie mehr hören können, mein Lieber. Jetzt nicht mehr."

„Aber ich will, dass er es tut." Sein Kinn zittert, als seine dunklen Augen sich mit Tränen füllen.

Tief luftholend ziehe ich Max in eine Umarmung und sage ihm, dass alles gut werden wird. Das ist etwas, dass ich mit Oliver sehr vermisse, in der Lage zu sein, ihn an meine Brust zu drücken und gleichzeitig mit Worten beruhigen zu können. Hinterher ist man immer klüger, aber das kann auch sehr gemein sein. Es ist es nicht wert, mich deshalb schlecht zu fühlen, das habe ich gelernt. Ich kann nicht zurück gehen und ihm Geschichten zuflüstern, während er einschläft oder ihm irgendetwas sagen, was ihn beruhigt, wenn seine Augen geschlossen sind, weil er einen Trotzanfall hat und herumschreit, aber ich war in der Lage neue Wege mit ihm zu finden, die uns beide glücklich machen. Das ist unsere neue Normalität. Und es ist eine, in der ich seit fünf Monaten nicht geritzt habe. Die nehme ich gerne.

Eric und ich haben abgemacht, dass die Jungs Thanksgiving bei ihm verbringen, ich sie dann an Heiligabend und dem ersten Weihnachtsfeiertag haben werde und sie dann abends zu ihm bringe. Gestern Abend hatten die Jungs und ich unsere eigene Thanksgiving Feier und sie sind vor allem begeistert, dass sie zwei Tage hintereinander so viel zu essen bekommen. Ich weiß, dass wir unsere Pläne anpassen müssen, wenn sie älter werden und vielleicht sogar versuchen müssen, einen Urlaub zusammen zu verbringen, aber im Moment läuft es gut so.

„Hey, Jungs!" Eric zieht beide in eine Umarmung, als wir bei ihm ankommen.

Er ist seit ein paar Monaten mit jemand zusammen und scheint ziemlich glücklich darüber zu sein. Er sagt, er hat sie den Jungs noch nicht vorgestellt. Ich glaube ihm, denn das muss ich. Letzten Monat hatten wir einen Streit, als er mich gefragt hat, ob ich mit jemand ausgehe und ich verneint habe.

„Komm schon, Natalie, du musst mich nicht anlügen."

„Ich lüge dich nicht an. Es ist nicht nötig, dass ich mit jeman-dem zusammen bin, damit es okay ist, dass du es bist, Eric."

„Du triffst dich nicht mit Ryker?"

„Nein", sein Ton verärgerte mich, „ich habe sogar seit einer Woche nach der Geburtstagsfeier der Jungs nicht mehr mit ihm gesprochen."

„Warum nicht?"

„Weil..."

Die Sache ist die, ich bin noch nicht bereit. Und je län-ger man jemanden nicht anruft oder schreibt, desto schwieri-ger wird es, den nächsten Schritt zu tun. Es schneit und ich bin mir sicher, dass Rykers Farm irgendwie geschlossen ist für den Winter, also habe ich ihm nicht geschrieben, um die Jungs hinzubringen. Bis letzten Monat hat er mir immer mal wieder eine Nachricht geschickt und gefragt, wie es mir geht, aber den ganzen November habe ich nichts von ihm gehört.

„Natalie", holt mich Eric aus meinen Gedanken.

„Ja?"

Er setzt die Jungs ab und steckt seine Hände in seine Ho-sentaschen. „Ich möchte mit dir über etwas reden."

Na toll.

„Klar, was ist los?"

„Ich werde ein Haus kaufen."

„Oh", mir ist ein bisschen schwindelig, „das ist toll!" Ich zwinge mich, und ich meine wirklich *zwingen*, zu einem Lächeln.

„In der Dana Street."

Natürlich. Wenn wir, als ich schwanger war, zusammen spazieren gegangen sind, sind Eric und ich immer wieder die Dana Street entlang gegangen und haben die malerischen Backsteinhäuser bewundert – einige davon gehören zu den schönsten in Amherst. Wir haben auf unsere Favoriten gezeigt und darüber geredet, was wir mit dem Garten machen würden.

„Das ist aufregend… wow. Ähm, wann ziehst du um?" Ich beginne, mich ein bisschen unwohl zu fühlen, als ich an das Leben denke, dass ich verlassen habe. Bis ich Luft hole und mich daran erinnere, dass es von Anfang an nicht mein Leben gewesen ist.

„Wenn alles klappt, am ersten Januar…" Eric beginnt über juristische Dinge zu reden. Dass wir uns mit unseren Anwälten zusammensetzen müssen, um genau zu besprechen, dass ich keinerlei Anteil an diesem Haus habe und es sein Kauf ist, blah, blah, blah.

Am Ende verabschiede ich mich von den Jungs und fahre direkt in das Soldatenheim. George hatte gehofft, für ein großes Familienessen zu seiner Tochter fahren zu können, aber eine Lungenentzündung zu Beginn des Monats hatte das verhindert. Ich habe Marion und ihm versprochen, nach dem Abendessen bei ihnen vorbeizuschauen. Ich freue mich für Eric, wirklich. Er hat wirklich hart gearbeitet, um sich das Haus leisten zu können… okay, es ärgert mich. Es ärgert mich sehr, dass er alles bekommt – einen Doktortitel, das schicke Haus, einen tollen Job.

Ich stoppe den Gedankengang gleich zu Beginn, ich muss mich daran erinnern, dass ich nicht alles verloren habe – ich habe meine seelische Gesundheit. Ohne sie wäre ich nur eine traurige, kranke Person in einem teuren Backsteinhaus, unglaublich einsam und würde neben einem Mann schlafen, den ich nicht leiden kann.

In der Gegenwart zu bleiben ist an manchen Tagen schwerer als an anderen, vor allem wenn ich wirklich gerne einfach rumsitzen und mich schlechtfühlen möchte, weil Eric das schicke Haus bekommt. Wie auch immer, als ich auf den Parkplatz des Soldatenheims biege, konzentriere ich mich auf das herzliche ältere Ehepaar, das mich während der letzten paar Monate wie eines ihrer Enkel aufgenommen hat. Marion hat versucht, ihre Besuche mit meinen zu koordinieren, und George zieht sie damit auf, dass ich *seine* Freundin bin und sie gehen muss.

„Frohes Thanksgiving", sage ich und lege zwei Stücke Kürbispastete, die ich reingeschmuggelt habe, auf den Tisch zwischen die beiden.

„Amen!" George hustet, während er lacht. Ich werfe Marion einen besorgten Blick zu, die ihn anscheinend sehr genau beobachtet. Abgesehen von der Lungenentzündung scheint Georges Lungenemphysem schlimmer zu werden. Ich frage aber niemals danach. Das würde er hassen.

Während wir unsere Pastete essen, reden George und Marion über ihre besten Thanksgiving Feste, inklusive einem, während dem George in Korea war. Es wurde ihnen erst nach ein paar weiteren Briefen klar, aber Marion hatte Georges „Frohes Thanksgiving"-Brief genau an Thanksgiving erhalten. Hinzu kam, dass Georges Bruder Mitch auch in Korea stationiert war, etwa vierzig Kilometer entfernt. Georges Kommandant hatte ihm die Schlüssel des LKWs zugeworfen und ihm gesagt, er soll Thanksgiving mit seinem Bruder genießen und zurück sein, bis es dunkel ist. Nachdem, was man im Krieg von Thanksgiving erwarten konnte, klang das fast perfekt.

„Wie geht es Ryker?", fragt Marion, während sie ihren Tee trinkt.

Sie fragt niemals nach Eric. Es ist immer „wie geht es den Jungs" und „haben Sie mit Ryker gesprochen". Die Antwort ist immer „gut" und „nein". Sie scheint ungeduldig mit mir zu werden.

„Ich habe nicht mit ihm gesprochen." Ich zucke mit den Schultern.

„Überhaupt nicht?" Georges Mund formt ein kleines „o" beim Tonfall seiner Frau.

„Er hat mich auch nicht angerufen, Marion – "

„Stehen Sie auf", befiehlt sie mir.

„Was?"

„Stehen Sie auf und gehen Sie. Gehen Sie zu dem Jungen, Natalie." Sie steht auf und beginnt mich mit ihrer Hand zu scheuchen.

„Marion, er hat mich *nicht* angerufen." Ich betone das besonders, für den Fall, dass sie mich nicht gehört hat.

„Und das wird er auch nicht. Ich sage Ihnen, dieser junge Mann ist ein Gentleman und er weiß, was Sie alles durchgemacht haben. Zeigen Sie ihm einfach, dass es Ihnen gut geht."

George fällt mit ein: „Männer müssen manchmal einfach sehen, dass es ihren Frauen gut geht, Käferchen."

„Ich bin nicht seine Frau. Moment mal... das ist lächerlich", ich schüttele meinen Kopf, „ich gehe nirgendwohin."

„Natalie", Marions Stimme wird ernst. „Es ist immer noch Traurigkeit in Ihren Augen. Ich weiß, dass Sie gut mit Ihren Jungs und der Scheidung klarkommen, aber meiden Sie ihn nicht. Da gibt es eine Vergangenheit. Sie zu ignorieren, wird mehr Schaden anrichten, als Gutes bringen. Ich weiß nicht, ob Sie beide am Ende zusammenkommen werden, aber ich weiß, dass Ihre Geschichte noch nicht vorbei ist. Also. Gehen Sie."

Sie erlauben mir kein weiteres Wort, bevor ich nach meiner Tasche greife, das Soldatenheim verlasse und Ryker eine Nachricht schicke.

Ich: Frohes Thanksgiving
Ry: Dir auch
Ich: Bist du bei deinem Dad?
Ry: Nein, ich bin gerade nach Hause gekommen. Warum?
Ich: Darf ich vorbei kommen?
Die schlimmsten fünfundvierzig Sekunden Stille.
Ry: Klar. Weißt du noch, wo es ist?

Ich schreibe zurück, dass ich es weiß, dabei lasse ich den Teil aus, dass ich seine Adresse lange bevor er meinen traurigen, betrunkenen Hintern zu seinem Haus gefahren hatte, in meinem Hirn gespeichert hatte.

Nach einer halben Stunde klopfe ich an Rykers Haustür. Als er aufmacht, kämpfe ich gegen das Verlangen, meine Arme um seinen Hals zu werfen und ihn zu küssen. Das ist meine reflexartige Reaktion darauf, Ryker Manning zu sehen. Jedes Mal. Er hat eindeutig noch Thanksgiving-Klamotten an – eine dunkle Hose und ein weinrotes Hemd, keine Krawatte.

„Frohes Thanksgiving, darf ich reinkommen?"

„Natürlich." Er tritt zur Seite und lässt mich rein. Seine Züge kommen mir ein bisschen kalt vor.

„Es tut mir leid, dass ich nicht wirklich angerufen oder geschrieben habe", beginne ich, „ich war – "

„Nein, es ist okay", unterbricht er mich. „Ich war auch sehr beschäftigt."

Ich sehe zwei Koffer neben seiner Couch stehen. „Verreist du?"

„Jackson Hole. Möchtest du etwas trinken?" Ryker geht in die Küche.

„Ähm, klar." Irgendetwas an seiner Stimme stimmt nicht. „Wie lange wirst du weg sein?"

Ryker zuckt mit den Schultern. „Knapp drei Monate, denke ich."

„Was?" Meine Wangen werden sofort heiß.

„Das mache ich jeden Winter, Nat." Er gibt mir ein Glas Wasser. „Ich helfe im Camp, in dem ich gearbeitet habe, verbringe Zeit mit meiner Mom, weißt du…"

Tatsächlich weiß ich es nicht. Obwohl ich denke, dass ich es gewusst hätte, hätte ich mir während der letzten Monate Zeit genommen, um sie mit Ryker zu verbringen. Stattdessen werde ich jetzt panisch, weil er drei Monate weg sein wird. Er war ein Jahrzehnt weg und plötzlich kommen mir drei Monate unmöglich vor, sogar obwohl wir keine Zeit miteinander verbracht haben.

Das liegt daran, dass es nicht vorbei ist.

„Geht es dir gut?" Ryker starrt mich von der anderen Seite seiner Kücheninsel an.

„Ähm… ja. Ich habe nur… wann reist du ab?"

„Morgen."

„Oh", flüstere ich, während Tränen in meinen Augen und meiner Nase aufsteigen.

„Was?" Er schaut unbeeindruckt weg und jetzt weiß ich, dass er nicht vorhatte, es mir zu sagen.

Ich räuspere mich und frage: „Wolltest du, ähm, wolltest du mich anrufen oder sowas?"

„Natalie", er seufzt und fährt sich mit seinen Fingern durchs Haar, so als ob ich ihn irgendwie belästige.

Ich spüre eine Welle aus Tränen kommen und stelle mein Glas ab. „Ruf mich… ruf mich einfach an, wenn du wieder da bist, okay?" Dann drehe ich mich auf dem Absatz um und

gehe so schnell wie möglich, aber so, dass es nicht wie davonrennen aussieht, zur Tür.

„Natalie, warte!" Ryker erreicht mich an der Tür und
dreht mich an den Schultern um. Er kann die Tränen leicht
erkennen und sein Gesichtsausdruck wird weich, verändert
sich von Gleichgültigkeit zu Sorge. „Warum weinst du?" Er
schüttelt seinen Kopf und zieht seine Augenbrauen zusammen.

„Es ist nichts, tut mir leid... ich hätte nicht herkommen
sollen." Meine Nase am Ärmel meines Mantels abwischend
rede ich weiter, „ich wünsche dir eine schöne Zeit..."

Rykers Daumen streichen über meine Schultern, während
er mich, ohne etwas zu sagen, ein paar Sekunden anstarrt.

„Ich weiß", sagt er, so als hätte ich etwas gesagt, „ich habe
dich auch nicht angerufen." Mein Kinn zittert, als er weiterredet. „Ich wollte mehr Zeit mit dir verbringen, Natalie, das
wollte ich wirklich, aber... aber an manchen Tage ist es *so*
heftig, weißt du?"

„Ich weiß."

„Mann. Du warst so wunderbar, als ich vor ein paar Monaten bei dir war und es schien dir wirklich gut zu gehen
und... ich wollte nichts kaputt machen." Ryker lässt meine
Schultern los und tritt einen Schritt zurück, setzt sich auf die
Couchlehne.

„Sind wir wirklich wieder an diesem Punkt?" Ich mache
einen Schritt nach vorne. „Sind wir wirklich an dem Punkt,
an dem wir annehmen, dass der anderes etwas Bestimmtes
fühlt und dann danach handeln?"

Ich sehe, wie er schluckt, bevor er aufschaut.

„Ryker", beginne ich erneut und greife nach seiner Hand.
„Ich habe niemals nach Lucas gefragt, weil ich *wusste*, dass du
nicht darüber reden willst. Du hast mich zehn Jahre nicht angerufen, weil du *wusstest*, dass ich dich gehasst habe und ich

habe dich nicht angerufen, weil ich *wusste*, dass ich dein Leben ruiniert hatte." Ich gehe an ihm vorbei und setze mich. „Einen Scheiß haben wir gewusst."

Sein Lachen ist so unbehaglich wie meines.

„Ich brauche nur ein bisschen Abstand, Nat."

Defensiv stehe ich auf. „Wovon? Wir haben uns seit fast vier Monaten nicht gesehen."

„Nein… nein, das ist es nicht." Ryker folgt mir, als ich zur Haustür gehe.

„Was ist es dann?"

In der Sekunde nachdem ich gefragt habe, wird mir klar, dass das vielleicht überhaupt nichts mit mir zu tun hat. Er fährt immerhin *jedes* Jahr dorthin. Aber manchmal sind die Dinge, die man nicht ausspricht lauter als die Dinge, die man laut äußert. Ryker ist ratlos. Alles, was ich in seinen Augen sehen kann, ist ein mit sich Ringen, während er versucht, etwas zu sagen.

Ich erlöse ihn aus seiner Misere. „Einfach… versprich mir einfach, dass du anrufst, wenn du wieder zu Hause bist."

Ein besiegtes Seufzen kommt von seinen perfekten Lippen. Er schiebt eine Haarsträhne aus meinem Gesicht und schaut mir direkt in die Augen. „Ich verspreche es."

Meine Fahrt nach Hause ist voller Tränen der Unsicherheit, bis Marions Worte ihren Weg in mein Hirn finden.

… Weil ich niemals unsicher war, was unsere Herzen anging.

Kapitel 44

Wegen unserer hilfreichen – und sehr teuren – Anwälte, war Eric in der Lage, sein Haus bereits Anfang Dezember zu kaufen und heute zieht er ein, zwei Wochen vor Weihnachten. Ich habe die Jungs an meinem eigentlich freien

Wochenende genommen, damit er umziehen konnte, ohne dass sie ihm zwischen den Füßen rumtrampeln. Es wäre auch sehr schwer gewesen, sich mit Ollie zu verständigen, während man mehrere Kisten im Arm hat.

Während ich in seine Einfahrt biege, arbeite ich daran, meine Gefühle wegzuschieben. Eine Mischung aus Neid und Stechen aus Traurigkeit haben mich dazu gezwungen, wirklich darauf zu achten, positiv zu denken, um den Tag mit den Jungs gut zu überstehen. Erics Vater begrüßt uns an der Tür und nimmt, ohne mir in die Augen zu schauen, schnell die Jungs, um mit ihnen ihr neues Zimmer zu erkunden.

„Das sieht toll aus, Eric." Ich stehe unbehaglich in der Tür, schiebe meine Hände in die hinteren Hosentaschen meiner Jeans und schaue mich um.

„Du kannst reinkommen und dich umschauen, Natalie. Ich möchte, dass du dich hier zu Hause fühlst."

Ein kurzer Blick auf sein Gesicht zeigt mir, dass er das ernst meint. „Was? Warum?" Ich muss mich im Haus meines zukünftigen Ex-Mannes nicht wohlfühlen.

Eric greift nach meiner Hand. „Wir können neu anfangen. Hier. Ich, du und die Jungs. Nur… komm nach Hause." Seine sanfte Aufrichtigkeit verursacht mir kurz ein flaues Gefühl im Magen.

„Nach Hause kommen?" Ich atme verärgert aus und ziehe meine Hand weg. Ich wusste, dass er seit ein paar Wochen nicht mehr mit dieser anderen Frau zusammen war, aber mal ehrlich? Nach Hause kommen?

„J – "

„Ich habe dich nicht verlassen, um auf irgendeine Suche zu gehen, Eric… ich habe dich *verlassen*." Es fällt mir ziemlich leicht, das zu sagen, denn es die Wirklichkeit, mit der ich seit sechs Monaten lebe. Nach dem schmerzvollen Blick in seinen Augen zu urteilen ist allerdings klar, dass Eric sich ein anderes Ende vorgestellt hat.

„Natalie…" Er streckt seine Hand erneut nach mir aus.

Ich zucke reflexartig zurück. „Hör zu, ich muss gehen – ich bin spät dran für meinen Besuch im Soldatenheim."

Eric schnaubt ein bisschen durch die Nase.

„Was?", schieße ich zurück, meine Hand liegt schon auf der Türklinke.

„Nichts." Mit einem leichten Kopfschütteln dreht sich Eric um und eilt die Treppe zu den Schlafzimmern hinauf, die niemals ein Teil von mir sein werden.

Falls ich mich nicht schon zu Beginn auf den Stufen zu seinem Haus unbehaglich gefühlt habe, hat er es jetzt ganz sicher geschafft. Als ich in mein Auto einsteige, bin ich gezwungen ein bisschen zu kichern, so absurd war seine Bitte. Ich habe mich nicht zu Hause gefühlt, als wir verheiratet waren, jetzt schon gar nicht. Trotzdem, *komm nach Hause*, lenkt mich während der ganzen Fahrt zum Soldatenheim ab.

„Tut mir leid, dass ich spät dran bin." Als ich mich George und Marion gegenüber setze, stoße ich ein Seufzen aus, von dem ich hoffe, dass es das letzte in Sachen Eric ist.

„Ich gehe nirgendwo hin", sagt George ausdruckslos.

„Ist alles okay, Liebes?" Marion schaut mich bedächtig an.

Nachdem ich beide ein paar Sekunden lang angestarrt habe, wird mir klar, dass es nichts nützen wird, um den heißen Brei herumzureden, also lege ich los. Ich erzähle ihnen von meiner Unterhaltung mit Eric heute Morgen und dass sie mich total umgehauen hat, da sie so vollkommen aus dem Nichts kam.

„Ich habe nichts getan, das ihn denken lassen könnte, wir würden wieder zusammenkommen…" Nachdem ich meine Geschichte zu Ende erzählt habe, schaue ich beide fragend an.

Marion grinst. „Lassen Sie nicht zu, dass es Sie runterzieht. Es ist nur eine kleine Ablenkung… wie Evie."

„Oh, um Himmels Willen… wirklich, Marion?", stöhnt George.

„Evie?", frage ich und schaue zwischen den beiden hin und her.

„Also los…", murmelt George, hebt eine Zeitschrift hoch und blättert sie durch, es ist offensichtlich, dass er der Unterhaltung entfliehen möchte.

Marion ignoriert sein kindisches Verhalten und schaut mich an. „Evie war Georges Freundin in der High School, bevor er zu Sinnen kam." Sie wirft George einen Seitenblick zu, aber er beißt nicht an. „Wie auch immer", fährt sie fort, „George und ich waren schon eine ganze Weile zusammen gewesen, als er nach Korea ging, aber das hielt Evie nicht davon ab, ihm Briefe zu schreiben."

Ich hebe meine Augenbrauen und mein Mund bleibt offen stehen.

„Siehst du?" Marion deutet auf mich und schaut zu George.

George schüttelt seinen Kopf, schaut aber nicht von seiner angeblichen Lektüre auf. „Ich habe ihr niemals zurückgeschrieben, Marion."

„Darum geht es nicht", sagen Marion und ich zur gleichen Zeit. Sie lacht und ich sehe, dass George auch lächelt.

Wieder zu Marion schauend, frage ich: „Wie haben Sie es herausgefunden?"

„Ich habe die Briefe ein paar Monate, nachdem er nach Hause gekommen war, in einer Kiste gefunden, als wir in unser Haus gezogen sind."

„Was haben Sie gemacht?"

„Ich sage Ihnen, was sie gemacht hat." George legt die Zeitschrift zur Seite, unterlegen in seinem Versuch, sich nicht an der Unterhaltung zu beteiligen. „Marion hat an Evies Tür geklopft – "

„Ich erzähle das zu Ende", unterbricht Marion, „ich bin zu ihrem Haus gegangen und habe sie höflich darüber informiert, dass, obwohl es nett war, meinem zukünftigen Ehemann in Korea Gesellschaft zu leisten, jetzt da er zu Hause war, ihre Freundschaftsdienste nicht mehr benötigt wurden. Und dann habe ich mich auf dem Absatz umgedreht und bin gegangen."

Ich beginne zu lachen, bei dem Gedanken, wie die winzige Marion eine Opportunistin zu Fall gebracht hat, auf 1950er Jahre-Art.

„Haben Sie jemals wieder etwas von ihr gehört?", frage ich und wische mir Lachtränen aus dem Gesicht.

„Nicht ein Wort." Marion lehnt sich zurück, verschränkt ihre Arme und schenkt mir ein ernstes Nicken. „Manchmal muss man die Dinge im Keim ersticken. Es war richtig, das Eric heute zu sagen, Liebes."

„Haben Sie die Briefe weggeschmissen?"

Marion schüttelt den Kopf. „Um Gottes Willen, nein. Es sind seine – das stand mir nicht zu. Sie können darauf wetten, dass ich sechs- oder sieben….hundertmal darüber nachgedacht habe, während der letzten sechzig Jahre. Aber, ich habe seine Briefe an mich und nur darauf kommt es an."

Ich bleibe zum Mittagessen bei George und Marion und wir reden über unsere Pläne für die bevorstehenden Feiertage, bevor ich erfrischt und schweigend nach Hause fahre.

Während ich die Treppe hinauf gehe, schaue ich meine Post durch und bleibe an einem großen Umschlag hängen, dessen Adresse die Handschrift meiner Mutter trägt. Wir haben seit dem Geburtstag der Jungs nicht miteinander gesprochen; jegliche Kommunikation war über meinen Vater gelaufen. Ich spürte, dass ihre Entschuldigung nur halbherzig gewesen war und sie hat sicher das Gleiche gespürt, sonst würde sie mich nicht meiden. Nachdem ich den Umschlag geöffnet habe, finde ich eine Notiz und einen weiteren Umschlag. Ich setze mich hin, als ich ihre Worte auf mich wirken lasse.

Natalie,

seit unserer Unterhaltung an Max und Olivers Geburtstag hatte ich viel Zeit zum Nachdenken. Du bist eine starke Frau und ich bin stolz, dich meine Tochter zu nennen. Dein Vater hat mir erzählt, dass er während der letzten zehn Jahre immer wieder via E-Mail mit Bill Mannings gesprochen hat. Er hat mir einen Teil der Korrespondenz gezeigt und es tut mir leid. Ich habe dich falsch eingeschätzt und ich habe Ryker falsch eingeschätzt. Ihr beide habt so viel durchgemacht und es tut mir leid, dass ich die Situation noch verschlimmert habe.

Da ich eine kurze Pause von dieser ehrlichen Offenbarung brauche, schenke ich mir ein Glas Wein ein und lese den Brief am Tisch weiter. Ich bin begeistert, dass mein Dad ihr von seiner Freundschaft mit Bill erzählt hat, aber immer noch besorgt, wohin dieser Brief führen wird.

Jetzt zu dem Teil, auf den ich nicht stolz bin. Ich dachte, ich würde dir helfen, indem ich versuche, deinen Kontakt mit Ryker zu kontrollieren, als du einen Monat, nachdem er eingezogen worden war, während der Winterferien zu Hause warst. Du warst so traurig, Natalie... Ich kann nicht zurückgehen und dir das hier geben, als es ankam, aber ich hoffe, du kannst mir irgendwie verzeihen.

In Liebe Mom

Was zur Hölle? Ich greife nach dem anderen nicht beschrifteten Umschlag. Als ich ihn öffne, finde ich einen weiteren Umschlag. Auf diesem ist allerdings Rykers Handschrift. Eine Mischung aus Traurigkeit und Wut überkommt mich, als ich sehe, dass er ein paar Tage nach Weihnachten an mein Elternhaus geschickt worden war. Aus Afghanistan. Dies wäre Rykers erster Brief an mich gewesen, da sie ungefähr zu Weihnachten aufgebrochen waren, auch wenn ich das genaue Datum nicht kannte. Wir haben uns etliche Briefe geschickt, während ich zu Hause war, und dabei niemals über bestimmte gesprochen, nur, dass es uns gefiel, sie zu bekommen. Es gab keinen Grund, zu bemerken, dass ich einen verpasst hatte. Und sie wusste das. Der einzige Grund, warum ich nicht schon auf dem Weg nach Pennsylvania bin, um sie zu erwürgen, ist, weil sie den Brief aufgehoben hat. Aus welchem Grund auch immer, sie hat ihn aufgehoben. Ungeöffnet.

Ich entfalte die Seite und lege sie auf den Tisch. Dann lehne ich mich zurück um sie anzustarren und beschließe, dass es Zeit für mehr Wein ist, bevor ich die Worte anschaue.

25. Dezember 2001
Natalie,
frohe Weihnachten, meine Schöne.
Ich vermisse dich jetzt schon. Ich habe dich von der Sekunde an vermisst, in der ich dich, nachdem wir uns verabschiedet haben, nicht mehr sehen konnte. Geh nicht fort, okay? Einige der Männer haben ihren Freundinnen gesagt, sie sollen nicht auf sie warten, einige haben, bevor sie gegangen sind, einen Heiratsantrag gemacht und einer hat sogar geheiratet. Ich weiß, dass wir für die letzten beiden Dinge noch nicht bereit sind, aber ich bin nicht bereit für das erste. Geh... einfach nirgendwo hin. Bevor du es bemerkst, werde ich wieder zu Hause sein und wir können

da weitermachen, wo wir aufgehört haben – ich sage dir, wie sehr ich dich liebe und höre deine schöne Stimme, die mir sagt, wie sehr sie mich liebt.

Wir schaffen das.

Ich liebe dich.

Ry

Ich widerstehe dem Drang, meine Mutter anzurufen, widerstehe dem Drang, Ryker anzurufen und gehe ruhig in mein Schlafzimmer und greife nach der Kiste, die unter meinem Bett steht. Dieser Brief ändert nicht, was mit mir und Ryker damals geschehen ist; es ist nicht so, dass diesen Brief nicht zu bekommen dazu geführt hat, mich von ihm zu trennen. Wir haben eine Version dieser Dinge in fast jedem Brief geschrieben. Aber da dies sein erster Brief war, tut das auf eine andere Weise weh. Seine ersten Gedanken aus einer Wüste Millionen Kilometer entfernt drehten sich um mich, um uns. Der selbstsichere Ryker wusste, dass wir alles durchstehen konnten. Ich öffne den Deckel und lege diesen Brief obenauf, wo er hingehört, bevor ich mich auf meinem Bett einrolle und mich in den Schlaf weine.

Kapitel 45

„Wie viele Weihnachtsfeste haben Sie in Korea verbracht, George?"

Heute sind George und ich allein, da es Marion nicht so gut geht. Eine Woche vor Weihnachten will sie nicht riskieren, dass er krank wird, sagte George.

„Zwei. Was ist mit Ihrem Soldaten? Wie viele hat er verpasst?"

„Eins." *Obwohl, wenn man es genau nimmt, elf.* „Ich habe gerade einen Brief erhalten, den er mir an Weihnachten geschickt hat, als er gerade in Afghanistan angekommen war." Ich erzähle George schnell die Geschichte und damit auch die Grundzüge der Hintergründe. Dass meine Mutter sich, während ich mit Ryker zusammen war, generell schrecklich verhalten hat.

„Haben Sie, seit Sie den Brief erhalten haben, mit Ihrer Mutter gesprochen?"

Ich schüttele meinen Kopf. „Nein, ich denke, ich muss mich noch entscheiden, ob ich eher sauer oder eher dankbar bin. Das wird die Richtung der Unterhaltung bestimmen."

„Sie hat ihn behalten, Käferchen…"

„Ich weiß", seufze ich. „Oh! Die Jungs haben Weihnachtskarten gebastelt." Ich ziehe die Karten aus meiner Tasche und bringe George damit zum Lächeln.

„Sind das Marion und ich?" Er dreht die Karten einmal im Kreis und inspiziert sie spielerisch.

„Ja", kichere ich, „das sind Sie."

„Was ist auf meinem Rücken?"

Ich schiele auf das Bild. „Oh, das ist ein Cape." Die Frage auf seinem Gesicht sehend, erkläre ich es. „Ich habe Ihnen gesagt, dass Sie ein Armee-Mann wären – "

„Marine", er wirft mir einen fast unzüchtigen Blick zu.

„Nicht aufregen", spotte ich, „*ich* weiß das, aber sie verstehen es nicht. Sie sind fünf. Wie auch immer, sie sagen Armee-Männer sind Helden. Und Helden tragen Capes und all das…"

George grinst und fährt mit seinem Daumen über die Oberseite jeder Karte. „Es sind gute Jungs, Käferchen."

„Ich weiß." Ich hole tief Luft und lächle. „Ich muss los, George. Es ist noch viel zu tun vor Weihnachten."

Inklusive immer und immer wieder über Rykers Worte in einem Brief nachzudenken, als hätte er sie erst gestern geschrieben und nicht schon vor einer Ewigkeit geschickt.

„Ich wünsche Ihnen ein schönes Weihnachtsfest, Natalie." George steht auf und umarmt mich, so fest er kann.

„Ihnen und Marion auch." Ich küsse ihn auf die Wange und stelle mich der wilden Aktivität, die mich die nächsten Tage erwartet.

Es stellt sich heraus, dass Dr. Greene recht hatte. Beschäftigt sein ist keine Bewältigungsstrategie. George und Marion einmal die Woche zu besuchen war perfekt für meinen Zeitplan, bis die Winterferien am College beginnen. Auf einmal hatte ich sechs Wochen vor mir, ohne viel geplant zu haben, und Tosha und Liz waren die meiste Zeit davon auf Hawaii. Denn das ist es, was Paare ohne Kinder machen können, wenn sie mehr als vier Wochen nicht arbeiten müssen.

Nachdem ich meine Wohnung von oben bis unten geputzt, Max und Ollie etwas gebacken und meine kompletten Weihnachtseinkäufe erledigt habe, schaffe ich es ohne große Probleme bis zum Weihnachtsmorgen. Klar es gab Momente– ironischerweise die ruhigen – in denen ich darüber nachgedacht habe zu ritzen. Statt den Gedanken ganz zu vermeiden zwinge ich mich jedes Mal dazu, es komplett zu durchdenken. Ich frage mich, wie das Ritzen die Person oder die Situation, die mich stresst, besser machen kann. Und die Antwort ist *immer*, „das kann es nicht". Das kann es niemals. Ich versuche, nicht an den Tag zu denken, an dem die Antwort lauten könnte „es könnte helfen" und konzentriere mich nur auf den jetzigen Tag oder manchmal sogar nur auf den Moment.

Max, Ollie und ich genießen einen sehr lauten, sehr zuckerhaltigen Weihnachtsmorgen voller Geschenke, Videospiele und Bücher. Bis vor einem Monat brauchte ich immer, wenn wir drei ein neues Buch gelesen haben, ein paar Versuche, um alle Zeichen richtig zu machen. Jetzt korrigiert mich immer einer von ihnen, wenn ich etwas falsch mache. Sie lachen, wenn ich falsch liege und ich bin froh, dass diese Situation jetzt zum Lachen ist.

Begeistert über ihr „zweites Weihnachten", rasen die Jungs die Stufen zu Erics Haus hinauf, fast noch bevor ich den Motor abgestellt habe. Er hat das Haus zu Beginn des Monats gekauft, also ist das nicht mein erstes Mal hier; trotzdem hole ich tief Luft und starre das perfekt beleuchtete Dach und die Bäume im Vorgarten an.

„Frohe Weihnachten, Daddy!", rufen sie, als Eric mit einem breiten Grinsen die Tür öffnet.

„Auch euch frohe Weihnachten, Kinder!", sagt er und macht dabei die Zeichen perfekt in Gebärdensprache. Sie stürzen hinein, wo sie von Erics Eltern begrüßt werden.

Eric legt seinen Kopf zur Seite und schenkt mir ein nettes Lächeln. „Frohe Weihnachten, Natalie."

„Dir auch, Eric." Ich gebe ihm die Taschen der Jungs.

„Möchtest du kurz auf einen Drink reinkommen?"

Die Frage ist unschuldig genug, aber die Konsequenzen sind es ganz und gar nicht. Erics Eltern sind im Moment nicht gerade meine größten Fans. Sie schimpfen vor den Jungs nicht mit mir und anscheinend ist das alles, was ich im Moment erwarten kann.

„Nein", ich schüttele meinen Kopf, und reibe meine Hände aneinander, „aber danke. Ich sehe euch dann in einer Woche."

„Bye." Eric schlüpft hinein und schließt die Tür, hinter der ich noch Entzücken aus den Mündern der Jungs hören kann.

Seit unserer peinlichen Unterhaltung an dem Tag, an dem er eingezogen ist, sind die Dinge nicht angespannter, aber er schaut mir jedes Mal, nachdem ich die Jungs abgesetzt habe, durch die Tür oder ein Fenster hinterher, bis ich außer Sicht bin. Heute ist es nicht anders, während ich aus der Einfahrt fahre. Manchmal frage ich mich, ob er denkt, dass ich eines Tages umdrehe, aber vielleicht sind das auch nur meine Schuldgefühle, die sich einen Weg nach oben bahnen.

Die Straßen sind leer, in meinem Auto ist es ruhig und ich beginne, die Einsamkeit zu fühlen, die ich versucht habe, unter Kontrolle zu halten. Als mir klar wird, dass der Abend des ersten Weihnachtstages nicht der richtige Zeitpunkt ist, um zu versuchen, mit mir selber „Heldin" zu spielen, biege ich an der Kreuzung links ab und fahre zur South East Street zu Bill Mannings Haus.

Bill und ich haben seit dem Abend, als ich mit ihm und Ryker zu Abend gegessen habe, nicht miteinander gesprochen, aber ich weiß, dass ich dort immer willkommen bin. Als ich in seine Einfahrt biege, bin ich dankbar, dass sein Auto da ist und im Wohnzimmer Licht brennt. Ich warte nervös ein paar Sekunden, nachdem ich geklopft habe.

Bill kommt in Jeans und einem Weihnachtspulli zur Tür. „Natalie? Was für eine schöne Überraschung!"

„Frohe Weihnachten, Bill, darf ich reinkommen?"

„Natürlich, natürlich!"

Als ich das immer gemütliche Haus betrete, bin ich von Weihnachtsdingen und –gerüchen umgeben. Frisch gebackene Plätzchen liegen auf einem Teller in der Küche, eine Kerze, die nach Tanne riecht, brennt im Flur und der Weihnachtsbaum ist voll geschmückt. Bill hat viele Weihnachten als alleinerziehender Vater verbracht, also ist es kein Wunder, dass er sogar als sechzigjähriger Junggeselle weiß, wie er sein Haus heimelig macht.

„Hast du die Jungs heute nicht?" Sorge erfüllt Bills Augen, als wir uns auf die Couch neben den Baum setzen.

„Ich hatte sie gestern und heute Morgen. Ich habe sie gerade bei Eric abgesetzt... und mich ein bisschen einsam gefühlt, denke ich."

Bill tätschelt mir sanft das Knie. „Ich bin froh, dass du hergekommen bist."

„Bist du normalerweise zu Hause an Weihnachten, obwohl Ryker in Jackson Hole ist und so?"

Bill schüttelt seinen Kopf. „Ryker fährt normalerweise nicht vor Mitte Januar."

„Oh", mein Gesicht fühlt sich an, als hätte mich jemand mit einem nassen Handtuch geschlagen, „er hat mir gesagt, dass er jedes Jahr für drei Monate..."

„Oh, Natalie..." Bill scheint zu versuchen, den Stolperstein, den er geschaffen hat, zu umgehen.

„Nein", ich hebe meine Hand, „es ist okay. Ryker *hat* mir gesagt, dass er eine Pause braucht... ich habe nur... mir ist nur nicht in den Sinn gekommen, dass er eine so *lange* Pause von mir brauchen würde, weißt du?" Ich stehe auf und gehe in die Küche, um mir ein Wasser zu holen, dabei bin ich dankbar, dass ich mich hier immer wie zu Hause gefühlt habe.

„Er hat schreckliche Angst, Natalie." Bill folgt mir und hat seine Hände in seine Hosentaschen gesteckt. „Ich sollte dir nichts hiervon sagen, aber was habe ich schon zu verlieren?" Er lacht ein bisschen.

„Angst?" Ich nehme mir ein Plätzchen vom Teller und setze mich an den Küchentisch. „Da hätte er auch einfach dem Club beitreten können. Dafür hätte er nicht nach Wyoming fliegen müssen."

„Der Tag, als er dich bei der Atkins Markthalle gesehen hat, während er seinen Lieferwagen ausgeladen hat... Mann, es war, als hätte er einen Geist gesehen." Bill setzt sich neben mich, er hat sich auch ein Plätzchen genommen.

„Was du nicht sagst", schnaube ich.

„Wie auch immer, während der letzten paar Monate hat er hundertmal mit mir darüber gesprochen, ob er dich zum Essen einladen soll oder sowas."

Mir vorzustellen, wie der selbstsichere, starke Ryker seinen Dad um Rat fragt, wegen etwas so Banalem, wie *mich* zum Essen auszuführen, bringt mich zum Grinsen. „Dein Sohn ist ein Gentleman, Bill..."

„Ich weiß, dass er das ist, Natalie. Ich habe ihm gesagt, dass er es machen soll, weil ich dich über alles liebe. Aber", Bill verdreht grinsend seine Augen, „der Junge weiß etwas, das ich nicht weiß."

„Und was?"

Bill legt seine Hand auf meine. „Er kennt dich. Er wusste, dass du zu kämpfen hast und er weiß, wie sich das anfühlt und verdammt, er wollte dir helfen. Nat, das schwöre ich. Aber ich glaube, er traut sich selbst nicht, wenn es darum geht in deiner Nähe zu sein, weißt du? Er wollte keinen Fehler machen, den er später bereuen würde."

„Also flieht er für drei Monate nach Wyoming?", platze ich sarkastisch heraus.

„Männer." Bill zuckt mit den Schultern.

Ich behalte Bills Analyse von Rykers Handlungen im Hinterkopf und rede mit ihm dann über die letzten paar Monate. Er scheint sich zu freuen, dass ich arbeite, und hört mit feuchten Augen zu, als ich ihm von George und Marion Frank und meiner Zeit mit ihnen im Soldatenheim erzähle. Als ich endlich fertig bin über Gott und die Welt zu erzählen, ist meine Einsamkeit längst verflogen und es ist kurz vor Mitternacht.

„Gott, Bill, tut mir leid. Ich habe gar nicht gemerkt, dass es schon so spät ist." Wie auf Kommando gähne ich und stehe auf, um mich zu strecken.

„Jederzeit Natalie, das meine ich ernst, okay?" Ich weiß, dass Bill vermutlich alle meine *Probleme* kennt, aufgrund der Unterhaltungen, die er mit Ryker und meinem Dad hatte, aber ich bin froh, dass er sie nicht anspricht. „Bevor du gehst", er streckt seinen Arm aus und greift an mir vorbei nach etwas, das auf der Kücheninsel liegt, „das ist für dich."

„Bill, du sollst nicht – "

„Ich wollte es dir schicken, dann wurde die Zeit zu knapp und... na ja, nennen wir es einfach Glück, dass du heute hier aufgetaucht bist."

„Das machen wir." Ich lege meine Arme um Bill und fühle einen Hauch Ryker, als ich in seinen breiten Schultern liege. Diese beiden Männer sind fast identisch gebaut.

Bill küsst mich auf die Wange, bevor er mich auf Armeslänge entfernt hält. „Mach das erst zu Hause auf, okay, Liebes?"

„Alles klar. Gute Nacht, Bill."

Trotz des schlechten Handyempfangs, den Ryker, wie er mir gesagt hat, im Camp haben würde, entschließe ich mich, ihm eine „Frohe Weihnachten"-Nachricht zu schicken. Bevor ich nach Hause fahre, gibt es noch eine Sache, die ich tun muss.

Trotz dass es dunkel ist und einige Zentimeter Schnee liegen, finde ich es.

Lucas J. Fisher.

Ich flüstere, denn so spricht man auf einem Friedhof. Wenn man nicht herumbrüllt oder weint, vermute ich mal.

„Ich nutze es aus, dass Weihnachten ist und niemand jemand anderen an Weihnachten vom Grab eines Freundes wegzerren würde", kichere ich in Richtung des zugefrorenen Marmorsteins.

Der Wind frischt auf und weht unter meinen Schal.

„Okay, okay, ich mache ja schon weiter. Also, es tut mir leid, dass ich dich, während der einzigen zwei Male, in denen ich seit deiner Beerdigung hier war, angebrüllt und herumgeschrien habe. Das war ein bisschen… unpassend. Egal, ich bin mir sicher, dass du das schon weißt – oder was auch immer – aber Ryker und ich haben viel Zeit miteinander verbracht. Du weißt, wie verrückt wir nacheinander waren – du hast den ersten Kuss gesehen, um Himmels Willen." Ich lache. Es beginnt leicht zu schneien, der Schnee landet auf meinem schwarzen Mantel und meinen Wimpern.

„Ich liebe ihn, Lucas. Die Liebe war niemals wirklich weg und ich denke nicht, dass sie das jemals sein wird – egal wie das mit uns endet. Aber, ich war wirklich krank. Ich arbeite daran, dass es mir besser geht, denn was ich während der letzten paar Jahre gemacht habe, kann man kaum Leben nennen. Ryker redet immer noch nicht viel über dich und ich denke, das ist okay. Nur… ich weiß nicht, was für einen Einfluss du hast, wo auch immer du jetzt bist, aber sag ihm irgendwie, dass es in Ordnung ist, mit mir über dich zu reden. Gutes und Schlechtes. Kannst du das machen? Ich weiß, dass ich um viel bitte, wo ich doch, seit du gestorben bist, nichts anderes getan habe, als dich anzubrüllen, aber ich versuche, mich zu bessern.

Was ich damit sagen will?" Ich knie nieder und greife in meine Tasche und hole meine alte gelbe Schleife hervor. „Die brauche ich nicht mehr. Du bist vor langer Zeit nach Hause gekommen, Ryker ist jetzt auch zu Hause und ich arbeite wie verrückt daran, den Weg zurückzufinden." Ich lege die Schleife am Fuß seines Grabsteins ab und sehe dabei zu, wie der Schnee sie schnell bedeckt.

„Ich vermisse dich, mein Freund, frohe Weihnachten." Ich küsse zwei Fingerspitzen und drücke sie gegen seinen Namen, bevor ich zurück zu meinem warmen Auto eile.

Als ich in meiner Wohnung ankomme, bin ich vor Erwartung ganz aufgeregt, ich eile ins Schlafzimmer, um Bills Geschenk zu öffnen. Ich weiß nicht, warum ich das Bedürfnis habe, auf dem Bett zu sitzen, während ich es öffne, aber da ich Bill Manning kenne, ist es auf jeden Fall besser zu sitzen.

Auf der kleinen Karte auf dem Päckchen steht einfach:

Rykers steht auf seiner Kommode in seinem Haus. Du brauchst auch eines. In Liebe, Bill

Mit rasendem Herzen reiße ich das Päckchen auf und keuche in meinem stillen Schlafzimmer auf. Ich halte ein gerahmtes Bild in Händen – das gleiche, das Ryker auf seinem Schreibtisch im Haus seines Dads stehen hatte. Es ist das Bild, das Bill am Tag von Rykers Aufbruch nach Afghanistan, gemacht hat, das Bild, das uns zeigt, wie wir uns verabschieden. Das Bild, auf dem Rykers weiße Knöchel betteln, *geh nicht.*

Während ich mit Tränen in den Augen auf das Bild starre, wünsche ich, ich könnte der jungen Frau alles sagen, was ich weiß. Das Gute und das Schlechte und das Hässliche, das vor ihr liegt. Die Tränen. Der Triumph. Mehr als alles andere möchte ich ihr sagen, dass sie diesen Jungen irgendwann wieder so halten wird, wie an diesem Tag. Aber das ist das eine, das ich ihr nicht sage. Denn ich weiß es nicht.

Ich gehe zu meinem Bücherregal und stelle das Bild vorne genau in die Mitte. Ich lache, als ich mich daran erinnere, dass ich dachte, dieser Tag würde der schlimmste meines Lebens werden. Es stellt sich heraus, dass es einer der besten war – wir haben uns versprochen aufeinander zu warten.

Mein Telefon gibt im Schlafzimmer einen Ton von sich und zeigt an, dass eine Textnachricht angekommen ist. Ich schaue auf das Telefon und finde eine Antwort von Ryker vor.

Ry: Frohe Weihnachten, Nat. Wir sprechen uns bald. Ich denke, dass ich das wirklich hoffe…

Kapitel 46

„Haben Sie mit irgendjemandem über diesen Brief gesprochen?"

Meine Besuche bei Dr. Greene finden jetzt nur noch jede zweite Woche statt und dies ist das erste Mal, dass ich sie seit des Entschuldigungsexperiments meiner Mutter sehe.

„Nein."

„Nicht mal mit Ryker?"

„Nicht mal mit Ryker."

„Warum nicht?" Sie neigt ihr Kinn, fast so, als wüsste sie warum.

„Na ja", seufze ich, „was hätte ich davon? Ich meine das auch nicht sarkastisch. Versprochen." Wir kichern gemeinsam. „Ich denke, ich bin jetzt an einem Punkt, an dem ich nicht mehr ständig alles auf anderen abladen muss. Ich meine, ich fühle mich nicht so, als ob meine Freunde denken, ich würde etwas bei ihnen abladen. Ich… muss es nur gerade nicht."

„Exzellent, Natalie." Sie lächelt und holt vorsichtig Luft. „Haben Sie, seit Sie den Brief erhalten haben, mit Ihrer Mutter gesprochen?"

„Ja."

Ich erzähle Dr. Greene, dass meine Mutter und ich eine kurze, tränenreiche Unterhaltung hatten, in der ich ihr dafür gedankt habe, dass sie den Brief nicht zerstört hat. Sie hat gesagt, nachdem sie herausgefunden hatte, dass mein Dad und Bill immer noch in Kontakt stehen, hätte mein Dad sie informiert, was während der letzten zehn Jahre geschehen war und was Ryker durchgemacht hatte. Sie sagte, als sie das alles mit dem zusammensetzte, was ich ihr am Geburtstag der Jungs gesagt hatte, wurde ihr klar, wie kurzsichtig sie gewesen ist.

„Wie war das Ende des Telefongesprächs?" Dr. Greene schaut auf ihre Uhr und zeigt mir damit, dass unsere Zeit fast vorbei ist.

„Es war okay, es wird alles gut werden. Ich denke, es wird nur ein bisschen Zeit benötigen, so wie alles andere auch." Mit einem Lächeln und einem Termin in drei Wochen, verlasse ich die Praxis und freue mich auf einen ruhigen Nachmittag.

Obwohl ich gelernt habe, die Stille zu genießen, wenn sie kommt, freue ich mich, dass Tosha und Liz Ende nächster Woche aus Hawaii zurück sein werden. Während ich ein Kapitel des Buches beende, in das ich mich vertieft hatte, klingelt mein Telefon. Eine mir unbekannte Nummer, aber unsere Vorwahl, also gehe ich ran.

„Hallo?"

„Natalie Collins?" Eine Frauenstimme begrüßt mich.

„Ja, das bin ich."

„Hallo, ich bin Karen Matthews, George und Marion Franks Tochter." Ihre Stimme sagt mir, dass ich mich setzen sollte.

„Oh, okay, hi." Ich weiß, dass ich atemlos klinge, aber ich kann mir nicht helfen.

„Dad ist letzte Nacht gestorben." Sie räuspert sich, als sie endet, dadurch ist das leise Schluchzen aus meiner Kehle nicht zu hören.

„Das tut mir so leid", schaffe ich, zwischen nicht so lautlosen Tränen zu sagen. Ich habe George seit Weihnachten und Marion seit einer Woche davor nicht gesehen. „Was ist passiert?"

„Er ist im Schlaf gestorben." Nach ein paar Schluchzern schafft sie es, mir zu sagen, dass Marion meine Nummer vom Soldatenheim bekommen hat und sie darum gebeten hat, mich anzurufen, um mir zu sagen, wann die Beerdigung ist. In zwei Tagen.

„Danke, dass Sie mich angerufen haben, Karen."

Nachdem ich aufgelegt habe, lasse ich mich auf den Boden fallen und weine. Da ich Tosha nicht während ihres Urlaubs belästigen will, aber weiß, dass ich mit *jemandem* reden muss – und zwar bald – rufe ich Bill an.

„Hey, Nat, was ist los?"

„Bill…" Mein lautes Weinen erreicht sein Ohr sofort.

„Natalie? Was ist los? Bist du verletzt?"

„George… aus dem Soldatenheim…", ist alles, was ich herausbekomme.

„Oh, Nat… wo bist du?" Bills Stimme bricht.

„In meiner Wohnung."

„Bleib still sitzen."

Zwanzig Minuten nachdem ich aufgelegt habe, steht Bill vor meiner Haustür. Es ist mir egal, wo er die Adresse her hat. Ich bin einfach nur dankbar, dass er sie hat. Obwohl ich mich nicht daran erinnern kann, wann ich aufgehört habe zu weinen, fange ich erneut an, als ich die Tür öffne und mich Rykers blaue Augen anschauen. Seine Umarmung absorbiert mein Schluchzen, während wir zur Couch gehen, wo er mich einige Minuten lang weinen lässt. Nachdem ich mich beruhigt habe und er – irgendwann – Tee gekocht hat und mir gibt, erzähle ich ihm von meinem Gespräch mit Karen.

„Also", schließlich hole ich tief Luft, „würdest du bitte mit mir zur Beerdigung gehen? Ich möchte nicht allein gehen und Tosh – "

„Natürlich, Natalie."

Nachdem wir ein paar Minuten schweigend Tee getrunken haben, legt Bill seine Hand auf meine Schulter.

„Kommst du klar, Liebes?"

Ich nicke und wische meine Nase mit meinem Ärmel ab.

„Ja, das werde ich. Ich sehe dich dann am Donnerstag in der Kirche."

Als er geht, überlege ich, Ryker eine Nachricht zu schicken, kann mir aber nicht vorstellen, was er aus dieser Entfernung tun könnte. Ich schreibe Eric und teile ihm mit, dass ich während der nächsten paar Tage fast nicht erreichbar sein werde, dass er mich also nur in einem Notfall anrufen soll. Ich brauche heute die Ruhe.

Marion hat ihren Soldaten verloren. Egal wann, egal wie, einen Soldaten zu verlieren ist anders als alles, was ich erklären kann. Ich kann es mir nur ungefähr vorstellen, anhand der Angst, die ich in meiner Brust fühle. Die Angst, die niemals wirklich ganz verschwindet.

Ein rasender, pochender Kopfschmerz, von zu vielem Weinen und zu wenig Schlaf sitzt mir im Nacken, während ich am Donnerstag zur Kirche fahre. Während der zwei Tage habe ich erst bis zwei Uhr nachts Rykers Briefe gelesen und dann heute Morgen bis neun Uhr geschlafen, wodurch ich fast zu spät zur Beerdigung komme.

Während ich mein Auto am hinteren Ende des Parkplatzes abstelle, bin ich dankbar zu sehen, dass Bills Auto auf mich wartet. Er muss gesehen haben, wie ich auf den Parkplatz gebogen bin, denn sobald ich meine Tür öffne, öffnet er seine. Als ich zu seinem Auto gehe, schaffe ich es, höflich zu nicken, bevor meine Augen zur Beifahrertür schießen, die sich auch öffnet. Ich rutsche fast auf dem vereisten Parkplatz aus und stoppe. Meine Lippen öffnen sich, als Ryker auf mich zugeht.

„Ryker!" Ich ignoriere das Eis und renne zu seiner Seite des Autos, wo er mich in eine feste Umarmung hebt. „Was machst du hier?", schluchze ich in seinen schwarzen Mantel, meine Füße schweben ein paar Zentimeter über dem Boden.

„Dad hat angerufen", flüstert er. „Du hättest mich anrufen sollen, Nat."

„Du bist hierfür nach Hause geflogen?", flüstere ich zurück.

Ich fühle, wie er nickt, bevor er sagt: „Ich bin wegen dir gekommen." Er küsst meine Wange und stellt mich ab.

„Das hättest du nicht tun – "

Ryker bringt mich zum Schweigen, indem er mir mit seinem schwarzen Baumwollhandschuh eine Träne von meiner Wange wischt, bevor er seine Finger mit meinen verschränkt. „Lass uns reingehen. Sie werden bald beginnen und es ist eisig."

Bill geht auf meiner anderen Seite, hat seine Hand an meinem Rücken, während wir die Kirchentreppe hinauf gehen.

Es ist ein vollständiges Militärbegräbnis, was mir sofort Lucas Beerdigung in Erinnerung ruft, nur dass ich dieses Mal Ryker an meiner Seite habe. Ich kann an Rykers Kinn sehen, dass er das gleiche denkt. Er lässt während des ganzen Gottesdienstes meine Hand nicht los.

Da wir die Letzten waren, die hineingingen, sind wir auch die Letzten, die hinausgehen, nachdem der Gottesdienst vorüber ist. Als wir durch den Vorraum gehen, ruft eine schwache Stimme.

„Natalie." Marion erscheint aus einem Nebenzimmer mit einem Lächeln auf ihrem Gesicht.

„Marion." Als ich auf sie zugehe, breitet sie ihre Arme aus. „Es tut mir so leid, Marion", schniefe ich, während wir uns umarmen.

„Danke, Liebes. Es ist aber okay. Er hatte ein tolles Leben." Mit glitzernden Augen, blickt sie über meine Schulter und erinnert mich daran, dass Ryker und Bill hinter mir stehen.

„Oh, Marion, das ist Bill Manning und", ich hole tief Luft, „das ist Ryker."

Marions Wangen werden rot, während sie Ryker von Kopf bis Fuß mustert. „Ich dachte, Sie wären in Wyoming?"

Ryker lächelt ein wenig und schaut mich an.

„Du bist hergekommen." Ich zucke passiv mit den Schultern.

„Hören Sie zu, Sie beide", beginnt Marion, als der Bestatter mit ihrem Mantel in der Hand auf sie zugeht. „Ich möchte, dass Sie morgen um die Mittagszeit zum Haus meiner Tochter kommen."

Ryker und ich schauen uns einen Augenblick verwirrt an.

„Tun Sie es einfach", platzt sie raus. „Norman, vom Bestattungsunternehmen, wird Ihnen Karens Adresse geben. Wir sehen uns dann."

Und einfach so, verlässt die kleine, lebhafte Marion die Kirche, nachdem sie uns den Befehl erteilt hat, morgen zu kommen.

Während wir über den Parkplatz gehen, greife ich nach Rykers Hand. „Danke, dass du gekommen bist, Ry. Wann musst du zurück nach Wyoming?"

Bill steigt in sein Auto und Ryker bringt mich zu meinem. „Ich gehe nicht zurück", sagt er, als ich meine Tür erreiche.

„Warum nicht?"

„Das habe ich dir schon gesagt", er lächelt und streichelt sanft meine Wange. „Möchtest du, dass ich mit zu dir komme?"

Er hat es mir gesagt?

Während ich noch versuche, seine Antwort zu verstehen, schüttele ich meinen Kopf. „Nein, ist schon okay. Komm einfach morgen zu mir und dann können wir zu Karens Haus fahren. Was meinst du damit, du hast es mir schon gesagt?" Meine Augenbrauen ziehen sich verwirrt zusammen.

Ryker schaut eine Sekunde weg und sieht dann, dass es mir klar wird.

Ich bin wegen dir gekommen.

Er ist nicht heute wegen mir gekommen. Er ist heute *wegen mir* gekommen.

„Ryker..." Zehn Jahre, zahllose Tränen und Monate in Therapie später, stehe ich ohne Worte da.

Rykers Augen blicken ernst in meine, als er nach meinen Schultern greift. „Ruf mich an, wenn du mich brauchst, okay? Es ist mir egal, wie spät es ist."

„Das werde ich." Ich nicke und versuche, die plötzliche Trockenheit in meinem Hals herunterzuschlucken.

Nach seinem anscheinend signaturartigen Kuss auf meinen Kopf geht er zurück zum Auto seines Dads und sie fahren davon.

Kapitel 47

„Hast du irgendeine Ahnung, warum wir heute zu ihr kommen sollen?", fragt Ryker, während wir zum Haus von Marions Tochter fahren. Er ist vor etwa einer halben Stunde mit Kaffee bei mir aufgetaucht und dann sind wir losgefahren.

„Oh", kichere ich leise, „bei Marion weiß das nur Gott allein."

„Ihr steht euch ziemlich nah, oder?" Ryker legt seine Hand auf mein Knie.

„Ja. Erst waren es nur George und ich, aber eines Tages war Marion auch dort und bald dann jedes Mal, wenn ich kam."

„Wie war George?"

Ich nehme mir ein paar Minuten und erzähle Ryker alles über George. Die Marines, Korea und sogar von Evie. An Evies Geschichte hat er sichtlich Freude, vor allem an Georges Reaktion auf sie.

„Das klingt, als wäre er ein toller Mensch gewesen." Ryker drückt mein Knie leicht, bevor er mit seinem Kinn zum Fenster zeigt. „Da ist die Nummer siebenundfünfzig.

Während ich klopfe, fällt mir auf, dass keine Autos in der Einfahrt stehen und frage mich, ob Marion es vergessen hat. Eine halbe Minute später öffnet sie die Tür mit einem sanften Lächeln im Gesicht.

„Ich freue mich, dass Sie beide kommen konnten, kommen Sie rein." Marion führt uns durch das große Haus zu einem Zimmer im hinteren Teil, das wie ein Hobbyraum aussieht.

„Wo ist Karen?", frage ich und schaue mich um.

„Sie und ihr Ehemann sind mit den Kindern weggefahren, damit wir Zeit zum Reden haben. Setzen Sie sich." Marion deutet zum Love-Seat, während sie sich in einen Sessel setzt.

Nachdem Ryker und ich es uns auf der Couch bequem gemacht haben, bemerke ich die Bilder von Marion und George, die überall an der Wand hängen und in den Regalen stehen.

„Also, ich habe Sie beide heute hergebeten, damit ich Ihnen ein paar Dinge sagen kann. Ich hätte Natalie sowieso hergebeten, aber als ich Sie gesehen habe, junger Mann, wusste ich, dass Sie mitkommen müssen." Marion zeigt auf Ryker und ich sehe, wie er ein bisschen rot wird. „Wie Sie sicher wissen, habe ich Natalie während der letzten paar Monate recht gut kennengelernt."

Ryker lächelt sie mit seinem besten All-American-Smile an. „Ja, Ma'am, das weiß ich."

„Natalie", sie dreht sich zu mir, „George hat mir an Weihnachten erzählt, dass Sie einen Brief von Ryker ein paar Tage zu spät erhalten haben?"

Ryker schaut mich an, ist total verwirrt, und ich lasse meine Augenbraue nach oben schießen.

„Ich habe dir keinen Brief geschickt…" Er schüttelt seinen Kopf, flüstert fast.

„Sie haben es ihm nicht erzählt?" Marion schaut mich an, als wäre mir eine zweite Nase gewachsen.

„Meine Mom hat ihn mir geschickt, Ryker. Es war dein erster… In ihm stand *frohe Weihnachten*…"

Seine Augen werden groß. „Du hast ihn niemals erhalten?"

„Meine Mom…" Ich zucke mit den Schultern. „Ich erzähle dir später mehr."

„Wie auch immer", lenkt Marion unsere Unterhaltung in eine andere Richtung. „Ryker… Natalie hat George und mir viel über die Briefe erzählt, die Sie beide hin und her geschickt haben, während Sie in Übersee waren. Haben Sie Ihre noch?"

Aus dem Augenwinkel sehe ich, wie Ryker nickt. „Ja, Ma'am, das habe ich. Jeden einzelnen."

Mein Kinn zittert ein bisschen, als er es zugibt. Ich habe niemals gefragt. Ich weiß nicht, ob ich angenommen hatte, dass er sie während seiner dunklen Tage weggeschmissen hat, aber… ich wollte nicht wissen, ob er es getan hat.

Marion schaut Ryker an und wedelt mit ihrer Hand in Richtung einer Ecke. „Ryker, könnten Sie bitte den Karton dort für mich holen?" Ryker hebt einen großen Karton hoch und reicht ihn Marion, die ihm bedeutet, sich zu setzen. „Öffnen Sie ihn."

Ryker wirft mir einen unbehaglichen Blick zu und ich zucke nur mit den Schultern. „Du hast sie gehört", ziehe ich ihn auf.

Nachdem er den Deckel abgehoben hat, schluckt Ryker schwer, während er sich den Inhalt anschaut – es sieht aus als wären es hunderte Briefe, handgeschrieben auf gefaltetem Papier. Keiner von uns bewegt sich.

„Als George in Korea war, waren diese Briefe alles, was ich von ihm hatte, bis ich ihn wiedersehen würde. Und jetzt sind sie erneut", ihre Stimme bricht und sie versucht, sich zu räuspern, „alles was ich von ihm habe, bis ich ihn wiedersehe."

Während meine Augen von Tränen benebelt werden, erkenne ich, das Rykers Kinn sich anspannt, bevor er sich anscheinend auf etwas über Marions Kopf konzentriert.

„Was ist das?", fragt er, stellt die Kiste ab und steht auf. Er geht zum Regal, das hinter Marion steht und hebt ein kleines gerahmtes Bild hoch. „Nat, hast du das gesehen?"

„Nein." Ich gehe zu Ryker und muss das Keuchen, das aus meinem Mund kommt, unterdrücken.

In Rykers Hand ist ein Schwarzweißfoto, das aussieht, als wäre es an einem Bahnhof aufgenommen worden. Es sieht aus, wie das Cover eines Nicholas Sparks Romans. Ich muss die Gesichter nicht sehen, um zu wissen, dass es George und Marion sind; seine Marines Uniform liegt fest um ihren kleinen Körper, während ihre Füße, die in hohen Absätzen stecken, locker über dem Boden baumeln. Während ich zusehe, wie Rykers Daumen über die Mitte des Bildes streicht, kann ich Georges weiße Knöchel erkennen und eine Träne läuft über mein Gesicht.

„Das war am Tag, als er nach Hause kam", informiert uns Marion ohne es anzuschauen.

„Wir haben ein fast gleiches Bild vom Tag, an dem Ryker abgereist ist." Ich lächle durch meine Tränen hindurch.

„Natürlich haben Sie das." Marion greift nach meiner Hand.

„Wir?", fragt Ryker.

„Ja", ich schaue auf und sehe, dass seine Augen auch feucht werden. „Dein Dad hat mir zu Weihnachten einen Abzug geschenkt."

Rykers Augen schließen sich, während er seinen Kopf schüttelt und kichert. „Dad…"

„Marion, ich würde Sie gerne weiterhin besuchen, wenn es Ihnen recht ist." Ich knie mich hin und ziehe sie in eine Umarmung.

„Ein Nein würde ich auch nicht akzeptieren. Sie auch junger Mann. Ich möchte Ryker Manning ein bisschen kennenlernen." Marion wirft mir einen gerissenen Blick zu, als Hitze in meinem Hals und Kopf aufsteigt.

Nachdem wir Marion zum Abschied umarmt haben und einen Termin ausgemacht haben, um sie in ein paar Wochen erneut zu besuchen, steigen Ryker und ich wieder ins Auto und fahren schweigend zu meiner Wohnung.

„Sie ist ein ganz besonderer Mensch", sagt Ryker, während er mir die Stufen hinauf zu meiner Wohnung folgt.

„Allerdings, nicht wahr?" Ich schließe die Tür auf und lasse sie offen, damit Ryker mir hinein folgen kann.

„Also, deine Mom…", beginnt Ryker, als er auf der Couch sitzt. „Was ist da geschehen?"

Mir entkommt ein leicht psychotisches Lachen, während ich uns zwei Flaschen Wasser hole.

„Was ist da geschehen? Wo soll ich anfangen?"

Ich erzähle ihm von Moms Reaktion auf unser erstes
Treffen an der Atkins Markthalle, dann von der Geburtstagsfeier der Jungs bis hin zu ihrer unkonventionellen Weih-
nachtskarte und unserem peinlichen Gespräch danach.

„Sie hat sich entschuldigt?" Ryker ist wirklich schockiert.

„Mmhmm. Es war wirklich ein Weihnachtswunder",
schnaube ich.

Ryker zupft an etwas nicht vorhandenem an seiner Handfläche herum. „Wie lange ist es her, seit du geritzt hast?"

Oh, tja dann…

„Sieben Monate", antworte ich selbstsicher und ziehe damit seinen Blick auf mich.

Rykers Augen werden feucht, als er aufsteht und in die
Küche geht, dort legt er seine Hand auf die Lehne eines
Stuhls und lässt seinen Kopf leicht hängen.

„Ry?" Ich stelle mich hinter ihn, lege sanft meine Hand
auf seine Schulter.

„Hast du während der letzten sieben Monate überhaupt
das Verlangen gehabt zu ritzen?", fragt er, ohne aufzuschau-
en.

„Ein paar Mal", flüstere ich.

„Warum?"

Ich zucke mit den Schultern. „Es ist einfach… eine
schlechte Bewältigungsstrategie, Ry. Was ist… was ist los?"

Ryker dreht sich zu mir, sein gebrochener Gesichtsausdruck droht mich zu verschlingen. „Bringe ich dich dazu,
ritzen zu wollen?"

„Oh, Ryker", ich kralle meine Fäuste in sein Shirt und
drücke meinen Kopf gegen seine Brust, „nein. Überhaupt
nicht." Ich hebe meinen Kopf und sehe, dass er mich genau beobachtet. „Mein Ritzen hat nichts mit dir zu tun oder
meinen Jungs oder sonst jemandem. Es geht um *mich* und es
ist etwas, an dem ich immer werde arbeiten müssen."

Ryker starrt einen Moment lang in die Leere hinter meiner Schulter. „Kannst du nächstes Wochenende mit den Jungs zur Farm kommen? Ich möchte ihnen zeigen, wie wir aussäen und noch ein paar andere Dinge."

„Ähm, klar, das sollte kein Problem sein." Die Entschlossenheit in seinem Gesicht macht mich ein bisschen sprachlos.

„Super. Okay, ich muss los und ein bisschen arbeiten, aber ruf mich die Woche an." Er schnieft die Tränen weg, die vorher in seinen Augen aufgestiegen waren.

„Klar." Dann lasse ich sein Shirt los, ich hatte fast nicht bemerkt, dass ich mich daran festgekrallt habe, trete einen Schritt zurück, damit er durch die Küche und zur Tür gehen kann. „Danke, dass du heute mitgekommen bist."

„Na ja, ich würde ja sagen, jederzeit", lacht er, „aber Marion hat das schon sehr deutlich gesagt, oder?"

„Ha! Ja, das hat sie. Ich rufe dich die Woche an."

Bis ich dich wiedersehe...

Kapitel 48

Aus einer Woche werden drei, dank einer Erkältung, mit der Max und Ollie sich gegenseitig anstecken. Ollie durch seine erste Krankheit seit er taub ist zu bringen, war eine wahre Herausforderung. Ich konnte ihn nichts fragen, während er im Halbschlaf war und seine Augen geschlossen hatte – er musste seine Augen öffnen und sich auf mich konzentrieren. Es war für uns alle frustrierend. Ryker war mehr als verständnisvoll und wir haben geplant, dass ich die Jungs heute Vormittag zu ihm bringe, bevor ich sie heute Nachmittag bei Eric absetze.

Auf dem Weg zur Tür klingelt mein Telefon.

„Hey, Tosh, was ist los?"

„Hast du heute Abend Zeit?"

„Das sollte ich", antworte ich, während ich die Jungs ins Auto setze und anschnalle. „Ich bringe die Jungs gerade zu Rykers Farm, dann – "

„Du tust was?", unterbricht sie mich.

„Tosh", seufze ich, „das habe ich dir alles schon erzählt."

„Oh, stimmt, direkt nachdem du mir erzählt hast, dass du Weihnachten allein warst, dein Soldatenfreund gestorben ist und Ryker nach Hause geflogen ist, um zur Beerdigung zu kommen." Ihre Stimme ist alles andere als amüsiert. Tosha war sehr ungehalten, dass ich wegen nichts von alledem angerufen hatte, während sie auf Hawaii war.

„Tosh…"

„Ich weiß, ich weiß", lenkt sie ein, „du wolltest mit allem allein klarkommen. Nur… mach das nicht ständig, okay?"

Ich starte den Motor und fahre Richtung Rykers Farm. „In Ordnung. Gut. Was willst du heute Abend mit mir machen?"

„Abendessen?"

„Klar, ich komme vorbei, nachdem ich die Jungs abgesetzt habe."

„Okay, bye."

Bevor ich das Telefon auf den Beifahrersitz werfe, entschließe ich mich, Ryker anzurufen, um ihm zu sagen, dass wir auf dem Weg sind.

„Hallo?"

„Hey Ryker, ich bin's, Natalie. Wir sind auf dem Weg."

„Du klingst nervös." Ich kann an seiner Stimme erkennen, dass er leicht grinst.

„Ein bisschen", seufze ich. „Denk dran, rede einfach langsam, damit – "

„Das werde ich, Nat. Keine Sorge."

Ryker und ich haben, während der Woche viele Nachrichten hin und her geschickt, in denen es darum ging, wie nervös ich bin, die Jungs an einen neuen Ort zu bringen. Er hat mir erzählt, dass er sich darauf freut, mit ihnen über die Samen zu reden und die Pflanzen und solche Dinge und ich musste ihn daran erinnern, dass er langsam genug redet, damit ich Zeit habe, das für Ollie in Gebärdensprache zu übersetzen. Ich habe ihn außerdem um eine Liste der Dinge gebeten, über die er eventuell mit ihnen reden will, damit ich überhaupt eine Chance habe, alles richtig zu übersetzen.

„In Ordnung. Bis gleich."

Dies wird das erste Mal sein, dass Ryker die Jungs trifft. Er hat Bilder gesehen und mich während der letzten drei Wochen über ihre Persönlichkeiten gefragt, damit er sich auf diesen Tag vorbereiten konnte, aber jetzt wo er schließlich gekommen ist, bin ich nervös. Dies sind „Mutter Natalie" und „Farmer Ryker" in ihren Erwachsenenleben.

Ich schlucke schwer, als seine Farm in Sicht kommt. Der Schnee ist einige Zentimeter dick, aber vor der großen Scheune ist ein großer Platz geräumt, auf dem wir parken können.

„Yay, die Farm!", ruft Olli begeistert und wirft seine Arme in die Luft.

„Sieh mal ein Traktor!", ergänzt Max.

Ich stelle das Auto ab, löse meinen Gurt und drehe mich zu ihnen um.

„Jungs", sage ich mit dem Mund und meinen Händen, „das ist die Farm von Mommys Freund Ryker. Er möchte euch zeigen, wie Pflanzen zu Gemüse heranwachsen, das wir essen können. Bitte fasst *nichts* an, außer er sagt euch, dass es okay ist. Verstanden?"

Sie nicken auf eine Art und Weise, die beweist, dass sie vorhaben alles anzufassen.

„Hey, Natalie!" Ryker taucht hinter der Scheune auf und joggt zu unserem Auto, als ich die Jungs rauslasse. Er trägt eine schwarze Arbeitshose und eine dicke Winterjacke.

„Hi." Ich winke und drehe mich zu den Jungs. „Jungs, das ist Mommys Freund Ryker, sagt ihr hi?"

„Hi", sagen sie gleichzeitig.

Ich schaue zurück zu Ryker. „Also, ich werde einfach aus Gewohnheit alles auch in Gebärdensprache sagen, wenn ich mit dir rede." Er nickt mit einem Grinsen, als ich auf Max zeige und in Gebärdensprache sage: „Das ist Max und – "

Ich unterbreche mich, als Ryker sich vor Ollie kniet. Er zieht seine Handschuhe aus, scheint nervös Luft zu holen und beginnt… er beginnt in Gebärdensprache zu sagen: „Du musst Oliver sein, freut mich, dich kennenzulernen." Ryker streckt seine Hand aus und schüttelt erst Ollies, dann Max'. Sie schütteln seine Hand, bevor sie sich wieder zu mir umdrehen.

„Ryker, ich wusste nicht, dass du Gebärdensprache kannst." Ich schüttele verwirrt meinen Kopf.

„Na ja", beginnt er erneut, seine Hände zittern leicht, während er spricht und Zeichen gibt, „Ich konnte ja schließlich nicht der einzige sein, der nicht alles mitbekommt, oder?" Er schaut die Jungs an, die lachen, während meine Augen sich mit Tränen füllen. „Ich kenne aber nicht alle Zeichen, also müsst ihr und eure Mom mir ein bisschen helfen, okay?"

„Wann hast du Gebärdensprache gelernt?", frage ich, als wir in die Scheune gehen.

Während wir die Jungs die verwinkelte Scheune erkunden lassen, zuckt Ryker mit den Schultern und schiebt seine Hände in seine Hosentaschen. „Letzten Sommer, als ich dich gebeten hatte, die Jungs zur Farm zu bringen, dachte ich, ich sollte zumindest ein paar Dinge wissen. Es würde schwer für ihn sein. Egal, auf jeden Fall habe ich angefangen, mich online schlau zu machen." Seine Augen blicken in meine und das eiskalte Wetter macht mir plötzlich nichts mehr aus.

„Ryker…" Ich möchte ihn umarmen, nach seinen Händen greifen, ihm sagen, dass das, was er getan hat, mehr als nur nett war. Aber ich will die Jungs jetzt nicht verwirren, also entscheide ich mich für ein leises „Danke".

Während des restlichen Nachmittags komme ich mir vor wie eine Zuschauerin. Ryker scheint sich schon wer weiß *wie* lange auf das vorbereitet zu haben, was er sagen will, denn seine Gebärdensprache ist fast perfekt. Ein paar Fehler bringen die Jungs zum Lachen und sie bitten mich um Hilfe. Ich helfe, wo ich kann und für den Rest verlassen wir uns auf Ollies Lippenlesefähigkeiten. Ollie scheint begeistert zu sein, dass er nicht mich oder Max den ganzen Tag anstarren muss, dass er in der Lage ist, sich mit jemand neues zu unterhalten.

Als die Tour vorbei ist und die Jungs ihre Samenboxen haben, um sie mit nach Hause zu nehmen – mit strengen Pflegeanweisungen – steigen sie, nachdem sie sich bei Ryker bedankt haben, ins Auto.

„Danke, Ryker", sage ich, sobald die Jungs angeschnallt sind. „Nicht nur für die Führung, sondern auch… für Ollie." Ich zucke mit den Schultern, denn ich fühle Tränen in meinen Augen.

„Hey, kein Problem, Nat." Er lächelt und legt seine Hand auf meine Schulter. „Lass uns das bald nochmal machen, okay? Sie sind toll."

Ich nicke. „Okay. Ich rufe dich an."

Während der ganzen Fahrt zu Erics Haus, unterhalten sich Max und Ollie darüber, wessen Kürbis größer werden wird, und dass sie auf einer Farm leben wollen, wenn sie groß sind. Meine Gedanken wandern immer wieder zu Ollies Gesichtsausdruck zurück, als Ryker sich vor ihn gekniet hat, damit er auf Augenhöhe mit ihm war, und begann in seiner Sprache zu sprechen. Es war, als würde er einen Superhelden anstarren und ich ertappe mich dabei zu hoffen, dass sie eines Tages erfahren, dass er das auf eine Art wirklich ist.

Während ich sie bei Eric absetze, sind wir stiller als normalerweise. Die Scheidung wurde letzte Woche bestätigt und es scheint so, als ob Eric gerade erst damit beginnt, das Ganze zu verarbeiten. Die Jungs halten ihre Samenboxen in der Hand, und beginnen von der Farm zu reden. Eric wusste, dass ich sie dorthin bringen würde; ich habe offen über meine Pläne gesprochen.

„Sie sehen aus, als hätten sie Spaß gehabt", sagt Eric mit kalter Stimme, während er den Jungs zuschaut.

„Das hatten sie."

Eric schaut mich ein paar Sekunden lang an, bevor er zu Boden blickt und zu den Jungs in Richtung Küche geht.

„Bis bald." Ich zwinge mich zu einem Lächeln und sehe zu, dass ich von hier verschwinde, bevor das alles noch peinlicher wird.

Nachdem ich ins Auto gestiegen bin, rufe ich Tosha an.

„Hey du", zwitschert sie.

„Hey. Hör zu, ich schaffe es nicht, mit dir Essen zu gehen. Es hat sich was ergeben." Am Ende von Erics Straße blinke ich rechts und folge meinem Weg von vor zwanzig Minuten.

„Etwas Gutes oder Schlechtes?", fragt sie, dabei klingt sie leicht besorgt.

„Das werden wir sehen. Ich rufe dich heute Abend an."

Ich lege auf und konzentriere meinen Blick darauf, zurück zur Manning Farm zu fahren.

Als ich in die Einfahrt biege, sehe ich, dass die Scheune geschlossen ist, aber das Licht auf der Veranda und im

Wohnzimmer brennt. Ich steige aus dem Auto und gehe schnell zur Eingangstür, bevor ich total nervös werde.

Ryker öffnet die Tür, er trägt immer noch die gleiche Hose und ein Flanellhemd, die Ärmel sind bis zu den Ellbogen hochgekrempelt. „Natalie?"

Bevor ich irgendetwas sagen kann, liegen meine Arme um seinen Hals und ich umarme ihn so fest, wie ich es den ganzen Tag gewollt habe… die ganzen letzten Monate. Ryker lässt zu, dass die kalte Luft in sein Haus zieht und umarmt mich auch, es kommt mir vor, als wäre es eine ganze Minute lang.

„Was du heute für Olli getan hast", sage ich und trete zurück, damit wir hinein gehen können, „das wird er niemals vergessen, weißt du." Ich ertappe mich dabei, Tränen fortzuwischen, von denen ich nicht wusste, dass sie über mein Gesicht laufen. „Du hast dafür gesorgt, dass er sich fühlt, als sei er jemand Besonderes, Ryker…"

Ryker lächelt, als er sich mit dem Rücken gegen die Armlehne seiner Couch lehnt, dabei hält er immer noch meine Hand. „Er ist etwas Besonderes, Natalie… er ist dein Sohn." Sein Grinsen übernimmt sofort die Kontrolle über mich.

„Ich will nicht, dass du erneut verschwindest", platze ich heraus. „Hörst du mich? Es ist mir egal, ob es für einen Monat oder ein Jahrzehnt ist, das machst du nicht noch einmal." Ich drücke spielerisch gegen seine Schulter.

„Okay", er hebt seine Hände besiegt in die Luft, dabei lacht er, „ich verspreche es."

„Na ja, ähm… ich sollte los. Ich wollte dir nur persönlich danken für den tollen Tag, den du ihm beschert hast." Nach einer kurzen Umarmung drehe ich mich um und gehe zur Tür. Ich bin schon die Hälfte der Stufen zur Veranda herabgegangen, als ich höre, wie Ryker die Fliegengittertür hinter mir festhält.

„Natalie."

Während ich mich langsam auf der Treppe umdrehe, sehe ich, wie Ryker gerade tief Luft holt. Ich warte.

„Liebst du mich immer noch?" Rykers Stimme zittert, wie er so in der Tür steht.

„Was?", frage ich mich fast selbst und gehe langsam die Stufen wieder hinauf.

„In Dr. Greenes Praxis hast du gesagt, dass du mich liebst." Ryker ignoriert die Kälte und trifft mich auf der Veranda. „Hast du die Vergangenheit oder die Gegenwart gemeint?"

In einer Millisekunde stehen ich und Ryker wieder im Gemeindezentrum vor hundert Jahren. Seine Augen flehen um die Antwort, die während der letzten paar Monate durch mein Herz waberte… während der letzten zehn Jahre.

„Natalie…" Seine Hände wandern die gesamte Länge meiner Arme hinauf und über meine Schultern, bevor sie sich um mein Gesicht legen. Instinktiv schließe ich meine Augen und hole tief Luft.

„Gegenwart", flüstere ich. Als ich meine Augen öffne, sehe ich Ryker, meinen Ryker, dem langsam eine Träne über die Wange läuft. „Liebst du mich?"

Seine Hände zittern, aber ich bin mir nicht sicher, ob von der Kälte oder dem, was er gleich sagen wird.

„Von dem Moment an, als ich dich im Gemeindezentrum gesehen habe, wusste ich, dass ich dich küssen musste. Und in der Sekunde, in der ich dich geküsst habe, wusste ich, dass ich dich nie würde gehen lassen können." Mehr Tränen laufen über sein Gesicht, während er mit seinen Daumen meine Wangen streichelt. „Als ich dich verloren habe, Natalie…" Er schüttelt seinen Kopf und schaut hoch.

Ich hebe meine Hände und lege sie über seine, die auf meinem Gesicht ruhen. „Es ist okay, Ry – "

„Lass mich das zu Ende bringen", sagt er schwer atmend. „Ich habe dich verloren und es war schrecklich, Natalie. Du bist die einzige Frau, die ich je geliebt habe und ich fühlte mich, als hätte ich meine Chance verspielt. Als ich dich dann bei Atkins wiedersah, heilige Scheiße", er kichert.

„Ja, ungelogen!", lache ich zurück.

Ryker nimmt seine Hände von meinem Gesicht und legt sie wieder auf meine Schultern. „Du hast viel durchgemacht, Natalie und ich wollte dir Raum geben… aber…" Er beißt seine Zähne zusammen und schaut weg.

„Aber was, Ryker?" Ich hebe meine Hand und berühre seine Wange, bringe ihn dazu, mich wieder anzuschauen.

„Ich will auch nicht, dass *du* wieder verschwindest."

„Du hast meine Frage nicht beantwortet", sage ich leise mit einem Lächeln. „Liebst du mich?"

Etwas in seinen Augen bricht, als er schwer schluckt. „Ich habe niemals aufgehört, Nat. Nicht einen einzigen Tag."

Als neue Tränen über unsere Wangen laufen, lege ich meine Hand um seinen Nacken und ziehe ihn in einen Kuss. Einen Kuss, über den ich zehn Jahre lang nachgedacht habe, ein Kuss, der vor zwölf Jahren mein Leben verändert hat und ein Kuss, der es nun wieder verändert. Rykers Arme legen sich um meine Taille und er hebt mich hoch und trägt mich in sein warmes Wohnzimmer, während wir uns durch einen Moment weinen, der zu schwerwiegend für Worte ist.

Kapitel 49

„Das Abendessen war lecker, vielen Dank." Ich lächle, während Ryker meinen Teller abräumt.

„Gern geschehen", flüstert er und küsst mich auf die Wange.

Die letzten paar Monate waren leichter, als meine Angst versucht hat, mir glauben zu machen. Ryker und ich haben begonnen, uns in den Wochen, in denen ich die Jungs nicht habe, zum Mittag- oder Abendessen zu treffen. Und in den Wochen, in denen ich sie habe, kommt er mich auf der Arbeit besuchen, um ein paar Mal zusammen mittagzuessen. Tosha hatte ein feuchtes Grinsen im Gesicht, als ich ihr erzählt habe, dass Ryker und ich uns wieder regelmäßig treffen.

„Ich freue mich so für dich, Nat", sagte sie.

„Danke, Tosh. Ich habe aber auch ein bisschen Angst."

„Das ist okay", sagte sie und zwinkerte, „Liebe muss sich so anfühlen."

Wir besuchen Marion immer noch jede Woche, sie hatte nicht viel mehr dazu zu sagen als *„habe ich doch gesagt"*. Sie spricht das niemals wirklich aus, aber jedes Heben ihrer Augenbraue und Kopfschütteln sagt es uns.

Dr. Greene hat uns ein paar Mal zusammen empfangen, während wir dabei sind, mit unserer Furcht darüber umzugehen, unsere Beziehung zu beginnen. Es ist nur Angst, sagt sie und das ist verängstigender als das, was sich vielleicht oder vielleicht auch nicht dahinter verbirgt. Sie hat uns ermuntert, es als *Beginn* unserer Beziehung und nicht als *Neubeginn* zu sehen. Wir sollen versuchen, die Vergangenheit hinter uns zu lassen und nicht zwischen uns. Wir gehen aber alles langsam an und heute Abend werde ich das erste Mal bei ihm übernachten.

„Du siehst nervös aus", sage ich und gehe auf Ryker zu, der gerade den letzten Teller abtrocknet und ihn in den Schrank stellt.

Er seufzt und lehnt sich gegen die Arbeitsplatte. „Ich habe immer noch Albträume, Nat. Nicht ständig, aber ich habe sie noch."

„Das ist okay", ich lege meinen Arm um seine Taille, „ich habe manchmal auch welche."

„Echt?"

Ich nicke. „Mmhmm."

„Worüber?"

„Oh", seufze ich, nehme seine Hand und führe ihn ins Wohnzimmer, wo wir uns auf die Couch setzen, „viele Dinge. Bis vor ein paar Monaten habe ich auch von dir geträumt und über die letzten paar Monate bevor... du weißt schon." Er nickt, versteht, dass ich von den Monaten nach seiner Rückkehr aus Afghanistan rede. „Manchmal träume ich davon, von Lucas oder vom Ritzen."

„Du träumst von Ritzen?" Er lehnt sich zurück und scheint mein Gesicht zu studieren.

„Nicht *träumen* – es ist ein totaler Albtraum. Die Träume beginnen damit, dass ich auf dem Badezimmerboden sitze und meine Arme und Beine bluten, und ich kann das Bad nicht verlassen – die Türen sind abgeschlossen." Ein Frösteln überkommt mich und ich schaudere ein wenig.

„Hast du in letzter Zeit das Bedürfnis gehabt zu ritzen?" Ryker hebt meine Hände an seine Lippen und küsst sanft meine Fingerknöchel.

Nach ein paar Wochen, in denen er diesbezüglich sehr aufmerksam war, hatten wir eine schwierige Unterhaltung, wir mussten ein paar Regeln aufstellen, wie wir uns um den anderen kümmern. Ich weiß seine Besorgnis zu schätzen, aber ich muss das Gefühl haben, unterstützt zu werden, nicht beobachtet. Er beginnt, das zu verstehen.

„Nein, glücklicherweise nicht. Ich möchte für mich selbst gesund bleiben, für die Jungs und für uns. Aber… ich kann nicht versprechen, dass es sich immer so leicht anfühlen wird, es *nicht* zu wollen. Ich habe es schon mal zehn Jahre lang nicht gemacht und es hat nur eine Sekunde gedauert, um wieder an dem Punkt zu sein.“

„Ich verstehe es.“ Seine Augen blicken ins Leere, zu einem bestimmten Ort, und ich merke, dass er es wirklich *versteht*.

„Ich möchte, dass du mit mir redest, Ryker. Ich will nicht, dass du Dinge zurückhältst, weil du Angst hast, wie ich damit *umgehen* werde. Wenn du einen schweren Tag hattest, sag es mir. Wenn du darüber reden willst, was mit uns vor all den Jahren geschehen ist, lass es uns tun. Und, wenn du jemals, *jemals* über Lucas reden willst… werde ich hier sein.“ Ryker redet nicht viel über Lucas und ich bin mir nicht sicher, ob er das jemals tun wird, aber ich muss ihn daran erinnern, dass ich zuhören werde, wenn er sich dazu entschließt, es zu tun.

Rykers nervöse, blaue Augen schauen in meine. „Ich weiß, dass du das sein wirst, Nat. Es fühlt sich nur manchmal so irreal an… immer noch. Ich werde versuchen, offener zu dir zu sein, okay? Das ist das Mindeste, das du verdienst, nach allem, was du *mir* gegeben hast.“

„Hey“, beginne ich nervös, „es gibt da etwas, über das ich mit dir reden muss.“ Ich lehne mich zurück und ziehe meine Knie an meine Brust. Ich habe mich die ganze Woche hierauf vorbereitet.

Ryker legt seinen Arm auf die Rückenlehne der Couch. „Was ist los?“

„Ich weiß, dass das total verrückt klingen wird und viel zu weit im Voraus gedacht ist, aber... ich habe einfach das Bedürfnis ehrlich zu dir zu sein und dir zu sagen, dass ich nicht sicher bin, ob ich weitere Kinder möchte." Während ich dabei zusehe, wie Ryker meine Worte aufnimmt, atme ich aus.

Er schüttelt seinen Kopf, nur ganz leicht. „Natalie... es ist – "

„Nein", unterbreche ich ihn. „Ich möchte wirklich, dass du darüber nachdenkst. Ich meine, ich weiß, dass ich nach normaler Denkweise erst zweiunddreißig bin... aber nach der biologischen Uhr ist das *zweiunddreißig*. Du hast keine Kinder und falls du glaubst, welche haben zu wollen... dann müssen wir ein paar Dinge überdenken." Bei den letzten Worten stocke ich ein bisschen, weil mir mit Bitterkeit klar wird, dass dieses nicht so kleine Detail die Dinge zwischen mir und Ryker ziemlich durcheinander bringen kann.

Es ist nicht gerade superromantisch, diese Unterhaltung ausgerechnet an dem Abend zu führen, den wir als unser „zweites erstes Mal" geplant haben, aber romantischer als die „Oh-Scheiße"-Unterhaltung, denke ich.

„Natalie", Ryker hebt meine Hand von meinem Knie und verschränkt seine Finger mit meinen. „Ich will *dich*, ich liebe *dich*. Und wenn uns die letzten zehn Jahre etwas gelehrt haben, haben sie uns dann nicht gelehrt, wenn man jemanden liebt, dann liebt man ihn von Kopf bis Fuß, innen und außen, denn... na ja, weil man sich nicht helfen kann? Ich liebe dich aus einem Grund, Natalie. Du bist mein und ich bin dein. Wir haben eine ziemlich merkwürdige Route genommen, um uns das zu beweisen, aber wir haben es getan, oder nicht?"

Ich nicke, als tief in meiner Brust Gefühle aufsteigen. „Das haben wir."

„Was ich sagen will, Nat, ist, dass, sollte ich je Kinder haben wollen, dann würde ich sie mit dir haben wollen und du hast sie. Und wenn das für Eric okay ist, und für dich, dann wäre es mir eine Ehre ein Teil im Leben deiner Kinder zu sein." Sein Lächeln beginnt in seinen Augen, als er meine Haare aus meinem Nacken schiebt und mich für einen Kuss zu sich zieht.

Obwohl Eric in absehbarer Zeit nicht gerade eine Parade für uns organisieren wird, stand er meiner Beziehung mit Ryker doch recht unterstützend gegenüber. Mit recht unterstützend meine ich, dass er mich deshalb nicht bekämpft und sich auch nicht wie ein Arschloch verhält, wenn ich die Jungs zum Spielen zur Farm bringe. Und ganz ehrlich, das ist alles, was ich von ihm im Moment brauche. Ich weiß, dass Eric und Ryker sich irgendwann in naher Zukunft treffen und miteinander reden müssen und ich frage mich halbzynisch, ob das Treffen in der Praxis von Dr. Greene stattfinden sollte.

Nach ein paar Sekunden lehne ich mich zurück und fahre mit meinem Daumen über Rykers Unterlippe. „Ich liebe dich, Ryker, weißt du das?"

„Das weiß ich", flüstert er, während er mich von der Couch hebt. „Und ich liebe dich auch, Natalie. Das habe ich immer."

Seine Lippen verlassen meine fast nicht, während Ryker mich in sein Schlafzimmer trägt, wo ich *unser* Bild auf seinem Nachttisch sehe.

„Sie waren ein tolles Paar." Ich schaue zu dem Bild, als er mich absetzt.

„Mmm, das waren sie." Ryker schiebt meine Haare mit seiner Nase aus meinem Nacken und küsst sanft mein Schlüsselbein.

„Und auch gutaussehend", kichere ich.

Er lacht auch. „Das heißeste Paar."

„Ich frage mich, was aus ihnen geworden ist", necke ich ihn, während ich zitternd sein Hemd aufknöpfe.

Ryker wirft sein Hemd auf den Boden, schenkt mir ein herzerweichendes, küss-mich-in-der-Sekunde-des-Kennenlernens-Lächeln und beugt sich hinunter zu meinem Mund.

„Das."

Ende